KB194371

음악 인류학 (Ⅰ)

A. P. 메리엄 지음

이기우 옮김

한국문화사

허스코비츠의 추억에 바친다

The Anthropology of Music

Reprinting 1997, Alan P. Merriam

Northwestern University Press

This look is published in Korea by arrangement with
Northwestern University Press.

머리말

  이 책은 약 15년 동안 문화 인류학 및 민족 음악학 분야의 동료 몇몇 연구자들과 더불어 생각하고 토론한 결과다. 이 두 학문의 경계선은 반드시 명확한 것은 아니며 또 아마 그럴 필요도 없을 것이다. 인류학에 관해서는 설명이 거의 필요치 않다. 그 내용은 상당히 분명하며, 그 목적은 적어도 어느 정도까지는 엄밀히 규정되어 있기 때문이다. 그러나 지난 10년간 현저한 융성을 누려 온 민족 음악학의 경우엔 그렇지 않다. 이 동안에 젊은 학자들, 특히 미국의 젊은 학자들은 새롭고도 집중적인 조사하에 이 학문과 맞붙어 왔다. 그 결과 학문의 경계를 정하는 단순한 기성 개념들 몇 가지가 흐릿해졌고, 어디서 시작해서 어디서 끝나는지, 무엇을 목적으로 하는지, 어떤 종류의 자료를 어떻게 다루는지에 관해 이미 정확히 말할 수 없는 상태에 이르렀다. 그렇지만 한 가지만은 명백히 다시 드러나고 있다. 즉 민족 음악학은 인류학적인 면과 음악학적인 면 양면에서 접근이 가능하다는 사실이다. 이 두 가지 가능성이 있다고 하면, 우리는 모두 인간이니까, 민족 음악학에 접근하는 인류학자들은 인류학적인 측면을 강조하는 경향이 있게 되고, 음악학자들은 음악학적 측면을 강조하게 된다는 것도 마찬가지로 분명하다. 그러나 궁극적인 목적이 구체적인 현실에 의해 어쩔 수 없이 변경될 수밖에 없는 하나의 이상으로 생각되는 이 두 가지의 융합에 있다는 점에서, 양 그룹은 의견 일치를 보고 있다.

민족 음악학의 문헌에 눈을 돌려보면, 이 이상은 아직 성취되어 있지 않음을 단번에 알게 된다. 왜냐하면 압도적으로 많은 저서들과 논문들이 음악 연구에만 바쳐져 있으며, 그것도 음악이 만들어져 나온 문화적 기반과는 무관하게 음악 그 자체만으로 흔히 이루어져 있기 때문이다. 민족 음악학은 지금까지 주로 악음과 구조에 그 노력을 집중해 왔다. 따라서 음악학적인 요소가 강조되고 대부분 인류학적인 요소는 무시되어 있다. 이것은 물론 정도의 문제이며 한 쪽 어프로치에 대한 다른 한 쪽의 절대적 우위를 의미하는 것은 아니다. 그 결과, 민족 음악학의 인류학적 측면은 음악학적인 측면에 비해 분명한 이해가 부족하다. 민족 음악학자가 그 분석 수단을 아무리 애매 모호하게 느끼고 있다 할지라도, 세계의 놀라운 수의 음악들에 적용되어 온 음악학적 기술 (techniques)은 중요한 것이었다. 그러나 그것이 틀림없이 마지막 결과는 아니라는 사실은 남아 있다. 거기에는 음악과 결부된 인간의 행동이나 관념에 관한 문제들은 거의 제기되지 않았다.

따라서 음악학자는 인류학적 접근이 어떤 것이며, 거기서 어떤 종류의 이론과 데이터가 나올 수 있는지를 이해하고 있는 이상으로 본격적으로 생각해 볼 필요가 있는지도 모른다. 동시에, 민족 음악학자가 아닌 인류학자는, 많은 문헌들이 자기의 이해 능력을 넘어선 기술적인 문제들을 다루고 있으며, 너무나 빈번히 관심 밖의 것이라고 생각하는 내용이라는 데 흔히 당황하고 만다.

음악의 인류학이라는 것이 있다. 그리고 그것은 음악학자와 인류학자 양자의 관찰하에 **있다**. 음악 학자를 위해서는, 그것은 모든 악음이 만들어지는 바탕이며 이 음들이나 음들의 과정을 최종적으로 이해하는 기본적인 틀을 마련해 준다. 그리고 음악은 엄밀히 말해서, 인간의 학습 행동의 복합체 내의 단순한 한 요소다. 때문에 인류학자를 위해서 음악 인류학은 인간 생활에서 나온 창조와 그 과정을 둘 다 더욱 깊게 이해하는 데 도움을 준다. 생각하고 행동하고 창조하는 사람들이 있지 않다면 음악은 존재할 수 없다. 즉 우리는 음을 만들어내는 전체적 구조를 이해하는 일보다도 그 음을 훨씬 더 잘 알고 있는 터이다.

따라서 이 책은, 민족 음악학에 존재하는 간극을 메우기 위한 하나의 시도, 즉 인간의 행동으로서의 음악 연구에 이론적인 틀을 마련해 주기 위함이다. 또한 인류학적 어프로치에서 생겨 음악적 어프로치에 공헌하고, 행동학이라는 광범한 표제 속에 포함되는 양 학문에 관한 우리의 지식을 증대해 주는 그런 과정을 해명하기 위한 시도다. 그러므로 이것은, 민족 음악학의 완벽한 개설도 아니요, 두 어프로치를 민족 음악학이라는 분야로 융합하기 위한 결정적인 시도도 아니다.

인간의 행동으로서의 음악 연구를 위한 이론과 방법론을 마련하는 시도에 있어, 나는 몇 가지 종류의 정보에 의지했다. 그 중 하나는, 음악 자체와는 무관한 것이나 창조적 행위의 연구에서 이루어진 것이 있다. 즉 시각 예술이나 구비 문학 그리고 그다지 빈번치는 않지만 춤·연극·건축에 관한 연구다. 그 이유는 창조적 행위의 연구자들 모두가 관심을 기울이는 여러 문제의 유사성에 나는 끊임없이 충격을 받고 있기 때문이다. 민속학자 (folklorist)는 전파 (傳播)의 분석에 열중하지 않으면 안되는데, 민족 음악학자도 마찬가지다. 시각 예술의 연구자는 예술가의 여러 문제에 진지하고 용의주도한 주의를 기울이지 않으면 안된다. 가장 중요한 것은 우리 모두가, 사람은 어째서 그와 같은 행동을 하는가를 이해하는 데 관여하고 있다는 것이다. 그리고 그 이해에 도달하기 위해서는 지금까지와 마찬가지로 앞으로도 많은 같은 종류의 문제들을 엄밀히 조사해 가지 않으면 안될 듯하다. 이 점에 관한 나의 생각은 음악학과 인류학 양 학문에 걸치는 나의 연구를 특히 지원해서, 1948~1950년에 걸쳐서 나에게 특별 연구원의 지위를 인정해 준 미국 학술 협의회와의 오랜 세월간의 결부에 적지 않게 기인하고 있다. 과거 수년간 Roy Sieber와 가까이 일할 수 있었던 것도 나의 행운이었다. 그는 예술의 여러 문제에 관한 지식과 이해, 특히 아프리카의 예술에 관해서는 백과 사전적이기조차 하다. 우리는 지금까지 서로 논의해 왔지만, 앞으로도 계속할 것이다. 그러나 지금 나는 그 경험 덕분에 한결 풍부해졌고, 차후에도 우리 사이에 오래 계속되리라고 여겨지는 이런 논의에 크게 감사한다. 또 Warren L. d'Axevedo와의 토론, 특히 미학의 문제에 관한 토론에 관해서도 사의를 표하고 싶다. 이 책의 제13장에서 해명을 시도한 이 문제들의 몇 가지 착상은 우리의 대화 속에서 촉발된 것이다. Paul J. Bohannan과 Alan Lomax도 다 같이 그들의 미간행 원고에서 인용할 것을 허락해 주었다. 나는 그들의 견해에 공감을 느꼈고, 신중히 인용하고 싶었던 것이다.

이 책을 써 나가면서 널리 세계 여러 지역에서 수많은 음악 행동의 실례들을 끌어냈다. 그럴 즈음에, 유사한 현상의 역사적 관련에 관해서는, 특히 설명되어 있는 곳 의외에서는 굳이 언급하지 않았다는 사실을 분명히 해 두고 싶다. 이 사례들의 흥미는, 음악 행동의 같은 상황에 대해서는 유사한 반응이 보인다고 하는 가능성에서 생긴다. 이것이 비교 방법의 목적이다. 즉 하나의 문화에서는 특별하지 않을지라도, 널리 인간 행동을 고찰하는 데 있어서는 한결 중요한 의미를 가지는 여러 문제를 제시하는 것을 목적으로 하고 있다.

내가 뽑은 이 사례들은 거의 대부분 세계의 중요한 세 지역 — 사하라 이남의 아프리카, 북 아메리카, 오세아니아 — 에서 취해 왔다. 나 자신의 주된 관심과 지식을 반영한 지역의 것들이다. 적절한 곳이라면, 다른 지역들에서도 사례를 취해 왔다. 특히 재즈와의 관련에서, 서구 문화의 음악 현상에도 수많이 언급했다. 서몬타자의 플래트헤드 (Flathead) 인디언족과 전벨기에영 콩고의 카사이 (Kasai) 지역의 바송귀 (basongye)족은 자주 이 책에 등장하게 된다. 민족지와 민족 음악학의 여러 문제에 관한 나의 필드 리서치는 이들 두 부족 내에서 이루어졌다. 나의 일을 가능케 해준 이들 여러 기관의 지원에 대해 감사의 뜻을 표한다. 플래트헤드족의 연구는 처음 1950년 몬타나 주립대학 음악학부 기금의 연구 조성비를 받아 수행되었다. 1958년에는 노스웨스트 대학의 대학원 덕분으로 다시 더 일이 가능하게 되었다. 바송귀족에 관해서는 1959~1960년에 걸쳐서, 국립 과학 기금과 벨기에 아메리카 교육 기금에서 나에게 내어 준 연구 조성금 및 노스웨스트 대학 아프리카학 프로그램에서 내어 준 연구 조성금에 의해 루푸파 (Lupupa)의 발라 (Bala)촌에서 리서치를 진행시킬 수 있었다. 중앙 아프리카의 학술 조사를 위한 기관 (IRSAC) 및 로바늄 (Lovanium) 대학의 친밀한 협조 역시 대단히 중요한 것이었다. 이 책 원고의 최종적인 타이핑은 인디애나 대학원의 조성금을 얻어서 가능했다.

서문을 이용해서 아내에게 사의를 표하는 것이 유행하고 있는 듯하다. 이 경우, 아내는 대개 어쩔 수 없이 오랫동안 고생을 한 것으로 그려진다. 사실, 글을 쓰는 사람들의 아내들은 대부분 고통스러운 나날을 보내거나, 아니면 대단히 시끄럽기 때문에 정중히 쓰다듬어 주지 않으면 안된다고 사람들은 생각할 것이다. 그러나 나의 경우, 아내 Barbara는 나와 거의 마찬가지로 이 책을 쓰는 일을 즐겼다고 자타가 다 같이 확신하고 있다. 그것에 의해 무엇이 이루어진다 할지라도, 우리는 둘이서 함께 굳건히 서서 나눠 갖는다는 자신이 있었던 것이다. 아내는 필드 리서치 전부에 참가했고 이 원고를 읽고서 비판해 주었다. 나는 이 모든 것이랄지 그 밖의 여러 일들에 감사한다.

　이 책은 나의 최초의 선생이요, 그 다음엔 나의 동료가 되고, 항시 나의 친구였던 Malville J. Herskovits의 추억에 바친다. 그분에 대한 나의 경의·동경·애정은 기록해 둘 만한 확고한 사실이다. 여기서는, 항시 나는 그분 덕분으로 지적 자극을 받았고, 그것에 대해서는 이번에는 내가 다른 사람을 촉발함으로써만 오직 보상할 수 있다는 것을 되풀이해서 말함으로써 충분히 이해해 주실 수 있을 것이다. 이 책이 그 의도에 유용하다면 나는 만족한다.

인디애너주 블루밍턴

1963. 10. 13

ALAN P. MERRIAM

제 1 부
민족 음악학

제 1 장
민족 음악학 연구

    민족 음악학은 오늘날 독자적인 매력을 지닌 연구의 영역이다. 그 뿌리는 80년 가량 거슬러 올라갈 수 있으나 기원은 어쩌면 더욱 빠를지도 모른다. 이론·방법·적용의 문제에 관한 새로운 관념들을 도입한 젊은 연구자들의 자극을 받아서, 이 학문이 갑자기 커다랗게 부풀어오른 것은 겨우 과거 10년 내지 15년 사이의 일이다. 그 결과, 민족 음악학의 책무에 관한 새로운 인식을 얻었다. 민족 음악학이란 무엇이며, 무엇을 하는 것이며, 그 목표는 무엇인가를 참으로 이해하기 위해 내면에서 고찰을 할 수 있었던 것이다.

    민족 음악학은 그 내부에 스스로를 구분하는 요인들을 가지고 다닌다. 민족 음악학은 음악학적인 부분과 민족학적인 부분이라는 두 가지 다른 부분이 항시 복합되어 있다. 민족 음악학의 아마 주요한 과제는 어느 한 쪽을 강조하는 일없이 쌍방을 고려에 넣는 독창적인 방법으로, 그 둘을 융합시키는 데 있다고 여기기 때문이다. 이 분야가 지니는 이런 이중적 성격은 그 문헌이 분명히 보여 준다. 어느 연구자는, 악음의 구조를 하나의 독자적인 체계를 지니는 것으로서 기술적으로 다룬다. 그런데 다른 연구자는, 음악을 인간 문화의 기능적인 부분으로서 그리고 한결 넓은 전체 속의 한 필수 부분으로서 다루려 한다.

민족 음악학의 뿌리는, 주로 독일과 미국에서 선수를 잡아서 이 분야의 연구 활동이 개시되었으며, 민족 음악학의 두 가지 양상이 거의 동시에 나타난 1880년대와 1890년대까지 거슬러 올라갈 수 있다. 한편에는 악음의 연구에 많은 주의를 기울인 일군의 연구자들이 있었다. 그들은 음을 독립한 것, 즉 그 내적 법칙에 따라 움직이는 하나의 체계로서 다루는 경향이 있었다. 이 이론에 음악의 궁극적 기원의 탐구가 첨가되었다. 이것은, 시대에 대한 고전적 사회 진화론의 개념과 본래 결부된 이론적 고찰에서 일부 생겨난 것이었다. 사회 진화론적인 생각이 서서히 변화하고, 세계적 규모의 전파 개념이 영국의 태양 거석 문화학파의 생각 속에, 그리고 나중에는 오스트리아의 **문화사 학파**의 생각 속에 나타나기 시작했기 때문에, 궁극적 기원의 탐구가 계속 연구 대상이 되어 왔던 것이다. 그러나 이에 더해서, 지리적으로 규정된 영역 내에서의 특수한 기원의 탐구도 마찬가지로 집중적으로 시작되었다.

거의 같은 무렵, 다른 학자들은 진화론과 전파주의 학파에 대해 매우 비판적이던 미국 인류학의 영향을 받아서, 음악을 그 민족적 배경 속에서 연구하기 시작했다. 거기서는 악음의 구조적 요소보다도 오히려 음악이 문화 속에서 하는 구실 그리고 인간의 더욱 광범한 사회적·문화적 조직 속에서의 그 기능에 중점을 두었다.

독일학파니 미국학파니 하는 식으로 민족 음악학의 <학파>의 특징을 나타내는 것은 가능은 하지만, 그렇게 명명하는 것은 별로 적절치 않을 성싶다고, B. Nettl (1956:26-39)은 다소 주저스럽게 말한 바 있다. 구별하지 않으면 안되는 것은, 지리적인 것이 아니라 오히려 이론·수단·접근 방법·강조를 두는 방식이다. 음악의 구조와 전혀 연관이 없는 문제에 대한 초기 독일 학자들의 많은 자극적인 연구들이 있었고, 많은 미국 학자들의 연구는 악음의 기술적인 분석에 전념해 왔다.

민족 음악학이 그 자체의 연구가 지닌 두 가지 측면에 의해 영향을 받아 왔다는 것은 피할 수 없거니와, 역시 역사적인 사건의 영향도 받는다. 민족 음악학과 인류학은 다 같이, 인간에 관한 인류학의 지식이 일반적으로 서양과 일부 극동의 문화에만 한정되어 있던 시기에, 하나의 학문 분야로서 발전하기 시작했다. 당시 인간의 행위와 사회를 연구 대상으로 삼은 서양 학자들은 유럽과 아시아의 고전 문명의 경계를 넘어선 세계에 관한 사실을 주는 비교 정보를 얻기 위해 자료의 틀을 넓혀서, 그들의 지식을 확대해야 할 필요를 느끼고 있었다. 인류학은 적어도 부분적으로는 그 필요에 응하는 모습으로 나타났다. 인류학에 소위 <프리미티브 (primitive)한> 사람들에 관한 거의 모든 연구가 맡겨졌다. 인류학자는 이 사람들의 문화의 모든 측면들 — 기술·경제·사회·정치·종교·예술·언어에 대한 책임을 굳이 짊어졌던 것이다. 초기의 민족 음악 학자들도 마찬가지로 더욱 광범한 비교 자료의 필요성을 인식하고, 지금까지 알려져 있지 않은 세계 모든 지역의 음악 연구를 떠맡았다. 그리하여 서양 이외 지역의 음악 연구에 중점이 놓이게 되었다.

인류학과 민족 음악학이 거의 동시에 발전했다는 이유도 일부 있고 해서 서로 영향을 주고 받았으나, 전자의 후자에 대한 영향 쪽이 더욱 컸다. 민족 음악학은 인류학을 형성한 것과 같은 이론적 조류를 타고서 형성되는 경향이 있었다. 사실 인류학에서 두드러진 역사적 인물로 널리 알려져 있는 Erich M. Hornbotstel이 이 두 학문을 가장 긴밀한 관계에 있는 것으로 생각했다는 흔적이 있다 (1950). 그 밖의 초기 학자들도 같은 생각을 하고 있었다.

민족 음악학의 내용이 지니는 이중성을 고려할 때, 이 학문 분야의 고유한 경계에 관한 일반적인 견해와 마찬가지로, 민족 음악학이라는 학문의 정의도 학자마다 강조하고 싶은 바에 따라 크게 다르다. 또한 정반대의 경향도 있다는 사실은 조금도 놀라울 것이 없다.

이 학문의 역사의 초기에는, 민족 음악학 혹은 비교 음악학 혹은 당시의 호칭에 따르자면, 이국적 음악은, 그 연구의 기술적·구조적 성격과 다루어지는 지리적 영역 양쪽에 역점을 둔 표현에 의해 흔히 규정되었다. 그리하여 Benjamin Gilman은 1909년에, 이국적 음악의 연구는 특히 프리미티브하고 동양적인 형태를 대상으로 포함한다는 생각을 주장했으며 (1909), W. V. Bingham은 거기에다가 달마티아 (Dalmatian)지방 농민의 음악을 덧붙였다 (1914). 이런 개괄적인 견지는 연구의 종류보다도 지리적 영역이 강조되는 오늘의 정의에도 마찬가지로 계승되어 있다. Marius Schneider는 <(민족 음악학의) 첫째 목적은, 그것이 정상적인 것이건 아니건 간에, 유럽 이외 지역(의 음악)의 특징에 대한 비교 연구> (1957:1)라고 말한다. 그리고 Nettl은 민족 음악학을 <서양 문명 이외의 문명을 가진 민족의 음악을 다루는 과학> (1956:1)이라고 정의한다.

이런 종류의 정의로 인한 난점은, 민족 음악학을 연구의 과정으로서가 아니라 연구 대상 영역이 지니는 독자성만을 연구의 중요성의 유일한 근거로 삼는 학문으로서 다루는 경향이 있다는 점이다. **어떻게 해서**라든가 **어째서**라든가보다 **어디에서**라는 것에 중점이 놓여 버리는 것이다. 따라서 기술적으로 같은 것처럼 여겨진다는 점에서는 음악학과 비교되고, 유사한 지역에 중점이 놓인다는 점에서는 민족학과 비교되는데, 그 어느

것과 어떤 점에서 민족 음악학의 공헌의 방식이 다른가를 안다는 것은
사실상 불가능하다.

민족 음악학의 그 밖의 다른 정의들은 폭을 넓혀서, 적어도 정지해 있
는 지리적 특이성보다는 과정의 특성을 어프로치하려는 경향이 있었다.
이를테면 Willard Rhodes는 <근동·극동·인도네시아·아프리카·북미 인
디언·유럽 민속 음악>의 연구에, <포퓰라 음악과 춤> (1956:3 - 4)에 관
한 연구를 더해서, 시론적이긴 하지만 이 방향의 연구의 제일보를 내디
뎠다. 후에 Kolinski는 <비유럽 음악의 과학>이라는 민족 음악학의 정의
에 반론을 제기하고, <민족 음악학을 여느 음악학에서 구분하는 것은 분
석하는 지리적 영역의 다름이 아니라 전반적인 어프로치의 차이다>
(1957:1 - 2)라고 말했다.

Jaap Kunst는 연구의 대상이 되는 음악의 타입에 제한을 가하고는 있
으나, 더욱 차원을 넓혀서 다음과 같이 적었다.

> 민족 음악학 혹은 본시 비교 음악학이라 불려졌던 것의 연구 대상
> 은, 이른바 미개 민족에서 문명화된 여러 국민에 이르는 인류의 온갖
> 문화적 여러 층의 **전통적** 음악과 악기다. 따라서 이 과학은 모든 부족
> 음악과 민족 음악, 그리고 서양 이외 지역의 온갖 종류의 예술 음악을
> 연구한다. 게다가 그것은 음악적 문화 변용의 현상, 즉 다른 음악 요소
> 의 영향을 받아서 잡종을 만들어내는 현상은 말할 것도 없고, 음악의
> 사회학적인 면도 연구한다. 서양의 예술 음악과 포퓰라 (오락) 음악은
> 이 분야에 속해 있지 않다 (1959:1).

Mantle Hood는 아메리카 음악학회에 의해 제안된 정의에서 그의 정
의를 이끌어내고 있는데, 거기에 <민족> (ethno)이라는 접두사를 삽입해

서 다음과 같은 것을 시사했다. <(민족) 음악학은 육체적·심리적·미적·문화적 현상으로서의 음악 예술의 연구를 목적으로 하는 학문 분야다. (민족) 음악 학자는 조사 학자이며, 음악에 관한 지식을 얻는 것을 첫째 목적으로 삼는다> (1957:2). 마지막으로 Gilbert Chase는 <현재 중점을 두고 있는 점은…… 원시 사회가 되었건 복잡한 사회가 되었건, 동양이건 서양이건, 어떤 사회에 속하느냐에 상관없이, 현대의 인간을 음악면에서 연구하는 것> (1958:7)이라고 지적했다.

이 다양한 정의들에 덧붙여서, 나는 민족 음악학이란 <문화에서의 음악의 연구> (Merrian: 1960)라고 정의한 바 있다. 그러나 이 정의가 적절히 이해되자면 그것이 완전히 설명되는 것이 중요하다. 이 정의에 포함되어 있는 것은 민족 음악학이 음악적인 면과 민족학적인 면으로 이루어져 있으며, 음악은 그 문화를 구성하고 있는 사람들의 가치관·태도·신념에 의해 형성되는 바 인간의 행동 과정의 결과라는 상정이다. 악음은 사람들이 사람들을 위해 만들어낸 것에 지나지 않다. 그리고 우리는 이 두 가지 측면을 개념적으로 나눌 수는 있다. 그렇지만 한쪽은 다른 한쪽 없이 진정으로 완벽한 것일 수는 없다. 인간 행동은 악음을 만들어내지만, 그 창조의 과정은 연속성을 지닌 과정이다. 즉 행동 자체가 악음을 만들어내기 위해 형성되어 있는 것이며, 따라서 한쪽의 연구가 필연적으로 다른 한쪽의 연구로 흘러 들어가는 것이다.

음악학과 민족 음악학은 전자에 포함되어 있는 내용에 의해 자주 구분되어 왔다. 그러나 후자에 포함되어 있는 것은 그다지 밝혀진 바가 없다. Gilbert Chase는 양자 사이의 <경계>는 다음과 같은 기반, 즉 <이들 두 가지 긴밀히 연관된 상보적인 연구 영역은, 한쪽이 과거를, 다른 한쪽이

현재를 그 영역으로 삼고서 상호간에 음악의 세계를 분할하고 있는 것이
아닐까> (1958:7) 하는 생각하에 경계선이 그어질 것이라고 시사했다.
Charles Seeger도 같은 입장에서 지적을 했으나, 그 경계선은 오직 구분
하는 것에 지나지 않는 것이지, 우리가 참지 않으면 안될 그런 성질의
것은 아니라고, 다음과 같이 논한다. <······ 음악학과 민족 음악학은 서
로 반발조차 할 정도로 대단히 다른 목적을 가진 두 가지 별개의 연구자
에 의해 추구되고, 전적으로 별개의 학문으로 지금까지 받아들여 왔다.
그러나 이러한 습관이 서양의 학문에 알맞은 것이라는 이유로 참지 않으
면 안된다는 그런 필요는 이미 존재하지 않는다. 이 사실의 더욱 일반적
인 인식을 미리 알아두지 않으면 안된다> (1961b:80).

　Seeger의 의도는 이론적으로는 찬양할 만하고 적절하건만, 그 두 분야
의 학문이 전문으로 하는 그 목표와 영역에 있어서 나눠져 있다는 사실
은 여전히 남아 있다. 좀더 핵심을 말한다면, 민족 음악학 자체가, 그 관
심의 중심이 어디에 있는가 하는 스스로의 문제를 파악하는 일은 거의
없었다. 따라서 민족 음악학의 이중적 성격은 분열을 초래하는 요인이
되었고, 불행하게도 종종 그것이 현실로 나타나고 있는 것인데, 이 성격
이 또한 틀림없이 강점이기도 하다. 나는 그것이 정녕 민족 음악학의 주
된 강점이리라고 감히 제언하고 싶다. 음악은 인간이 만들어낸 것이요
구조를 지닌 것이다. 그러나 그 구조는 그것을 만들어내는 행동을 떠나
서 독자적으로 존재할 수 없다. 음악의 구조가 어째서 그와 같은 모습으
로 존재하고 있는지를 이해하기 위해서는, 그 구조를 만들어내고 있는
행동이 어째서 그리고 어떻게 그런가, 그 행동의 기저에 있는 개념은 조
직화된 음에서 바라는 형식을 만들어내기 위해 어째서 그리고 어떻게 질

서세워져 있는지를 이해하지 않으면 안된다.

따라서 민족 음악학은 사회 과학과 인문 과학의 여러 측면들을 서로 보충하고 서로를 더욱 잘 이해하도록 하는 방법으로, 합일시키는 일에 특이한 구실을 하게 된다. 어느 쪽이고 그 자체가 목적이라고 생각되어서는 안된다. 양자의 결합에 의해 더욱 넓게 이해되지 않으면 안된다.

이 모든 것이 문화에서의 음악 연구라는 민족 음악학의 정의 속에 함의되어 있다. 음악을 이해하는 기본적 목표를 부정할 수는 없다. 그러나 동시에, 학문의 궁극적인 목표가 오로지 악음만을 이해하는 일이라는 민족 음악학에서 오랫동안 유력했던 견지를 받아들일 수는 없다. 다른 어느 연구 분야도 마찬가지지만, 연구 계획에 앞선 입안과 준비가 갖춰져 있을 경우 민족 음악 학자의 일은 대략 세 가지 단계로 나눠진다. 그 첫째는 자료의 수집이다. 민족 음악학의 경우, 이것은 흔히 유럽이나 미국 이외의 지역에서의 현지 조사 (field work)를 의미한다. 그러나 이 일반 원칙에 예외도 있다. 야외 자료의 수집은 수단·조사 방법·방법론·기술과 이론의 관계라는 복잡한 여러 문제를 포함하고 있으나, 직관보다도 정밀을 기하는 조사의 패턴에는 언제나 따라붙는 온갖 원리 원칙 사이에 존재하는 그 밖의 여러 문제도 포함한다.

둘째 단계에서는 일단 자료가 수집되면 민족 음악 학자는 보통 그것들을 두 종류로 분석한다. 첫째 민족지적 자료나 민족학적 자료와의 대조다. 그것에 의해 연구 대상으로 삼고 있는 사회의 음악적 관습·행동·여러 개념 — 이런 것들은 조사 과제에서의 가정이나 구성과 관련이 있기 때문이다 — 에 관한 일관된 지식 체계를 얻는다. 둘째 수집된 악음 자료를 실험실에서 기술적으로 분석하는 일이다. 그리고 이것은 채보와 구조 분석을 위한 특수한 기술과 때로는 특수한 장치를 필요로 한다.

셋째 단계에서는, 분석된 자료와 얻은 결과를 관련된 여러 문제, 특히 민족 음악학, 더욱 넓은 의미에서는 사회 과학과 인문 과학에 적용시켜서 생각한다. 이 총합적인 과정에서는, 민족 음악학은 다른 학문과 그다지 중요한 차이를 보이지 않는다. 민족 음악학이 특이한 것은 차라리 특수한 기술을 사용하는 데 있으며, 유난히 두 종류의 자료 — 인류학적인 자료와 음악학적인 자료 — 를 결합시킬 필요가 있다고 여겨지는 점에 있다.

학문은 정의할 수 있으며 또 그 학문에 종사하는 사람들이 하고 있는 바에 의해서도 설명될 수 있기 때문에, 적어도 그 학문이 어떤 특정 의도나 목적을 가지고 있는 것쯤은 시사될 수가 있다. 이 문제가 민족 음악학의 문헌에서 널리 논의된 적은 없었으나, 다음 네 종류의 어프로치가 인정될 수 있다.

그 첫째는, 어쩌면 이 학문에서 가장 보편적이며 — 역시 인류학에서도 공통되고 있다 — 즉 서구 이외 세계의 민족들의 음악은 대단히 깔보이고 중상을 입고 있다고 하는, 근본적으로는 옹호의 성질을 띤 견지다. 사실은 그러한 음악은 훌륭한 것이며, 연구의 가치도 있거니와 감상할 가치도 있다. 그러나 거의 모든 서양 사람들은 그것에 적절한 평가를 내리고 있지 못하다. 따라서 되도록 그것을 타인의 경멸로부터 지키고 해명하고 지지하는 것이, 민족 음악학의 의무라고 하는 입장이다. 어느 의미에서는 이것은 민족 음악학이 인류학과 마찬가지로 세계를 그 연구 분야로서 생각하고, 서양의 현상에만 주의를 집중하고 있는 그런 한결 전문화된 학문에 반항한 역사적 사실의 귀결이다. 이 견지는 민족 음악학에 있어서는 직접적인 주장 혹은 암시 속에 자주 나타난 바 있었다. 이를테면 Jaap Kunst는 다른 민족의 음악은 <열등하고, 한층 원시적인 문명의 표명이거나 그렇지 않으면 일종의 음악적 변태 이외의 아무 것도 아니다>(1959: 1)라는 서양의 견해에 상당히 격렬하게 반발한다.

이 종류의 논의는, 민족 음악학의 목적은 다른 민족들의 음악이 열등하다든가 또는 연구와 평가할 만한 가치가 없다든가 하는 생각의 잘못을 자민족 중심주의자에게 깨닫게 한다는 의미를 함의한다. 자민족 중심주의 같은 것은 발견되면 어디에서나 공격되어 마땅한 것이기 때문이다. 그러나 이것도 한결 커다란 표제 밑에 포괄될 수 있는 몇몇 목적 중의 하나에 지나지 않다.

민족 음악학의 목적 문제에 대한 두 번째 어프로치는 <민속> 음악이 급속히 소멸되어 가고 있기 때문에, 사라지기 전에 기록하고 연구하지 않으면 안된다고 하는 염려가 빈번히 표명되기에 이르렀다는데서 드러난다. 일찍이 1905년에 Hornbostel이 이 견지를 취했다. 그렇지만 아마 더욱 빠른 시기에 그것을 생각한 사람들이 있었을 것이다. 그것은 문헌 속에서 되풀이 표현되어 왔다. 이를테면 Hugh Tracey는 **아프리카 음악학회 휘보**에 발표한 그의 최초의 구체적인 논설 속에서, <······ 과거의 것이 되어 가고 있는 (아프리카) 민족의 자연스런 예술 형태를 연구함에 즈음해서, 시대에 역행하는 활동을 하는 ······ >(1942:2) 문제에 관해 해설했다. 그리고 이것은 그가 그 이래 일관해서 강조해 온 주제다. 그 밖에도 많은 사람들이 이런 접근 방법의 자세를 취했다. 그리하여 Curt Sachs는 부족 음악·민속 음악·동양 음악에 관해 쓰는 가운데 다음과 같이 해설한다.

그와 같은 음악은 가게에서 살 수가 없다. 부족인의 신앙에 바탕을 둔 전통 혹은 개인적인 헌신에서 생겨나는 것이다. 그것은 결코 혼이 없다든지 생각이 없는 그런 것이 아니며 수동적인 것도 아니다. 언제나 생명감에 차 있고 유기적이며 기능적이다. 사실 그것은 항시 권위를 가지고 있다. 이것은 우리가 서양 음악에 관해 말할 수 있는 이상의 것이다.
　　문화의 불가결하고 귀중한 일부분으로서 음악은 존경의 감정을 모으고 있다. 그리고 존경의 감정이라고 하는 것은 그러한 음악의 보존을 도와주는 의무를 함축한다 (1962:3).

민족 음악학의 이러한 목표는 납득할 수 있는 것이다. 그러나 한편 <민속> 음악의 붕괴에 대한 염려가 가끔 과장되는 경향이 있으며 변화의 필연성을 간과해 버리는 기미가 있다. 민족 음악학에서는 음악이 문화 속에서 가장 강인한 요소의 하나라고 간주되어 왔다. 그러나 이런 생각을 지지하는 사람들이 빈번히 다음 순간에는 지나가 버리는 풍경에 대해 과장해서 한탄을 보인다. 음악은 확실히 강인한 것처럼 보인다. 그렇지만 변화하고 있는 사회적·문화적 정황에 의해서 분명히 강인할 수 있는 가능성은 달라진다. 1세기반 전에 처음으로 서양과 접촉했던 플래트헤드 (Flathead) 인디언 가족에서는 여전히 전통적인 음악 체계가 꽃을 피운다. 실제로, 서양과 플래트헤드족의 양식은 동화되지 않고 오히려 다른 콘텍스트에서 유효한 두 개의 별개의 체계로서 성립했다. 더욱 놀라운 실례가 신세계에서의 흑인의 경우 발견된다. 1525년경에 최초의 아프리카 노예가 들어왔던 브라질에서는 아프리카 음악이 계속 강세를 보인다. 사실 가장 커다란 변화가 일어나는 것이 아닌가 하고 우리가 예상하는 도시에서도 사태는 마찬가지다.

인간의 경험에 있어 항상적 요소로 변화를 보는 한, 그 표현 자체에
덧붙일 것은 거의 아무 것도 없다. 변화를 늦추려 한다거나 방해하려고
여러 가지 노력들을 해도 변화는 일어나는 법이다. 물론 이것에 의해 어
떠한 음악의 기록도 연구도 무시해도 좋다고 변호하자는 것은 아니다.
오늘 행해지고 있는 것이 시간적인 전망을 얻을 경우 한층 중요성을 띠
게 된다고 여겨지기 때문이다. 변화의 불가피성을 한탄하는 일에 정력을
소비한다는 것은 에너지 낭비다. 될 수 있는 한 폭넓게 그리고 신속하게
기록한다는 것은 중요하다. 그러나 지금 비난당하고 있는 변화의 과정을
연구하는 일은 더욱 중요하다. 오늘의 음악을 보존하는 일이 가지는 중
요성을 부정할 도리는 없으나, 변화가 불가피하다면 보존만이 민족 음악
학의 유일한 목적이 될 수는 없다.

민족 음악학의 목적에 관한 셋째 견지는, 세계를 한층 더 잘 이해하기
위해 사용할 수 있는 커뮤니케이션 수단으로서 음악을 생각하는 것이다.
이런 견해를 지지하면서 Mantle Hood는 다음과 같이 적었다.

> 20세기 후반에는 인간의 존재는 바로 그 사람이 행하는 커뮤니케이
> 션의 정확성에 달려 있다고 해도 좋다. 사람들 사이에서의 커뮤니케이
> 션은 쌍방향 교통로다. 말하고 듣고, 정보를 주고 정보를 받고, 건설적
> 으로 비평하고 건설적인 비판을 받아들인다. 커뮤니케이션은 우리가
> 관계를 유지하려고 하는 사람들에 관해 어느 정도 확실한 지식 위에
> 그것이 세워져 있는가에 따라서 정확성이 증가한다 (1961:n. p.).

음악이 그러한 목적을 위해 이전보다 훨씬 폭넓게 이용될 수 있음에도
불구하고, 종래 무시되어 왔던 것이 커뮤니케이션의 수단이라는 점을
Hood는 강조한다.

Hood의 견해에 따른 커뮤니케이션의 수단으로서의 음악과 민족 음악
학자가 일관해서 계속 거부해왔던 접근방법인 이른바 <보편어>로서의
음악 사이에는 명확한 구분이 있다. 1941년에 일찍이 Seeger는 다음과
같이 썼다.

> 물론 우리는 음악이 <보편어>라는 오류를 용의주도하게 피하지 않
> 으면 안된다. 어쩌면 언어에 의한 공동체만큼 많지는 않겠지만 세계에
> 는 많은 음악 공동체들이 있다. 그 중 많은 것들은 서로 통할 수가 없
> 다 (1941:122).

5년 후에는 Herzog이 유사한 견해를 취했다.

> 우리는 민간 신화라고 부르기에 알맞은 놀라울 만큼 많은 수의 신앙
> 에 탐닉하고 있다. 그 중의 하나, 음악이 <보편어>라는 생각이다
> …… (그러나) 우리의 음악은 …… 수많은 방언들로 이루어져 있고, 그
> 중 몇 가지는 언어에서 볼 수 있는 것과 마찬가지로 서로 통할 수가 없
> 는 것이다 (1946:11).

그리하여 커뮤니케이션으로서의 음악과 <세계어>로서의 음악 사이에
는 명백한 차이가 있다. 그러나 <커뮤니케이션>이라는 말을 통해서 우
리가 무엇을 의미하고 있는가 하는 문제는 남는다. 단순한 차원에서는
음악은 그 음악 공동체 안에서 커뮤니케이션을 행한다고 아마 말할 수
있을 것이다. 그러나 혹 그것이 진실이라 할지라도, 이 커뮤니케이션이
어떻게 행해지고 있는가를 이해한다는 것은 거의 불가능하다는 것도 마
찬가지로 진실이다. 가장 명백한 가능성은, 그 공동체의 구성원이 암암리
에 동의하고 있는 상징적 의미들을 지닌 음악의 능력을 통해 커뮤니케이

션이 행해지고 있다는 것이다. 음악에 관한 언어에 의한 커뮤니케이션도 있으나 그것은 자의식적인 음악 이론이 발달한 복잡한 사회들에서 가장 특징적인 것이라고 생각된다. 그러나 이러한 과정들에 관해서는 거의 알려져 있지 않다. 그리고 그와 같은 지식 없이는 커뮤니케이션을 행하는 것으로서의 음악에 관해 지적으로 논한다는 것은 곤란하다.

통문화적 레벨에서는 사람들이 음악을 만들어낸다는 사실 자체가, 현저하게 다른 음악 공동체의 멤버에게 일정한 무엇인가를 커뮤니케이션하는 가능성이 있을 수 있다고 말할 수는 있겠다. 그러나 이런 문제에 관해서는 실제로 거의 아무 것도 알려져 있지 않다. Meyer는 모든 음악들은 일정한 것을 공통으로 지니고 있다고 한결 명확히 말하고 있다. 하지만 그가 이것 때문에 음악이 통문화적으로 서로 통하는 것이 되어 있다고, 그가 가정하고 있는지 어쩐지는 분명치 않다. 그는 다음과 같이 기록한다.

그러나 음악 언어의 다양성을 인식하는 한편, 우리는 이 언어들이 중요한 특징을 공통으로 가지고 있다는 사실 또한 인정하지 않으면 안 된다. 이것들 가운데서 가장 중요함에도 불구하고 가장 주목되지 않은 것이 갖가지 음악 양식들의 통사론적인 성격이다. 음이라는 용어를 가능성 있는 상호 관계의 체계관계로 조직하는 일, 음을 결합시킬 즈음에 가해지는 제한 등등은 모두 음악 언어에 공통된 특징이다…… 그러나 다른 음악 언어들이 일정한 음을 공통으로 지니는 수가 있다. 어느 특정한 음악 관계는 거의 보편적인 것처럼 나타난다. 이를테면 거의 모든 문화에 있어 옥타브와 제5도 및 제4도는 안정된 음으로 다뤄지고 그 체계내의 다른 음들도 그것을 향해 움직이고 있는 경향을 보인다 (1956:62 - 3).

그와 같은 음악의 <보편적>인 측면이 음악을 통해 이루어지는 통문화적인 커뮤니케이션에 공헌하고 있는지는 의심스러워 보인다. 아무튼 마련된 증거는 다양한 양식들이 지니는 커뮤니케이션의 가능성보다도 오히려 장애 쪽을 강조하는 경향이 있다. 이를테면 Robert Morey (1940)는 그가 정서에서의 <동요>라고 정의한 문제를 다루면서 <…… 서양인의 정서를 음악적으로 표현한 것을 대하는 토착 서아프리카인의 반응을 조사하기 위한 …… > 실험을 생각해 냈다. 그는 슈베르트·데이비스·헨델· 그리고 바그너의 작품들에서 각각 공포와 존경과 격노와 사랑을 표현한 곳을 선정하고, 베토벤으로부터는 일반적으로 인정된 정서를 표현하고 있지 않다는 이유로 조정해서 선택, Morey는 <리베리아의 벽지 볼라헌(Bolahun)에 있는 성십자가 미션 스쿨의 학생과 선생>의 정서적 반응을 기록했다. 다음은 그의 결론이다.

> 리베리아의 로마 (Loma)족은 서양 음악을 정서를 표현한 것으로는 인식하지 않는다 …… (p. 342)
> 서방 정서의 음악 표현은, 그 집단의 반응 전부 혹은 거의 대부분에 공통된 어떤 반응의 패턴을 리베리아의 소년들 사이에 일으킬 수 없다.
> 11명의 피실험자가 전형적인 서양 문명의 정서를 표현하는 4가지 다른 곡에 대해 43가지 답들을 했다 (p. 343).
> 서양인의 정서와 유사한 징후를 전에 지각한 적이 없는 한 사회의 멤버는 서양 음악에 의한 전형적인 정서 표현을, (a) 마음의 동요의 표시로도, (b) 동요를 일으키는 정서에 의해 만들어지는 것으로도 판단하지 않았다.
> 서양 사회에 있어 음악이나 정서의 전문가에게는 정서를 표현하는

것으로 일컬어지는 음악도, 그 음악의 작곡가와는 다른 음악적·사회적 훈련을 받은 청중에게는 정서를 표현하지 않는다 (p. 354).

그 텍스트에서는 분명히 되어 있지 않으나, Morey의 피실험자들은 미션 스쿨에서 선정되었으니까 서양적인 태도나 가치를 적어도 알아차릴 수는 있었을 것으로 보인다. 그런데도 그 음악은 서양인의 정서를 전하지 못했던 것이다. Morey가 서양과의 접촉이 사실상 존재하지 않은 20명의 제알루아 로마 (Zealua Loma)족의 촌민들에게 그의 재료를 내놓았을 때, <…… 그들은 안절부절 못하고, 그 음악이 울리고 있는 동안 반수 가량이, 특히 여성들이 자리를 떠나 버렸다> (p. 338)라고 보고하고 있다.

내 자신도 아프리카 사람들에게 서양 음악을 소개했을 때 비슷한 경험을 했다. 여기 음악에 의한 통문화적 커뮤니케이션의 문제는, 이해와 그보다 더욱 중요한 이해에 대한 수용성 두 가지에 달려 있다고, 나는 제창하고 싶다. 다른 곳에서 Hood가 전자의 점에 관해 다음과 같이 쓴 바 있다.

전과는 달리 오늘날은 세계 여러 나라의 관청들이, 국제적 이해와 친선은 당사자인 국민의 문화적 표현이 이해될 때만 오직 가능하다는 사실을 인식하고 있다. 민족 음악 학자는 이 목적에 대한 그의 책임에 걸맞는 엄격한 표준을 스스로 설정하지 않으면 안된다 (1957:8).

이 이해라는 문제는, 반드시 제대로 잘 이해되어 온 것만은 아니다. 이를테면 1941년에 Carleton Sprague Smith는 음악을 통해 문화 상호간의 이해를 요구했다. 그가 말했던 것은, 아메리카와 유럽 사이 및 북아메리카와 남아메리카 사이의 문화 상호간의 이해에 관해서였으며, 그것도 포퓰러 음악과 예술 음악에 그 논의를 한정했다는 것은 중대하다 (1941).

그러나 이 음악들에 있어서, 유럽·남북 아메리카는 본질적으로 단일한 음악 공동체, 그 이해가 가장 용이하게 달성될 수 있는 것으로 기대되는 공동체를 형성하고 있다.

이 일에 관해서는 또 하나의 요인, 즉 이해에 대한 수용성의 요인이 작용하고 있다는 것이 명백하다. 적어도 어느 정도 서양의 학구적인 사람들은 다른 문화의 음악을 듣고서 가치를 인정하는 수용성을 갖추고 있다고 기대되는데, 중국의 가극을 켄터키 변경의 술집에서 소개해서 열광적인 환영을 받을지 어쩔지는 확실치 않다. 여기서 중요한 것은 수용 능력을 잠재적으로 지니고 있는 쪽이 제시된 자료를 받아들이려고 하는 욕구다. 이것은 문화 상호간의 음악의 이해에 관한 논의에 있어 간과되어 왔다고 여겨지는 한 요인이다.

그렇지만 이해의 문제는 다음 단계의 분석으로 나아갈 수 있다. 거기서는 음악이 타문화에 관한 다른 사항들을 이해하는 수단으로 유용할 수 있다는 생각이다. 다른 예술들에서와 마찬가지로 음악에서도 기본적인 태도·구속 상황·가치관은 흔히 그 본질이 노출된다. 또한 음악은 여러 의미에서 상징적이며 사회의 조직을 반영한다. 이런 뜻에서 음악은 민족과 그 행동을 이해하는 수단이요, 그 자체 문화와 사회를 분석할 즈음의 가치있는 도구가 된다.

우리는 음악이 정확히 무엇을 전달하는지 혹은 어떻게 전달하는지 모르기 때문에, 커뮤니케이션의 수단으로서의 음악의 연구는 보기보다 훨씬 복잡하다. 커뮤니케이션 역시 이해와 이해에 대한 수용성을 함께 포함한다. 음악을 커뮤니케이션의 수단으로 생각한다는 것은 지금까지 거의 조사되지 않았지만 분명히 민족 음악학의 목적의 하나다.

이 분야의 문헌은 민족 음악학이 무엇을 목표로 하는가 라는 문제에 대한 네 번째 어프로치를 보여 준다. 즉 학자들이 가능성 있는 근거들을 모두 하나의 공통 냄비 속에 집어넣고 일정한 방향을 정하는 대신에, 모든 것을 포용하는 그런 방식을 지향하는 경향이 때때로 눈에 띈다. 이를테면 Nettl은 이런 패턴을 따르면서, 민족 음악학에 관해 특별히 말하지는 않지만, 그가 <미개 음악>이라 칭하는 것에 관해 말하고 있다. 그의 말에 의하면 그와 같은 음악은 <서양 음악가들>이나 작곡가들을 위해 <새롭고 풍부한 경험의 원천이다>. 그것은 <작곡가는 물론이요, 듣는 사람의 경험도 넓고 풍부하게 해준다>. <교육 수단으로 쓰이면 미개 음악은 다양한 양식이나 이디옴에 대해 학생들을 한결 관대하게 만드는 경향이 있다>. <음악사가는, 음악의 기원을 결정하려고 애쓸 때 그걸 이용할 수 있다>. <미개 음악의 양식에 관한 지식은, …… 음악 심리학자에게 도움을 준다>. <미개 음악의 조사를 통해서 인류학자와 문화사학자는 그들의 이론이 구체화된 것을 찾아 볼 수 있을 것이다. 민속학자는 유럽의 전원적인 지방 주민의 음악에 대한 미개 음악의 관계를 알아서, 전자의 기원을 거슬러 올라갈 수 있을 것이다. 악기의 역사가는 유럽 악기의 형태의 원형을 흔히 미개 문화의 한결 단순한 몇몇 형태에서 찾아낸다. 그리고 언어학자는 민족 언어학상의 소재들을 백일하에 드러낸다> (1956:2-3).

이런 설명들은 저마다 민족 음악학의 목적의 하나를 나타내고는 있으나, 전체로서 하나의 일관된 결론을 형성하고 있는 것처럼 보이지는 않는다. Nettl은 거기에 덧붙여서 <따라서 요약하면, 음악에 흥미를 가지는 사람들이나 미개 문화에 흥미를 가지는 모든 사람들에게, 이러한 음악에

대한 연구는 새로운 탐구의 분야와 광범한 사고의 영역을 제공해 준다〉
(p. 3)고 말한다. 물론 이것은 진실이며 민족 음악학의 하나의 넓은 목표
이다. 우리는 더욱 넓은 지평을 찾고 있다. 그러나 실제로는 이 이상의
것을 찾고 있다.

민족 음악학의 목표는 아마도 민족 음악 학자의 연구에 수반된 세 가
지 책무에 의해 표현될 수 있을 것이다. 그 첫째는 기술적인 것이다. 이
학문의 〈내적〉연구의 일부다. 연구자가 알고 싶어하는 것은 음악이란
무엇인가, 그것이 어떻게 구축되어 있는가, 그 구조는 어떠한 것인가이
다. 민족 음악 학자는 음악을 기보 (記譜)하거나 그 구성 부분에 따라 분
석하거나 그리고 어떻게 이런 부분들이 서로 합치해서 일관된 결합력 있
는 실체를 형성하는가를 이해할 수 있지 않으면 안된다. 이런 종류의 연
구는 본래 기술적 연구다. 그것은 역시 대단히 기술적이어서 음악의 훈
련을 받지 않은 사람은 엄두를 못내는 일이다.

기술적 연구도 필요한 기술적 능력을 갖추지 못한 사람들 쪽의 이해와
파악에 곤란을 가져온다. 이 문제는 처음부터 민족 음악학을 괴롭혀 왔
다. 그럴 것이, 〈문외한〉은 그것을 기술적이라는 단일한 일면만 보는 경
향이 있으며, 또 문제가 되는 그 사항은 너무 난해하고 기술적인 성격을
띠고 있어서, 전문적이 아닌 사람은 이해될 수 없다고 생각하는 경향이
있기 때문이다. 그 결과 전문적이 아닌 사람들은 민족 음악학은 기술적
이요, 전문가만이 그 자료를 다룰 수 있기 때문에, 자기네들에게는 불가
능하며 아무런 소용도 없는 것이라고 흔히 물리쳐 버린다.

그렇지만 민족 음악학의 기술적인 측면은 이 학문의 목표와 책무의 일
부를 나타내고 있음에 지나지 않다. 마찬가지로 중요하고 또한 갈수록

더욱 이해되고 있는 것은 음악이 음뿐만이 아니라 음을 낳는 데 필수적인 인간의 행동도 수반한다는 생각이다. 음악은 사람들의 행동과 지배의 울타리 밖에서는 존재할 수 없으며 여러 종류의 행동들이 관계하고 있다. 그 하나가 신체 행동이다. 악기의 건반에 손가락을 놓을 즈음 또는 노래부를 때의 성대나 횡경막의 근육을 긴장시킬 즈음의 특별한 근육의 사용까지 포함해서, 체위나 자세에 의해 표현되는 것이다. 개념적 행동·관념화·문화적 행동은 음을 만들어내기 위한 신체적 행동으로 번역되지 않으면 안되는 음악 개념들을 포함한다. 기준과 실태의 개념 체계는 물론이요 음악에 있어야 할 체계를 결정하는 전 과정이 여기에 있는 것이다. 사회적 행동 역시 고려되지 않으면 안된다. 어떤 사람은 음악가이기 때문에, 또 사회가 음악적 행동을 형에 맞춰서 생각하고 있기 때문에, 일정한 방식으로 행동을 한다. 음악이 정서적이고 육체적이기도 한 영향력을 가지고 있기 때문에, 음악가가 아닌 사람들도 일정한 방식에 따라 영향을 받는다. 어떤 하나의 음악적 사상에서의 행동은 문화적 체계의 관습에 따라, 다른 음악적 사상에서의 행동과는 다르다. 마지막으로 학습 행동이 있다. 그것은 음악가가 되는 일, 이해력 있는 청중이 되는 일, 그리고 전문가로서는 아니나 음악적 사상에 참가하려 하는 사람이 되는 일과 연결된다.

이런 모든 고찰들은 민족 음악학 연구의 일부다. 그 어느 하나를 취해보더라도 음 구조의 기술면의 깊은 지식을 필요로 하지 않으며, 훈련된 사회 과학자라면 누구나 효과적으로 연구할 수 있다. 사실 음악의 전문가가 아닌 사람에게는 민족 음악학에 달라붙는다는 것은 도저히 불가능하다는 생각, 그리고 그것에 수반해서 음악 연구에 뺄 수 없는 부분인 행동의 문제를 무시하는 생각이, 이 학문 전체에 손상을 주어 왔던 것이다.

민족 음악 학자의 세 번째 책무는, 이 학문의 초기에 강하게 나타났으나 그 뒤로는 약간 무시되었다가 최근에 다시 나타난 것이다. 즉 민족 음악학의 연구와 인문 과학·사회 과학 일반의 연구의 관계를 지시하는 책무다. 아마도 이것은 민족 음악학은 오로지 고도의 기술적인 학문이라는 생각이 지배적이기 때문에 특히 중요하다. 지식이라는 것은 확대되고 공유되지 않는 한 그 유용성은 한정되게 마련이기 때문에, 이 책무는 더욱 확대된다. 민족 음악학은 적어도 시험적으로는 그 자체 그리고 그 관련 학문들에의 자극제로서 다른 분야에 항시 발을 내뻗어 왔다. 다른 종류의 문제들을 해결하는 데도 여러 가지 각도에서 가치가 있다. 기술적 연구는 문화사에 관해 많은 것들을 말해줄 수 있다. 음악의 기능과 용도는 사회적 작용을 이해를 위해 문화의 다른 온갖 측면의 기능이나 용도와 마찬가지로 중요하다. 음악은 문화의 그 밖의 부분과 상호 관계를 맺고 있다. 음악의 사회적·정치적·경제적·언어적·종교적·그 밖의 여러 행동을 형성하고 강화하고 전달할 수 있으며, 또 하고 있다. 가사는 사회에 관한 많은 것들을 내비쳐 주고, 음악 구조상의 원리들을 분석하는 수단으로서 대단히 유용하다. 민족 음악 학자는 음악의 상징성 문제, 여러 예술간의 상호 관계의 문제, 무엇이 미적인가, 어떻게 해서 그것이 구성되어 있는가를 이해하는 데서 생기는 온갖 어려움에 아무래도 관여하지 않을 수 없다. 요컨데 민족 음악학의 여러 문제는 배타적으로 기술적인 문제에만 그치지 않으며, 행동에 관한 것만도 아니다. 그리고 민족 음악학은 그것을 연구하는 사람 이외의 사람에게는 이해되지 않는 심원한 것과만 관계를 맺는 그런 고립된 학습은 아니다. 오히려 그것은 두 종류의 연구를 결합하고, 그 탐구의 성과를 인문 과학·사회 과학 쌍방에서 다양하고도 광범한 여러 문제의 해결에 공헌할 수 있도록 노력하는 데 있는 것이다.

이 마지막 분석에서는 민족 음악학의 목표나 목적은 다른 학문들의 그것과 현저하게 다르지는 않음을 알 수 있다. 결국 음악은 보편적인 인간 현상이다. 따라서 서양의 앎의 철학에 있어 연구할 가치가 있는 것을 본질적으로 지니고 있다 (Clough 1960). 인간의 궁극적인 관심은 인간 자신이다. 음악은 인간이 하는 것의 일부이며 자기 자신에 관해 연구하는 내용의 일부다. 그러나 마찬가지로 중요한 것은 음악 역시 인간의 행동이라는 사실이다. 그리고 민족 음악 학자는 사회 과학·인문 과학과 함께 어째서 인간이 그러한 행동을 하는 것인지를 이해하기 위한 연구 과제를 공유하고 있다.

제 2 장

민족 음악학의 이론을 향하여

민족 음악학의 이중적 성격은 분명히 이 학문이 가지고 있는 하나의 사실이다. 그렇지만 중요한 문제는 인류학적 측면과 음악학적 측면 어느 것이 우위에 서야 하느냐가 아니라, 이 두 가지가 융합할 수 있는 어떤 방법이 있느냐 하는 것이다. 왜냐하면 이같은 융합이야말로 민족 음악학의 목적이요 또한 기본이어서, 그 바탕 위에서야 비로소 민족 음악학의 성과가 효력을 갖는다는 것은 명백하기 때문이다.

서양의 음악학도 서양의 문화 인류학도 이 물음에 대한 결정적인 대답을 가지고 있지 않다. 사실, 단일한 서양 문화의 범위에 국한된 음악 연구와는 대조적으로, 음악을 인간 현상으로 보는 광범위한 연구에 관심을 기울인 음악 학자들은 많지 않다. 이같은 연구에 몰두해 온 사람들은 보통 스스로를 대단히 제한된 특정 목적에 한정시켜 왔다. 타민족의 음악은 가끔 <음악사> 과정의 서론으로서 막연히 이용되었다. 특히 음악에서의 <프리미티브한> 것의 실례로서 이용되었다. 따라서 그것은 문화 진화론이라는 설득력 없는 개념을 바탕으로 만들어진 연역적 도식에 들어맞힌 것이었다. 그리고 때로는 음악의 기원을 가정한 이론들의 뒷받침으로서도 서양의 음악 학자들에 의해 이용되었다. 또 어떤 때는 작곡에 이용되는 선율이나 리듬의 소재 기반을 형성한 일도 있었다. 그러나 대체

로, 서양의 음악학은 지금까지 서양 음악사 연구에 전념해 왔으며 세계의
다른 음악이나 세계적인 넓이를 가진 인간 현상으로서 음악을 더욱 잘
이해시키는 광범위한 여러 문제에 대한 연구를 받아들일 여지가 거의 없
었다.

마찬가지로 인류학의 잠재적인 힘도 본래는 질적으로 더욱 광대한 것
이지만, 아직 두드러질 정도의 개발을 보지 못했다. 인류학사 초기에는
인류학자들은 그들의 민족지 속에 거의 언제나 음악을 포함시켜 왔으나,
이 전통은 꾸준히 상실되어 왔다. 유난히 최근 10년 내지 20년 사이에
그러했다. 음악에 대한 이런 관심의 감소 이유는, 적어도 그 하나는 인류
학자들이 근자에 이 학문에서 <과학성>을 강조할 필요를 느껴 왔고, 따
라서 인간 존재에 관한 문화적 사실들보다 사회적 사실들을 더욱 많이
다루게 되었다는 데 있다. 그 결과 과학이라는 말로 나타내는 사회 구조
의 연구들은 물론이요 경제적·정치적 연구들에 방대한 관심을 갖게 되
었다. 인류학은 이 비교적 근래의 과학성의 중시라는 것으로부터 많은
것을 배웠다. 앞으로도 계속 그럴 것이다. 그러나 그 과정에서 인류학은
하나의 발을 두 진영 ─ 사회적인 것과 인문주의적인 것 ─ 에 두고 있다
는 사실을 잊은 것처럼 보인다.

만약 민족 음악 학자들이 음악학적인 면과 민족학적인 면의 융합이 하
나의 현실이 되는 지점까지 그들의 학문을 발전시킬 생각이라면, 그들
자신의 이론과 방법의 틀을 창조하지 않으면 안된다는 것은 분명한 것
같다. 이것은 쉬운 일은 아니다. 음악에서 민족 음악학으로 들어가는 연
구자는 충분히 인류학적 훈련도 받을 필요가 있으며, 인류학에서 들어가
는 사람은 악음이나 음악 구조의 문제들도 다룰 수 있는 준비를 하지 않

으면 안되기 때문이다. 그러나 이 문제의 해결은 분명히 이 두 가지 측면의 지식 -<음악학과 민족학>이 융합했을 때만 가능하다. 그리고 정녕한 사람 한 사람 개인의 레벨에서 그 문제는 해결될 것이다.

만약 이것이 현실이라면 그리고 융합이 종착점이라면, 여러 문제를 넘어설 수는 없을까? 인문 과학과 사회 과학, 두 가지 다른 차원이라고 여겨지는 연구 영역을 하나로 합드릴 희망은 없을까? 사회 과학을 인문 과학적으로 다루거나 인문 과학을 사회 과학의 견지에서 다룰 수단은 없을까? 민족 음악학의 이론에 어프로치하기 위해서는 이 관문을 넘어서지 않으면 안된다.

과거에 인문 과학과 사회 과학은 주로 다음 다섯 가지 기본점에서 구별되어 왔다. 즉 예술가와 사회 과학자의 차이 및 두 분야의 수단·결과·활동·내용의 차이가 그것이다. 만약 이 영역이 나누어진다면 그리고 더욱 중요한 것으로서 만약 이것들 사이의 유사성이 판정된다면, 이 문제점들은 저마다 해결되지 않을 수 없다.

Herold Games Cassidy (1962)는 예술가와 과학자의 차이는 저마다 전달하는 것이 무엇이냐에 있다고 논하고, 하나의 의문의 형식으로 그 구별을 제시한다.

> 더욱 일반적으로 말해서 지식의 전달이 예술가와 과학자의 으뜸가는 기능일까? 내가 대답하고 싶은 것은 과학자로서는 <그렇다>, 예술가로서는 <아니다>이다. 즉 지식 체계에 공헌하는 것은 과학자로서는 으뜸가는 기능이지만, 예술가로서는 우연히 그렇게 될 수는 있을지언정 결코 으뜸가는 기능은 **아니다** (p. 12).

Cassidy는 Bertrand Russel로부터 지식에 관한 그의 개념을 인용해서,

그것을 <(요행수가 아니라) 올바른 이유에 입각하고 논술 속에 명시된 참된 신념> (p. 13)이라 정의하고, 다음과 같이 계속한다.

> 비록 음부가 시간적 요인에 따라 배열되고, 혹종의 악구가 테마나 메시지와 밀접한 관련을 가지게 되었다 할지라도, 나는 음악에 의해 전달되는 것을 지식으로서 분류하려고는 생각하지 않는다.…… 따라서 지식의 전달은 비언어 예술의 주요한 관심사는 아니라고 말하고 싶다 (p. 13).
>
> 과학자가 전달하는 것은 첫째로 지식이지만 반면 예술가가 전달하는 것은 첫째로는 감정이라고 말하는 것은 여러 가지 점에서 올바르다. 과학자도 예술가도 다 같이 관계 없는 한 것은 배제하려고 힘쓴다. 그러나 어느 쪽도 무엇인가 관련이 있는 것을 간과했는지 어쨌는지를 아는 수단은 가지고 있지 않다. 어느 쪽도 다른 한 쪽을 배제하진 않는다. 그러나 여전히 각자 탐구하는 현실의 양상은 많은 점에서 다른 쪽의 그것과는 다르다 (p. 35).

만약 우리가 이 견해를 받아들인다면, 민족 음악학의 기본적인 문제는 분명히 예술가 대 사회 과학자는 아니다. 그도 그럴 것이 예술가는 지식의 전달에 최대의 관심을 기울이고 있는 것도 아니며, 민족 음악학에 깊이 관여하고 있는 것도 아니기 때문이다. 민족 음악학은 예술가가 창조적이라는 의미에서 창조적인 것은 아니다. 민족 음악학은 정서나 감정을 전달하려는 것이 아니다. Cassidy는 다시금 이 견해를 강조한다.

> 물론 인간은 그림·음악·춤 등에 **관해서** 한정된 의미로 지식을 가질 수 있다. 그리고 예술가나 비평가 …… 는 지식 체계의 이 부분에는 공헌할 수 있다. …… 그러나 예술가는 과학자와 같은 의미에서 **제일 의적**으로, 예술 작품을 통해 지식의 발전이나 전달에 관여하고 있는 것

은 아니다. 만약 그가 지식을 전달한다면 그건 보너스다 (p.14).

따라서 본래의 예술가는 그의 창조적 능력에 관한 한 본래의 예술가는 민족 음악학에서는 거의 역할을 하고 있지 않다. 민족 음악학은 예술 작품을 창조하는 일에 관계하는 것이 아니다. 민족 음악학이 관심을 기울이는 것은 예술가의 여러 문제, 예술가가 어떻게 작품을 창조하는가, 예술의 기능 등등이기 때문이다. 그리하여 예술의 창조 과정은 그 과정의 연구와는 다르며, 민족 음악학은 후자 ― 음악에 관한 지식의 축적과 전달에 관여하는 것이다. 이런 의미에서 그 연구는 예술보다는 고고학 쪽에 쏠린다.

사회 과학과 인문 과학에 있어 기본적인 연구 방법에 많은 공통점이 있다는 것은 충분히 논의하는 것이 좋다. 쌍방이 다 발견·발명·시험·변이 요소의 분리·그 밖의 기술들을 이용한다. 이런 문제들은 다음 장에서 논하게 될 것이다. 더욱 중요한 것은 목표로 삼은 결과와 기본적인 어프로치·방법의 결합에 의해 달성된 여러 결과 사이에 존재할 수 있는 차이점이다.

Cassidy가 행한 바와 같이 (pp. 72 – 103), 한편에서는 사회 과학에 있어, 다른 한편에서는 인문 과학에 있어, 겨냥하는 일련의 긴 분기도(分岐圖)를 만드는 것이 가능하다. 이 분기도 속에는 다음과 같은 관계가 포함된다. 객관적 ― 주관적, 양적 ― 질적, 표상적 ― 추리적, 이론적 ― 심미적, 비례적 유사 ― 은유, 일반적 ― 개별적, 일치 ― 불일치, 반복성 일반(론) ― 유일성 개별(론). Cassidy는 이런 차이들은 일반적으로 생각하는 것처럼 참으로 큰 것은 아니라는 사실을 설득력 있게 논하고 있으나, 전반적으로 말해서 그것들이 존재한다는 것은 명백하다.

결론적으로 민족 음악 학자가 바라는 것은 주관적·질적·추리적·심미적 등등의 것이 아니라 오히려 가능한 한 객관적·양적·이론적인 것이다. 이것은 거의 불가피하다. 예술의 창작 과정과 이런 과정의 연구에 대립되는 예술가의 견해 사이에는 확실한 선이 그어진다. 민족 음악 학자는 지식을 구하고 그 지식을 전달하려고 한다. 그가 겨냥하는 결과는 예술적이라기보다 과학적이다.

다시 한 걸음 나아간 의문은 예술의 활동과 과학의 활동 사이에 차이가 존재하느냐 하는 문제다. 다시 Cassidy는 그러한 차이는 최소의 것이라고 논한다. 양자의 활동은 다 같이 다음 세 가지로 나눌 수 있는 특징을 지닌다는 것이다.

> ……분석·종합·실천에의 이행. 그 업무가 무엇이든 사람은 누구나 이런 활동들에 종사한다.……
> 분석 활동에는 자료의 집적, 즉 특정한 지식 혹은 개별적 경험의 증가가 수반된다. 그것은 구별하고 분리하고 분류한다는 의미에서 분석적이다. 예술에서도 과학서도 분석적 활동은 수집·명명·관찰·상세한 관찰 보고를 수반한다.……
> 두 번째 활동인 종합은 자료나 이론이나 이론의 체계 사이에 관련이 일어날 때 — 추세와 가설과 이론과 법칙을 이끌어낼 때 일어난다.……
> 세 번째 활동……은 실천으로 옮아가는 일이다. 그것은 일반적·이론적인 것에서 개별적·실제적인 것으로 환원하는 활동이요, 어떤 특정한 상황에서 일반적 혹은 이론적인 것을 실용에 제공하는 활동이다 (pp. 21 - 23).

예술의 연구에서도 그 활동 과정은 이 세 부분에 따른다.

이제 여기서 사회 과학과 인문 과학의 내용의 문제, 즉 본론의 중심 과제로 옮아가자. 사회 과학의 핵을 이루는 것은 사회학·문화 인류학·사회인류학·정치학·경제학이다. 거기에다 사회 심리학·사회사·인문 지리학, 아마 그 밖에도 몇 가지 더 있겠지만, 이렇듯 다른 학문들 안의 일부가 첨가될 것이다. 한편 인문 과학은 일반적으로 여러 예술 — 즉 음악·무용·연극·문화학·시각 예술·건축 — 과 철학 및 종교를 포함하는 것으로 여겨지고 있다. 이 분류에 관해서는 특정 분야에 의견의 차이가 얼마간 있을 수 있겠으나, 이 구분은 이대 (二大) 연구 영역에 관한 일반적 이해에 연관되는 것으로 여겨진다. 이 두 영역에서 그 결정적인 차이는 무엇일까? 정말로 그것들은 결정적인 차이일까? 인문 과학의 내용과 대조적인 것으로서 사회 과학의 내용의 면에서 이런 의문들에 답하기 위해서는, 문화 인류학의 몇 가지 기본 개념들에 눈을 돌릴 필요가 있다.

문화 인류학이 주로 관여하는 것은 이른바 <문화>다. 인간은 시간 속에서 움직인다. 즉 인간은 과거·현재·미래의 의식을 가지고 있다. 그리고 이지적으로 자신이 시간 속에서 존재하고 있다는 것을 안다. 다른 동물들도 다 그렇겠지만, 인간의 입장에서 다른 동물들도 이지적인 시간 감각을 가지고 있다고 보는 것은 의심스럽다. 인간은 또 공간 속에서 움직인다. 그리고 인간은 분명히 이 점을 다른 모든 움직일 수 있는 생물과 공유한다. 인간은 또한 사회 속에서 움직인다. 그는 집단을 유지하고 그 계속성을 확립하는 가운데, 자기를 동료와 동일시하고 동료와 협력한다. 그러나 이 점에 있어 인간만이 유니크한 것은 아니다. 개미나 벌이나 고등 영장류와 같은 생물들도 마찬가지로 사회의 일원이 될 수 있기 때문이다. 시간·공간·사회 속에서 움직이는 속으로는 인간만이 유니크하다고 말할 수는 없다. 그러나 인간이 유니크하다고 말할 수 있는 이유가 하나 있다. 그것은 인간이 문화를 가지고 있다는 사실이다. 인류학자들이 이 중심 개념의 정의에 대단히 많은 주의를 기울여 왔다는 것은 정당했다. 그러나 아직까지 보편적으로 인정할 수 있는 정의에는 이르지 못하고 있다. 당분간 우리는 여기서는 단순히 문화라는 개념은 누적적으로 학습된 <인간의 행위>라고 말할 수 있다.

인간이 문화를 가지고 있다는 사실을 인정한다면, 우리는 그 문화와 그 다양한 부분들을 설명할 수 있어야 한다. 그러나 그것은 겉보기처럼 그렇게 단순한 명제는 아니다. 이를테면 진화를 통해 획득한 어떤 신체적 특성들이 인간으로 하여금 문화를 가질 수 있게 했다고 우리는 알고 있다. 즉 직립 자세·말단 신경 조직과 중추 신경 조직·뇌·언어 능력이 없어도 인간이 문화를 가질 수 있었을지 의심스럽다. 그러나 이 사실은 **어째서** 인간이 문화를 가지게 되었는가를 반드시 설명하고 있는 것은 아니다, 그것은 어떻게 인간이 문화를 가지는 것이 **가능한**가를 일러주는 데 지나지 않는다. 유전학은 어떻게 해서 인간의 신체적 특성이 세대에서 세대로 이어져 가는가를 우리에게 보여주지만, 유전학자들은 인간이 문화를 담당하는 동물이라는 사실을 설명할 유전자 혹은 염색체를 아직 발견하지 못했다.

Bronislaw Malinowski는 인간은 어째서 문화를 가지고 있는가 라는 문제에 상당한 관심을 기울인 바 있다 (1944). 이 연구에서 그는 일곱 가지 기본적 욕구와 그 문화적 반응의 일람표를 작성했다. 욕구에는 이를테면 물질 대사·재생·신체적 위안이니 하는 항목이 있다. 한편 그것에 응하는 문화적 반응으로서는 집회·친족 관계·피난 장소가 있다. Malinowski

는, 그 기본적 욕구가 이번에는 일련의 파생적 요구들을 만들어내고, 그
것이 결과적으로 온갖 문화의 제도 속에 반영된 일군의 문화적 필연성이
된다고 생각했다. 그리하여 이를테면 <장치니 소비재니 하는 문화의 소
도구는 생산되고 사용되고 유지되고 그리고 새로운 제품과 환치되지 않
으면 안되는 법이지만,> 이에 의해서 하나의 경제 조직의 대응이 생겨난
다. 이와 같이 생각한 결과 Malinowski는 경제·사회 지배·교육·정치 조
직, 이런 모든 것들이 궁극적으로는 인간이라는 유기체 그 자체의 기본적
요구들에서 유래하는 것으로 설명될 수 있다고 느꼈다.

　다른 유사한 도식들과 마찬가지로 이런 생각의 난점은 Malinowski가
분명 문화의 사색적·창조적 면을 설명할 수 없었던 것이 아닌가 하는 점
이다. 왜냐하면 그는 종교와 예술적 행동을 어디에도 포함시키지 않았는
데, 이것들은 다 같이 인간의 체험 속에서도 보편적인 것이기 때문이다.
그리하여 Malinowsky는 보편적인 인간의 행동과 조직의 어떤 일정한
측면을 생물로서의 기관의 욕구로부터 이끌어낸다. 그 결과 적어도 문화
의 일부분은 설명할 수가 있다고 느꼈던 것이다. 그는 예술적인 동물로
서의 인간을 설명하지 않았던 셈이다.

　여기서 가장 중요한 것은 Malinowski가 인간의 생물 사회학적인 욕구
에서 이끌어낸 것들은 바로 우리가 사회 과학이라 부르는 학문에 의해
연구되는 측면이 있다는 사실이다. 그가 설명한 경제적 유기체에 관한
인간의 욕구는 경제학의 분야에서 연구되고, 정치적 유기체에 관한 인간
의 욕구는 정치학에서 연구된다. 사회 지배에 관한 인간의 욕구는 사회
학과 문화 인류학 및 사회 인류학에 의해 연구되고, 자기의 지식을 다음
세대에 전하기 위한 교육에 관한 인간의 욕구는 사회화 혹은 문화화의

표제하에 사회학과 문화 인류학 및 사회 인류학에 의해 연구된다. 만약 우리가 문화의 어떤 측면을, 생물로서의 인간의 기본적인 요구로부터 이끌어낸 Malinowski의 공식을 자진 받아들인다면, 우리가 사회 과학이라 부르는 것이 이것과 같은 것들의 연구에 열중한다는 것을 알게 된다.

그러나 문화의 인문적인 측면은 지금과 같은 분석 기술을 사용해서는 설명할 수 없음은 분명하다. 사회적인 측면과 같은 증거에 따르면, 인문적인 측면도 인간 존재의 보편적인 현상이다. 즉 인간을 볼 수 있는 곳이면 어디서나 사회적·경제적·정치적 제도를 볼 수 있다. 뿐만 아니라 이른바 예술적·종교적·철학적 제도도 볼 수 있다. 모든 곳의 모든 인간이 그들의 생활 조직 속에서 학습된 행동의 이런 모든 측면들을 포함하고 있다.

요컨대, 사회 과학과 인문 과학 사이의 결정적인 차이는 전자의 주제는 인간의 생물 사회학적인 유기성(有機性)의 기본적 욕구로부터 이끌어낼 수 있다고 여겨짐에 반해서, 후자에 관해서는 불가능하다는 사실에 있는 것처럼 보인다. 이것은 이 두 연구 분야의 내용이 지극히 다른 질서를 지니고 있다는 것을 나타낸다. 그러나 만약 인문 과학이 생물 사회적 존재라는 단순한 사실에서 이끌어낼 수 없다면, 남는 것은 인문 과학의 본질은 무엇인가를 발견하는 데 있음은 명백하다. 여기서 이 문제에 접근한 몇몇 연구자들의 말을 들어보는 것도 유익할 것이다.

인류학과 인문 과학을 다룬 논문 속에서 Ruth Benidict는 <인간 정서·윤리·이성적 통찰과 목적> (1948:58)에 관해 말하고, 또 나중에 <사람의 정서·합리화·상징적 구조>에 관해 말한다. 직접적으로는 아니지만 그 어느 경우에 있어서나 인간에 관해 그녀가 본질적으로 인문 과학적인 사항이라고 분명히 생각하는 것을 언급하고 있다. 그렇지만 주의하지 않으면 안되는 것은 <목적>이라는 하나의 낱말에 대해서다. 왜냐하면 거기에는 사람이 자기 인생 속에서 보는 목적의 표현을 표상하는 것이 인문 과학이라는 암시가 있기 때문이다.

Melville J. Herskovits는 끊임없이 인간 존재의 창조적·사색적 측면에 관해서 말한다. 여기서 그는 <인문적>이라 일컬어진 문화의 여러 측면을 <제도적인 것>에 대립하는 <창조적인 것> (1948)으로 분류한다.

George Caspar Homans는 적어도 어떤 부분에서는 <…… 인문 과학은 사회 과학보다도 인간의 가치관에 더욱 많이 관여한다. 그리고 사회 과학은 인간 행동의 몰가치적 기술에 더욱 관여한다> (1961:4)라는 견해를 지지한다. 일반적으로 말해서 진실일지 모르나, 이것은 논의의 방향을 이 두 분야의 내용의 문제보다는 오히려 방법의 문제로 돌려버린다. 그런 대로 인문 과학은 바로 그 본질상 가치관을 포함하는 것이라고 말하는 것은 중요하며, 이것이 하나의 키 포인트가 될 것이다.

이 두 분야를 가장 날카롭게 구별한 사람은 Carl J. Friedrich이다. 그는 Hegel에 접근, <그리하여 인문 과학의 초점은 문화적인 사항들 (미술·음악·문학·철학·종교)에서의 인류의 소산 (所産)을 판정·음미하고 평가하는 일에 있으며, 반면 사회 과학의 초점은 인류가 창조적 활동도 포함하면서 더불어 생활해 가는 그 방법에 있다> (Parker, 1961:16)라고 말한다. 이 구별에 대해서는 후에 다시 돌아갈 기회가 있을 것이다.

인문 과학의 내용에 대한 이상 네 가지 접근 방법을 검토해 보노라면, 개별적인 사상가들이 몇몇 공통되는 것들을 생각하고 있다는 것이 분명해진다. 네 사람 모두 생활의 수단을 풍부하게 하는 것과 대립시켜 생활의 수단에 입각해서 구별을 하고 있는 것으로도 보인다. 즉 네 사람 모두 문화의 인문적 측면에 의해 인간은 생존을 계속하는 문제를 초월할 수 있다는 것을 시사하고 있는 것처럼 보인다. 다른 식으로 말한다면, 사회 과학은 인간이 인생을 대처하는 방식을 다루고, 반면 인문 과학은 인간이 그 인생에 대해 생각하는 바를 다룬다고 암시하고 있는 것처럼 보인다. 그렇다면 문화의 인문적 측면은 인간을 에워싸는 모든 것에 대한 인간의 해석이요 설명이며, 그 해석은 창조적·정서적 언어로 표현된다. 문화의 인문적 요소를 통해 사람은 어떻게 사는가에 관한 날카로운 해석을 마련하고 있는 것처럼 보인다. 사람은 인문 과학에서 인생에 관해 생각한 바를 요약하는 것처럼 보인다. 요컨대 인간은 사회적 동물로서 생활하지만, 오로지 사회적 동물로서만 살고 있는 것은 아니다. 인간의 사회 생활은 분명히 인간이 자기 자신에 관해 설명하고, 자기의 행동이나 포부나 가치를 선언하고 해석하지 않고서는 배길 수 없는 상황을 가져오기 때문이다. 그리하여 사회 과학은 사회적 동물로서의 인간과 인간이 일상 생활에서 생물 사회적인 여러 문제를 해결하는 방법을 다룬다. 반면 인문 과학은 인간을 사회적 생활을 넘어서 자기 자신 인생 체험의 증류정제(蒸溜精製)를 행하는 곳으로 이끌어 간다. 따라서 사회 과학은 정말로 사회적이며 인문 과학은 대체로 개인적·심리적이다.

생활의 사회적인 측면과 인문적인 측면을 나누고 그 결과 이 두 연구 분야의 내용에 영향을 끼치는 것으로서, 두 번째로 중요한 차이를 다음에 들어보자. 사회 과학은 지금까지 보아 온 바와 같이 인간의 사회 제도의 연구에 집중되어 있다. 사회 제도는 그것을 구성하는 사람들의 행동을 통제하기 위해 존재한다. 그러나 인문학적 노력의 목적은 행동을 통제하는 것이 아니라 시각적 혹은 청각적으로 실체가 있는 그 무엇, 즉 예술 작품을 낳는 데 있다. 이런 견지에서 음악가의 의도는 음이지, 음악 가적으로 행동을 조직하는 것은 아니다. 한편 사회는 움직이고 있다. 우리는 여기서 목표의 문제를 다뤄보자. 인간의 생물 사회적 생활의 목표는 생존의 존속을 확실한 것으로 하기 위해 생물 사회적 욕구에 응해서 행동을 통제하는 데 있다. 인간의 창조적 행동의 목적은 생물 사회적인 요구 이상의 것을 만족시키기 위해 존재하는 하나의 창작품에 있다. 이 구별은 <인문 과학의 초점은 …… 인간의 **창작품**에 있다. 반면 사회 과학의 초점은 인간이 더불어 생활해 가는 **방식**에 있다>라고 한 Friedrich의 설명을 상기케 한다.

사회 과학과 인문 과학 사이의 유사성과 더불어 이런 차이가 있다면, 양자를 결부시키는 어떤 것인가가 존재할까? 양자가 기능을 다 할 수 있는 민족 음악학이라는 것이 정말로 있을까? 만약 있다면, 무슨 수단으로 <과학적인 것>과 <비과학적인 것>, <사회적인 것>과 <개인적인 것>이 단일한 학문 안에서 고찰될 수 있을까? 민족 음악학으로서는 매우 결정적인 이 커다란 문제에 대한 대답은 두 가지가 있다. 특히 복잡한 것도 아니며, 의미가 애매해서 간과할 만한 것도 아니다.

우선 첫째로, 사회 과학과 인문 과학은 다 같이 인간이 무엇을 하는가, 그리고 왜 하는가에 관심을 기울인다. 그것들이 접근하는 수단과 방법은 다를지 모른다. 그러나 때로는 그렇게 보일지라도 그렇게까지 다른 것도 아니다. 결국 양자 다 같이 인간의 이해를 찾고 있는 것이다. 그리고 이것이 양자 사이의 명확하고도 변하지 않는 가교 (架橋)인 것이다.

둘째로, 예술가 또는 음악가의 목표는 시각적·청각적으로 실체를 가진 작품을 만들어내는 일인데, 예술가 또는 음악가는 그 작품을 만들어내기 위해 행동하지 않으면 안된다는 점에도 주목하는 것이 대단히 중요하다. 그러므로 작품의 이해가 예술가의 행동의 이해를 포함한다는 것은 불가피하다. 그리하여 사회 과학자와 인문 과학자가 만약 예술 작품을 이해하려 한다면, 인간의 행동을 고찰하지 않으면 안된다는 점에서 양자는 다 같이 연결되어 있다.

여기서 우리는 민족 음악 학자가 창조하려고 하는 것은 사회 과학과 인문 과학 사이에 놓는 가교라는 불가피한 결론에 직면하게 된다. 민족 음악 학자는 사회 과학과 인문 과학 양쪽에 관여하지 않으면 안된다. 그래서 그 가교가 필요한 것이다. 그는 인간 존재의 인문적 측면의 산물을 연구하지만, 동시에 그 산물은 그걸 만들어내는 인간의 사회와 문화에 의해 형성된 행동의 결과라는 것을 이해하지 않으면 안된다. 민족 음악 학자는 결국 음악에 관한 과학을 하고 있는 것이다. 그의 구실은 인문 학자의 익숙한 용어로 예술 작품을 논하는 것이 아니라, 예술 활동과 작품에 관한 지식이나 규칙성을 찾는 일이다. 그는 첫째 목표로서 스스로 심미적 체험을 추구하는 일은 하지 않고 (이것이 그의 연구의 개인적 부산물일 수는 있지만) 인간 행동의 이해라는 견지에서 타인의 심미적 체험의 의미를 인식하려고 한다. 그리하여 민족 음악학의 수순과 목표는 사회 과학 측면에 있으며, 한편 그 주제는 인간 존재의 인문적인 측면에 있다. 민족 음악학은 예술 작품 그것을 만들어낼 즈음에 취하는 행동 및 그 행동에 종사하는 예술가의 정서와 관념 작용에 관한 지식을 전달하려고 노력한다.

그렇다면, 민족 음악학은 사회 과학의 하나인가, 아니면 인문 과학의 하나인가? 양쪽을 함께 하고 있다는 것이 그 대답이다. 즉 그 접근하는 방법과 목표는 인문 과학적이라기보다는 과학적이지만, 그 주제는 과학적이라기보다는 인문학적이다. 그 연구가 오로지 작품의 분석과 이해에만 한정되어 있을 때조차도 목표는 대체로 인문학적인 용어로는 나타낼 수가 없다. 민족 음악 학자는 그가 연구하는 음악의 창조자도 아니려니와 그의 기본적인 목적이 심미적으로 그 음악에 참여하자는 것도 아니다.(하기야 재창조를 통해서 그렇게 하려고 할는지는 모르지만) 차라리 그의 입장은 언제나 구조나 행동의 분석을 통해서 그가 듣는 바를 이해하자는 것이다. 그리고 이 이해를 인간 존재의 보편적인 한 현상으로서의 음악을 위해, 자신의 성과를 비교하고 일반화할 수 있도록 해 줄 용어로 나타내려고 하는 아웃사이더의 입장인 것이다. 민족 음악 학자는 음악에 관한 과학을 하고 있는 것이다. 그가 이 일을 성공적으로 하려면, 첫째로 중요한 지식은 두 분야에서 오는 것이 아니면 안된다는 것은 분명하다. 음악의 중요한 지식 없이 음악 행동을 연구한다는 것은 불가능하다. 마찬가지로 사회 과학의 중요한 지식 없이 음악 행동을 연구하는 것도 불가능하다. 그리고 가장 좋은 결과는 양쪽 지식을 이용한 연구로부터 온다.

어떤 학문의 분류 방법에 관한 문제는 과학의 역사에 있어 새로운 것은 아니다. 또한 그것이 때때로 인류학의 주된 문제였다고 하더라도 놀라울 것도 없다. Oscar Lewis는 이 문제를 다음과 같이 명쾌하게 표현했다.

한편으로는, 인류학과 자연 과학의 연결을 강조하려는 사람들이 있다. 그들은 수량화·객관 테스트·실험·수집·보고·필드 데이터의 해석에 있어 여러 기술의 총합적 발전과 개량의 필요성을 강조한다. 인류학과

과학과의 관련을 잠시도 부정하는 것은 아니지만, 다른 한편으로는 이
경우 강조되지 않으면 안되는 것은 인류학과 인문 과학의 관련이라고
믿는 사람들도 있다. 따라서 그들은 통찰·감정이입·직관·예술적 요구
를 강조하려 든다. 더구나 그들은 수량화·관리 통제·실험으로 해서 할
수 있는 인류학에의 공헌에 관해서는 훨씬 낙관적이 아니다. 그리고
가장 적절하고 통찰에 넘치는 인류학상의 연구 논문 몇 편은 기술적
훈련을 받은 적이 없는 선교사들에 의해 씌어진 것이라고 지적하고 있
다 (1953:453).

이 논쟁은 인류학에 있어서 옛날부터 존재했으며, 또 인류학은 정작 역
사인가 아니면 과학인가 하는 논쟁도 마찬가지로 오래된 것이다 (Boas
1948, Radin 1933, Herskovits 1948). 이 논쟁을 인도한 문제는 민족 음악
학을 괴롭힌 문제와 기묘할 만큼 엇비슷하다. 서양의 조류 밖에 있는 거
의 모든 인류에 관한 전체적 연구가 민족 음악학은 물론이요 인류학에도
역시 남아 있다고 하는 역사적 사실에서 그것은 나오고 있다. 직면하고
있는 이 분야가 엄청나게 크기 때문에 무엇을 해야 하는가, 어떠한 어프
로치를 강조해야 하는가에 관해 그 해석에 어떤 애매성이 항시 따라붙어
왔으며 현재도 상황은 변치 않고 그대로다. 그러므로 과학의 분류법을
사용해서 민족 음악학을 어느 표제하에 분류해야 할 것인가를 명확히 결
정한다는 것은 겉보기처럼 관심이 가지는 것은 아니라 하겠다. 지금까지
해 온 것은 인류학은 과학에 의해서, 인문학적 현상에 관한 지식을 이해
하고 전달하려 한다는 것을 명백히 보여 준다.

I

과학적 분석의 관점에서 음악을 연구하기 위해서는 민족 음악학을 성립시키는 기반을 확립할 필요가 있다. 여기서 가장 근본적으로 생각해야할 것은 무엇이 음악인가 그리고 그것이 문화의 개념에 대해 어떠한 관계에 있는가 하는 문제다.

Oxford Universal Dictonary (제3판, 1955)는 음악을 <형식의 미와 사고나 감정의 표현을 목적으로 음의 결합에 관여하는 예술의 하나)라고 정의한다. *American College Dictionary* (텍스트판, 1948)는 음악은 <리듬·멜로디·하모니·음색의 여러 요소를 통한 의미심장한 형식에서 관념이나 정서를 표현하는 시간상의 음의 예술>이라고 말한다. 여기서 어느 정의나 다 같이 음악은 서구의 용어로만 규정될 필요가 있다는 전제에서 출발하고 있다는 사실에 유의하는 것이 중요하다. 다른 문화의 음악은 필연적으로 미 그것에만 관여하지는 않는다. 음악을 통해서 관념이나 정서를 표현하는 문제는 확실히 최종적으로 해결이 이루어져 있는 것이 아니다. 많은 음악들은 하모니의 요소를 사용하지 않는다. 사회 과학자의 입장에서 본다면 정의들은 유용하다고는 할 수 없다. 왜냐하면 그것들은 음을 형성하는 데 주요한 구실을 하는 사회적 합의라는 요소에 관해 아무 것도 말하고 있지 않기 때문이다.

출전은 모르지만 좀 더 요점에 가까운 정의가 하나 있다. <음악이란 활동과 관념과 대상물과의 복합물이며, 세속적인 커뮤니케이션과는 다른 레벨에서 존재를 승인 받은 문화적으로 의미를 지닌 음들로 패턴화되어 있다.> Fansworth (1958:17)가 내놓은 정의도 유사한 성격을 띠고 있다.

<음악은 사회적으로 받아들인 음의 패턴들로 만들어진다.> 이들 두 정의에 공통으로 보이고 또한 사회 과학자에게도 특히 중요한 것은 음악의 음들은 그 스스로가 일부를 이루고 있는 문화에 의해 형성된다는 사실이다. 그리고 문화는 이번에는 음악에 관해서 무엇이 적당하고 무엇이 적당하지 않다고 생각하는지를 학습하는 개인이나 개인의 집단에 의해 지탱되어 있다. 문화마다 무엇을 음악이라 부르고 무엇을 음악이 아니라고 하는지를 결정한다. 그리고 이 기준에서 벗어나는 행동은 물론, 음의 패턴이나 형도 받아들이기 어려운 것 혹은 음악 이외의 어떤 것으로 규정되어 버린다. 이리하여 모든 음악은 패턴화된 행동이다. 실제로 닥치는 대로의 것이었다면, 음악은 존재할 수 없을 것이다. 음악은 고저 (pitch)나 리듬에 의존하고 있지만, 그것들은 그 특정 사회의 멤버에 의해 승인되어 있는 것으로서만 오직 그러는 것이다.

음악에는 그 밖의 사회적인 특성들이 있다. 음악은 사회적 상호 작용에 의해서만 오직 존재하는 매우 인간적인 현상이다. 즉 음악은 사람들에 의해서, 사람들을 위해 만들어진 것이며 학습된 행동이다. 음악만이 단독으로, 그 자체 때문에 존재하지 않으며 또 그럴 수도 없다. 거기에는 음악을 만들어내기 위해서 무엇인가를 하는 인간이 반드시 있다. 요컨대 음악은 음만의 현상으로서 정의할 수는 없는 것이다. 왜냐하면 음악은 개인이나 개인 집단의 행동을 포함하며, 음악 특유의 조직은 그것이 어떻게 되어 있어야 하며 어떻게 되어서는 안되는가를 결정하는 사람들에 의한 사회적 합의를 요구하기 때문이다. 사실 John Mueller는 다음과 같이 지적한다. 우리 문화에 있어, 교향악 연주회의 개최조차 <…… 절대적으로 혹은 어느 의미에서는 본질적으로 음악적인 사건은 아니다, 오히려 그것은

심리적·사회적 진실이며, 음악은 종종 비음악적 고찰에 맡겨져 있다>
(1951:286). 음악은 또한 절대적인 것은 아니라 하더라도 인간의 문화에
서는 보편적 존재다. 어디에나 음악이 있다는 것은 그것이 무엇이며, 특
히 인간에게 있어 무엇인가를 이해하는 데 대단히 중요하다.

그러나 문화적·사회적 요인들은 음악에 대해 사람들이 품는 옳고 그
른 관념에 음악이 따른다는 사실에 암시되어 있는 것보다도 훨씬 큰 비
중으로 음악의 형식에 관여하고 있다. 그리하여 이를테면 Herzog은 다
음과 같이 쓴다.

악곡이나 연주를 받아들이느냐 받아들이지 않느냐는 우리들 개인보
다도 문화적·사회적인 사상 (事象) 자체에 의거하고 있을 것이다. 다음
과 같은 예가 있다. 나바호 (Navaho) 인디언족의 병 치료의 주요 부분
을 구성하는 몇몇 노래 가운데 한 노래에 단 하나의 잘못이 있더라도
그것은 그 의례 전체를 무효로 만든다. 그 결과 적절한 정화를 행한 후
에 처음부터 다시 하지 않으면 안된다. 여기서 우리가 하나의 의문을
던진다고 하면, 그것은 어디까지가 심미적 의미로 더럽혀졌으며, 또 어
디까지가 의례적 의미로 더럽혀졌는가 하는 것인데, 이 의문은 나바호
족에게는 무의미하며 아마도 그들에게도 전혀 불분명할 것이다 (1936
b:8).

이보다도 훨씬 과격하고 결정론적인 입장을 취하고 있는 것이 William
G. Haag이다. 그는 다음과 같은 견해를 가지고 있다.

예술은 자유롭지 않다. 예술가는 세계를 움직이고 있는 최강의 그리
고 가장 미묘한 힘, 즉 문화적 결정론에 의해 용서없는 지배를 받고 있
다. 시대에 의한 예술적 기호 (嗜好)의 변화는 모두 예술가의 <기분>

을 넘어선 영역에서 생겨나서 자란다 …… 물론 그 영역이 곧 문화이
다-예술가가 참여하는 규범적이고도 양식적이며 일관된 행동의 영역
이다 (1960:217).

이와 같은 입장은 너무 결정론적이며 단순화되어 있기 때문에 쓸모 있게
그 의도가 전해지지 않는 반면, 그것은 문화가 음악을 형성하는 데서 하
는 구실의 중요성을 강조하고 있다.

  Paul Farnsworth는 음악과 문화의 관계를 더욱 깊게 예증하는 하나의
실험을 기술한다.

    수년 전 Aeolian사 제품인 Duo-Art 자동 피아노가 대학생들이 왈
  츠 속도로서의 특정 템포를 노래 속에 충분히 고정시키고 있는가를 알
  기 위한 시도에 사용되었다. 피실험자는 눈을 가리고, 지금 듣고 있는
  곡의 연구가 적당하다고 여겨지는 속도가 될 때까지, 커다란 스피드
  레버를 전후로 움직이도록 지시를 받는다. 이 피실험자 집단이 보인
  레버의 위치는 대략 4분의 1분 간에 116 전후의 속도였다. 이것은 바로
  Aeolian사가 적당한 속도라고 여겼던 것이었으며, 폭스 트로트 (fox
  trots)라는 댄스는 보통 상당히 빠른 템포로 고정되어 대략 143이었다.
    다시 6년 후에 Lund가 마찬가지로 대학생들을 대상으로 댄스의 템
  포에 관한 연구를 했다. 이때에는 더욱 빠른 속도가 적당하다고 생각
  되고 있는 것을 발견했다. 왈츠는 1분간에 139, 폭스 트로트는 155이었
  다 (1958:69).

  시간이 경과함에 따라서 <올바르다>라고 생각되는 템포가 이와 같이
변하는 이유를 음악 구조나 음 자체에 본래 갖추어져 있는 요인에서 찾
는다는 것은 결코 불가능하다. 왜냐하면 그와 같은 입장을 취하면 악음
이 악음의 변화를 가져다주는 원인이라는 동어반복 (同語反覆)은 물론이

요, 음악은 그 자체 독자적으로 어떤 종류의 존재를 가진다는 태도를 우리는 취하지 않을 수 없게 되기 때문이다. 그와는 반대로 음악에 이같은 변화를 가져다주는 요인은 취미나 기호의 문제이며, 그것들은 음악의 템포 그 자체와의 관계를 직접적으로는 거의 가지고 있지 않는 문화 패턴에서 오고 있는 것이다.

그러나 민족 음악학의 역사는 위에서 말한 것들과 매우 유사한 가정들에서 출발했음을 보여주는 것으로 종종 여겨진다. 문화적 배경에서 완전히 또는 거의 절연하고 있는 음악 구조의 연구가 다양하다는 것은, 민족음악 학자가 음의 구조를 그 자체만으로 독립한 가치로서 고착, 거기에 최대의 가치를 두어 왔음을 보여 주고 있다. 사실 악음은 그 자체에 내재하고 그것을 만들어내는 인간으로부터는 완전히 떨어져 있는 원리와 법칙에 따라 작용하는 하나의 폐쇄된 체제로 종래에는 다루어 왔던 것이다. 그러나 이같은 방법으로 음악이 만족스럽게 연구될 수 있는지 의문이며, 또한 사실상 악음 그 자체가 하나의 체계인지 아닌지도 도무지 의심스럽다. 하나의 체계라는 것은 일군의 사물 혹은 관념을 포함하고, 그것들의 각부분들은 그 자체에 내재하는 논리와 구조에 의해 서로 적합하거나 공동작용을 맡아 한다. 그리고 이같은 친분이 두터운 관계가 있기 때문에, A의 부분에서 일어난 변화는 B의 부분에서도 그것에 대응하는 변화를 가져다줄 것임을 하나의 체계는 의미한다. 그리하여 음악에 있어서도, 이를테면 리듬 A에 있어서의 변화는 그것에 대응하는 어떠한 변화를 멜로디 B에도 가져다주지 않으면 안된다. 혹은 X타입의 멜로디의 프레이즈 (phrase)는 X가 변하면 마찬가지로 Y도 변한다는 전제에 의해 필연적으로 Y타입의 프레이즈를 수반하지 않으면 안된다. 음악은 이와 같이 작용하고 있는지도 모른다. 그러나 그렇다고 하면 우리는 그걸 알고 있어야 한다. 그리고 어느 경우라도 우리 자신의 음악 체계에 있어서는 B의 멜로디는 리듬 A로도 C로도 D로도 잘 연주될 수 있으며 또 Y프레이즈는 반드시 X프레이즈 뒤에 이어지는 것은 아니라는 것을 우리는 알고 있다.

그렇지만 악음은 하나의 체계라고 가정한다 하더라도 악음을 사회적·문화적인 고려에서 전적으로 절연한 것인 양 다룬다는 것은 타당치 않다. 이미 적은 바와 같이 음악이 사회적·문화적 배경 속에서 사람들에 의해 다른 사람들을 위해 만들어진다는 것은 불가피하기 때문이다. 악음에만 사로잡히는 것은 민족 음악학의 많은 것이 기술적 연구 단계의 영역을 넘어서지 못하고 있음을 의미하는 것이다. 여기서 우리는 Cassidy가 여러 예술이나 과학에서의 활동을 분석·종합·실천에의 이행 세 가지로 분류한 것을 상기해도 좋다. 데이터의 집적에 전념하는 것이 분석적 활동이요, 데이터간의 관계의 추구에 집중하는 것이 종합적 활동이다. 즉 Cassidy가 분석적이라고 칭하는 것을 여기서는 기술적이라고 칭하고 있는 것이다. Cassidy는 분석적 단계에서 멈춰 버리고 마는 위험을 극히 강조하고 있다.

> **분석적 기능과 종합적 기능을 구별할 수 없고, 종종 어느 한쪽에 대한 <기호>를 수반하는 것이 과학자와 인문 학자와의 분리의 중요한 한 원인**이다.……이것은 과학의 일부분 (분석)을 과학의 모든 것이라고 생각하는 일반적인 잘못의 한 예이다. 나는 **분석적 과학이나 분석적 예술은 과학이나 예술의 일부분에 지나지 않음**을 강조하고 싶다.…… 세 가지 행동, 즉 분석·종합·실천에의 이행 모두가 건전한 과학 혹은 예술을 위해 발맞

쳐 나가지 않으면 안된다 (1962:23).

Leonard Meyer도 같은 요점을 다음과 같이 말한다.

기술적 민족 음악학의 중요성이나 많은 공헌을 경시함이 없이 그것
이 가져다준 정보의 성질과 한계를 인식하는 것이 필요하다. 왜냐하면
때때로 기술적 민족 음악학은 미승인 혹은 테스트가 끝나지 않은 심리
학적인 종류의 가설에 바탕을 두고 있어서, 시인하기 어려운 개념을
사용하거나 결론에 도달하거나 했기 때문이다 (1960:50).

마지막으로 McAllester는 민족 음악학에 있어 기술적 연구가 매우 강
조되고 있음을 설명하려 한다.

만약 우리 서구 문화의 독특한 성격 즉 문화 개념의 이분법이 없다
면, 음악과 문화의 관계를 이같이 주장하는 것은 불필요할 것이며, 또
사실 그러할 것이다. 우리는 문화를 국민 생활의 총체로서 인류학적
의미로 생각할 **수가 있으나**, 예술 형식이나 예술을 위한 예술을 특히
강조해서 <세련된 (cultivated)> 의미에서의 문화를 생각할 수도 있다.
우리의 이 문화의 특질 때문에 예술이 총체로서의 문화에서 분리되는
결과를 낳았다. 우리가 피카소를 말할 때, 그가 살았던 시대의 사회적·
종교적·경제적 압박의 나타냄으로서의 피카소, 즉 바꾸어 말하면 그가
지니는 문화의 표명으로서의 피카소보다도 그의 창조적 시기에 관해
논하는 경향이 강하다.
마찬가지로 음악에 있어서도 우리는 문화적 콘텍스트 밖에 있는 것
으로서 음악을 생각하기 쉽다. 하나의 노래를 예술의 형식으로서 아름
다운가 혹은 추한가, 왜 그런가에 관해 논하고, 그 밖의 문화적 기능과
는 무관계한 여러 가지 방법으로 논할 가능성이 강하다 (1960:468).

음악을 오로지 기술적 관점에서만 연구하는 일에 대한 이런 반발은, 기술적 어프로치를 고발한다기보다는 아마도 그릇된 방법론이라고 여겨지는 것에 대한 고발일 것이다. 분명히 다면적 어프로치가 아니면 안되는 것을 단일한 연구로 대용해 버리는 것에 대한 고발일 것이다. 음악은 많은 관점에서 연구될 수 있으며 또 그렇게 되어야 한다. 왜냐하면 음악은 역사적·사회 심리학적·구조적·문화적·기능적·물리적·심리학적·심미적·상징적 등등 많은 국면들을 포함하고 있기 때문이다. 만약 음악에 관해 충분히 알고 있다면, 어떤 연구 방법도 그것 하나만으로 전체의 대역을 맡아 한다는 것이 성공할 수 없다는 것은 자명한 노릇이다.

민족 음악학에 있어 기술적 어프로치에만 배타적으로 혹은 거의 배타적으로 전념하는 데 대해서는 또 하나의 반대가 있다. 그리고 그것은 음악 구조가 연구의 유일한 연구 대상인 경우에는 반드시 내려지는 가치 판단의 종류와 관련된다. 이와 같은 경우, 악음에 관한 정교한 이론을 발전시킨 세계의 비교적 소수의 문화의 하나를 어쩌다 다루고 있는 경우를 제외하고, 연구자들은 구조 자체에서 나오는 일련의 판단에서 출발한다. 이것은, 그의 분석 시스템이 아무리 객관적이라 하더라도, 그 분석은 실제로 분석된 대상의 외측에서 밀어붙인 것임을 의미한다. 어떠한 분석도 이런 종류의 시점의 구조를 포함하기 때문에, 그 자체로는 이에 이의가 없다. 그러나 대상이 인간이 만든 것이거나 관념인 경우, 연구자가 간과해서는 안되는 다른 분석의 유용한 원천이 있다. 즉 이것은 창작한 사람들에 의한 대상물이나 관념의 평가라는 것이다.

Paul Bohannan (연대 미상)은, 이들 두 종류의 정보원에 직접 해당시킬 수 있는 일련의 유익한 개념들을 우리에게 주었다. 그는 그것들을 <민중

평가 (folk evaluation)> 및 <분석 평가 (analytical evaluation)>라 부른
다. 민중으로부터의 평가는 다음과 같은 사실에 대해 언급한다. <사람들
이 무엇인가를 만들기 위해 이야기를 하거나 행위를 할 때, 그들은 ……
자신들의 언어나 행동을 평가하고, 보통은 …… 견해에 목적을 가지고
있다. 행동이나 사물에 대해 그냥 말을 해당시키는 일조차 문화적 평가
의 한 형태다. 그러한 것들에 관해 도덕적·경제적·종교적 관념들을 갖는
다는 것은 그것들을 더욱 깊게 평가하는 일이다.> 그리하여 사물이나 관
념을 창조하는 사람들은 이유가 있어서 그렇게 하는 것이고 또 자기네들
의 행동에 가치를 할당한다. 동시에 밖에서 보는 관찰자 — 인류학자나
민족 음악 학자는, …… 단지 그 안에서 행위를 하기 위해서만 문화를
분석하는 것이 아니다.…… 오히려 그는 문화를 분류하고 그것을 다소라
도 과학적 원리에 따라 이해하고, 그 문화를 경험한 적이 없고 그래서
자기 자신의 문화 때문에 다른 문화의 이해를 적어도 얼마간은 방해받고
있는 동료나 학생이나 독자에게 전달하기 위해 분석한다.> 바꿔 말하면
민중 평가와 분석 평가는 다른 책무를 위해 다른 전제에서 출발하고 있
는 것이다. 민중 평가는 사람들 자신에 의한 자기네들의 행동의 설명이
요, 한편 분석 평가는 문화의 다양성 속에서의 경험에 입각해서 인간 행
동의 법칙성을 이해하려고 하는 커다란 겨냥, 외부 사람들에 의해 이뤄
지는 것이다. Bohannan은 다음과 같이 계속한다.

　　이같은 상황에서는 화자나 행위자의 평가와 분석자의 평가를 혼동
　하는 것은 매우 중요한 죄가 된다.……
　　민중 평가와 분석 평가를 구별하는 것이 필요하다. 왜냐하면 민중의
　평가를 알아야 비로소 데이터 속에 현재 있는 것을 우리는 분석하고 있

음을 확인할 수 있기 때문이다. 일단 그렇다고 확정을 지으면, 분석 평
가의 범위는 넓어지고, 행위자는 알 수 없는 규칙성을 찾아낼 수 있다.
　그리고 분석 평가를 그 상황에 있는 행위자가 내린 평가라고 단정하
는 잘못을 범하는 일도 없다 (pp. 1-3).

이 개념이 특히 민족 음악학에 적용될 수 있음은 명백하다. 민중 평가는
연구자에게 필요한 것이다. 그것이 없으면, 그는 자기의 분석이 데이터
속에 현재 존재해 있는 것인지, 그렇지 않으면 스스로 그것을 데이터에
삽입한 것인지를 알 수 없다. 연구자가 민중 평가에서 얻은 것 이외에는
아무 것도 자료에 첨가할 수 없다는 말은 아니다. 거꾸로 자료에 첨가하
는 것이 그가 할 일이다. 그러나 연구자가 데이터에 넣는 것은, 그가 다
루고 있는 문화에서 그 음악과 가장 넓은 의미에서의 음악 체계에 관해
서, 최초로 배운 것 위에 구축된 것이어야 한다. 그렇게 하면 그는 음악
체계 일반에 관한 넓은 지식에서 그 대상이 되어 있는 체계를 일반화하
는 입장에 설 수 있다.

II

　한 민족의 음악을 연구하자면 이런 모든 요인들이 고찰되어야 하기 때
문에, 당면한 문제는 요인들 모두를 고려에 넣는 하나의 이론적 연구의
모델을 조립할 수 있느냐 없느냐에 있다. 그와 같은 모델은 민중 평가와
분석 평가, 문화적·사회적 배경, 사회 과학과 인문 과학의 관련된 측면들
그리고 상징적·심미적·형식적·심리학적·물리적 등등의 국면을 지닌 음
악의 다면성(多面性)을 고려해야 한다.

여기서 제시하는 모델은 단순한 것이기는 하지만 그런대로 이런 필요 조건들을 충족하고 있는 것처럼 보인다. 그것은 분석상의 세 가지 레벨 — 음악에 관한 개념화와 음악에 관계 있는 행동과 악음 그 자체 — 에 관한 연구를 포함한다. 첫째와 셋째의 레벨은 모든 음악 체계에 의해 제시된 항상 변화해 마지않는 다이내믹한 성질에 대응하기 위해 결부되어 있다.

편의상 우리는 셋째 레벨 즉 악음 그 자체에서 시작하면 좋다. 이 음은 구조를 가지고 있다. 그리고 그것은 하나의 체계일지는 모르나 인간으로부터 독립해서 존재할 수는 없다. 악음은 그걸 만들어내는 행위의 산물로 보지 않으면 안된다.

이 산물이 생겨나는 것은 행동의 레벨에서다. 이같은 행동은 크게 세 가지로 분류할 수 있을 것 같다. 첫째는 신체적 행동이다. 이것은 이번에는 실제의 음을 만드는 데 포함되는 신체적 행동과 긴장을 하고 있을 때의 신체적 긴장이나 자세와 음에 대한 개별 기관의 신체적 반응으로 세분될 수 있다. 둘째는 사회적 행동이다. 이것 역시 음악가이기 때문에 그 사람 개인에게 요구되는 행동과 음악가가 아닌 개인에게 음악적 행사에 즈음해서 요구되는 행동으로 세분할 수 있다. 셋째는 언어 행동이다. 이것은 음악 체계 자체에 관해 언어로 표현된 개념 구조와 관련된다. 그렇기 때문에 악음이 만들어지는 것은 행동을 통해서이다. 행동 없이는 음은 있을 수 없다.

그러나 행동 그 자체는 셋째 레벨인 음악에 관한 개념화의 레벨에 의해 지탱되어 있다. 음악 체계 안에서 행동하기 위해서는 개인은 어떤 종류의 행동이 바람직한 음을 만들어내는지를 우선 개념화하지 않으면 안된다. 이것은 신체적·사회적·언어적 행동에 관련되어 있을 뿐더러 음악이란 무엇이며 또 무엇이어야 하는가 하는 개념과도 관련되어 있다. 그 개념에는 악음과 잡음과의 구별, 음악이 생겨나는 원천, 개인의 음악 능력의 원천, 노래 그룹의 적당한 크기며 관계 등등의 문제들이 포함되어 있다. 음악에 관한 개념이 없으면 행동은 일어나지 않는다. 그리고 행동이 없으면 음은 만들어지지 않는다. 음악에 관한 가치가 발견되는 것은 이 레벨에서다. 그리고 바로 이 가치들이 체계라는 여과기를 통해 나와서 최종적으로 작품을 만들어내는 것이다.

그렇지만 그 작품은 청중에게 영향을 끼친다. 청중은 연주자의 능력과 연주의 정확성을 개념적 가치관에 의해 판단한다. 그리하여 만약 청중과 연주자 양쪽이 다 같이 음악에 대한 문화적 기준에 의거해서 그 작품이 성공이라고 판단하면, 음악에 관한 그 개념은 강화되고, 행동에 다시 적용되어, 음으로 나타난다. 그렇지만 만약 그 판단이 부정적이면, 행동을 변경하기 위해 그리고 그 문화 속에서의 음악으로서 적당하다고 여겨지는 것에 더욱 접근하는(그것이 연주자의 바람이다) 음을 만들어 내기 위해 개념을 바꾸지 않으면 안된다. 그리하여 작품에서 음악에 관한 개념으로 끊임없이 피드백(feedback) 된다. 그리고 이것이 음악 체계에서의 변화와 안정 양자를 설명하는 것이다. 그 피드백의 작용은 물론 음악가와 음악가 아닌 사람 양자를 위한 학습 과정을 표상한다. 그리고 그것은 계속된다.

이 단순한 모델이 지니는 광범한 시각에서 음악 연구를 본다면, 우리의 태도는 사회학적인가 인문학적인가, 문화적인가 사회적 혹은 구조적인가, 민중 평가인가 분석 평가인가 하는 배타적인 것이 아니라, 오히려 그런 것들 모두를 총합한 것이 된다. 다시 나아가 그 태도는 필연적으로 상징성·심미성의 유무·여러 예술간의 상호 관계·음악의 사용을 통한 문화사의 재구성 문제 그리고 문화의 변용의 문제와 같은 고찰로 이어진다. 음악 연구의 단일한 국면에 주위의 초점을 맞추는 대신 연구자에 대해 음악이라 일컬어지는 인간 현상의 총합적 이해의 추구를 가능케 하는 동시에 강요하기조차 하는 것이다.

명제를 또 한 번 말해 보자. 우리는 하나의 노래를 듣는다. 그 노래는 일정한 방법으로 질서있는 음으로 이루어져 있다. 인간이 이 노래를 만든다. 그러자니 인간은 행동을 한다. 실제로 노래를 부르고 있을 뿐만 아니라, 음악가로서 또는 음악을 듣고서 그것에 반응하는 사람들로서, 각자 사는 방식에서 행동한다. 그들은 음악가이기 때문에, 또는 음악에 반응하는 아마추어이기 때문에, 인생에서의 그 음악적 사실을 개념화하고, 이어서 그것을 자기네들의 문화에 적당한 것으로서 받아들인다. 마지막으로 그들은 적절한 악음이라고 해서 학습한 것에 일치하느냐 하지 않느냐에 의해 작품을 받아들이든지 말든지 한다. 그리하여 필연적으로 개념이나 행동이나 음에 다시 영향을 끼치는 것이다.

내가 아는 한 여기서 언급한 모델은 특정 항목 혹은 음악과의 관계에서 지금까지 제창된 적은 없었다. 하기야 다른 연구 분야에서는 이에 평행하는 것들이 일부 보인다. Vinigi Grottanelli가 다음에서 시사하는 바와 같이 아마 가장 그것에 가까운 것은 시각 예술의 분야에서 얻어질 것이다. 그는 이렇게 쓴다.

심미적 평가와는 별도로, 모든 예술적 물체 혹은 형이 있는 것의 연구는, 상호 관계는 있어도, 다음의 하나 하나는 독립한 세 가지 분석 노선에 따라 이루어지지 않으면 안된다. 첫째가 이코노그래픽한 분석이다. 이것은 동시에 형태학적·공예학적·역사학적이며 그 물체 자체의 성질, 그 형체상의 성격, 생산의 기술, 공간과 시간에서의 그 배열 그리고 어딘지 다른 것과 유사한 작품에 대한 양식상의 친근성 등등과 관련된다. 둘째는 이코놀로직한(圖像學的) 분석이다. 표시되어 있는 것의 의미, 그것이 그리려고 의도한 존재물의 본질, 그것이 완전한 것이 되기 위한 개념이니 신념이니 하는 근본적 체계, 즉 그 문화에서의 관념과 상징의 세계에 이 도상학은 관계한다. 셋째의 어프로치는 ……그 관념들이나 구체적인 상징들이 그 사회의 일상 생활에 끼치는 영향과 의례적·사회적 행동이나 한 사람 한 사람 남녀의 생각에 끼치는 영향을 다룬다. 이들 세 가지 어프로치를 결합해야 비로소 연구해야 할 현상의 참 모습을 우리는 얻을 수 있다 (1961:46).

Cornelius Osgood가 물질 문화를 연구하는 가운데서 이만큼 정확하지는 않으나 아주 비슷한 결론을 연구를 위한 이론적 틀로서 제시했다. 그의 목적은 그가 <관념들>이라 부르는 것의 세 가지 레벨에 작용하는 것이었다.

1. 인간 행동에 직접 유래하고, 정신의 외측에 있는 물체에 관한 관념들, 마찬가지로 이러한 물체들을 만들어내기 위해 요구되는 인간 행동에 관한 관념들.
2. 정신의 외측에 있는 사물의 생산에 직접적으로 유래하지 않는 행동에 관한 관념들.
3. 인간 행동 (언어는 제외)도 그것에 직접 유래하는 사물도 포함하지 않는 관념에 관한 관념들.
   <카테고리 1>은 일반적으로 물질 문화로 명백히 생각되는 것과 대체로 일치한다. 그것은 사람이나 사람들이 만든 도구나 의복이나 주거

와 같은 보거나 만져서 알 수 있는 물건과 직접 관련하는 모든 데이터를 포함한다.

<카테고리 2>는 일반적으로 사회적 문화로 명백히 생각되는 것과 대체로 일치하고, 사물의 생산에 직접적으로는 관여하지 않는 인간의 행동에 관한 모든 데이터를 포함한다.

<카테고리 3>은 단지 관념들에만 관계한다.…… 그것에 대해 종교라 일컬어지는 거대한 분야를 가리킨다고 말해도 좋을 것이다. 그리고 온갖 철학이나 성찰도 여기에 속한다.…… 이 개념화를 이해하는 데 무엇보다도 곤란한 것은 행동을 언어가 지니는 관념화된 내용과는 다른 것으로 정의하고 있다는 것을 들 수 있다. 그렇지만 실제로는 말하는 사람의 관념 작용이 수반되지 않는 행동의 관점에서만 말을 하는 사람에 관한 관념들 (자아의 인식)을 고려하는 것은 가능한 것처럼 보인다 (1940:26 – 27).

이 Osgood의 어프로치에 있어서 카테고리 1은 지금까지 음악 작품이라 일컬어져 온 것에 가깝고 카테고리 3은 개념화라 일컬어져 온 것에 가깝다. 그러나 카테고리 2는 행동이라 일컬어져 온 것에 약간 비슷한 것처럼은 보이지만 정확히 같지는 않다. Osgood는 분명히 다이내믹한 모델을 제시하고자 한 것은 아니었기 때문에 학습에 입각한 피드백의 요소는 그의 구상 속에는 나타나 있지 않다.

결과적으로 우리가 제시한 모델과 인류학상의 오늘의 견해들 사이에는 관련이 있다. 개념적 레벨은 인간의 문화적 혹은 관념 작용의 측면이라 부를 수 있는 것과 대응하고 행동의 레벨은 사회적 측면, 작품은 물질, 그리고 피드백은 인격 체계나 학습 이론에 대응한다는 점에서 말이다.

위에서 보인 모델의 부분들 하나 하나는 이론상의 구분일 뿐 서로 떨어져 있는 실체라고는 결코 생각할 수 없음을 강조해 두어야겠다. 음악 작품은 그것을 만들어내는 행동과 불가분의 관계에 있다. 이번에는 행동은 이론상만으로는 그 근저에 있는 개념과는 다른 것이라 할 수 있다. 그리고 모든 것은 작품에서 개념으로라는 학습에 의한 피드백을 통해 함께 결부되어 있다. 여기에서는 전체의 부분들을 강조하기 위해 저마다 별개로 거론했다. 만약 하나가 이해되지 않는다면 다른 모든 것도 제대로 이해될 수 없다. 만약 부분들의 인식에 실패하면 돌이킬 수 없이 전체상을 못 보게 된다.

제 3 장
방법과 테크닉

어느 학문이 취하고 있는 연구와 분석 방법을 이해한다는 것이 그 학문을 특징짓는 적어도 하나의 수단임은 분명하지만, 민족 음악학에 있어 방법론의 문제들은 지금까지 그다지 넓게 문헌에서 논하지는 않았다. 그렇지만 방법은 이론적 방향과 기본적 가설, 특히 이 학문의 목표에 관한 방향과 가설에 의존한다. 그리고 이같은 가설들은 개별적으로 일일이 얼마든지 다양할 수 있기 때문에 우선 먼저 그것들을 명시해 두는 것이 현명하다.

인간 행동과 그 산물을 다루는 학문에서 그것이 가능하다면 민족 음악학은 과학의 방법에 접근하는 것을 겨냥하고 있다는 것이 나의 첫째 가설이다. 나는 과학적 방법이라는 말로 가정의 정식화(定式化), 변수의 처리, 모여진 데이터의 객관적 평가, 그리고 인간의 어느 특정 집단보다 인간 전체에 적용할 수 있는 음악 행동에 관한 최종적 보편성에 다다르기 위한 결과의 분류를 의미한다.

나의 둘째 가설은 민족 음악학은 필드의 학문인 동시에 실험실의 학문이기도 하다는 것이다. 즉 그 데이터는 연구 대상으로 삼고 있는 민족 안서 조사자에 의해 모이게 되고 적어도 그 일부는 나중에 실험실에서 분석되게 마련이다. 두 종류의 방법에 의한 결과는 마침내 융합되어 최종적인 연구의 결과를 낳는다.

나의 셋째 가설은 지금까지 필드에서 행한 바로부터 나온 실제적인 가설이다. 즉 민족 음악학은 지금까지 주로 비서구 문화에 관여해 왔다. 서양의 민속 문화도 포함해서 북아메리카·아프리카·오세아니아·남아메리카·아시아의 무문자 사회에 관련되어 왔다. 근동이나 극동의 예술 음악에 관한 연구들도 많았으나 짐짓 서구 문화 속의 음악의 민족 음악학적 연구라 부를 만한 연구는 거의 없었다.

넷째 가설은 필드의 테크닉은 사회에 따라서 다르고, 특히 문자 사회와 무문자 사회에서는 아마 한층 다를 필요성이 있음에 반해서, 필드의 **방법**은 어떠한 사회를 조사하든지 간에 온갖 구조에 있어 본질적으로는 동일하다는 것이다.

이 4가지 가설은 본질적으로는 중입적인 성격을 띠고 있다. 즉 그것들은 모든 민족 음악 학자들이 연구할 즈음의 배경에 대해 단순히 언급하고 있는 것이다. 그렇지만 끝의 3가지 가설은 지난날에 명확히 이해된 바 없는 여러 문제에 언급하고 있다는 의미에서 본질적으로 비판적인 것이다.

그 첫째는 민족 음악학이 대개의 경우 필드의 방법이 무엇인가에 대한 지식과 평가를 발전시킬 수 없었으며 따라서 그걸 꾸준히 그 연구에 적용하지 않았다는 점이다. 이에는 명백한 예외들은 있으나 주로 2가지 난점이 따라붙어 다녔다는 것도 분명한 듯싶다. 하나는 우리의 필드 연구들이 전문적 용어라기보다는 오히려 일반적인 용어로 표현되어 왔다는 사실이다. 즉 그 연구들은 엄밀하고도 명확한 여러 문제를 염두에 두지 않은 채 상당한 정도까지 정식화되었던 것이다. 또 하나는 민족 음악학은 아마추어 <수집가>로부터 해를 입어 왔다는 사실이다. 민족 음악학의 목표에 관한 그들의 지식은 형편없이 한정되어 있었다. 이런 수집가들은 단순히 악음을 수집하는 데 중점을 두며, 이 음은 ― 흔히 무차별하게 그리고 견본 축출의 여러 문제 같은 것은 생각지도 않고 채집된다 ― 그것으로 <무엇인가 하겠다는> 실험실의 인간에게 그냥 건네주면 끝난다는 그런 가정하에 일을 한다.

여기에서 제2의 비판적 가설이 나온다. 과거의 민족 음악학이 인간 문화의 일부로서의 음악 연구라는 말로 표현되는 광범위한 여러 문제의 해결보다 사실의 수집에 주로 전념해 왔다는 것이다. 이것은 민족 음악학의 문헌 속에 강하게 나타나 있다. 이와 같은 문헌은 대부분 악음을 산출하는 문화적 모체 (matrix)에는 언급함이 없이, 악음을 분석하거나 물리적 형으로서 악기를 물리적으로 설명하거나 하는 데 전념하는 경향이 있으며, 인간 사회에서 음악이란 무엇이며 무엇을 하는 것인가에 관해서는 사실 아주 드물게 밖에는 언급하고 있지 않다. 민족 음악학은 이와 같이 기술적 (記述的) 자료와 연구에 주로 관여해 왔다. 즉 민족 음악학은 어째서 어떻게 라는 한층 넓은 의문보다도 어떠한 악음인가 하는 것을 강조해 왔다. 물론 민족 음악학은 이런 일에만 오로지 몰두해 온 것은 아니지만, 우리가 한 연구들에 있어 이것이 으뜸가는 구실을 해 왔던 것이다.

나의 제3의 비판적 가설 역시 이미 말한 가설에서 어느 정도 연유한다. 민족 음악학은 필드의 학문인 동시에 실험실의 학문이고 또 가장 큰 수확은 당연히 양자의 분석의 융합으로부터 생겨나지 않으면 안된다는 사실에도 불구하고, 양자의 인위적인 절연 상태와 연구의 실험적 측면의 강조가 지금까지 있어 왔다. 특히 서재학적 (書齋學的)인 분석에 의존하는 유감스런 경향을 들 수도 있다. 예감이나 직관이나 상상으로부터 생각하고, 명상하고, 이론화하는 데에는 물론 이론 (異論)이 없다. 이것은 학문의 발전을 위해 모두 긴요한 부분이기 때문이다. 그렇지만 다음 2종류의 서재학적인 분석에는 이의를 제기하고 싶다. 즉 이론을 필드의 자료를 사용해서 실험적으로 테스트해 볼 수 없는 경우, 그리고 다른 사람이 필드에서 수집한 자료를 실험실의 기술자가 분석하는 경우. 후자를 되도록 단적으로 말하면, 자기가 수집에 종사하지 않은 음악 자료의 분석은 혹종의 가치 있는 정보를 우리에게 마련해 줄 수는 있지만 이에는 두 가지 엄격한 한계가 수반된다. 대단히 많은 경우 분석자는 그가 다루고 있는 샘플의 종류와 정도를 아는 수단을 가지고 있지 않다. 그리고 악음의 형성이 정확히 이해된다면, 필연적으로 깊은 관심의 목표가 되어야할 광범한 음악적 현상에 관한 상세한 지식에 의지할 수가 없다. 일찍이 상업적으로 나온 자료의 하찮은 샘플을 근거로, 민족 음악학에서 광범한 연구들이 있었다. 이같은 연구들의 정밀도는 앞으로 확인되어야 하겠지만, 반면 이것들에 많은 신뢰를 둘 수 있을지 대단히 의심스럽다. 바라건대, 서재학적 민족 음악학은 과거의 것이다. 적어도 그것이 유용하다고 할 수 있는 한정된 종류의 연구들을 위해서만 사용하되 엄밀히 콘트롤되지 않는 한 이미 과거의 것이란 말이다.

요컨대 민족 음악학은 필드의 학문이요 또한 실험실의 학문이기도 하다. 실험적인 면은 필드의 측면에서 출발하지 않으면 안된다. 배타적 또는 거의 배타적이라고 할 만큼 한 쪽만을 강조하는 것보다 양자의 밸런스를 얻을 수 있도록 노력하지 않으면 안된다. 민족 음악학은 그것을 성립시키고 있는 자료와 그것이 지향하는 목표가 이중 성격에 의해 항시 고통을 받아 왔다. 매양 어떤 연구자들은 한 측면을 강조하고 다른 연구자들은 또 다른 측면을 강조할 것이다. 그렇지만 최종 목표는 그 두 가지가 반드시 융합해서 양자를 포섭한 한층 넓은 이해에 이르는 일이다.

I

필드의 테크닉 (technique)과 필드의 방법 (method) 사이에는 정당하고도 중요한 차이가 있다. <테크닉>은 필드에서의 데이터 수집에 관한 상세한 것들을 가리킨다. 즉 인포먼트 (informants)의 적절한 이용, 관계 (rapport)의 확립, 조사하는 측과 조사 당하는 측을 위한 휴식 기간의 중요성 등등에 관한 여러 문제가 있다. 한편 필드의 방법은 필드의 테크닉상의 방침을 결정하는 중요한 이론적 기반을 포함하고 있어 범위가 더한층 넓다. 현장에서 문제를 실제로 추적할 즈음 양자는 떨어질 수 없는 것이지만, 그 문제의 정식화를 생각할 때에는 퍽 다른 것이 된다. 즉 이때에 테크닉은 데이터의 수집이라는 그날 그날의 해결을 가리키지만, 방법은 필드 리서치를 위한 틀을 창조할 즈음에 포함되는 한층 광범하고 다양한 문제는 물론이요 이 테크닉들도 포함한다.

민족 음악학의 필드의 방법 (field method)에 관한 자료는 비교적 회귀하다. Jaap Kunst는 그의 『민족 음악학』(*Ethnomusicology*)에서 필드에서 무엇을 하느냐에 관해 자바에서의 자신이 경험한 바에 입각, 잠깐 말하고 있다 (1959:14 - 16). 국제 민속 음악 회의는 필드에서의 수집의 문제에 관해 소책자를 낸 바 있다 (Karpeles 1958). Helen Roberts (1931)는 필드의 연구자에게 여러 가지 조언을 한다. 그러나 이런 모든 것들은 방법 보다는 테크닉을 다루고 있다. 리서치의 기획·과제 혹은 그 밖의 수많은 기본적 문제점에 관해 언급한 것은 하나도 없다. David McAllester는 그의 *Enemy Way Music*의 부록에서 자신의 리서치 계획에 관해 간단히 말하고, 그 연구의 방향 설정을 위해 사용한 설문표를 제시한다. 또한 그는 그 설문표의 적용과 성과에 관해 주석을 붙이고 있다 (1954:91 - 92). 그러나 필드의 방법은 데이터 수집의 테크닉 이상의 것을 포함한다. 그럴 것이 데이터의 수집을 시작하기에 앞서 조사자는 가설·필드의 문제·리서치 기획, 그 중에서도 방법에 관한 이론상의 상관성이니 하는 근본적인 문제들에 직면하지 않을 수 없기 때문이다.

그 중에서도 가장 중요하고 어쩌면 가장 이해하기 어렵게 여겨지는 것이 마지막의 것, 즉 방법에 관한 이론상의 상관성이다. 어떠한 문제도 이론을 생각하지 않고서 기본적 가설만으로 기획될 수는 없기 때문이다. Herskovits는 이 점을 대단히 설득력 있게 표현한 바 있다. 그는 다음과 같이 기록한다. <…… 연구자가 품고 있는 개념적인 도식은 그 필드의 과제를 수행할 뿐만 아니라, 그것이 정식화되고 구체화되는 방법에도 깊게 영향을 끼친다> (1954:3). Herskovits는 특히 인류학의 필드의 방법에 관해 말하고 있지 민족 음악학에 관한 것은 아니었으나, 민족 음악학에서 이용하고 있는 어프로치 몇 가지는 직접 인류학에서 연유한 것인 만큼 그의 사례들은 주목할 만한 가치가 있다.

Herskovits는 특징을 나열하는 데 관심을 가지는 사람들의 연구와 기능적 어프로치에 의해 이론의 방향이 형성되는 사람들의 연구를 성격 짓는 근본적인 가설들을 대립시킨다. 그리고 전자에 관해서는 다음과 같이 말한다.

> 뜻깊은 요인은 …… 다음과 같은 가설이었다. 즉 사람들의 접촉이
> 저마다 사는 방식의 여러 요소에 있어 유사성과 상이성 (相異性)에 반
> 영되어 있기 때문에, 그것에 의해 인간 관계가 재구성된다면 문화는
> 이해 가능한 역사적 현상이라는 가설, 그리고 이러한 인간 생활은 뿔
> 뿔이 산술적으로 조작할 수 있을 만큼 분리된 항목들로 이루어져 있다
> 는 가설이다.

이에 대해서,

> …… 기능주의자의 이론적 입장은 한 문화의 조직은 대단히 치밀한
> 짜임새를 이루고 있어서, 단 한 가닥이라도 떼어낸다는 것은 전체에
> 대한 폭행이 된다고 주장한다. 이 입장은 그 겨냥하는 바가 현존하는
> 행동 패턴의 전체성을 명시하는 자료를 모으는 것이기 때문에, 특징이
> 라는 개념 그 자체가 용인될 수 없는 것임을 의미하고 있었다. 그러므
> 로 여기서 그 측면이 연구의 단위가 된다 (p. 4).

같은 이치의 차이가 사회의 개념을 강조하는 사람들과 문화의 개념을
강조하는 사람들의 어프로치에서도 지적된다. 이 경우 전자는 <…… (문
화의) 동태에 주의를 집중시켜서 '왜냐'의 카테고리에 숨어 있는 의문에
대한 대답을 구하는 일보다 '무엇이냐'라는 질문에 대한 대답에서 얻어지
는 데이터에 더욱 많은 관심을 쏟게 될 것이다> (p. 5). 이같은 차이는,
특정한 문제들을 해결하는 경우를 제외하고는, 어느 한 쪽의 이론적 어
프로치가 다른 쪽보다도 반드시 낫다는 것을 의미하는 것은 아니다. 중
요한 것은 이론적 방향은 필연적으로 견해·어프로치·가설의 형성·문제
의식의 방향, 그 밖의 필드의 방향에 짜넣어지는 모든 고찰에 영향을 끼

치며, 또 이번에는 필드의 테크닉을 좌우하는 모든 고찰에 영향을 끼친
다는 사실이다.

지난날의 민족 음악학의 연구들을 보면 이런 종류의 고찰이 이 학문을
형성하는 데 일조가 되었으며, 또 많은 경우 민속학적 이론이 민족 음악
학을 특정한 연구로 인도했음이 분명하다. 그리하여 Ekundayo Phillips가
그가 흥분한 말의 음조라 칭하는 것을 시작으로 삼는 음악의 발전 단계
를 생각하고, 그 실례를 오늘날의 요루바 (Yoruba)족에서 끌어냈다
(1953)든가, 혹은 Balfour가 아프리카의 마찰북 (friction drum)에는 발전
상의 단계가 있다고 볼 때 (1907), 그 어느 이론이나 19세기 후반 성립한
고전적 사회 진화론에 크게 의거하고 있는 것이다. 혹은 또 Frobenius가
일부 악기의 분포를 하나의 기반으로 해서 아프리카에 네 개의 문화권론
(文化圈論)을 발전시킬 때 (1898), 20세기 초엽의 독일과 오스트리아의
인류학계의 **문화사 학파** (Kulturhistorische)가 분명히 그 중요한 원천이
되었다. 그리고 또 Sachs가 전세계를 시야에 넣은 악기 발전에 23의 단
계를 설정할 때의 방법론도 (1929:1940) **문화권** (Kulturkreis)과 초기 아메
리카의 전파학 양쪽의 이론적 정식을 포함하고 있다.

중요한 문제는 오늘날 어떠한 이론적 기반들이 민족 음악학의 여러 문
제의 정식화를 위한 배경을 제공하느냐 하는 점이다. 이것은 간단히 해
결될 수 있는 문제는 아니다. 민족 음악 학자들이 자기네들의 기본적인
가설들을 이런 면에서 고찰한 일은 드물었기 때문이다. 그렇지만 문헌
속에는 적어도 두 가지 어쩌면 세 가지 어프로치가 보이는데, 그 중 어
느 것을 받아들이더라도 필연적으로 그것은 필드 조사자의 연구의 방향
을 정하는 것이 된다. 이것들 하나 하나는, 이분법 (二分法)으로 표현될

수 있거니와, 내 생각으로는 이분법은 어느 것이나 불변하는 것은 하나
도 없으며, 모두 문제 해결은 의심스럽다.

첫째, 민족 음악학에 있어 한 가지 가장 어려운 문제를 안고 있다. 즉
우리 연구의 목표는 음악을 기록하고 분석하는 데 있는가, 아니면 인간
행동이라는 배경 속에서 음악을 이해하는 것인가. 만약 전자의 견해를
취한다면, 필드 학자의 분석을 위한 실험실로 보낼 수 있도록 적절한 악
음의 샘플을 녹음하는 데 향해질 것이다. 기본적인 목표는 채취해 온 음
악의 정확한 구조 분석을 하는 일이며, 연구는 주로 사실 수집의 기술적
(記述的) 어프로치 위에 성립한다. 한편 만약 인간 행동의 배경 속에서
음악을 이해하는 일이 목표라면, 피드 연구자는 거의 자동적으로 인류학
자가 된다. 왜냐하면 기록된 샘플에 대해서는 별로 관심이 없고 음악의
용도와 기능, 음악가의 구실과 구분, 음악 행동에 잠겨 있는 개념들이니
하는 한층 광범한 문제들 그리고 그 밖의 비슷한 문제들에 관심이 쏠리
기 때문이다. 여기서도 음악은 강조된다. 그러나 그것은 전체적인 배경
으로부터 떨어져나간 음악이 아니다. 조사자는 그의 연구에 의해 음악이
그 넓은 배경 속에서 적합하게 되고 사용되는 방법은 물론이요 문화와
음악 양쪽에 관한 보편적이고도 완벽한 지식을 몸에 붙이려고 시도한다.
이런 어프로치들에 대한 연구자의 자세가, 그 결과뿐 아니라 필드의 방
법과 테크닉에도 엄청난 영향을 끼칠 것임은 명약관화하다.

둘째는, 집중적 연구라 불리워질 수 있는 것과 포괄적 연구라 불리워
질 수 있는 것의 목표의 차이에 의해 이분된다. 포괄적 연구 (extensive
study)라는 말로 나는 조사자의 목표가 한 곳에서 장기간 체류하지 않고
지역내를 널리 여행하고 되도록 넓은 범위에서 신속하게 녹음을 하는 것

을 의미한다. 이러한 필드 계획의 결과 지리적으로 확산된 지역에서 비교적 표면적인 데이터가 대량으로 급속히 축적된다. 이 방법의 유용성은 그 지역에 관해서 주로 음악 구조상의 상황에 표현된 전반적인 견해를 얻을 수 있다는 점이다. 조사자는 비교적 재빨리 일별함으로써 그 음악의 현저한 특징과 그 지역 내에서의 변용 상태를 볼 수 있다. 이 어프로치는 일반적인 개관을 강조하며, 물론 장래에 흥미진진한 문제들이 있는 곳을 더욱 정밀하게 조사하기 위한 길잡이가 될 수도 있다. 이에 반해서 집중적인 연구 (intensive study)는 연구자가 특정 지역을 선정하고 모든 주의를 거기에 쏟는 그런 연구다. 이것은 작정된 지역내의 음악에 관한 자료를 가능한 한 철저히 연구해낸다는 것을 목표로 하는 심도 있는 연구다. 그리고 어느 어프로치의 가설도 리서치의 매우 다른 구상·방법·테크닉의 형성과 수행을 가져온다.

  세 번째 종류의 이분법은 민족 음악학의 문헌에는 그다지 명백히 나타나 있지 않지만 인간에 관한 온갖 학문의 궁극적 목표에 관한 것이다. 이것은 사람은 지식을 위한 지식을 추구하고 있는가, 아니면 실제적인 여러 문제에 해결을 마련하기 위해 노력하고 있는가 하는 물음을 포함한다. 민족 음악학이 응용 인류학 혹은 행동 인류학과 같은 방법으로 사용된 적은 거의 없었으며, 민족 음악 학자가 사람들의 운명을 다루는 데서 생기는 여러 문제를 해결하기 위해 도움을 요청받았다고 느꼈던 일도 드물다. 그러나 그러한 연구들은 몇 가지 이루어졌으며 (Weman 1960) 이것이 장차 갈수록 관심을 높일 가능성은 크다. 응용학의 어려움은 조사자의 주의를 단일한 문제에 집중시켜서, 못지 않게 흥미진진한 다른 문제들을 무시하게끔 하는 결과를 초래할 염려가 있다는 데 있다. 그리고 리서치 프로젝트에 대한 외부로부터의 통제를 피하는 것 역시 어렵다. 이 문제는 아직 현재로서는 중요한 관심사는 아니지만 민족 음악학자의 관심을 갈수록 끄는 경우에 생각할 수 있는 종류의 연구들을 틀림없이 형성할 것이다.

분명히 이 3쌍의 문제들은 조사자의 접근 방법에 중대한 영향을 끼칠 가능성이 있으며 때때로 현실적인 여러 문제 속에 들어 있다. 이론·개념 상의 틀·방법 사이의 관계는 긴밀한 것이다. 어떠한 필드워크도 진공 상태에서는 존재하지 않으며, 그 성격은 조사자의 기본 방향에 의해 결정적으로 형성되는 법이다.

이러한 배경을 알게 되면, 리서치의 어떠한 문제도 몇 가지 방법으로 틀 속에 한정시킬 수 있음은 명백하다. 그러나 이것은 물론, 필드 조사자가 단순히 일반적인 방향을 근거로 삼아 그것에 의지하고 있으면, 연구 프로젝트의 배려가 자동적으로 얻어진다는 것은 결코 의미하지 않는다. 그러기는커녕 연구상의 개개 항목은 용의주도한 입안과 포괄적인 연구 계획의 조직화를 필요로 한다. Raymond V. Bowers는 훌륭한 계획의 지침으로 유용한 네 가지 중요한 기준을 제시한 바 있다. 그는 분명 사회학의 연구 방법들에 관해 말하고 있지만, 그 기준은 민족 음악학에도 마찬가지로 적용될 수 있는 것이다 (1954:256 - 59).

Bowers가 지적한 첫째 점은 <리서치의 실행 가능성의 기준>이다. 이것은 모든 리서치의 기획은 시간과 노력을 무릅쓰고서 하는 것이며 따라서 <…… 되도록 희생할 만한 것이어야 한다>는 사실에 대한 언급이다. 여기서 연구자는 그가 세운 특정한 가설에 관계가 있는 자료도 포함하고, 또 자기가 속하는 문화 이외의 곳에서 연구할 경우에는 민족지적 문헌도 포함해서, 이미 간행된 관련 데이터를 고려에 넣지 않으면 안된다. 프로젝트 팀 (team)에 의한 것이면 참가 가능한 인원의 여러 문제도 고려되지 않으면 안된다. 그들의 리서치 테크닉이 실제로 쓸모 있어야 한다는 것은 특히 중요하다. 연구자가 가설을 세울 수 있을 만큼 충분한, 예비적으로 필요한 지식을 가지고 있느냐 하는 문제도 마찬가지로 중요하다.

두 번째 기준은 <리서치 목표의 명확한 설정>이라는 기준이다. 이 점에 있어 민족 음악학은 리서치의 엄밀한 목표를 특정적으로 집중하지 않고 애매하게 표명한다. 이미 어느 정도 지적한 바와 같이 수집된 자료의 분석은 물론이요, 목표를 표명함으로 해서 크게 필드의 방법과 테크닉을 결정하게 마련이다. Bowers는 엄밀한 목표의 설정과 엄밀하지 않은 설정의 차이는 과학적 조사와 과학 이전의 조사의 차이에 결부된다고 기록하고 있는데, 이것은 설득력을 가지고 있다. 그는 다시 다음과 같이 덧붙인다. <프로젝트가 시작되고 나서 목표가 무엇인가에 관해 막연한 이해밖에 가지고 있지 않은 사람은, 결국 무엇이 얻어지는가에 관해서도 마찬가지로 막연히 이해하고 있을 가능성이 높다>.

세 번째 기준은 <방법론상의 명료성>이라는 기준이다. Bowers는 이것을 진행중의 리서치와의 관계에서 말하고 있다. 방법론을 항상 유지하면서 나아가야 하는 중요한 이유는 두 가지 있다. 첫째, 어떠한 결과를 얻든지 간에 그것은 어떤 방법을 적용해서 성취한 것이며, 따라서 그 방법론과 긴밀히 결부되어 있기 때문이다. 둘째로, 방법론의 기록을 통해 <리서치 체험을 더욱 적절히 반성하고 평가하고, 또 다른 사람과 그것을 공유할 수 있기> 때문이다. 이 두 가지에 셋째로 하나 더 이유를 보태야 할

것이다. 즉 방법론을 숙지하고 당면한 문제에 어느 방법론이 가장 유효한
지 명확히 이해한다는 것은, 리서치의 가치있는 결과를 얻기 위해 실질적
으로 유용하다는 것이다.

마지막으로 Bowers는 <리서치의 성과를 명기하는 기준>을 기록하고
다음과 같이 설명한다.

> 생각건대 성과가 리서치의 목표일 것이다 — 그것은 새로운 지식,
> 새로운 방법론상의 수단, 혹은 실천상의 여러 문제를 해결하기 위한
> 테크닉의 성과다. 대상은 문제를 제기하고 방법론의 구상은 그런 문제
> 에 알맞는 경험적 데이터를 선택해서 모은다. 연구자가 할 일은 이 활
> 동을 최대한으로 하지 않으면 끝나지 않는다 …… 그의 책임은 그 성
> 과를 서둘러서 목록에 실을 때까지 끝나지 않는다. 그의 리서치 활동
> 과 전문가로서의 경험에 비추어서 그 성과의 중요성을 신중히 판단하
> 는 데까지 이르지 않으면 안된다. 그는 무엇이 달성되었다고 생각하는
> 지는 물론이요, 연구가 무엇을 달성하기에 실패했는지까지도 말하지
> 않으면 안된다. 그리고 양자는 그 배후 관계가 허락하는 한 되도록 정
> 밀하게 정식 언어로 말하지 않으면 안된다 (1954:258 – 59).

따라서 필드의 방법은 다른 연구 분야에서와 마찬가지로 민족 음악학
에서도 광대하고 복잡한 문제다. 그것은 이론적인 방향과 밀접히 결부되
며 문제·가설·대상·방법론상의 테크닉을 포함하는 리서치의 구상을 포
함한다. 이런 여러 문제를 신중하고 상세하게 고려하는 것이 민족 음악
학의 필드 리서치를 수행하는 데 본질적인 것이다.

II

민족 음악 학자가 필드에서 무엇을 하는가는 그 사람 자신의 넓은 의미에서의 방법을 세우는 힘에 의해 결정된다. 그리하여 어느 프로젝트는 악음만을 녹음하는 특정 목표를 겨냥할 것이며, 또 다른 프로젝트는 음악 미학의 문제를 지향하며, 혹은 사회에서 음악가의 사회학적 구실을 추적하는 프로젝트도 있을 것이다. 그렇지만 그 프로젝트가 단일 장소에서 한 파고든 연구라고 간주된다면, 그리고 만약 연구자가 그 민족 음악의 연구는 음악의 음의 측면뿐 아니라 사회적·문화적·심리학적·미학적 측면에서도 마찬가지로 고려되는 것이라고 생각한다면, 주목할 만한 연구 분야는 적어도 여섯 가지는 존재한다.

그 첫째는 음악의 물질 문화라 일컬어져 왔던 것으로, 체명·막명·기명·현명 (體鳴, 膜鳴, 氣鳴, 絃鳴)의 구별에 바탕을 둔 분류법에 의거해서 연구자에 의해 정리된 악기의 연구를 주로 가리킨다. 또 하나 하나의 악기는 일일이 계측기 (計測器)나 사진의 힘을 빌어 측정하고 기술되지 않으면 안된다. 구성의 원리·용재 (用材)·장식의 모티브·퍼포먼스의 방법과 테크닉·음역·음조 (音調)·이론상의 음계도 기록된다. 그렇지만 악기에 관한 이들 주로 기술적인 사실들에 더하여 필드의 연구자에게는 더욱 광범위한 분석적인 관심사가 남아 있다. 그 사회에서는 악기의 취급에 관해 특별한 개념이 존재하고 있는가, 그렇지 않은가? 다른 문화적·사회적 활동을 상징하는 악기가 있는가? 사회 전체에 의미를 지닌 어떤 특정한 메시지의 전조가 되는 특수 악기가 있는가? 특수 악기의 음 혹은 형상이 특정한 정서·존재 상태·의식·행위에의 호소와 결부하는 수가 있는

가?

악기의 경제적인 구실도 중요하다. 사회에서는 악기 제조로 생계를 세워가는 특기자들이 있을지도 모른다. 그러나 그런 사람이 있거나 말거나 간에, 악기 제조는 필연적으로 생산자의 경제적 시간을 포함한다. 악기는 매매되는 수가 있다. 주문되는 수도 있다. 아무튼 악기 제조는 사회 전체의 경제 활동의 일환이다. 악기는 재산 목록으로 간주될는지도 모른다. 개인이 악기를 소유하는 수가 있다. 개인의 소유물로 인정되어 있다 할지라도 실제의 목적을 위해서는 무시될는지도 모른다. 혹은 부락이나 부족의 재산의 일부일 수도 있다. 악기의 분포는 전파학이나 문화사의 복원에 있어 상당한 중요성을 띤다. 그리고 악기의 연구를 통해 사람의 이동을 추측하거나 확신시키는 일이 때로 가능하다.

두 번째 연구 분야는 가사를 대상으로 한 연구다. 이 연구에는 언어 행동으로서의 가사, 악음에 대한 언어학적 관련, 가사가 말하고 있는 바에 암시된 내용의 문제가 포함된다. 가사와 음악의 관계는 그 중요성이 자명한 까닭에 오랫동안 민족 음악학에서 고찰되어 온 문제다. 그러나 근대적 언어학이며 민족 음악학의 테크닉을 사용해서 특수한 연구가 이루어지기 시작한 것은 최근의 일이다.

가사는 구문과 내용 양쪽에서 분석이 가능한 문학적 행동을 드러낸다. 가사의 언어는 많은 경우 일상 회화와는 다른 경향이 있으며, 또 이름의 찬양 혹은 북에 의한 언어와 같은 몇몇 경우에는 그 사회의 특정 부류 사람밖에는 알지 못하는 <비밀> 언어인 수가 많다. 가사 가운데서는 흔히 언어는 일상 회화보다 구속을 받는 일이 적고, 긴장으로부터의 해방과 같은 심리학적인 과정을 분명히 할 수 있을 뿐더러, 이것 이외의 곳에서는 냉큼 받아들일 수 없는 성격의 정보를 분명히 줄 수도 있다. 엇비슷한 이유로 흔히 가사는 일상 회화에서는 입에 담기를 아주 꺼리는 깊은 곳에 자리잡은 가치나 목적을 분명히 한다. 이러한 것에 의해 이번에는 문화의 주요한 에토스 (정신)을 끌어내는 데 사용할 수 있는 지표를 인식할 수 있거나 혹은 민족성에 관한 일반론을 얻을 수 있을른지도 모른다. 이념적·현실적 행동의 이해가 가사를 통해 흔히 가능하게 된다. 마지막으로 그 집단의 역사적 기록으로서, 가치관을 되풀이 가르치는 수단으로서 그리고 젊은이들을 문화화하는 메커니즘으로서도 가사는 사용된다.

세 번째 연구 분야는 음악의 카테고리를 포함한다. 이것은 연구자에 따라서는 편의를 위해 머리 속에 그리기도 하지만, 더욱 중요한 것은 사람들 자신에 의해 여러 가지 분류 가능한 노래의 타입으로 머리 속에 그린다. 물론 이것 때문에 연구자는 관리 감독된 상황에서나 현실적인 연주상황에서나, 그 레코딩 프로그램에 명해서 온갖 타입의 음악의 적절한 샘플을 포함하도록 하는 것이다.

민족 음악 학자로서 네 번째 관심사는 음악가다. 음악가의 훈련과 음악가가 되기 위한 수단이 매우 중요하다. 개인이 사회에 의해 강제되는 것인가, 그렇지 않으면 자신의 장래는 자유롭게 선택하는 것인가? 훈련 방법은 어떠한 것인가? 음악가로서의 소질을 가진 사람이 자신의 힘에 의지하는 경우, 타인으로부터 악기나 가창 테크닉의 기본적인 지식을 배우는 경우, 작정된 기간, 엄격한 훈련 과정을 거치는 경우 등을 생각할 수 있다. 선생은 누구며 그 교수법은 어떠한 것인가? 여기서 직업성과 경제적 보수의 문제도 고려의 대상이 된다. 사회가 음악가로서의 자격의 레벨을 명확한 말로 분류하고, 참된 직업인으로 간주되는 사람에게 최고의 명예를 주고, 레벨의 차이를 구별하는 수가 있다. 혹은 또 음악가가 전문가로서 실질적으로 무시되는 수도 있다. 보수의 형태와 방법은 사회에 따라 크게 다르며, 몇몇 경우 음악가는 전혀 보수를 받지 않는 경우도 있다.

음악가만이 두드러지게 재능을 가지고 있다고 여겨지느냐, 혹은 그 사회의 전원이 한결같이 잠재적인 능력을 가지고 있다고 여겨지느냐 하는 문제 역시 흥미진진하고 중요한 문제다. 음악가는 그 능력을 계승하는 것일까? 그렇다면 누구한테서 무슨 수단으로 그러는 것일까?

사회의 일원으로서 음악가는 자신의 전문성을 다른 사람들로부터 거리가 있는 곳에 존재하는 것으로 여기는 경우가 있다. 그래서 그는 자신과 사회를 모두 특수한 빛으로 볼 것이다. 또 음악가가 아닌 사람도 무엇이 음악가로서 공인된 행동이요, 무엇이 그렇지 않은가 하는 개념을 가지고 있으며, 이 기준에 따라 음악가와 그 행동에 대한 태도를 형성한다. 실제로 음악가들은 하나의 계급으로서 유리되는 수가 있으며, 사회 안에서 그들 상호간의 솜씨를 기반으로 결합체를 형성하는 수가 있다. 그들은 자신이 창조한 음악을 소유하는 수가 있으며 따라서 여기서도 다시금 경제 문제가 생긴다. 이 경우 상품은 무형의 것이다.

음악 능력의 통문화적인 테스트의 문제가 개재해 오는 것 역시 이 점에서다. 문화 여하를 가릴 것 없는 테스트는 지금까지 개발되어 오지 않은 듯하거니와, 그 정식화(定式化)는 사회적·개인적으로 지금과 같이 판단된, 음악가와 비음악가의 잠재적·현재적 능력을 평가하는 데 있어 지극히 흥미로울 것이다.

다섯 번째 연구 분야는 음악이 문화의 다른 측면과 관련될 때의 그 용도와 기능에 관한 연구다. 우리가 가지고 있는 정보는 용도에 있어 음악이 사회의 모든 측면에 관련성을 가진다는 점을 강하게 시사한다. 인간 행동으로서 음악은 종교·연극·춤·경제·정치 기구 등을 포함한 행동과 공시적(共時的)으로 관련된다. 음악을 연구함에 있어 연구자는 음악과의 관계를 찾아서 어쩔 수 없이 문화 전반을 살피지 않으면 안된다. 그리고 음악이 그 일부를 이루는 문화를 반영한다는 사실을 실감하는 것이다.

사회에서 음악이 하는 여러 기능은 음악의 용도를 결정하는 연구와는 다른 레벨에 속한다. 여기서는 훨씬 깊숙한 문제를 지향하기 때문이다. 음악의 주요한 기능의 하나는 인간 생활에서 언제나 중대한 과정인 사회의 통합을 돕는 일이라고 일컬어져 왔다. 또 하나의 의견으로서 음악은 심리적 긴장을 완화하는 수단이라고도 일컬어져 왔다. 민족 음악학에서 용도와 기능의 구별은 자주 이뤄져 오진 않았다. 이와 같은 개론적 연구에서는 용도의 연구에 집중하고 기능의 연구를 제외하는 경향이 있었다. 그러나 기능의 연구는 어째서 음악이 인간 사회에서 보편적인가에 관한 한층 깊은 이해를 가져다주기 마련이니까, 양자를 견주어 보면 용도의 연구보다는 더욱 재미있을 가능성이 크다.

마지막으로 필드의 조사자는 음악을 창조적인 문화 활동으로서 연구한다. 여기서는 조사의 대상이 된 사회에서 음악에 관해 품고 있는 개념에 초점을 둔 음악 연구가 기본이 된다. 그 밖의 온갖 의문의 근저에 있는 것은 음악가와 비음악가 양쪽에 의해 이루어진 음악으로 간주되는 것과 음악으로 간주되지 않는 것 사이의 구별이 있는데, 이것은 민족 음악학에서는 거의 손대지 않는 논제다. 음악이 유래하는 원천은 무엇일까? 음악은 초인간적인 조력(助力)과 승인의 작용을 받아서 오직 창작되는 것인가? 아니면 순수히 인간적인 현상인가? 어떻게 새로운 노래가 존재하게 되는가? 만약 만드는 사람의 신분이 그 사회에서 승인된 것이라면 그는 어떻게 해서 만들며, 작곡의 과정에 관해 만약 설명한다면 무슨 말을 할 것인가? 연주를 잘하고 못하는 기준은 퍽 중요하다. 그러한 기준을 이해함으로써 조사자는 음악의 좋고 나쁨이나 사회에서의 그 기준 강화 과정에 빛을 댈 수 있기 때문이다. 그러한 문제들은 대상이 되어 있는 사회에서의 음악 이론에 관한 민중 평가와 분석 평가, 조작이 가능한 대상으로서 형식을 시각화할 수 있는 범위에 관한 특수한 여러 문제들, 음정 혹은 리듬형 (形)의 특정한 눈이니 하는 음악 형식이 음악가나 비음악가의 사고 속에 구체화되어 있는가 어쩌는가 하는 문제와 연결된다.

이와 같은 문제에 대한 해답들은 다시 더 큰 문제들을 가져온다. 음악은 미적 활동으로 여겨지고 있는가, 아니면 기능성을 주로 지향하고 있는가? 도형 예술이나 조형 예술·문학·춤·연극과 같은 다른 예술 활동과 긴밀히 결부되어 있다고 여겨지고 있는가, 아니면 개념적으로 그런 것들로부터 독립되어 있는가?

이런 것들은 필드 분야에서의 연구에서 민족 음악 학자가 추구하는 문제의 일부다. 그밖에도 특수한 문제들이 있음이 명백하다. 그러나 개략적으로 윤곽만 보더라도, 필드 분야에서의 연구에서 연구자는 대상이 되는 문화의 온갖 측면에 통하지 않으면 안된다는 걸 알게 된다. 그것은 민족 음악 학자의 목표가 음악을 구축한 음으로서 이해할 뿐 아니라 인간 행동으로서도 이해하기 때문이다. 그리하여 음악을 연구함에 있어서는 음악을 만들어낼 때에 사용하는 도구, 사용된 언어, 음악의 종류, 사회 일원으로서의 음악가, 음악의 용도와 기능 그리고 그 창조의 면에서도 귀에 들어오는 음의 면에서와 마찬가지로 어프로치하지 않으면 안된다.

Ⅲ

민족 음악학은 필드학에서 발상했으며, 음악은 문화의 일부이고, 민족 음악학이 연구하는 사회는 역사적으로 서양 문화의 흐름 밖에 있던 사회라는 사실을 여기서 다시 한 번 가정해 본다면, 필드의 방법과 필드의 테크닉은 문화 인류학에서 나왔을 것이라는 또 하나의 가정에 필연적으로 다다른다. 이것이 민족 음악 학자에 의해 특히 인식되는 일은 별로 없었으나 사실이다. 아마 좀더 엄밀히 말한다면 민족 음악학의 필드의 방법은 사회 과학 일반에서 나왔으며, 한편 필드의 테크닉은 인류학이라는 특정한 사회 과학에서 두루두루 빌린 것이다.

민족 음악학의 경우와 마찬가지로 인류학자들도 그 학문의 역사 중에서는 비교적 늦게 필드 테크닉의 개개의 면에 관해 논하기 시작했으나 이제는 많은 재료를 이용할 수 있게 되었다. 인류학에서의 민족지적 현지 보고에 수반된 모습으로 최초로 나온 필드의 테크닉에 관한 구체적이고도 섬세한 논의는 트로브리안드(Trobriand)섬에 대한 Malinowski의 기념비적 연구의 첫 출판물인 Argonauts of the Western Pacific의 서문이었다. 1922년의 일이다. 이 서문에서 Malinowski는 필드 워크의 세 가지 기준을 설정했다.

당연히 연구자는 무엇보다도 먼저 참으로 과학적인 목표를 갖지 않으면 안된다. 그리고 현대 민족지의 가치관과 기준을 알지 않으면 안된다. 둘째로 그는 일을 하는 데 있어 좋은 조건에 스스로를 놓아야 한다. 즉 대체로 다른 백인들과는 함께 살지 말고, 정작 원주민들 사이에서 살 일이다. 마지막으로 증거가 되는 것을 수집하고 손에 넣은 증거

를 확고히 하기 위해 수많은 특수한 방법들을 적용하지 않으면 안된다
(1950:6).

이 가운데 맨 처음의 기준은 1922년 당시와 같이 지금도 분명히 적용 가
능하다. 그리고 <필드의 연구 방법>이라는 항목하에 여기서 논의된 문
제들도 광범위하게 포섭한다. 두 번째는 인류학에서 상당한 논의를 불러
일으켰고, 그것이 오늘날까지 계속되고 있다. 문제는 얼마나 먼 곳까지,
얼마나 오랫동안, 어느 정도까지 민족지가(民族誌家)가 참여 관찰자로
있을 수 있느냐 하는 것이며, 또 그 성과가 불리한 점을 보충하고도 남
음이 있을 것인가 하는 것이다. 셋째 점은 바로 여기서 <필드 테크닉>
이라 칭해 온 것과 관련된다. Malinowski는 논의를 계속한 결과 아주 보
람있다고 생각한 갖가지 특수한 테크닉을 포함하게 되었다.

Malinowski가 최초로 정식화해 놓은 이래, 많은 인류학자들이 방법이
나 이론의 일반적인 여러 문제에 관해 (Radin 1933), 특정한 조사에서의
필드 방법과 테크닉에 관해 (Mead 1940 b), 새롭게 제기된 특수한 테크
닉에 관해 (Herskovits 1950), 그 밖의 갖가지 문제에 관해 써 왔다. 필드
방법에 관한 논의로서 가장 상세한 것은 (그 밖에도 이름을 들 수는 있으
나) 아마 Paul (1953)과 Oscar Lewis (1953)에 의한 공헌이라 할 수 있을
것이다.

이를테면 Benjamin Paul은 도입·역할의 확립·역할 분담의 윤리·참가
의 형·정보 제공자·인터뷰·기록과 같은 여러 문제를 다룬 일련의 표제
와 부제하에 필드 방법의 이론에 공헌했다. 한편 Herskovits는 필드 리
서치 (field research)의 여러 문제를 계속 기간·커뮤니케이션·조화 관계·
비교·역사적 깊이의 문제로 분류하고 있다. 그 중에서 앞의 세 가지는

모든 필드 프로젝트에 공통된다고 생각할 수 있지만, 뒤의 두 가지는 특수한 문제와 어프로치의 방법에 의거한다 (1954:6). 필드 테크닉의 상세한 것은 앞서 들었던 여러 글들에서 충분히 논의되었기 때문에 여기서 다룰 필요는 없을 것이다. 그렇지만 몇 가지 특수한 문제는 지금까지 민족 음악학에서 그다지 널리는 고찰되어 오지 않았기 때문에, 여기서 약간 논해 두고자 한다.

그 첫째는 인류학에서 <민족지적 진실>이라 일컬어져 온 문제다. 이 것은 어떤 문화 안에서는 어떤 행동이나 신앙의 세부에는 거의 무한해 보이는 변용이 있다는 사실에 주의를 돌린다. 이것은 문화의 그 밖의 다른 어떠한 측면에도 해당되는 동시에 음악에도 적용된다. 시간의 제약이라는 단순한 이유 때문에 조사자가 미세한 변용을 일일이 고찰한다는 것은 필시 불가능하다면, 한 노래의 <올바른> 혹은 <적절한> 변용이 무엇인가를 어떻게 알 수 있을 것인가? 그 대답은 절대적 옳음에 대한 신뢰와 그런 절대성은 아마 존재하지 않을 것이라는 이해 사이의 차이에 있다. 중요한 것은 단일한 진실의 탐구가 아니라, 오히려 <행동의 일정한 양식……속에서 하나의 문화가 인식하고 재가(裁可)하는 변용의 한계> (Herskovits, 1948:570)의 탐구다. 즉 민족지적 혹은 민족 음학상의 <진실>은 고정된 단일한 실체는 아니며, 오히려 변용의 특정한 분포 안에서 일어나는 실체의 연속이요, 상상적인 절대물이기보다는 오히려 변용의 한계다. 이것이 현상의 이해로 이어지는 것이다.

이 변용성과 민족 음악학상의 <진실>의 문제가 민족 음악학에서 자주 고려된 적은 없었다. Roberts는 자메이카 민요의 변용성의 연구 (1925)에서 이 점을 알아차리고 있었다. A. M. Johns는 같은 에웨 (Ewe)

족 노래의 두 가지 변용에 관해 상세히 분석했다 (1959:234‒45). 그렇지만 가장 흥미 깊은 논의의 하나는 John Blacking이 행한 것이다. 그는 몇 가지 연주를 합성한 편곡의 사용을 제안한다. 그의 논의는 이렇다.

> 우리가 곡의 해석 방법을 특히 연구하고 있는 것이 아닌 한, 우리가 알고 싶은 것은 음악가가 어떤 특정 곡을 연주할 때는, 매양 무엇을 하기 시작하는가이지, 어떤 특정한 경우에 그가 연주한 바로 그것은 아니다. <시간과 음고>의 표나 그 밖의 메카니컬한 고안은 민족 음악학이 분석을 행할 때는 도움이 되고 필요할지 모르지만, 최종적인 편곡이 가능하다면 표준적 악보와 같은 정도로 솔직하고 읽기 쉬운 것이어야 한다. 그것은 어떠한 경우라도 연주에 이르는 입문서이며 만들어진 음에의 접근에 지나지 않다.
>
> 본론 중의 네 개의 편곡은 벤다 (Venda)족의 두 소년이 오카리나 (ocarina)를 합주할 때 낸 음 그 자체가 아니라, 그들이 여러 번 한 연주를 합성한 것이다. 내가 듣거나 녹음한 모든 연주의 상세한 복사는 여기에는 제시되어 있지 않다. 인류학자의 필드 노트와 마찬가지로 분석의 초기 단계는 인쇄할 필요는 없다고 생각하기 때문이다. 편곡의 의도는 듀엣을 하려고 하는 두 벤다인 누구나가 바라는 음악 형식을 제시하는 데 있다 (1959:15).

따라서 Blacking은 이 문제의 두 가지 측면을 생각하고 있다. 민족 음악학자는 한편으로는 분석을 위해 상세한 개개의 채보를 사용해야 한다. 하지만 다른 한편으로는 음이나 구조에서 추구하는 바를 설명하기 위해 몇 가지 연주의 합성에 의하지 않으면 안된다. 이 관점에 있어 Blacking은 실제로 민족지적인 실천을 반영한다. 왜냐하면 인류학자는 그 현상의 변용의 범위를 기록하는 일에 유념하지만, 그 보고에서는 잘 균형이 잡힌 합성의 범위를 보여 주려고 하기 때문이다. 민족지적 혹은 민족 음악학적 <진실>이란, 따라서 주어진 문제에 관해 될 수 있는 한 광범한 데 이터를 집적해서 얻은 결과이다. 그리고 그 <진실>은 변용의 한계에도 똑같은 주의를 기울여 행동의 공통점을 파악한 결과다.

특별한 관심의 대상이 되어 있는 제2의 문제는 <점 (spot)>의 연구라 일컬어져 온 것을 사용하는 데 있다. 이것은 민족 음악학상의 진실 탐구 에 다시 신빙성을 더한 조사 테크닉이다. 아주 간단히 말하면 점의 연구 는 체크를 지칭하며, 보통 필드에서의 체재가 끝날 무렵 여러 가지 배경 하에서 모은 데이터의 타당성을 확인하기 위해 이루어지는 것이다. 즉 작 은 획일적인 사회에서는 조사자는 태반의 시간을 하나의 부락에서 보낼 지도 모르지만, 마지막 수 주일은 모은 정보를 <외부>의 인포먼트들과 더불어 체크해 보기 위해 이웃 여러 지역을 여행한다. 획일적이 아닌 더 욱 커다란 사회에어서, 점의 체크는 사회의 다른 계급 혹은 계층에서 이 루어지는 수가 있다. 그리고 어느 의미에서, 동일 사회와 동일 계급 안의 다른 인포먼트의 정보와 비추어 보는 다각적 조사도 체크라는 이름하에 행해진다. 이 테크닉을 사용해서 얻은 정보 따위에는 새로운 사실을 분명 히 하려는 의도는 없고, 오히려 이미 쌓여진 사실을 체크하고, 유난히 관 찰자가 가지고 있는 정보를 일반화할 수 있는 범위를 발견하고자 하는 것이다. 점 체크의 테크닉이 민족 음악학에서 널리 사용된 적은 분명 없 었으며, 혹 사용되었다 하더라도 그 결과는 문헌에 보고되어 있지 않다.

제3의 특히 중요한 점은 재연구 (再硏究)와 관련된다. 여기서는 지역이 나 문제점이 동일한 연구자 혹은 다른 연구자에 의해 또 한번 체크되는 것이다. 이 문제가 인류학에 해당되기 때문에 Oscar Lewis는 특히 관심 을 기울였고 (1953:466 - 72), 재연구의 네 가지 유형을 구별하는 것이 가능하다고 보고 있다.

(1) 제2, 제3의 연구자가 앞서 행한 조사자의 연구를 재평가한다는 명백
　　한 구상하에 공동체로 가는 재연구;
(2) 동일인 혹은 별개의 사람이 앞서 연구된 공동체로, 이전의 보고를 바
　　탕으로 해서 그것에 대한 변화를 평가하는 모습으로, 문화의 변용을
　　조사하기 위해 가는 연구;
(3) 앞서 연구하지 못한 변화의 어떤 측면을 연구하기 위해 되돌아가는
　　연구;
(4) 앞서 연구된 문화의 어느 측면을 더욱 집중적으로 그리고 어쩌면 새
　　로운 관점에서 연구하기 위한 것. 물론 이런 유형들 사이에서는 서
　　로 겹치는 부분이 있다. 재연구는 모두 어느 의미에서는 부가적 (附
　　加的)이다. 그렇지만 리서치의 구상에 있어서는 그것은 강조되어야
　　할 문제다 (pp. 467-68).

Lewis는 인류학의 문헌 속에서 재연구의 실례들을 숱하게 들고 있지만,
여기서 중요한 것은 민족 음악학이 재연구의 중요성에 대해 당연한 고려
를 해 오지 않은 것처럼 보인다는 사실이다. 재연구는 민족 음악학의 방
법론을 체크하고 그걸 더욱 잘 이해하기 위해 유용하다. 물론 그 목적은
앞서 한 연구의 잘못을 지적하는 것이 아니라, Lewis가 말하는 바와 같
이 다음과 같은 것을 발견하기 위해서다. 즉 <…… 어떠한 사람들이, 어
떠한 조건하에서, 어떠한 종류의 잘못을 범하기 쉬운가 하는 점이다. 재
연구가 충분하게 많이 이루어지면, 개인의 오차나 개성이나 이데올로기
적 혹은 문화적 가변성이 하는 구실을 평가하는 데 유용한 관찰 이론을
발전시키는 것이 가능하게 될지도 모른다> (p. 467). 재연구가 갖는 제2
의 가치는 그것이 문화 변용에 빛을 던질 수 있다는 점이다.

민족 음악학에서 재연구가 부족한 이유는 물론 몇 가지 어쩔 수 없는 까닭이 있다. 그 하나는 단순 가용 인원의 부족이다. 또 하나는 필드 리서치에 사용할 수 있는 기금에 한도가 있다는 점이다. 나아가 민족 음악학에서 문화가 급속히 변하고 있는 사람들의 음악을 연구하도록 다소 강압되어 왔다는 느낌이 있었다. 물론 이미 연구의 대상이 되었던 일이 있는 음악을 다루는 것보다 새 개척지를 개척하는 편이 어필이 더욱 크다. 그러나 민족 음악학은 재연구가 매우 중요하며 많은 것을 분명히 할 수 있다고 여겨지는 시점에 이미 와 있다. 공표된 연구에서는 이제 시간의 경과가 느껴지고, 그것이 재연구를 실현 가능한 것으로 만들기 때문이다. 아메리카 인디언들에 관한 LaFlesche나 Densmore의 리서치, Hornbostel에 의한 루안다(Ruanda)에서 온 노래의 분석, 태평양 사람들의 음악에 관한 Herzog의 초기 연구, 이 모든 것들이 기본선이 되어서 재연구가 방법론이며 음악의 변화를 이해하는 데 뜻깊은 공헌을 할 것이다.

마지막으로 필드 테크닉의 문제라기보다는 수집된 자료의 분석의 영역에 속하는 문제로, 비교의 방법에 관해서도 여기서 언급해 두어야겠다. 비교 분석의 목표라면 리서치의 구상에서 고려되지 않으면 안되는 문제이기 때문이다. 우선 먼저 인류학에서의 사회 진화론을 신봉한 사람들에 의해 사용된 비교 방법과 오늘날 생각하는 방법을 명확히 구분할 필요가 있다. 옛날의 비교 방법은 문화의 단계, 즉 현단계에는 그 이전의 단계가 있다는 생각 그리고 그 공식은 모두 같은 것이라는 연역적 이론 위에 기본적으로 입각해 있었다. 여기서는 문화적 사실은 이미 연역된 이론을 <증명>하기 위해, 크거나 작거나 간에 무차별적으로 적용되었다. 따라서 문화의 단계의 개념의 이론이 주어져 버리고 나면, 조사자는 이미 도

달된 결론을 맞거나 그걸 뒷받침한다고 여겨지는 사실들을 세상에서 찾기만 하면 되는 꼴이었다.

그렇지만 오늘날 사용되고 있는 비교 방법은 연역적 이론을 뒷받침하기 위해 사실을 사용하는 것을 삼가고 있다. 그 대신 귀납적인 용법을 통해 더욱 광범한 기반에 선 일반 이론화를 가능케 하는, 제어된 비교를 겨냥한다. 이같은 비교를 위해서는 어프로치는 신중을 기해야 하고, 비슷한 것들도 비교해 보아야 하며 비교가 특정한 문제와 관련을 가지며 리서치 구상의 하나의 통합된 요소를 구성하지 않으면 안된다는 것은 명백하다. 여기서 민족 음악학의 목적의 하나는 비교 가능한 데이터를 제공하는 일이며, 따라서 더욱 큰 목적은 최종적으로 전세계적인 기초 위에서 적용할 수 있는 음악의 일반론화라고 여겨지고 있다.

그리하여 그 자체를 위한 비교가 찾는 목표는 아니다. 비교의 방법이 사용될 수 있는 방식은 수없이 많으니 말이다. Herskovits는 몇 가지 가능한 어프로치를 요약한 바 있다.

아마도 고전적이라 할 수 있는 <비교의 방법>의 전통 속에서 우리는 문화의 여러 항목에 관여하고 있는 것일까? 토테미즘의 연구라든가 시장의 연구라든가 마술의 연구에서처럼, 우리는 문화의 제도들을 비교하고 있는 것일까? 예술에 관한 사회 조직에 관한, 혹은 경제라든가 포크로어 (folklore)에 관한 총합적 논문에서처럼, 문화 전면에 걸쳐서 비교하려 하고 있는 것일까? 혹은 이를테면 국민성에 관련된 연구에서처럼, 우리는 전체론적인 어프로치 방법을 통해 여러 문화 모두를 비교하고 있는 것일까? 여기서 또 한번 비교를 통해 우리는 무엇을 얻으려 하고 있는지를 물어 볼 수 있다. 문학의 다양성에서의 경계선을 확립하고, 그것을 생물 물리학적·생태학적인 한정 요인에 의해 판정하고 싶다고 바라고 있을까? 혹은 철학적인 용어로 말한다면 각사회에서 행동의 지침이 되는 지각적·가치적 체계 속의 상위성(相違性)의 공통 기반을 인간에게 부여해 주는 보편 개념을 인간 행위 속에서 보아내려고 하는 것일까? 우리는 사람과 사람의 결부를 확립하고 결부들의 역사적 의미를 분석하려 하고 있을까? 우리는 문화 변용의 근저에 있는 다이내믹한 과정을 이해하는 것을 겨냥하고 있는가? 방법론의 분야에 있어서 우리는 어떻게 우리의 비교 연구를 진행시켜 나갈 것인가를 묻는다. 여기서는 분류가 본질적인 것이 된다. 우리의 비교 연구는 특수한 현상에 의해 이루어져야 하는 것인가, 그렇지 않으면 역사적 흐름에 의해서, 혹은 또 지역에 의해야 하는 것일까?

그 밖의 제시할 수 있는 모든 것들을 포함해서 이 모든 것들은 만약 답을 얻으려 한다면, 어떤 모습으로든 비교라는 방법을 사용하지 않으면 안되는 것이다 (1956:135).

Herskovits는 인류학에서의 비교의 방법에 관해 말하고 있는 것이지만, 그의 많은 물음들은 민족 음악학에도 한결같이 잘 해당된다. 민족 음악학에서는 많거나 적거나 간에 비교가 주요한 목적의 하나라는 것이 당연시되어 있다. 사실 민족 음악학 초기의 명칭인 <비교 음악학>도 이 결론을 강조하고 있었다. 그렇지만 비교에 포함되는 여러 문제의 인식은 거의 없었던 것이다. 인류학은 이 문제에 더욱 많은 관심을 기울여 왔다. 그리고 이미 들었던 Herskovits의 연구라든가 Lewis (1961의 연구는 민족 음악학의 문제를 푸는 데 상당히 중요한 것이 될 수 있다.

IV

민족 음악학이 필드의 학문인 동시에 실험실의 학문이기도 하다는 것은 이미 위에서 말한 바 있다. 따라서 그 폭 넓은 방법 안에서 두 종류의 테크닉이 사용되어야 함은 분명하다. 여기서 채보와 악음 분석의 민족 음악학적 방법에 관해 상세히 논할 의향은 없다. 그러나 반드시 고려되지 않으면 안될 문제점이 몇 가지 있다.

필드의 테크닉과 실험실의 테크닉이라는 두 영역에 관한 것으로서, 무엇이 공동체나 부족 혹은 큰 집단의 적절한 음악의 샘플인가 하는 매우 곤란한 문제가 있다. 이론적으로는 적어도 노래를 가지는 어떠한 공동체에 있어서도 노래의 수는 무한하다. 왜냐하면 내가 알고 있는 한 샘플의 총수를 안다는 것은 불가능하며 어떤 문화적 법칙하에서도 창조성은 끊임없는 과정이기 때문이다. 그리하여 어느 날 샘플의 전부라고 생각했던 것도 그 다음날에는 빠뜨린 것이 있게 마련이다. 그렇다면 무수히 많은 가운데 몇 퍼센트의 샘플이 모이면 신뢰할 만한 것이 되는가? 이에 대한 해답은 없다는 것이 대답이다.

그렇지만 민족 음악학에서 무엇이 충분하고 신뢰할 만한 샘플을 형성하는가에 관한 어떤 운용 가능한 정의에 이르지 않으면 안된다는 것은 명백하다. 그런데 합리적으로 간단한 해결처럼 보이는 것이 하나 있다. 이것은 노래의 거대한 총체에서 닥치는 대로 선택된 단 하나의 노래를 사용하고, 그것을 음사하고 분석, 그 결과들을 객관적·산술적 기반에 서서 결과를 보면화(譜面化)하는 것으로 이루어져 있다. 이어서 이 과정은 같은 총체 속에서 5개의 다른 노래의 샘플을 선정해서 되풀이하고 그 결과들을 평균한다. 나아가 아마 25개 정도의 노래 샘플, 최종적으로는 정녕 1,000곡의 샘플이 이 기초적 일을 완성시키는 데 필요하게 될 것이다. 다른 규모의 샘플에 의해 얻어지는 결과는 얻어진 산술적 숫자에서의 차

이가 갖는 의미를 사정 (査定)할 목적으로 비교 및 통계학적 분석을 시도
할 수도 있을 것이다. 그와 같이 하면 결과로서 나타난 샘플상의 특징은
서로 차이가 크게 나는 것이 아니라고 단정할 수 있으며, 이 점은 10개
나 20개 어쩌면 아마 100개의 노래에서도 보게 될 것이다. 그 결과를 확
실한 것으로 하기 위해서는, 음악에서의 변화의 허용도가 양식에 따라
표나게 다르기 때문에, 다른 노래의 총체에 대해서도 같은 종류의 테스
트를 할 필요가 있을 것이다. 내가 아는 한 이같은 수준은 민족 음악학
적 연구에 적용된 적은 없었다. 그런대로 적절한 샘플을 확정하는 일의
어떤 기준이 긴급히 설정되지 않으면 안된다고 생각된다. 왜냐하면 현재
한 음악 양식의 구성 요소들에 관한 정확한 개념을 준다는 점에서 우리
의 연구가 신뢰할 만하다는 확증은 거의 없기 때문이다.

이 샘플 추출이라는 일반적인 과제가 더욱 복잡하게 되는 것은 다음과
같은 사실 때문이다. 즉 우리는 아직 한 집단의 음악 특징이 일반론화
될 수 있는 그 정도를 명확히는 이해하지 못하고 있다는 것이다. 혹은
역으로 말한다면 표나게 다른 구조를 가진 부차적 양식이 어떤 음악 집
단 혹은 모든 음악 집단에 존재하는지의 여부에 관해서는 잘 모르고 있
는 것이다. 어떤 집단의 음악의 샘플이 모두 제시되었을 경우 전투가 (戰
鬪家)는 구조나 양식면에서 사랑의 노래나 장의·놀이·음식·사냥·그 밖
의 갖가지 유형의 노래와 크게 다를 것인가? 역시 그 질문에 대한 답은,
그 집단의 노래들이 비교 가능한 숫자로 나타내어지는 분석적인 실험과
그것들을 비교한 결과에서 얻어진다고 생각된다.

George Herzog은 이 문제를 북미 인디언과의 관련에서 1953년 무렵
에 제기했다. 그때 그는 부족이 속하는 개개 집단의 <주요한> 양식과는

관계없이 4종류의 노래가 부족의 여러 양식들을 포함하고 있는 듯하다고 시사했다. 거기에는 사자(死者)와의 교환 무용·사랑·숨바꼭질·동물담의 노래들이 포함되었다.

> 이와 같은 발견에서 우리는 <본래 그대로>의 상태를 유지 또는 회복하면서, 시간을 경과해서 새로운 요소를 자신의 배경에 동화하는 경향이 있는, 통합된 균질적 모습으로서의 부족이나 민족의 양식들을 보는 오늘의 사고 방식을 재검토하지 않을 수 없다 …… 음악 <양식>의 기술은 흔히 다른 카테고리의 노래들을 나타내는 저마다 별개의 양식의 특색을 나열한 것에 지나지 않다고 말하면 충분할 것이다. 그렇지 않으면 저마다 방대한 실례를 보이는 다양한 양식들의 특징의 나열이라 하겠다 (1935:10).

Herzog은 다시 계속해서 그가 주어진 사실로서 취한 <양식 안의 양식>이라는 현상에 관한 3가지 가능한 이유를 제시한다. 그것은 더욱 근년에 생긴 첨가라든가 다른 집단으로부터의 차용이라든가 혹은 <…… 심리적 태도에 걸맞은 음악 형식을 형성하는 심리적 선호> (p. 10)에 의해 그 위를 덮은 음악의 옛 층(層)의 가능성이다. 비록 두서너 음악의 좋은 예가 이 논문에 부가되어 있으나 유감스럽게도 Herzog은 자신이 제기한 바에 함의를 충분히 설명하지 않았던 것 같다. 즉 양식 안의 양식이 현실적으로 존재한다는 증거의 설명이 되어 있지 않다. 그렇지만 진상은 그가 말한 대로임은 거의 의심할 나위 없어 보인다. 샤우나 (Shawnee)족에 관한 Nettl의 연구는 상세한 것은 아니라 하더라도 최종적인 결론이 될 만큼 충분히 Herzog의 논의를 확증하는 성격의 것임은 확실하다 (1953a). 다오메 (Dahomey)의 노래에 관한 Herskovits의 논의도 마찬가지로 시사적이다.

이미 든 바와 같은 다양한 유형의 노래들이 만약 다양한 음악 양식들을 수반하지 않는다면 기묘할 것이다. 그리고 사실상 마치 하나의 단위이기나 한 것처럼 <다오메의 음악>에 관해 말한다는 것은 불가능하다. 이런 경우에 불려지는 노래처럼, 유형의 차이에 의해 부르는 기회가 다를 뿐만 아니라, 노래의 형식도 길이도 다루는 방식도 다양한 변화의 범위를 보이고 있다 (1938: II, 321-22).

Herskovits는 <죽은 왕이나 현존하는 수령들의 이름이며 행동을 찬미하는> 노래들은 리허설을 통해 연주용으로 크게 다듬어진 것이라고 기술한다. 이것들은 <시장에서의 춤>을 위한 노래라든가, <조상이나 사크바타 (Sagbata)의 의식 때>의 음악적으로 그다지 복잡하지 않은 <특정의 노래>와는 대조적이다. <후자의 노래의 리듬은 더욱 규칙적이며 음역도 좁고 선율도 한결 단순하다. 실제로 이런 즉흥적인 노래들의 양식은 정교하게 창작된 노래보다 대개 단일한 경우가 많다 ……>

만약 몇몇 음악 양식이 명확한 부차적 양식으로 이루어졌다는 것이 실태라면, 분석자는 어떻게 그 리서치의 결과를 제시하면 좋을까? 이것은 음악 양식에 관한 어떠한 연구라도 부차적 양식에 의해 제시되어야 한다는 것을 의미하는가? 그렇지 않으면 거꾸로, 부차적 양식들이 덩어리로 뭉쳐서 하나의 전반적인 양식이 될 수 있다는 것을 의미하는가? 만약 후자 쪽이 그럴 듯하다고 생각한다면, 전반적인 양식을 추구하는 것은 더욱 상세하게 본 경우의 개개의 부분을 왜곡할 수 있다는 것을 마음 속에 간직해야 하며, 그 결과는 부차적 양식 어느 것에도 전혀 합치하지 않을 지도 모른다는 것을 잊어서는 안된다.

이상과 같은 물음들은 이번에는 음악의 분석에 포함되는 문제들로 이

어진다. 그 중에서도 가장 중요한 문제는 하나의 양식을 특징짓고 있는
구조상의 요점은 엄밀하게는 무엇인가를 결정하는 일이다. 민족 음악 학
자들은 분석을 할 즈음 숱한 양식상의 요소들을 고려한다. 이를테면 선
율의 배치·높이·방향·윤곽·선율의 음정·음정의 패턴·장식과 선율상의
고안·선율의 박자·지속하는 음가·형식상의 구조·음계·선법·지속음·부주
음·박자·리듬·템포·가창 양식 등등이 그 속에 포함된다. 그러나 이런 요
소들 가운데서 어느 것이 음악 양식을 특징짓는 것일까? 선율의 배치는
지속되는 음가와 비교해서 같은 가치가 있는 것인가, 아니면 중요도가
높거나 낮거나 하는 것인가? 다시 또, 하나의 측면은 다른 양식의 경우
중요성이 다를지도 모른다는 것은 있을 수 없는 것일까?

　그리고 또 이러한 물음들에 해답한다는 것은 곤란하지만, 일정한 요
소가 특징짓는 구실을 하고 있다고 보는 일의 타당성이 적어도 하나의
방법에서 성립할 수 있다. 그것은 통계학적인 정당성의 테스트를 응용
하는 방식이다. 1956년 Freeman과 Merriam은 바로 이런 종류의 응용을
해 보았다. 이것은 단일한 구조적 측정에 관련한 Fisher의 식별 기능을
사용한 것으로, 신대륙에서의 아프리카 기원의 음악의 두 가지 실체인
브라질의 바히아(Bahia)주 케투(Ketu) 집단의 음악과 트리니다드
(Trinidad)섬의 라다(Rada) 집단의 음악에서 장2도와 단3도의 상관적
빈출도(頻出度)를 시험해 본 것이다. 그 결론은 이 단순한 측정만으로
두 양식을 구별할 수 있으며 오차는 9%이었다. 그리고 좀더 변이성을
고려한다면 오차는 실질적으로 줄어들었을 것이라는 결론이었다. 따라서
사실상 이 연구는 이 노래의 집단들에서 두 종류의 음정의 빈출도가 통
계적으로 현저하게 중요하며, 또한 음악 구조의 특수한 측면이 특징을

표명하는 데 유용하다는 것을 보여 주었다(Freeman and Merriam, 1956).

그 샘플은 단 두개의 문화에 한정되었고 또 오직 두 가지 단순한 측정 방법이 사용되었기 때문에, 이 연구는 일반적인 문제에 결말을 내지는 못한다. 그러나 비록 증명되지는 않았지만 다음과 같은 논리적인 가정을 세울 수는 있다. 즉 단 두개 음정의 상대적인 빈도라는 단순한 기준이 이와 같이 매우 정밀한 결과를 준다면, 특징을 포착할 수 있는 그 밖의 구조 요소들이 있음에 틀림없다. 그리고 나아가서 더욱 많은 요소들이 함께 고려된다면 그럴수록 더욱 정확도 높은 결과를 얻을 수 있을 것이다.

지금까지 논해 온 여러 문제의 근저에 있는 것은 실험실에서 분석하는 사람이 악음을 종이에 전사하는 데 유효한 수단을 가지고 있다는 가정이다. 그러나 이것은 해결되었다고는 말하기 어려운 문제다. 민족 음악 학자들은 종이 위에 하는 채보의 궁극적 목표가 노래의 정확한 모습을 포착해서 그 구조와 양식의 요소들을 해명하기 위한 분석을 행하는 데 있다는 점에서 의견 일치를 보고 있다. 그렇지만 어떻게 하면 이것이 가장 잘 행해질 수 있을까, 그리고 음의 세세한 부분을 어느 정도까지 충실하게 기록해야 하는가, 이것이 당면한 문제다.

민족 음악학사의 초기 무렵, 채보는 필드에서의 인간의 귀에 의해 행해졌다. 그러나 이 방법은 그다지 신용이 가지 않는다고 해서 오랫동안 회피되어 왔다. 보통 노래의 속도가 채보자에게는 너무 빠를 뿐더러, 되풀이를 요구했을 경우 바리에이션의 부분이 가수가 노력해도 똑같게 되풀이되는 일이 없어, 채보에 구멍이 뚫리고 마는 경우가 많기 때문이다. 더구나 녹음 자료는 되풀이해서 듣고서 정확성을 세부에 걸쳐서 점검할 수 있다.

그렇지만 적어도 한 학자는 필드에서의 귀에 의한 채보의 이점을 논한 바 있다. Roberts는 다음과 같이 기록한다.

속기가 아닌 보통의 기보법은 물론 녹음으로 하는 것보다 훨씬 시간이 걸린다. 그리고 모든 면에서 참을성을 필요로 한다. 그 반면 많은 이점도 있다. 가수의 음악적 지성과 능력, 즉 몇 번이고 되풀이함으로써 생겨나는 선율·형식·가사 등의 가변성을 관찰하는 절호의 기회가 기록자에게 주어지는 것이다. 이것은 어느 편이냐 하면, 정력적이고 재빠른 기계 녹음에서는 알아차리지 못하는 점일 것이다. 그리고 동시에 기보 과정에서 대화의 좋은 기회도 얻게 된다. 왜냐하면 표피적인 녹음 과정에서는 결코 떠오르지 않을 의문이 뒤늦게나마 기보자에 의해 반드시 나오게 마련이기 때문이다. 게다가 이런 한결 시간이 걸리는 추적에서는 정보 제공자가 구경꾼에게 호소해 기억의 회복에 도움을 요청하고, 혹은 논쟁을 일으킬 수도 있어서, 세심한 채집자에게는 가치 있는 데이터가 첨가될 가능성도 있다. 보통의 필기에 의한 기보는 즉석에서 만드는 곡이나 미심쩍은 것을 체크할 수 있는 가장 좋은 방법이다. 같은 노래의 기계 녹음과 필기에 의한 기보를 비교해 보면 유익할 것이다.

분명히 어떠한 가수라도 녹음하는 경우와 거의 다르지 않는 다대한 관심을 기보 과정에 대해서도 품는다. 유난히 채집자가 아주 잠깐 사귄 뒤에 음악을 듣고서 가사뿐 아니라 멜로디까지도 재현할 수 있을 때에 가수는 무척 기뻐한다 (1931:111 – 12).

이런 논의들에도 불구하고 민족 음악 학자들은 여러 테크닉을 함께 해 보는 것도 헛일은 아닐 것이라고 하면서도, 녹음을 대신할 만한 것은 없다는 생각에 동의한다. 처음의 원반, 이어서 전선, 마지막 가장 융통성

있는 테이프로 바뀐 녹음 장치의 발전은, 민족 음악 학자가 악음을 영구
적으로 기록하고 그것을 실험실로 가지고 돌아와서 거기서 더욱 엄격한
채보를 할 수 있게 만들었다. 그렇지만 여기서도 채보 자체는 인간의 귀
에 의지하며 사람에 따라 정확성에 차이는 생겨난다.

채보는 모두 되도록 정확하고 세부에 걸쳐지지 않으면 안된다고 일반
적으로 생각되어 왔다. 그러나 기계적·전자 공학적 장치의 도래는 정확
성이란 상대적인 것이어서 여러 가지 방법으로 해석될 수 있다는 것을
암시하는 것처럼 보인다. 이를테면 센트 시스템 (cents system)을 취한
모노코드 (monochord)와 같은 장치가 처음 개발되었을 때 (Kunst,
1959:2 - 12, 231 - 31), 인간의 귀가 가지고 있는 능력을 훨씬 넘어선 정
확성으로 음고의 측정이 가능하다는 것을 분명히 했다. 이것은 스트로보
콘 (stroboconn)과 같은 장치가 발달함으로써 더욱 증명되고 있다
(Railsback, 1937).

더욱 근년에 이르러서는 Charles Seeger가 멜로그라프 (melograph)로
알려져 있는 기본 빈도수의 분석기를 개발했다. 이것은 단선율 (單旋律)
에만 적용할 수 있으나 대단히 세부에 걸친 분석을 도표로 나타낼 수 있
다 (1951:1957:1958). Seeger가 말하고자 하는 바는, 일반적으로 민족 음
악 학자들도 사용해 온 서구의 기보법인 오선보상에 음악을 써넣는 전통
적인 방식은 고작해야 거친 관계밖에 포착할 수 없는 관습적인 수단에
지나지 않으며, 기술적 연구의 목적을 위해서는 정확하지 않다는 것이다.

　　보면 (譜面)은 음악이 어떻게 울려 퍼지는가보다 오히려 음악을 어떻
　　게 울리게 하는가를 가르쳐준다. 그러나 기보상의 전통에 관한 지식에
　　더하여, 그것과 결부된 자기 목소리에 의한 소리를 내는 지식 (혹은 더

욱 좋은 것을 듣는 지식), ― 즉 연구자들이 귀로 들어 배우는 전통, 부분적으로는 일반적으로 연장자 특히 선생으로부터의 가르침이 없으면, 기보자가 의도한 바와 같이 음을 낼 수 있는 사람은 아무도 없다. 왜냐하면 <음부와 음부 사이에서 무엇이 일어나고 있는가>, 즉 연쇄 속의 이음새와 그 흐름 속에서의 비교적 안정된 높이 사이에서 일어나는 사항들에 관한 거의 모든 지식이 이 듣는 전통에 달려 있기 때문이다.

　서양의 예술 음악과 포퓰러 음악 이외의 모든 음악의 음을 기술하는 방식으로서 주로 지금까지 해 온 이런 기보법을 사용할 즈음에, 우리는 두 가지 것을 행하고 있다. 다 같이 아주 비과학적이다. 첫째로, 서구 예술의 기보법에서 익숙한 깊은 구조를 가지고 있다고 여겨지는 구조만을 다른 문화권의 음악 속에서 추출해서, 우리가 표기 방식을 모르는 다른 모든 것을 무시하고서, 그것만을 기술하고 있다. 둘째로, 그 결과로서의 악보가 **다른 음악의 전통을 모르는** 사람들이 읽을 것을 예기하고 있다. 읽어서 얻은 결과는, 어떤 곳은 유럽적이고 또 어떤 곳은 비유럽적이면서 완전히 유럽적인 움직임으로 접속된 이종 구조의 덩어리에 지나지 않다 (1958:186 ―87).

Seeger는 멜로그라프는 종래의 기보법이 병용되었을 경우, 반드시 귀에는 지각되지 않는 음악의 요소들, 즉 그 양식의 특징을 이루는 것이기는 하되 오늘의 방식으로는 기록되지 못하고 마는 그런 요소들을 더욱 잘 이해하는 데 유용하다고 논쟁을 벌이고 있다.

　만들어진 멜로그라프에서 민족 음악 학자는 지금까지 익숙했던 분석과는 현저하게 다른 차원의 분석을 알게 된다. 이와 같은 <기보>를 사용하게 되면, 거기에는 새로운 시스템의 분석이 수반하지 않으면 안된다는 것도 명백하다. 전통적인 기보법에 의한 음부가 갖가지 방식으로 다루는 것이 가능한 구체적인 실체를 나타냄에 반해 멜로그라프에 나타난 <음

부>는 실제로는 끊임없이 흐르는 톱니 모양의 선의 연속이다. 따라서 연구용으로 분리할 수 있는 단위의 성격이 문제가 되는데, 아마 더욱 정확하게 말한다면, 단위들이 부분을 독립시킬 수 있는지의 여부가 문제다. 멜로그라프가 우리에게 보여준다고 여겨지는 것 중에는 종래의 기보법을 사용한 해석 방식과는 현저하게 다른 레벨의 해석이 포함되어 있다.

여기서 채보는 얼마나 정확한가, 정확할 수 있는가, 정확하지 않으면 안되는가 하는 중심 과제를 에워싸고 일련의 아주 새로운 문제가 생기게 된다. 멜로그라프는 오늘날 사용할 수 있는 가장 정확한 음사의 장치다. Seeger는 종래의 기보법이 자민족 중심주의의 필터를 통해 음악을 표현하고 있으며, 음악의 어떤 매우 중요한 측면을 보여주지 않기 때문에, 멜로그라프의 이러한 정확성은 필요하다고 논한다. 한편 종래의 기보법은 음악 구조에 관해 두드러진 구조상의 패턴을 이론적으로 엄밀하게 기술하고 분석하는 데 충분하다는 것을 우리에게 일러 주지는 않을 것인가 하는 문제가 생긴다. 바꾸어 말하면 종래의 기보법은 한 종류의 정보를 단순히 제공하고 있으며, 멜로그라프는 다른 것을 제공하고 있다고 할 수 있다. 어느 것이나 마찬가지로 중요하다.

이 생각을 받아들인다면, 종래의 기보가 얼마나 정확해야 하는가의 문제는 여전히 중요하다. Bartòk와 Lord(1951)는 세르보-크로아티아 (Serbo-Croatia) 민요를 채집할 즈음, 기술적 정확성에 있어서는 필시 가장 정교한 시스템을 사용했다. 그러나 이 시스템은 지나치게 세부에 걸쳐 있어서 가끔 읽는 것이 곤란하다. 대부분의 민족 음악 학자들은 붙임표도 적은 더욱 간단한 방식을 채택한다. 하지만 이것으로 음악의 윤곽을 붙드는 데 충분히 정확할 것인지? 흔히 있을 수 있는 일이지만, 만약 두 사람의 민족 음악 학자가 같은 노래를 채보해서 조금 다른 결과를 얻었다고 한다면, 그 전체의 시스템을 이해하는 데 얼마나 차이를 가져올 것인지? 몇 천의 데이터를 모으면 생길 수 있는 오차를 제쳐놓을 수 있는 양에만 책임을 전가할 수 있는 문제일까? 만약 그렇다면, 샘플을 모은다든지, 특히 그 민족의 음악의 어떠한 샘플을 모으면 충분한가 하는 논의로 되돌아가게 된다.

이와 같이 민족 음악 학자는 방법과 테크닉에 관한 대단히 많은 문제들에 직면해 있다. 그 해결은 비록 부분적인 해결일지라도, 이 학문을 강화하고 이 학문이 추구하고 있는 목적과 이론상의 문제들을 더욱 광범하게 그리고 더욱 확실하게 파악하는 데 커다란 공헌을 해 줄 것이다.

제 2 부
개념과 행동

제 4 장
개 념

　음악의 체계는 어느 것이나 음악을 사회 전체의 활동 속으로 통합하고, 그것을 다른 여러 현상들 속에서 생활의 한 현상으로 규정하고 자리매김하는 일련의 개념들에 입각해 있다. 그것들은 음악의 연습과 연주, 즉 악음의 창조의 근저에 있는 개념들이다. 그 중의 많은 것들은 (몇 가지를 제외하고) 직접 말로는 표현되지 않는다. 따라서 그것들은 민중 평가의 이해에 바탕을 둔 분석 평가를 통해 어프로치되지 않을 수 없다. 이런 양면에서 포착되었을 때 비로소 음악이 그 사회 속에서 질서를 얻으며, 사람들이 음악이란 무엇이며 무엇이어야 하는지를 생각할 때의 틀을 이 개념들은 형성하는 것이다. 이런 종류의 근본적인 개념과 직접 음악의 구조에 관계하는 개념 사이에는 구별이 있다. 여기서 우리의 관심은 이를테면 사람들이 문제로 삼을 수 있는 장3도와 단3도의 차이에 향하는 것이 아니다. 오히려 음악의 본질이란 무엇이며, 생활의 실존적 현상의 일부분으로서 음악이 어떻게 사회에 적합하며 또 그것을 이용하고 조직하는 사람들에 의해 개념으로서 어떻게 자리매김되고 있는가 하는 방향으로 향해진다.

　그와 같은 개념들 중에서 가장 중요한 개념은 음악과 잡음 곧 비음악 사이에 암암리에 혹은 실제로 이루어지고 있는 구별이다. 이것은 어느 사회에서나 음악을 이해하는 기초가 된다. 만일 아무런 구별도 없다면, 음악같은 것은 존재할 수 없다고 가정하는 것이 논리적이다. 그럴 것이 구별이 없고 보면, 모든 음이 음악이 될 수 있을 것이요 혹은 어떠한 음도 조금도 음악일 수 없게 마련이고, 따라서 음악은 존재할 수 없게 되기 때문이다. 나아가 무엇을 악음과 잡음 곧 비악음이라고 생각하느냐, 이것이 그 사회의 음악의 본질을 결정하는 것이다. 만약 어떤 집단은 나무 사이의 바람소리를 음악이라 받아들이고 다른 집단은 음악이기를 거부한다면, 무엇이 음악인가 또는 음악이 아닌가 하는 개념은 크게 달라지고, 저마다 서로 다른 악음을 형성하고 있음은 뻔한 노릇이다.

　우리 자신의 사회에도 이 문제는 무엇이 그 구별을 가져다주는지에 관해 완전한 의견일치가 없음으로 해서 한층 어렵게 된다. 서구의 이론가들은 악음으로서는 <규칙적이고 주기적인 진동을 하는 음> (Culver 1941: 4-5), 잡음으로서는 <음정 (音程)이 없는 음> (Seashore 1938b:20)을 들면서, 음향학적 기준을 사용하는 경향이 있다. Batholomew는 <음이 매우 복잡하거나 불규칙하거나 혹은 그 양쪽이기 때문에, 그것만을 들었을 경우 톤 (tone)을 가지고 있지 않은 것처럼 보이는 음이 잡음이라고 일컬어진다>고 말한다. 그러나 <물론, 악음과 잡음 사이에는 명확한 경계는 없다> (1942:159)라고도 덧붙인다. 또한 어떤 음을 음악으로 받아들이느냐 여부가 개인에 따라서도 시대에 따라서도 변한다는 것을 생각할 때, 이 문제는 점점 더 고약스러워진다. 피아노가 언제나 악기로 인정을 받아 왔던 것도 아니다 (Parrish 1944). 베토벤의 음악은 한 시기에 배격되었고, 가지각색 형식의 전자 음악에 관해서도 오늘날 논쟁이 소용돌이치고 있는 형편이다.

음향학적 성질에 의한 구별이 물론 거의 모든 사회에서 일반적으로 이루어지고 있는 것도 아니다. 오히려 다른 노선에 따라 이루어지고 있다. 이를테면 콩고의 바송귀 (Basongye)족 사이에서는 음악이란 무엇인가에 관해 직접 말로 표현하는 것은 아니나, 하나의 폭넓은 개념이 있다. 이 문제에 관해 말할 즈음, 바송귀족은 다음과 같은 격언적인 표현으로 대답하는 경향이 있다.

> 만족하고 있을 때는 노래부르고, 화가 나있을 때는 잡음을 낸다.
> 왜장칠 때는 생각하고 있지 않으며, 노래부를 때는 생각하고 있다.
> 노래는 마음을 가라앉히고 잡음은 그렇지 않다.
> 왜장칠 때 목소리는 무리를 하고 있고, 노래부를 때는 그렇지 않다.

상세한 질문이나 관찰은 물론이요, 이같은 설명을 사용하면 외부의 관찰자는 바송귀족이 생각하는 잡음과 음악에 관한 3가지 부분으로 이루어진 <이론>을 구성하는 것이 가능하다.

첫째, 바송귀족에 있어 음악은 언제나 인간을 포함한다. 인간이 아닌 데서 생기는 음은 음악이 아니며 또 그렇게 생각할 수도 없다는 것이다. <노래부르고 있는> 새의 소리를 음악이라고 분류한다거나, 나무와 나무 사이에서 바람이 <노래부른다>라고 말하는 인포먼트는 한 사람도 없다. 이 관점의 일관성은, 어떤 종류의 초자연적인, 더욱 정확하게는 초인간적인 존재만이 음악을 만들어낼 수 있다는 사실에 의해 강조되어 있다. 순수하게 비인간적인 존재인 *mulungaeulu*는 음악을 만들지 않을 뿐더러 완전히 벙어리다. 그렇지만 마녀 곧 *bandoshi*는 정기적으로 갖는 회합에서 함께 부르기 위한 자기네들의 노래를 가지고 있다. 이것은 마녀들이

인생에서 악의 길을 추구하는 인간들이요, 이상야릇한 힘들은 가지고 있
어도 인간 이외의 아무 것도 아니라 여겨지고 있다는 사실에 의해 설명
될 수 있다. 바송귀족 사이에서, 조상의 영혼인 *bikudi*가 노래부르는가
어쩌는가에 관해서는 약간 견해의 차이가 있다. 그러나 그것은 음악이
만들어지는가 어쩌는가보다 노래소리가 귀에 들리는가 어쩌는가에 문제
가 있는 모양이다. 밤에 숲 속에서 조상의 영혼이 노래부르고 있는 것을
의례적인 경우에 들을 수 있다고 연장자들은 말한다. 조상의 영혼은 인
간이라고 여겨지고 따라서 음악을 만들 수 있기 때문에 이것은 이론과
모순되지 않는다. 그렇지만 젊은이들은, 나이 먹은 사람들은 어리석다,
조상의 영혼으로 들리는 밤의 잡음은 실제로는 쟈칼의 부르짖는 소리지
노래소리는 전혀 아니라고 말한다. 짐승은 어떤 종류의 음악도 만들 수
없기 때문에 이것 역시 이론에 맞다. 결국 노래는 신화나 전설의 일부는
아닌 것이다. 노래부르거나 악기를 연주하는 능력은 Efile Mukulu신으로
부터 직접 연유하지만, Efile Mukulu 자신이 노래부른다는 의미에서의
음악의 창조자로는 보지 않는다. 또 대지와 인간의 창조에 관여하는 문
화 영웅들도 그 창조적 활동의 과정에서 노래를 부르는 일은 없다. 그리
하여 음악은 인간에 의해서만 창조된다고 하는 생각이 바송귀족 개념 구
조에서는 시종 일관하고 있다.

　비록 정보는 지극히 한정되어 있지만, 음악이 인간에 의해서만 유일하
게 만들어지는 것이라는 생각이 보편적이 아님은 분명하다. Sierra Leone
의 실포폰에 관해 J. T. John은 다음과 같은 기원 설화를 기록하고 있다.

　　구전을 통해 여러 세대에 걸쳐 계승되어 온 이야기에 따르면,

Balanji의 음악은 열 살 가량의 어린 소년에 의해 전해졌다고 한다. 소년이 아침 일찍 아버지의 농장에 가는 도중, 숲 속에서 귀여운 참새 한 마리가 지저귀고 있는 것을 듣고서, (어린 소년이라면 언제나 그러하듯이) 그 참새의 구성진 소리에 그만 마음이 이끌려 멈춰 서서 그 노래 소리에 귀를 기울였다고 한다. 귀 기울여 들은 뒤에 그 자리를 뜨고, 몇 개의 나뭇가지를 끊어서 그것을 납작하게 깎았다. 그는 다시 2개의 막대기를 끊고, 먼저 납작한 나뭇가지를 무릎 위에 늘어놓고, 2개의 막대기로 두들기기 시작했다. 꾸준히 연습한 결과, 이 소년은 참새의 입을 통해 주워들은 노래를 연주하는 데 성공했다. 이 노래는 모든 balanji의 주자 (奏者)에게 알려져 연주되었다 (1952:1045).

John이 말하고 있는 이 이름이 알려지지 않은 집단 (혹은 집단들)이 참새의 노래를 음악으로, 적어도 음악의 기반으로 인정하고 있다는 것은 명약관화하다. 새들은 음악을 만들지 않기 때문에 이런 종류의 기원 설화를 지지할 수 없던 바송귀족과는 날카롭게 대조를 이룬다. 그리하여 어떤 음들을 음악으로 받아들이느냐 아니면 배제하느냐, 이것은 음악 그 자체를 넘어선 여러 갈래의 문제들을 포함하고 있는 것이다.

무엇이 악음을 구성하느냐에 관한 바송귀족의 <이론>의 둘째 점은, 그러한 음은 언제나 조직화되지 않으면 안된다는 것이다. 이를테면 실로폰이나 북을 닥치는 대로 두들겨 대는 것은 음악으로 생각하지 않는다. 그러나 조직화만 가지고는 기준을 충족시키지 못한다. 왜냐하면 이를테면 세 사람의 고수가 저마다 북을 동시에 한 번 두들기는 것만 가지고는, 조직화되어 있기는 해도 아직 음악은 아니기 때문이다. 따라서 제3의 기준은, 음악이기 위해서는 음들은 최소한의 시간적 연속성을 갖지 않으면 안된다.

이 세 가지 기준들 ― 음악은 인간에 의해서만 창조된다, 그것은 조직화되지 않으면 안된다, 그리고 시간적으로 연속해 있지 않으면 안된다 —
에 의해 바송귀족은 음악과 비음악의 경계를 규정한다. 그렇지만 일부
개념의 불일치가 드러나는 중간 영역이 있음은 당연하다. 그리고 거기서
음의 전후 관계에 의해 음악으로 인정하느냐 거절하느냐가 결정된다.

휘파람은 이런 영역의 하나다. 바송귀의 인포먼드들은 휘파람이 음악
이냐 아니냐에 대한 의견이 단순히 일치되어 있진 않다. 그러나 휘파람
에 여러 가지 종류가 있다. 수렵 중에 신호의 구실로서 휘파람을 불 수
있는데, 이것이 음악은 아니라고 말하는 데는 이곳 바송귀 사람들은 일
치하고 있다. 의견의 차이는 잘 알려진 곡의 휘파람에 관해 논의할 때에
나타난다. 바송귀 사람들은 공기그릇처럼 둥그렇게 한 손이나 오카리나
(ocarina)와 같은 갖가지 장치에다 숨을 불어서 소리를 만들어낸다
(Merriam 1962a). 후자의 것은 *epudi*라고 일컬어지며 사냥할 때에 역시
신호의 구실로 쓰이고, 또는 사냥 노래의 반주로서 산발적으로 울리는
경우도 있다. 그러나 어느 경우에도 그 음들을 음악이라고 여기지 않는
다. 한편 공기그릇 모양을 한 손에 불어넣는 방법은 어떤 종류의 춤에
대한 선율적이고도 율동적인 반주로 사용된다. 이 경우 그것은 음악으로
서의 기준을 충족시키므로 음악으로 받아들여진다. *epudi*를 울리는 일에
관해서는 마찬가지 말이 해당된다. 마지막으로 노래부르는 일은 무의미
한 음절들을 노래부르는 것과 구별되지만, 양자는 다같이 음악으로 받아
들여진다. 반면 콧노래 (humming)는 이 영역의 경계에 있으며, 일부 사
람들은 음악으로 받아들이고 다른 사람들은 거부한다.

Nketia는 아프리카 음악을 개관하는 가운데, 특히 음을 음악으로 받아
들이는 일을 결정하는데 있어 그 배경이 중요하다는 점에 관해 비슷한

지적을 하고 있다.

> 따라서 피리나 딱딱이 (rattle)의 소리, 쇠방울 소리, 돌을 부딪치는
> 소리, …… 막대기 치는 소리, 과일 껍질 속에서 씨가 내는 소리, 발을
> 디디는 소리 — 이런 모든 것들이 특수한 환경 아래서는 창조적인 주자
> 에 의해 이용될 수 있는 악음을 잠재적으로 마련해 주는 것이다. 다시
> 말하면 음악의 개념에 포함되는 음들은 명확한 음고 (pitch)를 가지는
> 음뿐 아니라, 불명확한 음고밖에는 가지지 않는 음도 있다. 지속음도
> 지속될 수 없는 음도 마찬가지로 포함한다…….
> 개념의 폭이 이렇게 넓다고 해서, 아프리카 사회에서 들을 수 있는
> 음들이 모두 같은 가치를 지닌다든가, 어떠한 음도 음악 혹은 음악적
> 이라고 간주된다는 것을 의미하는 것은 아니다. 반대로 구별과 평가는
> 명확히 있다. 물리적으로는 동일한 음일 수 있는 것에 대해서도, 어디
> 서 어떻게 사용되느냐에 따라 다른 반응들이 나타나게 마련이다.
> 아칸 (Akan)족의 사회에서, 누군가가 담배 깡통의 뚜껑으로 단지에
> 묻은 흙을 긁어낸다면, 부산물로서 잡음을 내게 마련이다. 만약 그가
> ahyewa음악의 연주에서 이 긁어내는 행위를 했다고 한다면, 그 음은
> 비록 같은 것일지라도 다른 의미를 지닐 것이다. 음악적인 의미에서
> 목적을 지니는 것이 될 것이다 (1961b:4 – 5).

음악과 비음악의 구별의 문제는 어떠한 음악 체계를 이해하는 데도 대
단히 중요하다. 그것은 사회에서의 음악적인 것의 한계를 정하고, 비단
음악 그 자체뿐 아니라 음악에 관한 설화며 음악의 기원에 관한 개념까
지도 형성한다. 이를테면 노래와 언어를 구별하는 이론적 시도도 몇 가
지 있긴 있었지만 (List 1963), 모든 음악 체계의 뿌리에 있는 이런 중요
한 민중 평가에 대해 민족 음악학의 문헌 속에는 이용할 수 있을 만한
정보가 사실상 없다.

　모든 사회에서 음악의 근저에 있는 개념들 가운데서 못지 않게 중요한
것이 음악적 <재능>의 문제다. 그 사회가 다른 많은 사람들보다도 몇몇
개인이 월등 많은 능력을 소유하고 있다고 생각하는가, 그렇지 않으면 재
능은 사회 전체에 평등하게 나눠 갖고 있다고 생각하는가? 그 재능은 개
인이 양친이나 그 밖의 친족으로부터 이어받은 것인가, 혹은 계승에 관한
어떤 개념이 조금이라도 존재하는가? 외부 사람은 이 문제에 음악 능력
의 테스트를 적용함으로써 접근할 수 있을지도 모른다. 그러나 유감스럽
게도 그와 같은 테스트는 분명히 문화적인 구속을 받고 있는 것으로 보
이며, 그것들은 서구 사회에 알려져 있는 음악을 위해 고안된 것이요, 가
치는 확실히 한정되어 있다. 동시에 얼마되지 않는 정보는 이 문제에 관
해 민중 평가가 현재 존재한다는 것을 보여 준다. Messenger는 나이제리
아의 아낭(Anang)족이 모든 개인은 미적 활동을 위해 선천적으로 똑같
은 재능을 지니고 태어났다고 생각하며, 어떤 사람이 다른 사람보다 더욱
솜씨가 좋은 것은 그 뒤의 훈련 덕택이라고 믿는다는 것을 발견했다. 목
각(木刻)에 관련해서 Messenger는 다음과 같이 쓴다.

　　일단 한 개인이 사례를 지불하고, 종교 의례에 참가해서 이 일에 종
　사하면, 그가 전문가로서 성공을 거둘 수 있도록 기술을 발전시키는
　데 그는 거의 실패하는 법이 없다. 관계자들은 모두 그가 숙달된 창조
　적인 장인(匠人)이 되는 것은 당연하다고 소박하게 생각한다. 아낭족
　사람은 극소수의 조각사가 동료 공예가보다 약간 뛰어난 재능을 발휘
　한다는 사실을 인정은 한다. 그러나 동시에, 우리가 아무리 애써 인정
　시키려 해도 개중에는 필요한 능력을 지니지 못한 사람들이 있다는 것
　을 인정하려 들지 않는다. 이와 마찬가지 태도가 그 밖의 미적 영역에
　도 적용된다. 몇몇 무용수·가수 그리고 직물을 짜는 사람들은 다른 대

부분의 사람들보다도 기량이 빼어나다고 여겨지지만, 누구나 훌륭히 노래나 춤을 출 수 있으며, 베 짜는 일을 직업으로 선택한 사람들은 누구라도 이 활동에 능력을 발휘하도록 배운다는 것이다 (1958:22).

사람은 태어날 때 동등한 잠재 능력을 지닌다고 강조하는 아낭족의 관점은, 음악의 능력을 분명히 불평등하게 이어받는다고 생각하는 바송귀족의 견해와는 강하게 대조를 이룬다. 비록 바송귀족 사회는 강한 부계 사회 (父系社會)이지만, 음악 능력의 유전질 (遺傳質)은 아버지 쪽으로부터도 어머니 쪽으로부터도 올 수 있다는 것이다. 만약 양친 어느 쪽인가가 음악가면, 그 아들은 확실하지는 않다 하더라도 능력을 이어받아 음악가가 될 가능성이 있다고 여겨진다. 부정적으로 몇몇 사람들은 음악의 능력을 지니고 있지 않다고 여겨지는데, 그런 경우 그 사람들의 조상에는 음악가가 없다는 입장에서 바송귀족에 의해 설명될 수 있다. 그리하여 바송귀족에게는 유전질을 통해 능력을 이어받은 <천부의 재능을 지닌> 개인이라는 명확한 개념이 있다. 그 개념은 서구 사회 우리 자신의 개념과 매우 흡사하다.

이 점에 있어 어떤 개념을 갖고 있느냐가 그 사회의 음악으로서는 상당히 중요하다는 것은 분명하다. 적어도 이것은 누가 음악가가 될 것이냐 혹은 되지 않을 것이냐, 그리고 그 방침에 따라 누가 용기를 가질 것이냐 갖지 않을 것이냐를 결정하는 데 도움을 주기 때문이다. 나아가서 그것은 그 사회에서의 음악에 대한 잠재성에 영향을 끼친다. 아낭족 사이에서는 사회에 음악가를 배출할 수 있는 잠재적인 인재가, 음악가가 될 수 있는 가능성을 지닌 사람들의 수가 <재능>이라는 개인의 유전질의 개념에 의해 명확히 한정되어 있는 바송귀족의 사회보다도 실질적으로 풍부하다고 생각될 것이다. 따라서 각사회는 이 점에서 현저한 차이를 보이며, 이런 개념이 어떤 단일한 집단에 있어서도, 거기서의 전반적인 음악 상황과 직접적·본직적으로 관련되어 있다고 가정하는 것은 논리적인 것처럼 보인다.

이 문제에 관한 민족 음악학적 문헌은 음악과 비음악의 구별에 관한 것보다 많은 단서들을 우리에게 주고는 있다. 그러나 그것은 그다지 광역에 걸치는 것은 아니며, 대상이 되는 자료는 모두 서양을 제외한 다른 어느 지역보다도 아프리카에 많은 관심을 기울이고 있는 듯하다. 이를테면 Thurow는 상아해안의 바울레 (Baoule)족에 관해 다음과 같이 말한다. <한 사람 한 사람이 예술적 기능에 대해 특수한 재능을 가지고 있다고 인식되어 있지만, 사실상 그 사회의 모든 남성들이 무엇인가 특별한 종교적 혹은 예술적 기술을 훈련받고 있다> (1956:4). 아프리카에 관해 개괄적으로 말하는 가운데, Alakija는 다음과 같이 말한다. <아프리카 사람은 태어나면서부터 음악가다 …… 가끔 아프리카 어린이들이 연주하는 것을 본 적이 있는데, 그들 하나 하나가 작곡가가 될 수 있는 천부적 재능을 지니고 있음을 알았다> (1933:27). 이것은 아마 아낭족의 개념과 상통하는 것이리라. Basden은 나이제리아의 의보 (Ibo)족에 관해 <재능은 인정되어 있다> (1921:190)라고 보고하고, 또 Gbeho는 서아프리카 해안의 주주(主奏) 북 (master drum)에 관해 <그 복잡한 리듬은 필설로 다하기 어렵고, 그것을 연주하는 사나이는 그렇게 태어난 것이지 만들어진 것이 아니다> (1951:1263)라고 말한다. 거의 같은 측면에서 다룬 Sinedzi Gadzekpo의 보고에 의하면, 가나의 에웨 (Ewe)족 사이에서는 <북 연주자 가계의 출신이 아닌 사람이 솜씨 좋은 고수가 되는 수가 때로는 있으

나, 어미북 (paincipal drum)을 연주하는 기능은 유전적인 것처럼 보인다>
(1952:621). Nketia는 아칸족 사회의 고수에 관해 더욱 상세한 정보를 우
리에게 준다.

> 고수의 책무는 아버지로부터 아들로 계승된다. 만약 아버지가 고수
> 라면, 아들은 아버지의 솜씨를 이어받아 쉽게 그 기능을 습득할 수 있
> 다고 믿기 때문이다. 아칸족의 격언에 있는 바와 같이, <새는 결코 게
> 의 자손은 아니다>. …… 다시 말하면 자손은 조상과 같다는 말이다. <
> 아들은 아버지와 같으며> …… 그 정신적 성격이나 규율을 아버지로부
> 터 받는다는 것이다.
> 북의 계승자에 관해서는 그 밖에도 일반적으로 믿는 바가 있다. 사
> 람은 고수로 태어날 수 있다는 것이다. 이런 사람은 태어나서 얼마 안
> 돼서 이어받을 특성을 드러낸다는 것이다. 등에 업혀 있을 때, 그는 손
> 가락으로 업은 사람의 등을 두드리기 때문이다 (1954:39).

아프리카를 제외하고는 정보가 매우 희소한 것 같다. Melville and
Frances Herskovits는 트리니다드 섬에서는 <즉흥 연주는 특수한 천부
의 재능 곧 소수자의 재능으로는 여겨지지 않지만, 즉응 (卽應)하는 기지
와 예민한 지성을 가진 사람에게는 즉흥 연주의 틀은 손안에 있는 것이
라고 여겨지고 있다> (1947:276)라고 보고한다. Quain은 피지 (Fiji) 군도
에 관해 <토비야 (Toviya)의 조상들의 일반적인 능력과는 별도로, 그들
가운데 몇 사람인가가 노래의 특별한 재능을 토비아에게 가르쳐 주었다.
그는 그 재능을 다른 사람들에게 가르칠 수는 없다> (1948:236)라고 기록
한다. 이것은 음악에 대해서도 마찬가지로 해당된다고 우리는 가정할 수
밖에 없는데, Margaret Mead는 문두구모르 (Mundugumor)족에 관해 다
음과 같이 쓴다.

고기잡이하는 여인들이 고기를 잡으러 갈 때, 등뒤에 매다는 작은 단지 모양의 바구니를 짤 수 있는 여자는 드물다. 이 바구니를 만드는 사람들은 탯줄을 목에다 감고 태어난 여자들이다. 마찬가지로 이렇게 태어난 남자들은 예술가가 되도록 운명지어져 있다 …… 그 강에 사는 악어의 영의 화신 곧 성스런 피리 끝에 끼워질 목제의 상을 새길 수 있는 사람은 그들뿐이다. 예술가와 공예가로 태어난 남자와 여자는 내키지 않으면 연습할 필요 없으나, 소명의 징표가 없는 자는 누구나 오죽잖은 견습생 이상이 될 가망은 없다 (1959:124).

Mead의 해설은 본질적으로 예술가가 되리라고 기대할 수 있는 잠재력을 가진 사람의 수는 사회에 따라 다르다는 것을 재강조한다. 만약에 문두구모르족이 예술가가 될 수 있는 사람의 공급원으로서 탯줄을 목에 감고 태어난 사람에 의지하지 않으면 안된다면, 그리고 아낭족이 어린이는 모두 예술가의 소질을 가지고 태어났다고 생각함에 반해서 바송귀족은 예술가의 아이들만이 예술가가 될 수 있다고 생각한다면, 그 결과의 차이는 상당히 큰 것임에 틀림없다.

이 문제의 중요성을 판정하기는 필요한 정보가 없어 곤란하다. 하지만 유전질에 대한 신념이 그 사회 안에서 일반적으로 음악이 어느 정도 중요한 것으로 되어 있느냐는 물론, 음악에 일반 민중이 어느 정도 참여할 수 있느냐의 정도와 상호 관련되어 있다고 가정하는 것은 이치에 맞는 것처럼 보인다. 민중의 음악에의 참여에 관해서는 아주 조금의 설명 밖에는 얻을 수 없다.

Best는 마오리 (Maori)족에 관해 <거의 모든 현지민이 가수다> (1924: 142)라고 말한다. Burrows는 우베아 (Uvea)와 푸투나(Futuna)섬에 관해 <이 두 섬의 모든 가창의 특징은 그 사회적인 성격에 있다. 독창은 합창

의 리드 및 응답적·삽입적인 구절에 국한되어 있다> (1943:78)라고 보고
한다. 그 밖에도 같은 성질을 지닌 설명들을 인용할 수는 있으나, 그것들
은 한결같이 개괄적이다. 더욱 문제가 되는 것은, 어떤 정보를 얻어볼 수
있는 이런 사회들은 역시 음악 능력의 유전질에 관한 증거가 하나도 없
는 사회들이라는 점이다.

어떤 사회에서 음악의 일반적인 중요성의 문제는 문헌에서는 그다지
광범위하게 논해져 있지 않으나, 여기에도 흥미를 유발할 만한 몇 개의
단서를 찾을 수는 있다. Nicholas England는 사적인 대화 속에서, 아프리
카의 부시맨 (Bushman)의 캠프지 안에서는 거의 언제나 어떤 음악 활동
이 계속되고 있다고 보고한다. 그리고 이것은 콩고의 Ituri Forest의 피그
미 (Pigmy)족 캠프지에서 나 자신이 경험한 바와도 일치한다. 한편 아프
리카의 모든 사회에서는 음악 활동이 사시사철 행해지고 있다고 여겨지
고 있음에도 불구하고, 바송귀족에서는 글자 그대로 며칠씩 음악 활동같
은 건 일체 없이 지나간다. 그리고 비교적 단기간을 사이에 두고서 정기
적으로 음악 연주를 필요로 하는 행사가 있을 따름이다. 그것은 초승달
이 처음 나타날 때 행하는 의식으로, 부락의 번영의 상과 수호신에 관련
되어 있다. 음악이 행해지는 정도만이 사회에서 음악의 중요성에 대한
유일한 척도라고 생각할 수는 없지만, 그것은 적어도 몇 가지 단서들을
제공해 준다.

Howard와 Kurath는 평원 폰카 (Plains Ponca)족에 관해서, <평원 인
디언의 생활에서 춤이나 의식의 중요성은 미국의 거의 모든 민족 학자들
에게 너무 과소 평가되어 왔다. (음악을 포함해서) 춤이며 의식 활동은
평원 인디언의 여가 거의 대부분을 차지한다. 폰카인은 1년의 1/3이상을

그런 활동에 참가하거나 그 준비를 하기 위해 소비된다고 해도 과언이 아니다> (1959:1)라고 말한다. 다음에 보이는 Mead의 문두구모르족에 관한 보고는 음악에 관한 것이라기보다 악기에 관해 말한 것이긴 하나, 적절한 사례다.

　이런 성스런 피리들에는 최고의 조각사들에 의해 온갖 예술적 기교가 과시되고, 남자들의 전집단이 애지중지해 온 조개껍질이 뻔질나게 사용되어 있으며, 한 사람의 여성에도 필적하는 한 개의 끈을 대대로 소유하는 일에 연결되며, 여기에 문두구모르족의 자랑이 집중되어 있다. 토지라든가 집 등, 적당히 처리할 수 있는 소유물에 관해 그들은 무관심하고 관대하기조차 하다. 그들은 소유물을 축적하는 일에 관심을 가지는 욕심꾸러기 인간들은 아니다. 그러나 피리에 관해서는 이상한 자부심을 가지고 있다. 그들은 피리를 친족 명칭으로 부르고 진수성찬을 바친다. 그리고 어쩔 수 없는 창피나 분노가 폭발할 때 <피리를 부수는> 일도 있다. 피리를 해체하고, 아름다운 장식을 깡그리 빼내 버리고, 그 이름을 버리고 마는 것이다 (1950:151).

Mead는 뉴기니아의 참불리 (Tchambuli)족에 관해서도 정보를 제공했다. 그는 예술 일반에 관해 다음과 같이 말한다.

　아라페시 (Arapesh)족이 음식물이나 어린이들을 키우는 일을 일생의 모험이라 생각한다. 문두구모르족이 서로 싸우고 다투면서 여자를 획득하는 일에 크나큰 만족을 찾아내고 있는 것과 마찬가지로 참불리족은 주로 예술을 위해 살고 있다고 말할 수 있다. 남자는 누구나 다 예술가다. 그것도 거의 대부분의 남자가 단 한 가지 예술뿐 아니라 많은 예술 ─ 이를테면 춤·조각·세공물짜기·그림 등에 솜씨가 좋다. 한 사람 한 사람이 그 사회의 무대에서의 역할에 주로 관심을 가지며, 의

복을 공들여 만들고, 자기가 쓰는 가면의 아름다움, 자신의 피리 솜씨, 자신이 하는 의식의 끝맺음과 효과, 남들이 자기의 행동을 어떻게 보고 평가하는지에 마음을 쓴다.……

　그러나 참불리족은 그들의 복잡하고 미묘한 형태를 취한 사회 생활이나, 의식과 춤의 끝없는 연속이나, 상호 관계의 화려한 외관 등에 우선 가치를 둔다 …… 이 몰개성적 예술의 유토피아라는 이념의 기술 (記述) …… (1950:170, 183).

Mead는 또 발리 (Bali)섬의 예술에 관해서도, 전체로서의 문화 및 퍼스낼리티의 패턴과 관련시켜서 보고한다. 그뿐 아니라 거기에 향해지는 관심의 상대적인 정도에 관련시켜서도 보고한다.

　그러나 발리섬처럼 인간 에너지의 유별나게 많은 부분이 먹고 마시고 자는 일 사랑하는 일이 아니라, 예술에 주입되어 있는 사회에서는 어린이들을 키우는 방식이 달라지게 된다. 발육 단계에 있는 어린이의 욕구 하나 하나가 쉽게 그리고 반드시 채워지지는 않는다. 그 대신 자극이 적은 영역과 자극이 남아있는 영역이 있어서, 그것이 발육 중의 유기체 형성에 영향을 끼치고, 먹고 마시는 것이나 섹스 이외의 만족을 요구하는 형을 낳는다. 발리섬의 어린이들 사이에서 발달하는 이런 특수한 욕구의 하나가 상징 활동에 대한 욕구다 — 악기를 연주한다거나 주어진 디자인을 조각한다거나 …… 연극을 구경하는 일들 …….

　…… 발리섬 사람들이 이제까지 해 온 바와 같이 사람들은 그 문화를 형성할 것이다. 그래서 성장 단계의 어린이들 안에서 패턴화되어 있는 모든 욕구에 대해 상징적인 대응이 있다. 유아는 두려움이나 욕구 불만, 거절의 쓰라림, 아주 어린 영혼에게 가혹한 고독감 같은 것들을 알도록 가르침을 받을 것이다. 그런 대로 어린이는 영혼의 그 섬세한 정신의 그물눈에 이중 삼중으로 꼬여 있는 모든 긴장의 실에도 불구하고, 문화가 상징적인 완화를 제공해 왔기 때문에 즐겁고 경쾌한

성인으로 성장해 가는 것이다 (1940a:343, 346).

Colin McPhee는 발리섬의 예술에 관해 이와는 좀 다른 점을 강조한
다. 그는 서구 세계는 상당히 이질적인 발리섬 문화에 있어 일종의 음악
개념에 역점을 둔다. 그는 다음과 같이 쓴다.

> 첫째로 실리적인 이 음악의 성질은 …… 우리의 것과는 다른 개념
> ㅡ음악이란 **본래 그 자체를 들어야 하는 것은 아닐지도 모른다** ㅡ을
> 강조한다. …… 결코 개인적인 것이 될 수 없으며 정서도 포함하지 않
> 는다. 의식에서는 향이나 꽃이나 공양물과 마찬가지로 불가결한 존재
> 다. …… 여기서 **음악의 상태**는 일정 시간 요구되나, 그 이상은 아니다
> (1935:165ㅡ66).

이 견해는 Mead가 덧붙인 다음과 같은 것에 의해 확증되는 것 같다. <연
극보다도 그것을 공연하는 기술에서, 음악 그것보다는 연주하는 방법에
서 더욱 많은 기쁨을 찾아낸다는 것은 …… 본질적으로 발리적이며, 그
자체를 목적으로 활동에 전념하고, 이제까지의 경험에서 극적 클라이맥
스와 개인을 두드러지게 나타내는 것을 일부러 피하고자 하는 발리섬 사
람들의 성격에서 나온 것이다> (1941ㅡ42:83).

이것들은 민족 음악학이 거의 손을 댄 적이 없는 일반적인 문제를 얼
핏 본 것에 지나지 않다. 그런대로 사회가 그 음악을 어떻게 보고 있느
냐, 참가의 정도, 얼마 만큼의 시간과 관심이 음악에 쏠리고 있느냐 하는
것의 중요성의 정도는, 필연적으로 모든 사회에 있어 음악 창조를 형성
하는 모든 개념들이 된다.

이런 문제들과 밀접히 관련해서, 연주 집단의 가장 적합한 규모에 관

한 개념들이 몇 가지 있다. 역시 문헌은 부족하다. 그러나 그와 같은 개념들이 존재하며 거기에는 까닭이 있다는 것도 자료 속에서 찾아낼 수 있다.

　바송귀족 사이에서는 연주되는 음악의 종류에 따라 그 개념들이 다르다. 세 사람 한 조를 언제나 음악 그룹의 중핵으로 생각한다. *lunkufi* (북의 일종)의 주자 한 명, *lubembo* (쌍방울)의 주자 한 명, *essaka* (딱딱이의 일종)의 주자 한 명이 그것이다. 특수한 음악에 따라서는 한 사람이나 두 사람, 때로는 세 사람 전원이 노래를 부른다. 바송귀 사회에 가장 적합하며 고정된 성격을 지닌 이 집단으로부터 정말 근사한 음악이 흘러나온다. 연주 집단의 규모가 다르더라도 상관 없는 경우 — 이를테면 젊은 사람들의 노래나 사회적인 노래를 부를 때조차도 얼마 만큼의 집단의 규모가 연주에 알맞는가에 관한 인포먼트들의 의견은 엇비슷한 편이다. 다음에 보이는 것은 바송귀인이 든 대표적인 숫자다.

7인:최소 그리고 적절	15인:최대
5인:최소	8인:최대 그리고 적절
5인:최소	7인:최대 그리고 적절

적절한 집단의 규모를 나타내는 숫자가 매우 엇비슷한 경향을 보이고 있으나, 그 이유도 마찬가지다. <최소>보다도 가수가 적으면 확실하게 들리지 않는다. 한편 <최대>의 수치를 넘으면 거기에는 반드시 솜씨가 좋지 않은 사람이 몇몇 포함되어 노래가 엉망이 될 것이라고 바송귀인은 말한다. 음의 크기의 문제는 탁한 음의 문제와 마찬가지로 중대한 자리를 차지한다. 그 가치는 다 같이 바송귀족의 집단 가창에서는 일정한 모양이

다. 그러나 음악가들은 거의 언제나 더욱 자잘한 조건을 붙인다. 이것은
적절한 인원수란 항상 **그들이 선택한 가수들의 머리수**임을 의미한다.

플래트헤드 인디언은 가창 집단의 적절한 규모에 관해 이와는 대조적
인 판단을 한다. 그들의 생각으로는 <가수는 많으면 많을수록 좋다>는
것이다. 이에는 몇 가지 이유가 있다. 충분한 수의 가수가 있으면 틀린
것이 들리지 않는다는 실리적인 관점이 있다. <그렇습니다. 더욱 많은
사람들이 있는 편이 좋을 겁니다. 그렇게 되면 노래가 근사하게 나갑니
다. 일이 더 잘 되지요. 아마 한 사람이나 두 사람만으로도 목소리는 섞
여집니다. 노래가 좋게 들릴 겁니다.> 나아가서 가수들은 노래를 부르는
일을 육체적 활동이라고 지적한다. 그것은 <혼자의 경우 꽤 힘이 듭니
다. 계속하자면 도움이 필요하지요.> 마지막으로 플래트헤드족 쪽에서는
어떤 바람직스런 목적을 달성하기 위한 힘을 가수들에게 주는 노래를 하
는 경우에는, 가수가 많으면 많을수록 그 노래의 효험이 크다는 생각이
있다.

Fletcher와 LaFlesche는 오마하 (Omaha)족의 가창 집단에 관해 엇비
슷한 결론에 이르고 있다.

> 인디언의 노래들 대부분은 독창으로 부르는 일은 없었다. 거의 모두
> 집단으로 불렀다. 많은 경우에는 100명 혹은 그 이상의 남녀가 불렀다.
> 그 인원수는 비단 음을 강하게 할 뿐더러, 음정을 확실하게 해 주었다.
> 가수 한 사람만이 자주 음정에서 벗어났지만, 한 사람 또는 여러 사람
> 친구들의 도움을 받아서, 벗어난 음도 이내 변화하고 목소리가 가지런
> 히 되어서 음정은 안정되었다 (1911:374).

아파치 (Apache)족의 어떤 특수한 노래에 관해 McAllester는 다음과 같

이 쓴다.

　　[치료]는 많은 사람들이 모여 있는 곳에서 — 많으면 많을수록 좋다
— 주술사에 의해 행해지고, 그 영창 (詠唱)을 알고 있는 사람은 전원 비
록 부분적으로라도 그것에 참가한다. 북을 치는 사람들이 있고, 무용수
들이 있으며, 많은 사람들이 구경한다. 남자도 여자도, 어린이도 개도,
그 공동체 전체가 거기 함께 있다. 그냥 거기 있는 것만으로도 전원이
참여하고 있는 것이다 (1960:469 – 70).

그리고 마지막으로, Handy는 마르케사스 (Marquesas) 군도에 관해 다
음과 같이 기록한다.

　　대부분의 가창들은 집단으로 이루어졌다. 때로는 혼성, 때로는 남성
(男聲) 또는 여성 (女聲)으로 불려졌다 — 바꾸어 말하면 …… 원주민의
노래는 …… 공동의 것이었다. 집단 가창의 리더들에 의한 독창을 제
외하고, 내가 아는 유일한 개인의 노래는 승려에 의해 행해지는 의식
상의 개인적 주술의 노래뿐이었다 …… (1923:314).

　　전부라고는 할 수 없지만 대부분의 사회에서 연주 집단의 규모는 분명
히 중요한 개념이다. 그것은 연주되는 음악의 종류에 따라서도 다르고,
또 사회에서의 중요성이나 효력과 같은 음악의 그 밖의 측면들과 관련이
있다. 그리고 그것은 하나의 전체로서의 사회 조직도 반영할 것이다.

　　만약 음악과 비음악, 개인의 재능과 전체화된 재능 사이에 구별이 이
뤄지고, 가장 적당한 가창 집단을 구성하는 인원수에 관한 고려가 인정
된다면 — 그리고 만약 음악이 사회에 따라서 그 중요도가 다르다고 한
다면 — 이런 모든 개념들과 음악이 연유하는 바 그 원천에 관한 생각 사
이에 관련이 있음은 명백하다. 그러나 최초에 음악이 생겨나는 궁극적인

원천과 개인이 하나 하나 음악의 소재를 이끌어내는 원천은 구별할 필요
가 있다. 곧 음악 혹은 특수한 음악의 궁극적인 기원이 이를테면 신들의
창조라고 생각될 수 있음에 반해서, 같은 사회에서 하나 하나의 노래는
차용을 통해 얻어질 수 있다는 말이다.

특수한 종류의 음악이나 악기 혹은 노래 하나 하나의 궁극적인 기원
에 관해서는 민족 음악학이나 민족지의 문헌 속에 자주 기재되어 있으
나, 음악의 궁극적인 기원에 관한 신념을 다룬 설명이 거의 발견될 수
없다는 것은 적이 놀라운 일이다. 바송귀족 사이에서는 세대의 차이와
그 세대 나름의 신념에 상당히 명백하게 결부된 몇몇 다른 견해들이 존
재한다. 젊은이들은 단순히 아무 것도 모른다고 말한다. 그들의 아버지
들이나 또 그 아버지들은 음악은 가지고 있었지만 그 궁극적인 기원은
알지 못한다고 말한다. 연장자들은 조금 더 확신을 가진다. 그들은 음악
은 Efile Mukulu(신)으로부터 왔다고 말한다. 그런대로 Efile Mukulu로
부터 온 것인지, 그렇지 않으면 문화 영웅인 Mulopwe의 힘을 빌어서
간접적으로 온 것인지에 관해서는 의견의 차이가 있다. 플래트헤드 인디
언들은 모든 음악의 궁극적인 기원을 ― 적어도 <옛날>에는 ― 환상 체
험에 돌린다. 그러나 이것은 하나의 장르로서의 음악에 관해서라기보다
하나 하나의 노래에 관한 사항이다. Leslie White는 뉴 멕시코 시아
(Sia)의 프에블로(Pueblo)족에 관해 <저마다 창조의 대상이 되는 노래
나 의식은 그것들이 만들어질 때 마련된 것이다> (I1962:115 - 16)라고
보고, 초자연적인 기원을 시사한다.

특수한 종류의 음악이나 악기의 기원에 관해서는 좀 더 증거를 얻을
수 있다. 시에라 레오네 (Sierra Leone)에서의 실로폰과 실로폰의 표준

가락의 기원이 새의 노래에서 왔다는 J. T. John의 설명은 이미 인용한
바 있다. 마찬가지로 아샨티 (Ashanti)족도 북치기의 기원을 어떤 특별한
새에 돌린다. Rattray는 다음과 같이 기록한다.

> *Kokokyinaka*는 숲 속으로 자주 찾아오는 아름답고 까만 새다.……
> 우는 소리가 북의 가락과 엇비슷하다. 고수는 누구나 이 새를 토템으
> 로 삼고 있으며, 이것과의 동족 관계를 주장해서 먹거나 죽이려고 하
> 지 않는다. 울음소리는 무슨 쿠로 쿠로 쿠로 쿠로 코 키니 키니 키니
> 쿠로 키니 카카 키니 키니 키니 카 하는 것 같다. 아샨티인은 이것이
> 북치는 것을 일러준다고 말한다 (1923:279, Note 2).

그렇지만 대부분의 설명들은 기원을 초자연적인 것, 적어도 초인간적
인 것으로 향하고 있다. 이를테면 Mockler－Farryman이 1892년의 기록
에서는 나이제리아의 아사바 (Asaba)족의 어떤 노래를 숲의 정령에 의한
것이라 설명하고 있다.

> 아사바족 사람들이 말하는 바에 의하면, 음악은 처음에 이부조
> (Ibuzo)족의 한 사람인 Orgardie라는 이름의 사냥꾼이 큼직한 사냥감
> 을 찾는 여행에서 돌아왔을 때에 이 나라에 가져온 것이다. Orgardie는
> 깊은 숲 속에서 길을 잃었다. 그러자 놀랍게도 음악이 들려왔던 것이
> 다. 그가 숨어 있자 숲의 정령의 일단이 음악을 연주하면서 다가오는
> 것이었다. Orgardie는 용케 숨어 있는 장소에서 관찰, 춤사위며 부르는
> 노래 곡조를 충분히 외울 수 있었던 것이다. 그리고 부락으로 되돌아
> 가서 Eguolo라 일컬어진 이 음악을 나라 사람들에게 가르쳤다. 그래서
> 이부조족으로부터 아바사 땅으로 수입되었다. …… 새로운 춤이나 노
> 래는 모두 정글에서 사냥감을 찾고 있던 사이에 사냥꾼들이 최초로 들
> 은 것이라고 믿고 있으며, 본래는 숲의 정령들의 것이었다고 한다

(1892:274).

Adele Madumere의 보고에 의하면, <이보족은 몇 가지 음악은 자기네들의 위대한 조상들과 죽은 영혼들의 영혼의 목소리나 연주가 실제로 재현된 것이라 믿는다. 이러한 생각을 가지고 있으므로, 많은 노래들은 완전히 마음을 가다듬고 겸허하게 불려진다> (1953:67).

원영국령 뉴기니아의 와가와가(Wagawaga) 지역으로부터는 Seligman이 북의 기원에 관한 이야기의 거친 번역을 다음과 같이 전해준다.

옛날옛적 와가와가에는 북이 없었다. 그러나 하계(下界)에 사는 사람들은 좋은 북들을 가지고 있어서 그 가락에 맞춰 춤들을 추었다.

어느날 한 사나이가 사냥을 나가, 집으로부터 멀리 떨어져 방황하고 있었다. 그가 막 돌아오려 할 때, 돌연 땅 아래서 은은한 북소리가 들려왔다. 하계로 통하는 길을 발견, 소리가 나는 쪽으로 가서 북을 치고 있는 두 사나이를 만났다. 그래서 그는 그 중 한 사람에게 가까이 가서 북을 빌려 달라고 청했다. 그 고수가 승낙하고 빌려주어서 이 와가와가의 사나이는 살그머니 그곳을 빠져나와, 북을 들고 다리야 날 살려라 하고 재빨리 와가와가를 향해 뛰었다.

이윽고 하계의 사나이들은 북이 없어진 걸 알아채고서, 지상으로 올라와 와가와가의 사나이가 멀리 달아나는 걸 보았다. 그들은 뒤쫓아갔으나 따라잡을 수 없었고, 사나이는 와가와가로 되돌아 올 수 있었다. 이리하여 집에 도착하자, 그는 집 안에 북을 매달아 두고, 이튿날 하계의 사람들이 잠들어 있는 사이에, 또 나가서 북을 몇 개 더 훔쳐가지고 와가와가로 돌아왔다.

이리하여 사나이들은 이 북을 본떠서 북을 만들었다. 그 이래로 춤을 출 때면 북을 사용해 온 것이다 (1910:385).

솔로몬 군도 라우(Lau) 사람들에 관해 이와 매우 유사한 이야기를

Walter Ivans가 기록하고 있다.

팬파이프 (panpipe)는 톨로 (Tolo)가 기원이요, 본시는 임신 중에 죽
은 여자들의 태아들인 Gosile에 의해 만들어졌다고 일컬어진다. Gosile
는 그 어머니들이 매장된 뒤에도 계속 살아서 언덕에서 발견된다는 것
이다. 키가 작고, 긴 머리칼과 동물과 같은 손톱을 하고 있다. 깊은 숲
속의 움 속에서 살며, 먹을 것을 찾아 근방을 어슬렁거린다. 불을 일으
키는 방법을 모르기 때문에 음식은 날것으로 먹는다. 그들은 식인종이
라고도 일컬어진다. 그 중 하나가 붙잡혀 인간에게 피리를 빼앗겼고,
그 피리가 복제된 것이다 (연대 미상:214-15).

약간 유사한 이야기가 북아메리카 인디언들 사이에 보인다. George
A. Dorsey는 아라파호 (Arapaho)족의 Sun Dance (태양 춤)의 기원 신화
에 관한 보고에서 다음과 같이 말한다. 창조주가 <……이 건조한 점토의
작은 덩어리를 또 한 손에 들고, 남서 방향을 향해 그 점토를 공중 높이
들어올리고, [그리고] 맑은 목소리로 주의깊게 네 개의 노래를 불렀다
…… > (1903:199). 이 창조에 있어 창조주는 끊임없이 노래를 부르는데,
그 노래들은 노래 그것의 창조라기보다 분명히 어떤 행동을 낳기 위한
장치 (mechanism)라는 점에 주목해야 한다. 아리카라 (Arikara)족에 관
해서는, Dorsey가 Mother-Corn 의식의 기원을 보고한다. 말하기를
<Mother-Corn은 다음에 꾸러미를 만들고, 노래를 만들고 전례(典禮)를
만들고, 사람들에게 의식 (儀式)을 주었다> (1904:16). 사실상 북아메리카
인디언들에 관한 문헌은 어떤 특정 의식들의 기원을 말하고 있다. 이를
테면 Kroeber에 의한 샤이안 (Cheyenne)족의 Fox Company의 기원에
관한 보고 (1900:164), Dorsey에 의한 포니 (Pawnee)족의 Eagle Dance에

관한 보고 (1906:402), Densmore에 의한 만단 (Mandan)족과 히다챠 (Hidatsa)족의 Little River Women Society에 관한 보고 (1923:98 - 99) 등등. 특정 의례·노래의 유형·악기의 기원은 거의 모든 사회라고는 말할 수 없어도, 많은 사회에서 초자연계 혹은 거기서 일어난 사건에 기인한 다고 믿고 있는 것 같다.

음악과 초자연이 밀접하게 관련되어 있다는 생각은 그 속에 음악가를 포함하도록 확대될 수 있을 것이다. Nketia는 다음과 같이 전한다.

> talking drum의 고수는 창조주의 고수 …… 혹은 신의 고수라 일컬 어진다 …… 그는 그가 말을 거는 조상의 우두머리 영혼에 가장 가까 운 존재다 …….
> 창조주의 고수는 조화의 신에 가깝다. 아칸족이 품고 있는 세계관을 따르자면, 그는 창조 대상물의 영혼으로부터 북의 구성 부분을 얻고, 그 영혼에 좇아서 연습을 한다는 것이다 …… 그리고 그의 일이나 안 녕에 간섭할 수 있는 지고의 신·하급의 신들·마녀·조상의 고수들에게 도 그는 말을 걸 수가 있다 …….
> talking drum의 고수가 스스로를 창조주의 고수라 부르는 것은, 자 신의 talking drum으로 말할 때, 그는 <창조되어야 할> 가장 중요한 사람들 중의 한 사람이기 때문이다 …… (1954:36, 39).

음악가와 초자연의 밀접한 관계는, Rattray도 아샨티 (Ashanti)족에 관한 기술에서 유사하게 강조한다. <많은 아샨티인이 '달 속의 사나이'는 고수 라고 생각한다. 어린이들은 이 사나이가 채를 북에 대고 있는 것을 너무 오래 바라다보면 안된다고 주의를 받는다. 그럴 때는 그 어린이는 죽는 다고 생각한다> (1954:282).

음악의 궁극적인 기원에서 가수 개인에 관한 것으로서 노래 하나 하나의 기원으로 문제를 바꿀 때, 상황은 약간 확대된다. 음악의 소재를 창조하는 원천은 주로 다음 세 가지다. 초자연 또는 초인간적인 것, 개인의 창작 및 차용에 의한 것. 전부는 아니라 하더라도 대부분의 사회에서, 이 중 하나가 다른 것보다 강조되는 수는 있으나, 적어도 이 세 가지가 모두 잠재적인 원천으로 인식되고 있는 것 같다.

바송귀족 사이에서는 개인의 창작은 음악의 주요한 원천으로 인정되지 않는다. 그와 같은 창조성은 가정상으로는 가능하다고 생각될지언정 실제로는 아무도 인정하려 들지 않기 때문이다. 이러한 태도의 배후에 있는 이유의 하나에, <정상 (正常 normalcy)>의 개념이라고 아마 이름붙일 수 있을 일반적인 생각이 있다. 즉 바송귀족의 생활을 특징짓고 있는 집단적인 상황 속에서 개인으로서 두각을 나타내고 싶다고 생각하는 바송귀인은 한 사람도 없다는 말이다. 사람이 할 수 있는 행위 중에서 가장 미심쩍은 것은 혼자서 먹고 있는 일이다. 그것은 예의범절에 어긋나고, 불친절하고 비정상적이라고 생각될 뿐더러, 그런 짓을 하는 개인은 필시 무슨 마녀의 힘과 같은 괴상한 힘을 가지고 있는 것이 아닌가 의심을 받게 된다. 긍정적인 측면에서는, 이 <정상>의 원리가 결혼의 상대는 <서로 맞아야> 한다고 하는 바송귀인의 강한 태도를 설명한다. 즉 뚱뚱한 사나이는 뚱뚱한 여자와 결혼해야 하고, 키가 큰 사나이는 키가 큰 여자와 결혼해야 하며, 키가 작은 사나이와 키가 큰 여자는 결혼해서는 안된다는 것이다. 사실 바송귀 사회는 얼마 안되는 구실들을 개인에게 특별히 주는데, 그 중 하나가 음악가다. 뒤에 적는 바와 같이 창작가의 구실은 그렇게는 생각하지 않는다. 누구의 창작에 의한 것인가를 추구하면, 그것을 창작한 것은 한 사람의 음악가라는 대답이 언제나 나오게 마련이다. 음악가들은 물론 그것을 부정한다.

개인에 의한 창작이 전적으로 인정되지 않는다는 사실이 있는 이상, 노래는 앞서 든 세 가지 기원 중 다른 두 가지 원천으로부터 생겨나게 되는 셈이다. 바송귀족은 차용에 관해 낙천적이며, 음악 구조의 몇 가지 형식적인 기법을 통해 유행하고 있는 곡 중의 어느 노래가 차용된 것인지를 지적할 수 있다. 이 곡들은 대부분 바송귀족의 북방에 인접해 살고 있는 바테텔라 (Betetela)족을 기원으로 하는 것인데, 그들이 그렇다고 인정하는 곡은 전체의 극소 부분에 지나지 않다. 이들 차용된 노래들은 바송귀족이 생각하고 있는 것보다 더 많으나, 시간이 경과함에 따라 바깥으로부터 온 것이라는 인식이 상실되는 경향이 있는 것 같다.

초자연이 가능성 있는 음악가의 원천으로서 마지막으로 남게된다. 그리고 사실 이것이 바송귀족에 있어 궁극적인 원천이다. 실제의 창작 과정은 의문인 채로 남아 있지만 말이다. 바송귀인의 말에 의하면, 모든 노래들이 궁극적으로 Efile Mukulu (신)으로부터 온 것이요, 새로운 노래가 존재하는 것도 단지 Efile Mukulu가 바라기 때문이라는 것이다. 바송귀족은 *Kwelampungulu* —〈운명〉이라고 번역하는 것이 가장 좋을 것이다 —를 믿고 있으며, 그것이 숙명의 요소를 강력히 포함하고 있다. 그리하여 사람이 태어나면, Efile Mukulu가 그 사람의 일생에 일어날 모든 것을 책에 기록한다 (이것은 분명히 유럽식 생각이 밀고 들어온 것이다). 그리고 이 기록은 인생의 가장 미세한 부분에까지 확대된다. 어떤 사람의 운명 속에 새로운 노래가 만들어진다고 기록되어 있을 때 그 사람은 그 노래를 부르는 것에 지나지 않은 것이다. 그 과정은 그 사람을 매개로 한 Efile Mukulu의 행위로 설명된다.

이 창작 방법은 바송귀인과 마찬가지로 외부 사람에게도 적용된다. 필자가 그 장소에서 즉석으로 만들었다고 주장하는 노래를 불렀을 때, 그와 같은 일을 할 수 있는 능력을 Efile Mukulu가 바로 그때에 바랐기 때문이라고 설명했다. 그렇지만 이런 장치가 되어 있음에도 불구하고, 개개의 바송귀인은 그 신념에 상반되는 개인의 창작을 인정하지 않을 뿐더러, 노래의 창작에 있어 Efile Mukulu의 대행자가 된 경험이 있다는 것도 인정하려 들지 않는다. 그리하여 창작의 장치가 바송귀족의 신념의 하나로 되어 있어도, 사실상 새로운 노래가 레파토리로 흡수되는 유일한 구체적인 가능성은 차용에 의한 것이다. 물론 그 밖에도 몇 가지 장치가 작용하고 있음에 틀림없다. 특히 음악가가 새로운 음악을 전혀 창조하지 않는다는 것은 생각될 수 없기 때문이다. 이것이 행해질 수 있는 길의 하나는 이를테면 실로폰 음악 등에서 주요한 위치를 차지하는 즉흥 연주를 통해서다. 그러나 여기서 중요한 것은, 바송귀족이 품고 있는 음악의 원천에 관한 개념에 의하면, 독창적이라고 인정되는 양이 극단적으로 한정되어 있는 것으로 느껴진다 하더라도 할 수 없다는 점이다. 이것이 보여 주는 의미는 크다. 왜냐하면 그러한 생각을 가지고 있는 사회에서는, 음악의 변화는 개인의 창조성을 강조하는 사회보다도 적어지지 않을 수 없기 때문이다. 그리하여 음악의 원천에 관한 개념은, 어떤 사회의 음악을 광범한 각도에서 붙잡으려고 할 즈음에 상당히 중요한 의미를 띠게 되는 것이다.

플래트헤드 인디언은 이 세 가지 원천을 모두 가능한 것으로 받아들이고, 그 개념들이 바송귀족에서보다 많은 유연성을 지니도록 조립된다. 플래트헤드인에 있어 개인의 창작은 적어도 일반적으로 인정된 과정으로서는 그다지 주요하지 않다. 그러나 실제로는 몇몇 개인이 새로운 노래들을 만들어내도록 하고 있다. 차용은 풍부하며 신곡의 소재로서 일반적으로 인정된 원천이다. 그들은 브랙피트 (Blackfeet), 쿠테나이 (Kootenai), 쾨르 달렌 (Coeur d'Alene), 크리 (Cree), 치페와 (Chippewa), 쇼쇼네 (ShoShone), 네 페르세 (Nez Perce), 스네이크 (Snake) 등등 다양한 인접 부족들로부터 차용한 노래들을 정확하게 지적한다. 그러한 노래들이 식별되는 것은 때로는 그 양식상의 특이성에 의한 것도 있으나 많은 경우 차용이 행해진 시간과 장소를 알고 있기 때문이다. 바송귀족에서와 마찬가지로 플래트헤드족에 의해 차용된 노래들은 차츰 그 신원을 잃고, 플래트헤드족의 음악으로 간주되는 것 속으로 흡수되고 만다.

플래트헤드족에 있어 음악의 제3의 원천은 무엇보다도 월등히 중요하며, 가장 <자연>스런 것이라고 느껴지고 있다. 이것은 환영 체험 (幻影體驗)을 매개로 한 초자연적인 것으로부터 오는 원천이다. 플래트헤드족의 <진짜> 노래라고 여겨지는 노래들은 모두 이 원천에서 나온 것으로 간주된다. 우리는 이 문제를 창작자와 창작의 과정에 관한 논의와 관련시켜 다시 거론하게 될 것이다. 다만 지금 여기서 말해 두고 싶은 것은 플래트헤드의 환영이 음악에 관해 표준화되는 경향이 있어서, 노래는 환영 속에서 일정한 시간, 일정한 방법으로 나타나는 초자연적인 존재로부터 어떤 특정한 방식으로 습득된다는 점이다.

평원 인디언의 문화에 있어 환영 체험의 문제는 이미 Benedict (1922)에 의해 요약되어 있으므로 여기서 말할 필요는 없다. 다만 노래가 언제나 한층 중요한 구실을 하고 있다는 것만은 지적해 두고 싶다. 북방 유테 (Ute)족 (1922)이나 포니 (pawnee)족 (1929), 테톤 수 (Teton Sioux)족 (1918)의 환영 체험으로부터 받은 노래 체험에 관해서는 Densmore가 보고하고 있다. 이와 유사한 보고들은 그밖에도 많다. 이를테면 그로스 벤트

르 (Gros Ventres)족 (1953)을 다룬 Flannary (1953), 오마하 (Omaha)족의
Fletcher와 LaFlesche (1911), 아시니보인 (Assiniboine)족의 Lowie (1910),
브랙피트족의 Wissler (1912) 등을 들 수 있다. 환영 체험 그 자체는 아니
지만 Elkin (1953)이 유사한 상황을 호주의 송먼 (Songman)족에 관해 보
고하고 있다. 그 밖의 예도 문헌에서 자주 눈에 띈다.

차용의 실례는 한두 개를 들 순 있어도 그다지 많지는 않다. 멜라네시
아 (Melanesia) 전체를 개관, Albert Lewis는 다음과 같이 말한다. <새로
운 노래는 다른 지역으로부터 도입되는 수도 있다. 외지에 나갔던 사람
이 흔히 그 노래들을 가지고 돌아와서 동료 부락 사람들에게 가르치는
것이다> (1951:169). 뉴 멕시코 코치티 (Cochiti) 프에블로 (Pueblo)족에
관한 Charles Lange의 보고에 의하면, <새로운 노래들을 얻기 위해 한
사람이 다른 부락이나 부족을 방문, 거기서 들은 노래를 배우는 수가 있
다> (1959:311). 차용의 장치는 전파와 문화 변용에 영향을 끼치기 때문
에 그것과의 관련에서 더욱 많은 실례들을 인용할 수 있을 것이다.

여기서 음악의 원천에 관한 또 하나의 개념에 주목하지 않을 수 없다.
그것은 Waterman이 관찰한 (1956) 호주 아넘 랜드 (Arnham Land)의 유
르칼라 (Yirkalla)족과 관련되어 있다. 유르칼라족은 갓난아이가 <말을 더
듬더듬 흉내내려는 시도>를 <신비스럽고도 신성한 노랫말을 해명하는
것>이라고 해석한다. 이것은 노래를 <발명한다>라는 개념과 결부되어
있다. Waterman은 다음과 같은 주석을 붙인다 …… <유르칼라족에서는
노래를 생각해낸다든가 창조하는 일은 전혀 없고, 있는 것은 오직 발견뿐
이다. 유아의 서툰 말에 입각한 신성한 노래는 다른 어떤 노래보다도 옛
노래라고 생각한다. 노래가 될 수 있는 것은 모두 이미 존재하고 있으며,

오직 발견되기를 기다릴 따름이다. 여기에 함의되어 있는 생각은 아보리진 (Aborigin)들의 시대와 혁신에 대한 일반적인 태도와 완전히 궤적을 같이 한다> (p. 41, Note 1). 따라서 이 경우도 노래 하나 하나의 존재는 인간의 행동에 관한 언어 이외의 언어에 의해 설명되고 있기 때문에, 바송귀족에서와 마찬가지로 개인의 창조성은 부정되는 것이다. 바송귀족은 Efile Mukulu신이 끊임없이 노래를 창조하고 있다고 생각함에 반해서, 유르칼라족은 다만 발견되기를 기다릴 따름인 것이 이미 존재하는 음악의 총체라는 생각을 한다.

사람들이 자기네들의 음악이 발생하는 원천에 관해 품고 있는 개념들은, 음악 체계를 형성함에 있어 무척 중요하다. 초자연, 개인의 창조 및 차용이라는 가장 일반적인 원천 중 그 어느 것인가가 정도의 차는 있지만 강조되며, 그 특별한 강조가 음악의 음소재 (音素材)로서의 가능성뿐 아니라, 창조성의 형식·양식의 변화 및 그 밖의 음악적 여러 양상에도 마찬가지로 영향을 끼친다.

특히 흥미를 갖지 않을 수 없는 개념으로, 음악은 그 자체 정서를 낳는 것인가 라는 문제다. 이에 관해서는 앞으로 음악을 미적 현상으로 고찰할 즈음에 더욱 검토할 계제가 있겠으나, 여기서도 조금 언급해 두어야겠다. 언급은 음악 그 자체의 기능에 관해서가 아니라, 오히려 음악을 만드는 사람은 어느 정도까지, 만드는 사람 혹은 듣는 사람의 내부에 정서를 환기할 수 있는 것으로 음악을 보고 있으냐 하는 걸 생각해 보고 싶다. 이 문제에 관해 민족 음악학의 문헌에서 자료를 모은다는 것은 거의 불가능하다. 왜냐하면 음악에 관련해서 정서가 논해지고 있는 곳에서는 언제나 참가자의 입장에서가 아니라 관찰자의 입장에서 생각되기 때문이다.

이를테면 A. B. Ellis는 당시의 황금해안의 트시 (Tshi)족에 관해 <…… 음악의 이 일반적으로 알려져 있는 정서적 영향력은 ……> (1887: 326)이라고 기록했으나, 그 내용을 명확히 하고 있지는 않다. Elsaon Best는 마오리 (Maori)족에 관해 <이 사람들은 감정과 사상을 표현하기 위해 노래를 크게 이용하고 있으므로> (1924: II, 135)라고 쓰고 있으며, 또 Burrows는 푸투나 (Futuna)라고 하는 폴리네시아 섬 사람들에 관해 <푸투나에서는 노래는 신성한 정서를 표현하기 위해 사용된다> (1936:207)라고 보고한다.

핵심에 좀더 직접 다가서는 것으로는 투아모츠 (Tuamotus) 군도에서의 음악의 기능에 관해 논한 Burrows의 다음과 같은 기술이다.

이 기능들 중 몇 가지는 이미 든 재료에 의해 확증되고, 그 밖의 것들은 추론된 것들이다.

1. 연주자의 내부에 정서를 환기하고 표현하는 일 및 그것을 청자에게 전하는 일. 그 정서는 성스러운 붉은 새의 창조에 관한 영창 (詠唱)이나 노래에서처럼, 종교적 고양일는지도 모른다. 애가에서의 슬픔, 연가에서의 동경이나 열정, 운동에서의 기쁨, 춤에서의 성적 흥분이나 그 밖의 여러 가지 정서들, 영광의 노래에서의 자아의 고양, 활기찬 영창에서의 새로운 용기와 활력의 환기 등일 것이다…….

이들 모든 근저에 있는 것은 많거나 적거나 간에 자극하는 일, 표현하는 일, 정서를 공유하는 일 등 일반적인 기능이다 …… 원주민의 생각을 따르면, 노래부르는 사설 속에는 어떠한 정서 이상의 것 ― 즉 마나 (mana) 혹은 초자연적 힘이 담겨 있다고 생각하고 있는데, 그러나 유럽적 관점에서 보면 실제로는 그 기능도 끝내는 정서를 전달하는 데 있다 (1933:54, 56).

다른 곳에서 Burrows는 다음과 같이 썼다. <요컨데 모여진 노래들은 우베아 (Uvea)섬이나 푸투나섬에서 부른다는 것이, 가족이건 노동 집단이건 왕국 전체건, 그 집단이 공유하고 있는 정서를 모아서 표현하게 된다는 걸 보여 준다> (1945:79).

바송귀족 사이에서는 문화적 상황에서 떨어져나가더라도 음악 그 자체는 정서를 환기할 능력이 있다고 말한다. 그러나 이것은 나중에 좀 자상히 논하는 바와 마찬가지로 사실상 의심스런 가설이다. 그렇지만 특히 음악가들은 저마다 연주할 때의 정서에 관해 세 가지 점에서는 한결같이 의견이 일치한다. 첫째로, 음악을 만드는 행동은 음악가에게 행복감을 준다. 둘째로, 음악가는 개인적으로나 앙상블 중의 다른 멤버가 하는 것과의 관계에 있어서나, 항상 필사적으로 지금 자기가 하고 있는 것을 생각하지 않으면 안된다. 그것이 일반적인 행복감 이외의 어떤 특수한 감정도 모두 짓밟아 버릴 것이다. 셋째로, 음악을 만들고 있는 상태 동안은 즐거우나, 음악이 행해지는 상황에 따라서는 아주 정반대의 감정이 환기될지도 모른다는 사실을 음악가는 잘 알고 있다. 그리하여 장례에서 음악가는 자기의 음악을 연주하고 있기 때문에 즐겁다. 그러나 동시에 그것이 장례이기 때문에 슬픈 것이다.

이러한 종류의 기술들은 우리가 음악 및 그 청중이 그 음악을 받아들이는 방식을 아는 데 기여할 수 있다. 그런데 개념에 관해 논한 것이 매우 적기 때문에, 이 이상의 것을 제시할 수는 없다. 다시 더 많은 재료를 입수하는 것이 분명히 중요하다는 것을 재삼 강조할 따름이다.

정서와 음악에 관한 이 문제와 밀접히 결부되어 있는 것인데, 어째서 사람은 음악을 만드는가 하는 문제다. 그러나 이 경우 역시 음악의 기능에 대한 특수한 수용 방식과 그 보편적인 물음은 구별해서 생각하지 않으면 안된다. 바송귀족은 음악을 만드는 이유로 세 가지 들고, 그 중 하나를 다른 두 가지보다 강조한다. 첫째로, 사람은 행복하기 위해 음악을 만든다. 둘째로, 돈을 벌기 위해 음악을 만든다. 셋째로, <Efile Mukulu 신이 그렇게 하라고 명했기> 때문에 음악을 만든다. 그 중에서 행복감이 강조되는 경우가 제일 많고, 분명히 가장 중요한 것처럼 보인다. 돈을 벌기 위한 일에 관여하고 있는 사람이라도, 끝까지 분석해 보면, 결국 음악을 만들고 있노라면 행복하다는 이유로 낙착이 된다. 한편 플래트헤드 인디안들은 자기네들에게 용기를 불어넣어 주기 위해 음악을 만든다고 대답하는 경우가 가장 많다. 그들은 <지금도 어머니 시대에도, 사람들은 가난하고, 노래가 모두에게 힘을 나게 해 주기 때문에 불렀다>고 말한다. 음악의 오락성도 경제적 이점도 강조되는 일이 없으며 언급되는 일도 거의 없다. 이와 같은 불충분한 자료를 바탕으로 해서 일반론을 시도할 일은 아니지만, 이 문제에 관한 바송귀족과 플래트헤드족의 대조는 현저하다. 반응의 성질이 음악에 대한 아주 다른 태도를 보여 주는 것이다. 더욱 정보가 모여짐으로써 다른 민족의 사고 속에서 음악이 차지하는 위치를 이해하는 데 상당히 유용할 것이라고 가정해도 좋을 것이다.

일단 음악이 생산되면, 그것은 일정한 모습으로 소유물이 된다. Jaap Kunst는 이 문제에 얼마간 주목해서, 노래의 소유에 관한 세 가지 주요한 범주에 관해 말한 바 있다(1958). <특정한 인물에 소속하는 작품, 어떤 한 개인에 의해서만 연주되어야 할 작품, (그리고) 특정한 하나의 집단(카스트·부족)에 의해서만 연주되어야 할 작품>(p. 2).

세계의 많은 지역에서는 분명히 개인이 개개의 음악 작품에 대한 권리

를 가지고 있다. Bell은 멜라네시아 탄가 (Tanga)인의 명목화폐 (*amfat*)
에 대해 특히 언급, 다음과 같이 해설한다.

　탄가의 춤의 우두머리는 그 자신의 작품이나 그가 다른 곳에서 보고
그 섬에 소개한 노래나 춤의 편곡에 대해 다른 사람 누구도 뺏어갈 수
없는 확고한 권리를 가진다. 비록 춤은 공공연한 행사이기는 하나 ……
다른 부락은 본래의 작품을 감히 표절하려고 하지 않는다. 보수로서 그
럭저럭 명목화폐가 지불되면, 우두머리는 다른 부락에서 몇 주 동안을
지내며 주민에게 새로운 춤을 일러준다. 탄가에는 작자의 이름이 알려
지지 않은 춤은 하나도 없었다 (1935:108).

Elkin (1953:93)은, 호주의 송면족이 가지고 있는 마찬가지로 범할 수 없는
소유권에 관해 보고한다. 그리고 문헌에서 아마 가장 잘 알려진 것은 북
아메리카의 인디언들이 환영 체험을 통해 얻은 개인적인 노래에 대한 개
인의 소유권일 것이다. 특정한 집단이 노래에 대해 가지고 있는 엄격한
소유권에 관해서는 알려진 바가 적다. Norma McLeod는 티코피아
(Tikopia) 섬에 관해 말하면서, 다음과 같이 해설한다.

　…… 어떤 친족 집단은 어떤 노래나 춤의 유형들을 <소유하고 있다>
고 일컬어진다. …… 보통 그 친족 집단의 수장인 한 사람이 그 노래의
정조 (正調)를 기억하고 있다고 생각하는 모양이다. 따라서 노래에 관한
여러 권리는 그 집단의 수장에게 있다 …… <정조>에 대한 이 권리는
노련함의 개념과 결부되어 있다 …… (1957:130).

더욱 덜 알려져 있는 것은 소유권이 개인에서 개인으로 또는 집단에서
집단으로 흔히 양도될 수 있다는 사실이다. Wissler는 브랙피트족 사이에

서는 여러 가지 약 꾸러미들이 그것에 부수된 노래와 함께, 사람에서 사람으로 양도된다는 것을 보고한다 (1912). 그리고 Benedict는 그 꾸러미의 매매라는 개념을 크로우 (Crow)족, 아라파호 (Arapaho)족, 히다챠 (Hidatsa)족, 위네바고 (Winnebago)족에도 확대한다 (1922:18). 마찬가지로 Elkin도 송먼족에 관해 다음과 같은 보고를 한다. 송먼은 <일련의 자기 자신의 노래를 소유하고 있으나, (증여물과 바꾸어서) 부족을 달리하는 송먼들에게 자기의 노래를 부를 권리를 허가해 주거나 그 권리를 <파는> 일이 있다. 이런 일은 의례나 <거래>를 목적으로 한 부족간의 모임에서 행해진다. 그리고 자기의 힘이 떨어졌다는 것이 나타나기 시작하면, 소유권을 젊은이에게 넘겨주기도 한다 ……> (1953:93). Mead는 뉴기니아의 아라페시족의 춤 — 잡희 (dance-complex)가 집단에서 집단으로 매매되고 있다고 말했다.

　해안 지방에서의 이런 수입품들이 모두 모여서 춤 – 잡희 (雜戲)가 되고, 그것들이 부락에서 부락으로 팔려가는 것이다. 부락이나 작은 부락들의 모임은 저마다 오랜 시간을 두고서, 돼지나 담배나 깃털이나 어패 고리 (이런 것들이 아라페시족의 화폐다)를 필요한 만큼 준비하고, 그것으로 바다 가까운 지방의 부락에서 싫증난 춤 하나를 사는 것이다. 그 춤과 더불어 새로운 스타일의 의복·새로운 점술·새로운 노래·새로운 잠수 비결을 거래한다 (1959:19).

Gladys Reichard의 보고에 의하면, 나바호족에서는 <노래는 부의 한 형태다. 개개인이 증식과 번영을 위해 노래를 소유한다. 즉 노래는 가축이라는 물신 (物神)과 가족과 집단의 안녕을 비는 일련의 간단한 집단의 의례에 속하는 것이다 ……. 노래는 부의 다른 형태와 마찬가지로 교환이

가능하다> (1950:1, 289, 290).

　따라서 음악은 많은 사회에서 무형의 상품이라는 형태를 취하는 부로 여겨진다. 그러므로 그 사회에서는 음악은 경제적 중요성을 지닌다. 이와 같이 여겨지고 있다면, 음악을 만들고, 그 경우 소유도 하는 사람들의 마음 속에서 음악이 어떠한 위치를 차지하고 있는지를 이해하고자 하는 연구자에게 음악은 가장 중요한 측면을 보여 주는 것이 될 것이다.

　따라서 음악에 관한 개념들은 모든 사람의 음악 행동의 근저에 있는 것이기에 음악 체계에 관한 지식을 얻고자 하는 민족 음악 학자에게 기본적인 것이 된다. 개념들의 이해 없이 음악의 참다운 이해는 없다.

제 5 장
공감각과 감각 상호간의 양상

공감각과 감각 상호간의 양상이라는 과제는 음악 체계의 토대를 이루는 여러 개념의 일반적 표제하에 포함된다. 그 과제가 제기하는 매우 복잡한 여러 문제에 대답하기 위해서는 음악과 언어, 미학, 여러 예술 상호간의 관계라고 하는 더 한층 어려운 문제들을 추구하지 않을 수 없다. 공감각과 감각 상호간의 양상을 통문화적으로(cross-culturally) 직접 연구하는 일은 아직 이루어져 있지 않은 듯하다. 하지만 이러한 화제들이 민족 음악 학자에게 주요한 관심이 되어 있는 과제들 — 특히 민족 음악학적 조사를 통해 추구할 수 있는 과제들 — 을 몇 가지 도입해 준다. 이 분야에서 열쇠를 쥐고 있는 사항 중 하나가 다시 많은 실험과 사색을 촉발한다. 민족 음악 학자 Erich M. von Hornbostel(1925, 1927)도 거기에 공헌했지만 그의 동료들은 그가 제창한 바에 따르지 않았던 것 같다.

공감각은 광의로는 심리학의 분야에 속하며 본래 심리학자들에 의해 연구되어 왔다. 물론 이것은 지각의 한 현상이다. 역사적으로 이 현상에 가장 주목을 해 온 것은 경험을 조직하는 여러 패턴에 중점을 둔 게시탈트 심리학자들이었다. 이론적으로는 공감각이 적어도 모든 감각 사이의 상호 관계를 내포하고 있다는 사실을 생각해 보면, 이것은 놀라운 것이 아니다.

공감각은 여러 가지 방법으로 정의된 바 있다. 이를테면 Tiffin과 Knight는 <어떤 감각 기관의 자극을 다른 기관의 자극과 뒤바꾸는 일> (1940:388)이라 언명하고 있다. 그러나 <뒤바꾸는 (mistaking)>이라는 말의 사용은 적절하다고는 여겨지지 않는다. 왜냐하면 이 현상은 잘못에 의하는 것이 아니라 오히려 감각의 상호 반응에 의하는 것이기 때문이다. Morgan은 조금 다른 용어를 써서 그의 정의를 표현한다. <몇몇 개인들에 의해, 하나의 감각 기관에 속하는 어떤 특정한 감각 (빛깔과 같은 것)이 다른 감각 기관의 영역으로부터 자극 (소리와 같은 것)을 받을 때마다 규칙적으로 나타나는 것으로 경험되는 현상이다> (1936:111). Carl Seashore는 더욱 간략하게, 공감각을 <…… 다른 감각이 자극될 때에 부수되는 지각 체험> (1938a:26)이라 정의한다. Seashore는 다시 한층 특수한 두 개의 표현으로 나눈다. <**색채 공감각** (*chromesthesia*)은 눈 이외의 다른 감각 기관이 자극되었을 때의 색채 체험이다. **색청** (色聽) (*colored hearing*)은 귀가 자극되었을 때 색채를 보는 일이다>. 이 문제는 뒤에 가서 재차 거론해야 하겠으나, 여기서는 이같은 감각 전환이 실제로 개인에게 체험되는 <참된> 공감각과 이같은 전환이 참으로 경험되는 것이 아니라 인위적으로 일어날 수 있는 연상의 공감각과는 구별할 필요가 있다는 데 유의할 필요가 있다.

위에서 인용한 경고와 더불어 이런 정의들은 공감각의 연구에는 숱한 측면들이 있다는 걸 보여준다. 그리고 이 결론은 과거에 이루어진 다양한 실험 연구의 결과로 생겨난 것이다. 모두 일반적인 표제하에 분명 포함되어 있기는 하지만, 사실상 적어도 여섯 종류의 어프로치가 존재하는 듯하다.

그 첫째는 진정한 공감각이다. 이것은 어떤 하나의 감각 영역이 자극을 받았을 때 다른 감각 영역과 하나가 되어서 그 자극을 받아 체험하는 일이다. 이 전형적인 공감각의 가장 잘 알려져 있는 예는, 피실험자가 음악을 듣고서 동시에 색을 보는 경우다. 이에 관해서는 Karwoski와 Odbert (1938), Riggs와 Kawoski (1934) 및 Vernon (1930), 그 밖의 연구자들에 의해 보고된 바 있다. 모든 경우에 피실험자의 시각은 귀로부터의 지각에 의해 자극을 받는다. 이 사실에 의해, 그 현상이 두 개의 감각을 의식적으로 결합하는 일 없이 감수되고 경험되는 자연스런 것이라는 사실이 증명된다. Reichard·Jakobson·Werth에 의해 보고된 (1949) 같은 종류의 경험은 앞의 것보다 좀 덜 알려졌고, 아마 빈도도 적은 것인데, 여기서는 음악의 악음보다도 음성학상의 음이 같은 색채 체험을 자극하고 있다는 것이다. 이 경우 Reichard가 담당하는 어느 교실의 한 학생이 이런 종류의 공감각을 가지고 있다는 것이 아주 우연히 발견되어, 더욱 조사한 결과 그 밖의 몇 가지 예들을 밝혀냈다. 즉 모음이나 자음이나 다 같이 색과의 공감각적 관련을 가지고 있다는 것이 알려진 것이다. Whorf는 좀 더 일반적인 방법으로 언어 공감각에 관해 해설, 다음과 같이 지적했다. 이를테면 <모음a (father의 a), o, u는 실험실의 테스트에서는 부드러운 느낌의 암난색 (暗暖色) 계통과 결부되고, e음 (영어에서의 date의 a)이나 i 음 (영어에서의 be의 e)은 밝고 선명한 한색 (寒色) 계통과 결부되어 있다. 자음도 그런 경우에 보통의 소박한 감정에서 기대되는 그런 색과 결부되어 있다> (1951=52:186).

두 번째 종류의 공감각은 당초의 감각 자극 A에 대해 둘째 감각의 자

극 B가 가해져서, A의 지각의 날카로움을 높이는 경우에 생겨난다. 이
현상의 전형적인 실험이 Hartmann (1933a, 1933b)에 의해 이루어졌다. 그
는 그 중 두 번째의 실험에서 몇 개의 놋쇠 잣대를 처음엔 하나의 잣대처
럼 보이도록 놓고, 피실험자에게 한 눈으로 보게 했다. 그 다음에 그 중
하나의 잣대를 눈에 보이도록 움직이고, 피실험자는 한 눈으로 그것을 보
면서 한 잣대와 다른 잣대가 떨어지기 시작하는 것으로 보이는 순간을
실험자에게 말하게 했다. 이 상황하에의 반응을 직접 한 후, Hartmann은
시각 이외의 다른 감각으로부터 자극을 도입했다. 그 중에는 2,100vps와
180vps의 악음, 시트로넬럴의 <기분 좋은> 향과 시례널의 <불쾌한 냄
새>, 뻗친 왼손 위에 놓인 막대기의 압력, 바늘 끝에 의한 아픔 등이 있
었다. 이것들은 따로 따로 시각에 가해진 자극으로서 실험에 사용되었다.
그 결과 Hartmann은 시각 이외의 다른 자극이 가해짐으로써 필연적으로
시각은 그 날카로움을 강화한다는 것을 발견했다. 즉 <보조적 자극이 생
길 때마다 시각 행위에 일정불변의 증진이 보이는 것이다> (1933b:396).
  다른 실험에서 Hartmann (1934)은 음고의 차이와 강약의 요소를 사용
해서, 수많은 대학원생들에 대해 음악적 능력에 관한 Seashore 고안의
테스트를 해 보았다. 이 테스트는 방안의 조명 강도가 최고 510와트에서
가능한 컴컴한 상태에 이르기까지 변화하는 상황 속에서 행해졌다. 거기
서 Hartmann은 다음과 같은 결론을 얻었다. <통계적 처리를 한 결과,
청각에 관한 평균적인 능률은…… 어두울 때보다 밝을 때가 분명히 3%
정도 좋아진다는 것을 보였다. 절대치로 한다면 차이는 적으나, 종래 행
해진 신뢰할 만한 테스트의 결과와 부합하는 것이다> (1934:819).
  따라서 작업 동작 성적과 테스트되는 감각 이외의 감각에서 오는 보조

적 자극 사이에는 일정한 관련이 있는 것으로 나타난다. 이런 특수한 현
상이 공감각이라는 일반적 표제하에 포함됨은 분명하다. 앞서 말한 진정
한 공감각과 구별해서 <감각 상호간의 자극>이라고 아마 부를 수 있을
것이다.

　세 번째 종류의 공감각을 필자는 감히 <감각 상호간의 전이>라고 부
른다. 이것은 어떤 하나의 감각 영역에서의 자극이 기지 (旣知)의 관계를
가지고서 제2의 감각 영역에서 표상될 수 있을 때에 일어난다. 이 현상
은 두 가지 다른 타입으로 다시 나누어질 수 있다. 그리고 그 둘째 번의
것은 다시 또 한 번 세분된다.

　첫째로, 이 감각 상호간의 전이는 창조적으로 이루어질 수 있다. 즉
피실험자의 어떤 한 감각 영역에 자극이 주어져 그 자극을 다른 감각 영
역에서 표상하도록 계획적으로 요구될 때에 일어난다. 이와 같은 실험은
Willmann (1944)에 의해 고안되었다. 그는 4개 한 쌍의 도형을 미국의
부정수의 <스탠더드> 음악 (즉 예술 음악)의 작곡가와 <포퓰러> 음악
의 작곡가에게 보인다. 이어서 각도형이 암시하는 주제를 작곡하도록 요
구했다. 작곡가에게 보낸 4개의 도형은 아래와 같은 것이었다 (p. 9).

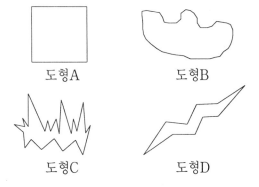

도형A　　　　　　　도형B

도형C　　　　　　　도형D

Willmann은 그 결과를 이렇게 요약했다.

각도형에 대한 주제에 있어 혹종의 특징들이 전반적으로 우세를 보였으며, 이 우세한 특징들은 주제를 부여받은 각도형에 따라 차이를 보인다는 것을 알았다. 이 결과는 전문가에 의한 이 주제들의 검토에서 얻어진 공술 (供述)에 있어서도, 악보를 보고 나서도, 주제에 보이는 구성 요소의 캐털로그를 보더라도 그리고 전문가에게 주제의 특징을 듣고서 체크해 보더라도, 어느 경우나 본질적으로는 같은 것이었다. 각도형에 대한 주제의 특징은 다음과 같았다.

도형 A : 리듬 패턴은 일반적으로 2박자에 규칙적이다. 템포는 보통이거나 느리다. 강약은 중 혹은 강이다. 멜로디 패턴은 평탄하고 성격은 결연하다.

도형 B : 리듬 패턴은 일반적으로 3박자에 규칙적이다. 템포는 보통이고 강약은 부드럽거나 중 정도다. 멜로디 패턴은 평탄 혹은 흐르는 듯하고 무드나 성격은 고요하다.

도형 C : 리듬 패턴은 일반적으로 2박자에 절분음 (切分音)이다. 템포는 보통이거나 빠르다. 강약은 크고 악센트가 붙는다. 멜로디 패턴은 평탄하지 않다. 무드나 성격에 있어서는 매우 빈번하게 결연하다.

도형 D : 리듬 패턴은 일반적으로 2박자에 절분음을 지니나, 빈번히 3박자로도 된다. 템포는 빠르다. 강약은 강하고 클라이맥스를 지닌다. 멜로디 패턴은 기복이 풍부하다. 무드나 성격은 성급 혹은 단호하며 안정감이 없다 (p. 45).

Willmann은 다시 포퓰러 음악의 작곡가와 스탠더드 음악의 작곡가의 주제에 대한 반응 방식을 얼마간 구별, 다음과 같이 결론을 내린다.

도형에 대한 주제가 작곡될 때에는, 하나의 추상적인 도형으로부터 그 결과로서의 음악적 주제가 이어지는 것이 있다. 이것은 도형이나 물체가 창조적 활동을 하는 사람에 의해 하나의 자극으로 사용될 때, 창조된 작품은 추상적인 도형 혹은 그 밖의 어떤 시각적인 사물로부터 영향을 받고 있다는 것을 암시한다 (p. 47).

이 경우 피실험자들은 도형적인 표상으로부터 악음을 만들어낸 셈이다. 그러나 그 과정은 역으로도 될 수 있다. 이를테면 Paget의 보고 (1933:368-82)에 의하면, 어떤 여성은 베토벤의 C단조 교향곡을 4개의 세피아 (sepia)화로 이루어진 일련의 작품으로 표현했다.

이런 결과들은, 특히 Wallmann의 그것은, 사실 놀라운 것이다. 하지만 그것들은 2가지 문제를 제기했다. 뒤에 가서 다시 논할 예정이거니와, 1) 이것들은 정말로 공감각인가, 그렇지 않으면 오히려 더욱 분명하게 심볼리즘의 영역에 들어가며, 그리하여 궁극적으로는 미학의 문제가 되는 연상의 현상인가. 2) 그 결과가 문화적으로 결정되는 정도인가, 아니면 반면 통문화적으로 적용될 수 있는 정도인가.

감각 상호간의 전이는 창조적인 상황 이외의 장에서도 생긴다. 아마 이것을 우리는 <지각적 조합>이라 부를 수 있을 것이다. 이 경우의 실험은, 이를테면 일련의 음들과 일련의 색들을 보임으로써 행해진다. 피실험자는 쌍방의 지극에서 선택해서 2가지씩 조합시키지 않으면 안된다.

이런 타입의 실험의 전형은 Omwake (1940)에 의해 이루어졌다. 그녀는 고등학교 4학년생 555명에게 피아노에 의한 일련의 음들을 들려 주었다. 음이 하나 울릴 때마다 붉은 빛·푸른 빛·까만 빛·노란 빛으로 분간되어 있는 커다란 카드를 보이고, 어느 색이 지금 울린 특정 음에 어울리는지 용지에 기입하게 했다. 그녀가 사용한 음의 순서는 다음과 같다.

    1. E음 – 중앙 C음보다 높은 두 번째의 E음.

    2. G음 – 중앙 C음보다 낮은 세 번째의 G음.

    3. F#음 – 중앙 C음의 아래.

    4. C음 – 중앙 C음보다 낮은 두 번째의 C음.

    5. G음 – 중앙 C음 밑의 G음.

    6. C#음 – 중앙 C음보다 높은 두 번째의 C#음.

    7. D음 – 중앙 C음보다 높은 두 번째의 D음.

    8. A음 – 중앙 C음보다 높은 두 번째의 A음.

이 실험을 <공감각>이라 칭하고, 그녀는 다음과 같은 결론에 도달했다.

> 어떤 특정한 빛깔과 피아노의 음부가 결부되는 경향은 우연이라기
> 보다는 훨씬 결정적이었다. 그리고 피실험자의 연령이 높아질수록 반
> 응의 일치율도 높았다 …… 까만 빛은 저음, 노란 빛은 고음, 붉은 빛
> 은 고음, 파란 빛은 비교적 저음에 의해 보통 암시되었다 (p. 474).

유사한 실험이 Cowlles (1935)에 의해 이루어졌다. 그는 프린스턴 대학
생들에게 여덟 개의 서양 예술 음악에서 뽑은 곡과 산의 풍경을 그린 여
덟 개의 서양화를 하나 하나 대비시키도록 했다. 그는 결론을 다음과 같
이 내렸다.

> 마음을 움직이게 하는 원동력일 수 있는 내용을 나타낸 그림은 거의
> 언제나 약동적인 변화가 현저한 음악과 함께 선택되었다. 마찬가지로
> 하잘 것 없는 내용의 그림은 거의 언제나 비교적 약동성이 약한 음악
> 과 결부되어 뽑혔다 …… 그렇지만 그림의 형식상의 요소들에 주의가
> 향해지는 경우는 드물었다. 음악에서는 리듬·템포·음의 크기의 변화에
> 아주 빈번히 주의가 쏠렸다 (p. 469).

마지막으로, Krauss에 의해 이루어진 실험은 지금까지의 것과 같은 종류의 것이기는 하나 엄밀히 따지면 유사한 것은 아니다. Werner (1948:70)의 보고에 의하면, 그 실험에서는 다음과 같은 세 가지 도형이 <금>·<은>·<철>과 부합되었다. 그리고 그 반응에는 피실험자 전체의 80%가 일치했다.

이런 종류의 실험을 더욱 세세하게 행한 것이 다음의 예다. 일련의 음들이 제시되고, 피실험자는 그것에 대응하는 빛깔을 실험자에 의해 지정된 것 중에서 골라내는 것이 아니라, 스스로 선정하는 것이다. 바꾸어 말하면, 그 상황은 인위적인 것이기는 하나, 피실험자는 표현에 자유로운 선택의 여지를 얻고 있는 셈이다. 이같은 실험이 Odbert, Kawoski, Eckerson (1942)에 의해 이루어졌다. 그들은 서양의 예술 음악 중에서 열 가지를 선택해서 연주하고, 피실험자에게 그것이 나타내고 있는 무드를 묘사케했다. 그리고 같은 곡을 같은 순서로 두 번째 들려주었을 때에는, 그 무드에 어떤 색이 어울리는지를 결정하도록 했다. 피실험자들의 결론은 다음과 같았다.

1. 음악에 빛깔을 억지로 결부시키도록 강요된 피실험자들은, 음악에 대해 그 자리에서 선명한 이미지를 머리에 그려서 반응한 피실험자들과 매우 유사한 응답을 한다 ······.
2. 곡의 무드에 관해서 다른 사람과 일치하지 않았던 피실험자들은 빛

깔에 관해서도 딴 사람과 다른 것을 보고하는 경향이 있다.

3. 곡에 대응해서 지칭된 빛깔은 계통적으로 같은 곡에 관해 지정된 무드와 관련되어 있다.

4. 그 무드를 표현한 언어에 가장 적합한 빛깔을 지칭하도록 피실험자에게 요구한 경우, 결과는 그 무드의 음악을 사용해서 얻은 결과와 흡사하다 (p. 172).

이 시점에서 우리는 공감각의 마지막 부문인 감각 상호간의 양상에 상당히 가까이 접근하기 시작한다. 그러나 이 문제를 생각하기 전에, 앞서 거론된 여러 문제 중에서 몇 가지를 재차 논해 보지 않으면 안된다.

첫째 문제는, <강요된> 공감각 ― 이것이 분명히 실정이라고 여겨진다 ― 과 그것에 대해 우리가 여기서 말하는 <참된> 공감각 사이에 차이가 있느냐 없느냐 하는 점이다. 이를테면 Kerr와 Pear (1923-33)는 피실험자에게 심상(心象)의 환기를 **강요하는** 의도된 실험을 행하고, 이 실험과 공감각이 환기된다기보다 실제로 느껴지거나 지각되는 경우 사이에 명료한 구별을 하고 있다.

공감각에 관한 초기의 연구자들이, 테스트를 받은 피실험자들 가운데서 느낀 자의 비율이 높은 데 따라서 그 공감각을 <참된> 것이라고 하는 경향이 있었다. 반면 나중의 연구자들은 참된 공감각과 강요된 공감각을 구별해서 비율이 큰 것을 참된 공감각의 결과라고 하는 데 그다지 적극적이 아니었다. 그리하여 Seashore도 참된 공감각은 <매우 드물다>는 의견을 가지며, 공감각과 비슷한 다른 감각적 효과는 다음의 형식으로부터 일어난다고 설명한다.

…… 보통 때는 관찰되지 않으나 빛깔에 주의가 기울여지면 반드시 인식되는 망막상의 연속된 색채 활동, 음악의 음으로부터 색채가 선명한 역할을 하고 있는 구체적인 상황을 연상하는 일반적 경향, 그리고 하나의 감각 체험이 다른 감각 체험을 암시하는 그런 유추에 의한 연상의, 널리 일반적으로 인정되는 습관 (1938a:26).

참된 공감각과 강요된 공감각 사이의 구별이 인정될 수 있다면, 후자의 실례는 문화적으로 규정된 것이며, 본질적으로는 공감각의 현상이라기보다는 아마 상징적인 현상이라고 결론짓지 않을 수 없을 것이다. 이것을 더욱 뒷받침하는 증거를 Farnsworth (1958:90 - 93)가 들고 있다. 그는 Rimsky - Korsakov와 Scriabin에 의해 마음에 그려진 음악의 가락과 빛깔과의 상관도를 다음과 같이 보여 준다.

조	Rimsky - Korsakov	Scriabin
C 장조	흰색	붉은색
G 장조	갈색이 나는 금빛, 빛남	오렌지빛이 나는 장미색
D 장조	노랑색, 햇빛넘치는 빛깔	노랑색, 번쩍거리는 빛깔
A 장조	장미색, 맑은 빛깔	초록색
E 장조	푸른색, 광채를 내는 사파이어 빛깔	푸른빛이 나는 흰색
B 장조	우중충한 색, 쇠빛나는 어둔 푸른색	푸른빛이 나는 흰색
F# 장조	회록색 (灰綠色)	밝은 푸른색
Db 장조	으슴프레한 색, 따스한 색	보라색
Ab 장조	쥐빛 나는 보라색	진홍빛 나는 보라색
Eb 장조	어둡고 음침한 색	금속성의 광택을 가진 쇠빛
Bb 장조	………	금속성의 광택
F 장조	초록색	붉은색

이들 조명 (調名)과 색과의 관련이 서너 곳에서는 부합되고 있으나, 많

은 곳에서 차이가 있다는 것은 누구나 알 수 있다. 여기서 두 가지 중요한 문제가 생긴다. 첫째로, 원인·속성이 다르기 때문에, 우리는 여기서 참된 공감각의 레벨보다는 더욱 상징적 레벨에서의 결과를 얻는 것이 아닌가 하는 점이다. 그리고 한편으로는, 참된 공감각 체험이란 개인에서 다른 개인으로 전사 (轉寫)되거나, 혹은 동일 인물 안에서 다른 때에 전사되는 것이라고 가정하기에 족한 어떤 이유가 있는 것이 아닌가 하는 점이다. 위에서 인용한 많은 실험에서 얻은 유사한 결과의 높은 비율에도 불구하고, 저자가 알고 있는 이런 의문들을 확증 혹은 부정할 명확한 증거가 존재하지 않는다. 강요된 공감각이 학습되는 그 메커니즘은 물론이요, 개인의 상징 표현이니 집단의 상징 표현이니 하는 다른 종류의 상징 표현에 관련해서는 더욱 문제가 생기게 된다. 후자에 관해서 말하면, 개인의 실험 결과가 일치를 보이고 있다는 점이 그 반응의 학습된 성격을 보여 준다.

두 번째 문제도 이런 문제들로부터 생겨나며, 참된 혹은 강요된 공감각의 통문화적 타당성과 관련된다. 하나의 해석을 Masson이 주었다. 그는 다종 다양한 공감각의 존재를 시사, 다음과 같이 기록한다.

　　…… 알파벳이나 요일이나 숫자의 공감각은 대부분 개인적인 것이며, 개인의 경험이나 유년 시대의 환상이나 문화적인 조건에 달려 있다 …… 한편 반드시 전부라고는 할 수 없으나 몇몇 공감각은 개인의 것이더라도, 계절·월·주야의 시간에 관해서는 그 지역의 대부분 사람들에 공통하는 경험이나 정서적 분위기에 대한 자연스런 상징적 표현에 의존하기 쉽다 …… .
　　세 번째의 그룹은 …… 음악이나 말하는 목소리에 의한 참된 청각의 공감각을 몇 가지 포함한다 (1949:39).

Reichard·Jakobson·Werth는 다음과 같이 덧붙인다. <이 민족학자는 색청 (色聽)이 문화적으로 규정되는지 어쩔지를 묻는다. 확실히 문자 모습의 해석을 음에 관련시키는 것은 그렇게 생각됨에 틀림없다. 특히 교육체계에 있어 시각적 기억은 쓰는 일에 의존하는 바가 크기 때문이다> (1949:230). 그리하여 우리는 두 가지 주요한 타입의 공감각에 직면하고 있는 것처럼 보인다. 하나는 참된 공감각이요 다른 하나는 문화적으로 파생된 공감각이다. 후자의 개념은 분명히 통문화적으로 일반적인 현상으로서 잘 적용될 수 있으리라 생각된다. 그 반면 유럽이나 미국의 문화권 이외의 사람들 사이에서 이 두 종류의 공감각이 존재하고 있는지, 우리는 분명히 잘 알지 못한다. 그러나 두서너 가지 예는 가지고 있다. 이를테면 Cushing은 주니 (Zuni)족의 창조 신화에 관한 기술에서, 주니족이 방향과 빛깔 사이에 다음과 같이 관련을 짓고 있다는 것을, 결코 명확한 모습은 아니나 시사하고 있는 것처럼 보인다. 즉 북쪽은 노란빛·서쪽은 푸른빛·동쪽은 흰빛·남쪽은 붉은빛 (1981 - 92:442). 힌두인과 중국인의 예는 더욱 명백하다. 전자에 있어서 음악적 양식 곧 raga와 시각적인 묘사·건물·색·주야의 시간 등등과의 상호 관계는 잘 알려져 있다 (Raffe 1952). 중국 음악에 있어서는 유사한 관계가 다섯 가지 기본적인 음계의 가락과 정치·계절·원소·색·방향·혹성이라는 사항 사이에 이루어져 있다 (Picken 1954). 그러나 우리는 이같은 관계들이 참된 공감각인지 문화적으로 조건 지어진 공감각인지 잘 모른다. 그리고 나아가서, 공감각과 상징 표현 사이 어디에 선을 그어야 하는지, 혹은 선을 그을 수 있는지조차 알지 못한 채로, 상징적인 것으로 서서히 변하고 있는 것에 우리는 분명 직면한다.

따라서 공감각의 연구에 있어 당면한 문제의 하나는 다양한 문화 속에서 이루어지는 통문화적 연구 조사임이 명백하다. 나의 실험적 노력을 어떠한 의미에서나 <실험에 입각한 것>이라고 보지는 않으나, 다음의 보고는 시의를 얻은 것이다. 즉 바송귀족의 어느 인포먼트도 공감각의 경험을 인정하지 않을 뿐만 아니라, 실제로 정상적인 정신 상태에 있는 것이 분명한 한 이같은 질문을 당한다는 것은 생각조차 해 보지 않은 일이다. 질문을 받은 사람들 가운데는 남자·여자·직업 음악가·비직업 음악가·음악가가 아닌 사람이 포함되어 있었다. 한 예에서 한 직업 음악가는 그가 실로폰의 채를 그 끝이 4단계를 이루도록 쥘 때에 음과 시각의 관련이 생길 가능성이 얼마간 있다는 것과 이것은 음조들 사이의 관련에 상사 (相似)한 것이 있다는 것을 시사했다. 이 인포먼트는 또 실로폰을 연주하고 있을 때에는 마음의 눈에 그 건반을 고정시키고, 그걸 <흰색>으로 보고 있다는 것을 보고했다. 그러나 유감스럽게도 바송귀족 사이에서, 같은 말 이토가 (*itoka*)(복수는 *bitoka*)는 <흰색> 또는 생나무의 색에 보이는 <천연의 색> 중 어느 쪽으로도 번역된다. 다시 나아가 더 질문한 결과, 그는 그 건반 자체의 모습과 빛깔을 머리 속에 떠올렸다는 것이 분명했다.

마찬가지로 플래트헤드족 사이에서도 이같은 질문에 대한 답은 얻어지지 않는다. 그들은 빛깔과 음 사이에는 아무런 관계도 없다고 했다. 그리고 이같은 질문에 대해 아주 흔히 듣는 유일한 대꾸는 <그런 어리석은!>이었다. 물론 어떤 종류의 일반론을 이끌어내기에는 너무나도 실례가 적다. 비서구의 이 두 민족 사이에서 일견 공감각이 눈에 띄지 않는다는 점에서, 더욱 광범한 지역에서의 통제를 통한 조사 연구를 하는 쪽으로 관심이 강하게 촉구된다.

공감각의 일반적인 문제를 통해서 마지막으로 오는 문제는, <감각 상호간의 양상>이라고 일컬어지는 영역에 관한 문제다. 이것은 특히 어떤 감각 영역에서 다른 감각 영역으로 서술의 개념이 언어적으로 전이하는 것을 가리키며, 악음을 서술할 때에 서구에서 쓰이는 이를테면 <차다>·<거칠다>·<날카롭다>·<매끄럽다>·<우울하다> 등과 같은 여러 가지 용어들에 의해 간단히 예증된다.

이 문제에 일찍부터 접근한 사람은 Hornbostel (1927)이었다. 그는 <밝음 (brightness)>이라는 말이 음에도 빛깔에도 향기에도 외견상으로는 동일하게 적용될 수 있는 데 주목했다. Hartmann은 Hornbostel의 뒤를 이어서 그 <밝음>이라는 말의 적용 범위를 더욱 넓혀서, <이것은 음고가 높은 거의 모든 음, '화려한 (loud)' 빛깔, 깊이 스며들지만 상쾌한 향기, 모나지 않은 둔중한 면에 대립하는 '끝이 뾰쪽한' 촉각의 자극 등등과 공통하는 성격을 가지고 있다>고 말했다 (1935:142). 이 사실에서 그는 다시 설명을 진전시켜, 같은 감각 상호간의 양상에서 공감각 일반의 더욱 넓은 영역으로 나아갔다.

> 흑과 백의 다섯 가지 다른 비율에 의해 만들어진 여러 회색들을 색의 회전판에 만든다. 그 하나 하나를 어떤 하나의 음을 들려주면서 보여주었을 경우 — 색맹 피실험자의 흥미 있는 예외를 제외하고 — 그 회색들 중에서 단 하나만이 그 음과 가장 비슷한 <빛나는 광명도>를 지닌다는 주목할 만한 응답의 일치가 있었다 …… 그렇지만 정말 놀랍게도 하나의 향기가 제시되었을 경우, 마찬가지로 특정한 하나의 회색에 해당하는 것으로 보며, 그리고 이것은 처음에 그 회색에 대응된 음과도 그 향기가 대응됨으로 해서, 간접적으로도 확인될 수 있다! …… 따라서 자연계에는 단일한 감수 기관만으로 한정되지 않는 무엇인가

감각적인 것이 틀림없이 존재한다 (p. 143).

이리하여 Hartmann은 언어의 표현법, 즉 감각 상호간의 양상에서 나아가 공감각이라는 넓은 영역에 이르렀다. 그리고 이것은, 뒤에 알게 되는 바와 같이, 공감각이라는 현상에 의해 성립한 중요한 적용의 하나인 것이다.

Edmonds와 Smith에 의해 이루어진 1923년의 보고는 감각 상호간의 양상의 영역에서의 실험 보고로서는 아마 가장 상세하고, 어떤 의미에서는 가장 믿기 어려운 것이다. 이 실험 학자들은 피실험자들에게 여러 가지 음정을 제시하고, <그것들을 특징짓거나 설명하는 형용사를 발견>하도록 지시했다 (p. 287). 다양한 피실험자들 중에서 네 사람이 그 지시에 <잘> 응답해서 다음과 같은 결과를 보고했다.

≪8도≫: A-<매끄러운, 유리의 표면 같은>, Ba-<매끄러운, 잘 닦은 강철같은>, Bi-<매끄러운, 하나의 음부와 같은 단일한 경험>, M-<매끄러운, 입안의 아이스크림과 같은 감각, 또는 잘 닦은 유리의 촉감>. ≪장7도≫: A-<수렴성이 있는, 떫은 감의 맛과 같은>, Ba-<모래와 같은, 작고 날카로운 입상의 물건의 느낌과 비슷한>, Bi-<수렴성이 있는, 강한 산 또는 명반과 비슷한>, M-<거칠게 깎은, 강한 수렴제와 같이 꼬집히는 듯한, 몸을 베는 듯한 효과>. ≪장6도≫: A-<감미로운, 만족하는, 알속이 없는>, Ba-<수렴성이 있는, 거친 음과 결부되어 있고, 띄엄띄엄 주름살이 진 모양>, Bi-<풍부한, 감미로운 맛>, H-<감미로운, 과즙이 넘쳐흐르는 익은 모양>, M-<감미로운, 과일의 향기와 같은, 향기가 풍부하고 부드러운>. ≪완전 5도≫: A-<텅 빈, 텅 빈 나무와 같은, 아무도 없는>, Ba-<텅 빈>, Bi-<텅 빈 목재의 상자를 두드렸을 때 나는 소리와 같은>. ≪완전 4도≫:

A-<거친, 까칠까칠한 페이퍼의 감각과 비슷한>, Bi-<거칠게 깎은, 조금 수렴성이 있는, 두껍고 무거운>, M-<약간 까칠까칠한 모양, 풍부한, 기름 모양의, 딱딱한 덩어리 모양의>. ≪장3도≫: A-<맛있게 익은, 잘 익은 사과를 씹는 것과 같은>, Ba-<두꺼운, 콩 수프와 같은>, Bi-<감미로운, 먹기 좋은 복숭아와 같은>, M-<달게 익은 과일과 같은, 부드럽고 퍼진 빛과 같은>. ≪장2도≫: A-<모래와 같은, 손 안의 자갈 혹은 입 안의 포도알과 비슷한 감각>, Ba-<거친>, Bi-<모래와 같은, 이 사이의 모래 같은>, M-<모래와 같은, 사포와 같은> (p. 288).

저자들은 결과로서 얻어진 용어법을 계속 요약한다.

그러므로 우리는 이 음정들의 특질을 다음과 같이 요약할 수 있다. 8도-매끄러운. 7도-수렴성이 있는, 날카롭고 거친, 텅 빈 수렴성. 6도-감미로운 맛, 과즙이 넘쳐흐르는, 익은, 다집(多汁)의. 5도-묽은, 텅빈, 거친. 4도-풍부한, 거친, 까칠까칠한. 3도-익은, 달콤한(맛이 아님). 2도-모래와 같은 거슬리는. 사용되고 있는 용어들이 3가지 다른 범주에 속한다는 것이 관찰될 것이다. 첫째로, 우리는 여러 종류의 음정을 미각과 촉각이 뒤섞인 감각의 도움을 빌어 특징짓고 있다. 8도에서 2도까지의 음정을 그 순서에 따라 든다면 다음과 같이 되게 마련이다. 매끄러운 아이스크림 또는 매끄러운 꿀과 같은. 수렴성이 있는 설익은 감의 느낌. 과즙이 많은 과일과 비슷한 감미로운. 묽고 맑은 수프와 같은. 풍부한 거품을 내는 크림 또는 익은 참외와 같은. 잘 익어 달기는 하지만 과즙은 많지 않은 과일과 같은. 모래와 같은. 콘플레이크 또는 입 안에 있는 다른 까칠까칠한 것과 같은. 혹은 우리는 여러 가지 촉각을 내보이는 용어들에 의해서도 음정을 특징짓고 있다. 위와 같은 순서로 음정을 들어간다면 다음과 같다. 매끄러운, 닦은 유리와 같은. 거칠게 깎은, 미세한 페이퍼와 같은. 6도에는 말이 없다. 까칠까칠한, 트위드 복지와 같은. 거칠게 깎은, 구겨진 종이나 거칠게 짠 마포와 같은. 3도에는 말이 없다. 몽실몽실한, 작은 돌 모양의, 손가락 사이의 돌과 같은. 마지막으로, 5도의 음정은 대단히 빈번하게 텅 빈 것으로 표현되었다. 우리는 이 <텅 빈>이라는 말이 경험 속의 음을 가리키고 있는 것으로 믿는다. 이것이 우리의 조사 가운데서 청각의 범주에 속하는 유일한 서술 용어다 (p. 290).

Edmends와 Smith에 의해 보고된 피실험자들의 놀라운 반응의 일치에 의해 여러 문제가 생겨나지만 그것을 여기서 제시할 필요는 없다. 여기서 중요한 것은 감각 상호간의 양상이라는 사실이 적어도 서구 문화에서는 체험상 확고한 것이 되어 있다는 사실이다. 청각 이외의 감각들로부터 차용한 용어에 의지한, 음에 대한 다양한 언어적 반응은, 그 이종 혼교 (heterogeneity)의 상태에 의해 대부분의 사람을 당혹케 한다. 하지만 그런 대로 우리가 무엇을 묘사할 즈음에 사용하는 용어법에서 일반적으로 보는 종류의 것임은 명백하다.

그러나 감각 상호간의 양상이라는 개념의 통문화적인 적용성의 문제에 관해서는 어떠한가? C. F. Voegelin은 (사적인 대화에서) 별개의 문화에서 어떤 하나의 개념이 존재하느냐를 캐내는 데는, 우선 유사한 표현 방식을 찾음으로 해서 그 문제에 어프로치할 수 있다고 지적했다. 이를테면 푸른(靑)이라는 말이 다른 언어에서도 악음에 적용되는 것이 발견되면, 두 종류의 감각 체험 사이의 결합을 인정하고 있는 그 문화의 기저에 있는 개념을 다시 탐구하는 것도 어쩌면 정당화될 것이다.

난점은 정보가 거의 완전히 결여되어 있다는 점인데, 두서너 가지 단서를 인용할 수는 있다. 이를테면 Nketia는 (사적인 대화에서) 아샨티

(Ashanti)족은 음악을 가리켜 하드 hard (<딱딱한> 또는 <엄한>)이라고 말한다고 지적한다. 그러나 그 배후의 사정은 분명치 않다. 바시 (Bashi) 족 (Merriam 1957) 사이에서는 우리가 <높은> 음이라 칭하는 것이 일반적으로 <작은> 또는 <약한> 음으로 되어 있고, 우리가 <낮은> 음이라 칭하는 것이 <큰> 또는 <강한> 음으로 되어 있다. 또 Tracey (1948:107) 도 초피 (Chopi)족에서 아주 비슷한 언어 용법을 보고하고 있다. Walter Ivens에 의한 솔로몬 군도의 라우 (Lau)촌에 관한 기록에 의하면, <노래 부를 즈음에, 낮은 음은 *bulu* (흑), 높은 음은 *kwao* (백)라고 일컬어진다. 이런 명칭들은 음을 지시하기 위해 판 위에 낸 숯의 표에서 유래한다. 즉 묵직한 하강음은 흑으로, 경쾌한 상승음은 백으로 씌어져 있었던 것이다> (연대 미상:98). Nikiprowetzky는 모우리타니아(Mauritania) 전반에 관해 말하는 가운데, 음악의 양식과 색의 관련에 관해 덧붙이고 있다.

　…… 여러 가지 다른 양식 중에 두 가지 <연주 방법>, 즉 <흰 것>과 <검은 것>이 있다. 후자는 <Lekhal>이라 일컬어지며, 그 목소리의 음역이 넓고 음이 늘어지고 ……, 더욱 화려한 효과를 올리는 데서 그리오 (Griot) 사람들에게 환영을 받는다.
　<흰> 연주법 또는 Lebiadh는 교육을 받은 사람들에게 환영을 받는다. 아랍의 전통에 가깝고, 더욱 매끄러운 연주법과 더욱 미묘한 창법을 한다.
　연주 중 한 연주 방법에서 다른 방법으로 서서히 이행하는 것이 가능하다 (1961:n. p.).

바송귀족 사이에서는 (나는 특히 감각 상호간의 양상에 주의를 기울여 왔는데) 높은 음은 <작은 (lupela)>, 낮은 음은 <큰 (lukata)>이라 한다.

그 밖에도 감각 상호간의 용어들이 바송귀족에 의해 역시 사용되고 있는데, 이것들은 집단 내에 널리 퍼져 있다기보다는 오히려 개인적인 용법인 듯하다. 그리하여 한 인포먼트는 <굳은 (hard)>이라는 말을 딱딱이나 북, 더불 벨 (double bell)을 포함한 혹종의 악기의 음에 해당시키고 싶어했다. 그리고 다른 인포먼트는 <매끄러운>이라는 말을 마지못해 노래부르는 데 해당시키고, 이렇게 말한다. <만약 음악이 '매끄럽지' 않다면, 춤추는 사람들은 올바로 출 수가 없지요>. 그러나 여기서 고약하게도, 쓰이고 있는 kutala라는 이 말에는 사실상 <매끄러운>이라는 역어가 정말 정확하게 해당된다고는 말하기 어려운 것이다. 또 한 사람의 인포먼트가 말한 <굳은>이라는 말을 <음악은 항시 움직이지 정지하는 법이 없기 때문에> 음악에 관련지어 사용하고 있었다. 마지막으로 한 사람의 직업 음악가는 정말로 훌륭하게 노래하거나 연주하는 어떤 음악 그룹에 관해 <끓고 있는 (akisakila)>이라고 표현했다. 그러나 그 말의 용법은 분명히 시험적인 것이었으며 다른 많은 음악가들에 의해 간단히 뒤집히는 것이었다.

Leonard Meyer (1956:262)는 감각 상호간의 양상은 음악 문화에 있어 세계적으로 공통된 것이라고 믿고 있다고 시험적으로 표명했다. 그러나 그의 말이 언어상의 전이에 대한 것인지, 아니면 음악적 체험과 비음악적 체험의 일반적 성격의 결합에 대한 것인지 분명하지 않다. 확실히 우리가 손에 가지고 있는 빈약한 증거는 Edmonds와 Smith가 우리의 문화에 관해 보고한 바와 같은 두드러지게 광범위한 언어적 전이는, 다른 곳에는 존재하지 않는다는 것을 암시하는 것 같다. 이것은 감각 상호간의 양상을 다른 여러 문제에 해당시키는 데 있어 상당히 중요한 점이다.

서양 문화에서 네 종류의 고찰에 관찰자들을 유도했다. Kerr와 Pear

(1932 - 33:167)는, 특히 그들이 <직유나 은유의 용법>이라 부르는 것은 <공감각에의 출입문으로 간주>될 수 있다고 말한다. 여기서도 Hornbostel이 말하기 시작한 <밝음>이라는 개념을 Hartmann이 대단히 다양한 공감각적 현상이며 체험에의 도입의 단서로 사용했던 일이 상기된다. 바꾸어 말하면, 이 연구자들은 공감각과 감각 상호간의 양상 양자가 존재한다는 것은, 어느 것이 어느 것의 근거가 되는지는 명확하지 않다 하더라도, 양자 사이에 관련이 있음을 시사하는 것이라 보고 있는 것이다. 우리는 참된 공감각적 체험을 알고 있기 때문에 언어상에서 감각 상호간의 양상을 사용하고 있는 것일까, 아니면 감각 상호간의 양상이 너무나 풍부하게 존재하기 때문에 상징적 체험의 한결 광범위한 영역에 걸쳐서 <강요된> 혹은 <문화적으로 이끌어낸> 공감각이 실제로 나타나는 것일까? 이런 의문들에 대해 우리는 대답을 가지고 있지 않다.

Charles Stevenson은 다른 방법으로 이 문제에 접근했다. 음악 그 자체는 <네모난> 것도 <거친> 것도 아니지만 오히려 우리에게 적절한 어휘가 부족하기 때문에, 하나의 의미에서 다른 의미로 차용하면서, 확대된 의미에서 그와 같은 용어들을 사용하고 있다고 그는 논한다.

　　보통 상태에서 듣더라도, 네모난 선율이 우리에게 기하학상의 4각을 생각하게 하는 것은 아니다. 왜냐하면 따로 무언가 적절한 형용사가 발견되지 않기 때문에 그 선율을 <네모난>이라고 부른다는 것을 우리는 알기 때문이다. 그리고 아마 슬픈 선율이 우리에게 슬픔을 생각나게 한다고 Langer 여사와 더불어 말할 일이 아니다. 그 선율이 하나의 정서를 상징하고 있다고 생각하는 것이 아니라 그것이 하나의 정서에 단지 비슷하다, 그것도 어느 편이냐 하면 불완전한 상태로 비슷하다라고 말할 수 있을 따름이다. 그 경우 주의를 요하는 상징 관계는 하나

뿐이다. 즉 <슬픈>이라는 말과 음악의 관계다. 여기서 이 말은 확대된 의미로 사용되고 있는 것이다. 그리고 이 상징 관계는 특별한 것은 아닐 것이다. 말의 빈곤 때문에 말을 차용하지 않을 수 없는 경우가 얼마든지 있는데, 이것도 바로 그 일례에 지나지 않다 (1958:212-13).

만약 감각 상호간의 양상이 단지 언어의 빈곤에 의한 것이라는 견해를 받아들인다면, 그 반대 견해, 즉 감각 상호간의 양상이 존재하지 않는 바송귀족과 같은 문화에 있어서 대상이 되는 언어는 빈곤할 리가 없다고 생각하지 않을 수 없게 된다. 뒤엎어서 말하면, 이것은 바송귀족은 하나하나의 감각에서 사용하고 있는 혹은 사용할 수 있는 우리와는 다른 용어법을 가지고 있음에 틀림없다는 결론이 나오게 된다. 따라서 우리는 하나의 단위로서의 음악을 표현하는 데 사용하는 언어는 다른 단위인 회화를 표현하는 데 사용하는 언어와는 다른 것이리라는 생각에 이른다. 그러나 사실은 그렇지 않다. 바송귀족은 감각 상호간의 양상을 매우 삼가서 사용하고 있을 뿐더러, 일반적인 말이나 특수한 말이 이를테면 음악에도 회화에도 쓰이고, 결코 어느 한 쪽에만 한정되어 있는 수는 없다. 음악도 회화도 다 같이 *bibuwa*라 묘사될 수 있다. 이것은 무생물 속의 정수라고도 말할 수 있는 고유한 특성을 가리키는 말이다. Stevenson도 어째서 특이한 언어가 특정한 표현을 위해 선택되는지를 설명하고 있지 않다. 그렇지만 감각 상호간의 양상은 그 동기의 하나로서 언어의 빈곤을 들 수 있다는 생각은, 다음에 말하는 제3의 어프로치와 함께 말할 때 가치를 지니게 된다.

이 어프로치는 서구 문화에서의 매우 정교한, 그리고 아마 일부 근동이나 극동의 문화에서도 마찬가지로 논리 체계와 관계가 있는 심미성의 개

넘을 다루어야 한다. 이 개념을 둘러싸고서, 우리 서구인은 사변적·철학적 사색의 극히 복잡한 체계를 만들어내어, 그 논제에 바친 수천의 책이나 논문 속에 그것을 표명해 왔다. 우리는 여러 예술의 목적, 그 상징적 내용, <순수> 예술과 그것에 대립하는 <응용> 예술의 차이, 예술의 기능, 그리고 그 중에서도 심미성이라는 개념이 참으로 의미하는 바가 무엇인지에 관해 논해 왔다. 우리는 심미성의 주위에 언어의 정글을 창조해 왔다. 그리고 이 정글의 일부는 감각 상호간의 양상의 사용 속에 표상되어 있다고 할 수 있다. 심미성이 그렇게도 복잡한 과제가 되고 말았기 때문에, 미적 체험에 관해 말하고 싶은 바를 망라하기 위해서는 아마 우리의 언어를 무리하게 확충할 수밖에 없었을 것이다. 여기서 Stevenson이 말하는 <언어의 빈곤>이라는 개념이 의미를 갖게 될 것이다. 이것을 <언어의 빈곤>이라고 해야 할 것인지 아니면 <관념의 복잡성>이라고 해야 할 것인지 의문이 남는다. 심미성의 관념에 관한 우리의 치밀한 논의를 통해 언어의 예술 상호간의 사용이 강요되어 왔다고 말할 수 있을 것이다.

우리가 알고 있는 한, 서구 이외의 다른 문화나 근동·극동의 문화는 우리의 정도와는 비교가 되지 않을 만큼 심미성에 대해서는 그다지 관심을 쏟지 않는다. 나바호 (Navaho)족 사이에서 연구한 McAllester는 그가 기능성 (機能性)이라 칭한 것으로부터, 그가 심미성이라고 말할 수 있는 것이 아닌가 느끼는 걸 구별해 내기가 불가능하다는 것을 알았다 (1954). 그리고 아파치 (Apache)족에 관해서도, 그보다 단기간의 조사 후에 아주 똑같은 결론에 이르렀다 (1960). 나 자신 바송귀족을 연구하고 플래트헤드 인디언 속에 들어가서 조사한 결과, 심미성이라는 관념이 대단히 희박하고, 특히 서구의 정교한 관념과 비교할 경우 그렇다는 결론을 얻었

다. 이런 문제들에 대해서는 심미성 자체에 관한 논의에서 다시 언급할
것이다.

마지막으로, 공감각과 특히 감각 상호간의 양상을 다루는 가운데 몇몇
연구자들은 이런 현상들을 여러 예술의 통일성 혹은 상호 관련성을 설명
하는 데 사용할 것을 생각했다. Hornbostel의 초기 논문에 <제감각의 통
일성>이라는 제목이 붙어 있었다는 것이 상기될 것이다. 그 요점은 다음
의 것을 강조하고 있다.

> 감각적인 것은 그것이 형식 (form)을 가질 때에만 지각되는 것이기
> 때문에, 여러 감각의 통일성 (unity)은 바로 태초부터 주어진 것이다.
> 그리고 이와 더불어 여러 예술의 통일성이 있다. 통일성을 지닌 예술
> 이 다양한 몇 개의 예술들로 전개된 것이다. 가면 무도에서는 음악과
> 회화, 조각과 시가 아직 서로 분리되어 있지 않다. 즉 색과 형식이 인
> 간의 행동과 그 우주적 의미의 울려퍼지는 소용돌이 속에 여전히 감겨
> 들어가 있는 것이다 (1927:89).

엄밀하게는 감각 상호간의 양상의 원리에서 멀지만 Curt Sachs도 여
러 예술의 상호 관련성에 관해 논한다.

> 선율은 <매끄러운> 혹은 <까칠까칠한> <직선>이나 <곡선>을 표
> 현하고 있다고 흔히 일컬어진다. 즉 관현악의 편성법이 <색>을 칠하
> 고, 그 편성자가 잘 하건 서툴건 그 색깔을 갖춘 <팔레트>를 소유하고
> 있는 것이다. 한편 화가들은 <음조 (tone)>를 지닐 때도 지니지 않을
> 때도 있다. 빛을 많이 댄 그림은 <가락>이나 <피치>에 있어 높고 빛
> 이 적은 것은 <낮다>. 음악과 회화의 세계를 동질의 것으로 하고, 하나
> 의 것으로 하는 같은 은유에 대해 은유에 준한 말들이 숱하게 덧붙여졌
> 다. 그것들은 예술에서 예술로 전전하면서 사용되어 왔다는 실정을 잊

게 하고, 모든 예술을 성립시키고 있는 공통된 특질이 존재한다는 것을
증명하는 것이 되어 있다. 그 공통된 특질로서는 형식과 구조·균정 (均
整)·리듬·색깔·투명도·움직임, 그 밖에 헤아릴 수 없을 만큼 많다
(1946:18).

서양 문화에서는 여러 예술 상호간의 관련성을 에워싼 이런 가설은 엄
청나게 정치한 대비에 의한 가설들이 될 수 있다. 이를테면 Strechow는
슈만이 말하는 <쾰른 대성당의 변성>에 관해 말하는 가운데 다음과 같
이 쓴다.

　　그것은 비단 건축적 무드뿐 아니라 건축적 구조도 가장 경이적인 모
습으로 음악에 바꿔 옮긴 것의 하나가 되어 있다. 나는 슈만의 ≪제3
심포니≫작품 97 ≪라인≫의 제4 악장에 관해 말하고 있는 것이다. 쾰
른 대성당에서 장엄미사에 짜 넣어져 있던 이 놀랄 만한 작품을 분석
해 보면, 처음 출발에서 피아니시모의 트롬보에 의해 표명되고 종곡의
팡파레에서의 한 줄기 양광 (陽光)에 의해 겨우 일순의 밝음을 부여한
그 음울한 무드는, 우리에게 밑그림을 보여주고 있음에 지나지 않고
그 곡의 구조는 고딕 건축의 중요한 원리와 유사한 여러 원리에서 영
감을 얻고 있는 것임을 알 수 있다. 악장 전체의 주제의 소재는 언제나
변모하는 조합을 지닌 상승의 4도 음정이라는 하나의 동기로 기본적으
로는 이루어져 있다. 그리고 2가지 결정적인 점에서 고딕 건축에 대비
할 수 있다. 첫째로, 그것은 보는 사람이나 듣는 사람의 마음을 대번에
붙잡는 본질적으로는 상승의 특질을 고딕 사원과 공유하고 있다. 물론
어느 쪽에 있어서나 당연히 그것은 다시 <지상으로 되돌아오는> 것이
다. 둘째로 — 구조상의 관점에서 첫째점과 마찬가지로 중요한데 — 그
것은 충분히 상응 관계의 원리에 관여하고 있으며, 이 원리가 고딕 건
축의 또 하나의 중요한 성질이다 …… . 이 목적을 위해 사용되는 동화
(同化)·조합·주제 확대·단축 등이며, 바로 마찬가지로 슈만의 악장은

되풀이·파트 (part)의 대위법적 겹침·주제 확대·악구의 단축 등에 의한
단순한 4도 음정의 전개에 입각해 있다. 이 대비가 건축적 및 음악적
조직체의 모든 구조상의 측면을 망라하고 있는 것이 아님은 사실이다.
그러나 이 대비가 다루고 있는 것에 대해 <구조>라는 말을 적용하는
것이 결코 부적절하다고는 생각되지 않는다 (1953:325).

이와 같은 정교한 고찰은 여러 예술에 관한 우리의 논의에서는 이례적
인 것은 아니다. 그러나 여러 예술 상호간의 관련성에 대한 해석을 가정
하고 탐구하는 것이 바로 심미성이라는 우리의 관념의 기능이라고 말할
수 있을 것이다. 여기서도 역시 결정적으로 중요한 점은 서구 이외의 사
람들 사이에서도 유사한 개념이 보이느냐 하는 것이며, 역시 우리가 가
지고 있는 정보는 온갖 실제적인 목적을 위해서는 아주 무에 가깝다고는
할 수 없을지라도 매우 빈약한 것이다. 이와 같이 증거가 적기 때문에
문제는 미해결인 채 남아 있다. 그러나 여러 예술 상호간의 관련성이라
는 <사실>을 더욱 일반화하기에 앞서서, 우리의 조사를 통문화적 (cross
cultural) 수준에까지 확대하는 것이 현명한 것처럼 보인다.

여기서 제기된 여러 문제들은 지금까지 제출된 어떠한 해결 방법을 가
지고서도 극복할 수 없을 만큼의 문제성을 지니고 있다. 그러나 이것이
민족 음악학에는 대단히 결실이 있는 공헌을 할 수 있는 광대한 연구 분
야라 함은 논리적으로도 명백할 것이다. 우리는 첫째로, <참된> 공감각과
문화적인 공감각의 차이는 무엇인가를 알 필요가 있다. 그리고 이와 관련
해서, 그 현상이 서구 문화권 이외의 사람들 사이에도 존재하는지 여부를
아는 것이 실질적으로 중요할 것이다. 이같은 증거가 대상이 되어 있는
사람들의 상징적 구조 전체에 대한 문화적으로 조건지어진 <공감각>의

관계에 어떤 빛을 던져 주게 될 것이다. 이를테면 Reichard 등은 언어적
공감각을 내보인 그들의 피실험자 중 <…… 세 사람은, …… 상상적인 예
술에서의 훈련을 받고 있다. 전원이 문학적·조형적·음악적 예술 형태를
깊이 감상한다 ……> (1949:230)라고 지적했다. 이것은 <공감각>이라고
하는 것이, 실제로 느껴진 상호 관계라는 명백한 증거가 없는 한, 문화적
으로 규정된 것이며, 거기에는 패턴대로의 결부뿐 아니라 심층에서 더 문
화적으로 이끌어내어진 상징 표현도 포함한다고 논하고 있는 듯이 보인
다.

공감각의 문제는 한 걸음 나아가서 언어에 관한 그리고 특히 심미성의
개념이나 여러 예술간의 상호 관계에 관한 고찰로 우리를 이끌어갔다.
민족 음악의 필수 부분으로서 악음 뿐만 아니라 음악을 발생시키는 개념
에도 중점을 두는 민족 음악학 연구 방법과 같은 통문화적 시야가 여기
서 필요하다.

제 6 장
신체 행동과 언어 행동

개인과 집단이 음악에 대해 품고 문화적 사실로서 받아들이는 개념들은 악음 및 이에 관한 태도나 가치관 양쪽을 지탱하는 기반이 된다. 그러나 개념들만으로 음악을 만들어낼 수는 없다. 그것들이 각종 행동으로 번역되어서 결국 문화적으로 수용 가능한 악음이 된다. 음을 만들어내고 조직하는 일은 네 종류의 중요한 행동으로 분리될 수 있다. 즉 신체 행동, 악음에 관한 언어 행동, 음악을 만드는 측과 음악을 듣고 반응하는 측의 사회적 행동, 그리고 음악가가 적절한 음을 만들어내기 위한 학습 행동이 그것이다. 이 중에서 앞의 두 가지 행동이 본 장에서 논의될 것이다.

신체 행동은 음을 만들 즈음, 그 음을 악기로 내려고 할 경우에 손가락을 구부리거나 입술이며 횡경막을 사용하지 않으면 안된다는 사실을 말한다. 혹은 육성의 음이라면 성대와 횡경막을 교묘하게 작동시키지 않으면 안된다. 악기의 연주 기법은 민족 음악학의 문헌에서 널리 검토되어 있어, 여기서는 두서너 가지 예만으로도 충분할 것이다. 동콩고 (레오폴드빌)의 바시 (Bashi)족의 *mulizi*는 원래 소치는 사람들이 부는 피리로서 파인 곳이 있고 부는 구멍이 한쪽 끝에 붙어 있다.

> *mulizi*를 연주할 때는, 그 파인 곳을 부는 사람으로부터 먼 쪽으로 하여 입의 중앙에 물고, 관의 직경 약 절반을 양 입술로 덮는다. 왼손

의 둘째 손가락 (중지)은 윗구멍을 막는 데 사용한다. 첫째 손가락 (인지)은 구멍 위쪽에 놓아 악기를 단단히 지탱한다. 오른손의 둘째 손가락 (중지)은 아래 구멍을 막고, 첫째 손가락 (인지)은 구멍 위쪽을 쥐어역시 악기를 지탱한다. 손가락을 악기에 놓기에 앞서, 으레히 손가락끝을 촉촉하게 한다. 이 피리의 음은 공기가 파여진 곳을 통과해서 피리 끝 개구부 (開口部) 쪽으로 불려나갈 때에 난다 ……

게다가 부는 사람의 솜씨가 훌륭한가 서투른가는 피리의 음색과 병행해서 후두음을 만들어내는 능력을 기준으로 가늠한다. 이 음색은 콧노래와 비슷하지만 보통 콧노래의 소리보다 상당히 세고 결이 거칠다. 이런 연주를 음악가라고 해서 누구나 다 할 수 있는 것은 아니며, 할 수없는 사람은 일단 낮은 지위로 밀려난다. 두 개의 저마다 독립한 음고로다른 선율을 만들어낸다는 것이 용이한 문제가 아님을 알 것이다. 피리의 음을 내기 위해서는 양 입술을 비교적 느슨하게 해야 하는데 반해서, 세찬 〈후두음〉을 내기 위해서는 후두와 횡경막을 긴장시키지 않으면안되기 때문이다. 바로 이것이 바시족에서 *mulizi*를 부는 사람들과 일반사람들 사이에서 음악가를 결정하는 참된 판단 기준이다. 어떻게 보더라도 이것은 어려운 주법이다 (Merriam 1957: 144).

호텐토트 (Hottentot)족이 어떤 특수한 타입의 악궁 (樂弓, musical bow)을연주할 때의 신체 행동에 관해 Kirby는 다음과 같이 기술한다.

연주자는 악기를 조율한 후에 …… 땅바닥에 앉아서 활을 잡는다. 현을 맨 하단은 가죽 주머니 위에 놓거나 …… 혹은 버드나무 받침 위에 놓는데, 이것이 공명기의 구실을 한다. …… 그리고 주자의 오른쪽에 놓는다. 오른쪽 다리는 소정의 위치에서 활의 하단을 고정시키고상단은 왼쪽 어깨에 기댄다. 오른손의 엄지와 인지로 숫대 (beater)를쥐고, 사이드 드럼에도 사용되는 명확한 스타카토와 같은 움직임으로현을 쳐서, 울리는 듯한 소리를 낸다. 이것이 이 현에서 나는 기본적인음이다. 왼손 인지의 제2 지골 (指骨)로 현의 중앙부를 가볍게 대면서

현을 치면, 기본음보다 1옥타브 높은 제1의 배음을 얻는다. 다음에 적절한 위치에서 현에 턱을 밀어대면 최초의 음보다 한 음 높은 제2의 기본음을 얻는다. 이어서 이 새로운 중간점에 대면 제2의 기본음보다 한 옥타브 높은 음이 나온다 (1953:211 - 12).

이와 같은 기술 (記述)은 흔히 눈에 띈다. 사실 정보량이 너무나 크기 때문에, 이것을 관련시켜서 비교하려고 시도해 보려는 현재의 목표조차 불가능한 실정이다. 그렇지만 악기에서 음을 만들어낼 즈음의 신체 행동은 기법적으로 중요하며, 문화의 복합을 특히 전파의 문제에 적용시켜 생각할 때 두드러지게 중요한 의미를 가질 것이다.

발성 기법은 연주 기법에 비해 문헌에서 논의되는 경우는 드물다. 그런대로 Alan Lomax의 근년의 연구들은 이같은 지식이 우리의 연구의 폭을 넓혀 주고 민족 음악학에 한층 정확한 기술상의 기법을 마련해 준다는 양측면에서 유익함을 드러내고 있는 것 같다. 과거에, 이를테면 Nettl은 북미 인디언 음악의 지역 구분을 특징짓는 기준의 하나로서 발성법을 사용했으나 (1954a), 우리가 대개 그러하듯이, 기술 (記述)이 용어법 면에서 시론적이고 엄밀성을 결여하는 경향이 있으며, <이완된>과 <긴장된>이니 하는 대비가 시사하는 바와 같이, 가장 넓은 용어에 의한 구별밖에는 이루어지지 않는다. 다른 곳에서, Nettl은 목소리의 긴장에 관해 다음과 같이 요약한다.

…… 예외는 있으나 대부분의 프리미티브 (primitive)한 가수들은 우리가 귀에 익숙한 것보다 더욱 긴장된 발성법을 사용한다 …… 알려진 것 가운데 가장 긴장된 발성법은 남북 아메리카 인디언의 부족들에서 발견되었다. 그들의 발성법은 대단히 많은 장식음을 낳는다 ……

　미국의 흑인은 일반적으로 긴장된, 좀 쉰 듯한 발성법으로 노래한다. 이것은 일부 미국 흑인 가수들도 사용하고 있다 …… 때로는 알프스의 요들(yodeling)과 같이 특이한 기법으로 악기를 흉내내 보려는 가수들의 시도 속에 엿보인다. 흑인이 사는 아프리카의 많은 장소에서 가성과 보통의 발성을 번갈아 내는 요들 비슷한 울림을 내는 가수들이 있다. 나바호(Navaho) 인디언들은 장식이 없는 맑은 가성을 사용한다. 그 밖에도 개개의 지역에 특징적인 발성법이 존재한다 (1956:58).

발성 기법이 음악의 양식을 구별하는 중요한 기준을 마련해 준다는 것은 분명하지만, 문제는 <긴장된>이라든가 <더욱 긴장된>과 같은 용어들 대신 사용할 수 있는 더욱 정확한 용어법 혹은 정확한 척도를 발견하는 일이다.

　Alan Lomax는 최근 이 문제에 얼마간 시험적인 접근을 한 바 있다. 그 밖의 발성 기법의 여러 문제도 포함해서 말이다. 그러나 그의 탐구는 우리가 필요로 하는 정확한 기술 용어법을 제공하는 데까지는 이르지 못했다. 그리하여 발성 양식의 기술에 있어 Lomax 역시 다채로운 형용사구를 다시 사용하지 않을 수 없는 판국에 빠져 있다. 그 중에 어떤 것은 우연히도 다시 감각 상호간의 작용 양상을 예증한다. 아메리카 백인들의 노래부르는 방법에 관한 그의 기술에 의하면 그 목소리는 <보통 이야기할 때보다도 약간 높은 음에 엄밀히 음고를 정하고, 목소리의 음색은 일정한 폭에 한정시키고 — 이것은 흔히 거칠고, 딱딱하고, 코에 걸리곤 한다 — 가수가 선율에 장식을 붙이는 데 사용할 수 있는 바이올린 비슷한 맑은 음색을 이상으로 삼는다> (1959:930). 아메리카 인디언의 가창은 다음과 같이 기술되어 있다.

　　인디언의 가창 방법은 현저하게 남성적인 성격을 띠고 있다. ······
인디언들은 목소리를 잔뜩 질러서 노래부르는 것이 특징이다. 노래 소
리는 후음 (喉音)으로 쉬어 있으며, 때로는 거슬리는 듯한 소리를 내고,
코에 걸린 배음 (倍音)이 많고 보통 이야기할 때의 높은 부르짖음이나
싸울 때의 <함성>, 울부짖는 듯한 절규, 그 밖의 동물과 비슷한 소리
를 내서, 그들의 후두음에 의한 노래에 한계를 짓고 있다. 그리고 이것
을 토대로 해서 저 평원 인디언들의 고음으로 맑게 흐르는 듯한, 거의
요들이라고 할만한 놀라운 가창법이 발전했다고 할 수 있다 (p. 933).

유라시아의 가창에 관해서는 다음과 같이 기술되어 있다. <······ 일반적
으로 고음이며, 흔히 거칠고, 귀에 거슬리며, 목을 좁혀서 발성하기 때문
에 목소리가 대단히 긴장하고, 죄어부친 듯한 효과를 빈번히 수반한다>
(p. 936). 그리고, 고대 유럽인은 <······ 느슨한 목에서 발성하고>, 유라시
아인에 비해서 <······ 일반적으로 둥글고, 음색이 풍부하며, 성량도 넉넉
하다. 맑고 흐르는 듯한, 혹은 요들과 같은 음색이 때때로 보인다 ······ >
(pp. 936, 937). Lomax의 보고에 의하면, 남스페인의 가창은 <목이 긴장
하고> (p. 939), 북스페인에서는 <목은 긴장으로 팽창되어 있지 않다>
(p. 943). 그리고 이탈리아에서는 <······ 목은 긴장으로 빨갛게 팽창되어
있으며, ······ 죄어부쳐 피가 멈춘 듯한 목소리를 내지만, 다른 유럽에서
와 마찬가지로 고음이다> (p. 942). 목소리의 질이라는 개념이 유용하다
는 것은 분명하지만, 그 판별은 순전히 언어학상의 용어로 이루어져서,
본질적으로 그 정확한 운용은 불가능하다.

　　이 난점을 제거하기 위해 Lomax는 음의 가시적인 기록에 의해 제시된
목소리의 음색의 분석에 착수했다. 그가 발견한 바에 관한 상세한 보고는
아직 되어 있지 않으나, 600건의 이같은 기록을 실례로 다음과 같은 소견

을 피력한 바 있다. <…… 그 존재 유무가, 세계 안에서의 가창 양식의
계통에 있어 발성법을 특징짓고 있는 11가지의 특질을 분간할 수 있었다
고, 나는 느낀다> (1962a:13 – 14). 목소리의 음질에 관한 몇 가지 기준은
Lomax가 <가창운율학 (cantometrics)> (1962b:426 – 31)이라 칭하는 체
제의 몇 가지 점에 대해서도 마찬가지로 그 기본이 되어 있는 모양이다.
이런 문제들에 더하여 Lomax는 목소리의 질과 그 밖의 성격 및 행동 사
이에 혹종의 상관 관계가 있다는 것도 가정했다.

　　후자의 상관 관계 ― 허용된 성적 습관과 목소리의 이완 ― 에 관해
　서는 나의 연구 보고를 보기 바란다. 그 내용은, 다시 1년을 더 행한
　조사에 의해 이제 확인되었다. 후두학 (喉頭學) 분야의 많은 전문가들
　이 …… 세부에 걸쳐 음성 언어 장애를 포함한 여러 가지 종류의 목소
　리의 긴장은 정신적인 것에 기인한다고 지적하고 있다. Victor Grauer
　와 내가 금년에 저술한, 노래부르는 행위의 구조에 관한 새로운 광범
　한 연구는, 목소리의 이완이나 개구음이 잘 조화된 합창이나 다성 가
　창 (多聲歌唱)의 발생 사이에 긴밀한 상관 관계가 있다는 것을 지적했
　다 (Lomax and Trager 1960:Pt. Ⅲ, p. 1).

마지막으로 Lomax는 목소리의 긴장과 모음의 용법이나 움직임 사이에
있는 상관 관계를 찾아낸다.

　(1) 전설 모음이나 전설 모음적 움직임의 발생 빈도가 높은 것은 목소
　　　리의 긴장이나 정신적 긴장 및 사회적 원인과 일정한 관련을 가지
　　　고 있다.
　(2) 반대로, 후설 모음 특히 후설 저모음이나 후설 위치에서의 움직임
　　　및 거기로 향하는 움직임의 발생 빈도가 높은 것은 목소리의 이완
　　　이나 정신적 이완의 움직임 및 그것들을 만들어내는 사회적 패턴

과 일정한 관련을 가지고 있다 …….

(9) 어떤 하나의 모음은 그것에 따르는 음악 구조와 긴밀한 관련을 가지며, 이와 함께 전개되고 하나의 전체적 상황을 나타내는 것 같다. 한두 가지 예에서 …… 노래의 형식과 가창 양식과 모운 (母韻)의 형이 일단 (一團)이 되어서 하나의 정황 속에서 작용하는 것을 보일 수 있었다.

(10) 전설 모음과 구강을 좁히는 움직임의 발생 빈도가 높은 양식은 성격적으로 독창 혹은 단성 (單聲)인 것 같다 (Pt. Ⅲ, pp. 2-3).

목소리의 질의 문제를 이해함으로써 양식에 관한 기술이 정밀해질 뿐더러 목소리의 질과 인간 행동의 다른 측면들과 상관 관계가 있을 수 있다는 것이 명확히 인식되기에 이르렀다. 후자에 관해서는 Lomax가 지금 여기서 사용한 것과 다른 모델에 의해 문제를 다루면서 모음의 용법에 관해 말하는 가운데, 개념을 행동으로 직접 옮겨 바꾸고 있는 것에 주목할 필요가 있다. 그리하여 그는 <다양한 구조의 독립된 요소로서 전설 모음과 후설 모음의 발생은 어떠한 체계 안에서도 그 체계의 산물이 아니라 미적 성격을 지닌 무의식적 정신의 소산으로 보인다> (Pt. Ⅲ, p. 2)라고 말하고, 그것을 다음과 같이 요약한다.

　　만약 지금까지의 결론 전체 혹은 대부분이 잘못되어 있지 않다면, 전통의 한 측면은 모음 선택의 양식화와 관계가 있는 것이라는 데 의심의 여지는 없다. 따라서 구두 전승의 모든 사설은, 모음에 관한 그 문화의 미의식에 적합하도록 끊임없이 개변되고 세련될 가능성이 있다. 사설이 항시 손모 (損耗)되어 가는 이 과정은 …… 지금까지 죽 민중의 기억의 결함에 의한 것이라고 학자들은 생각해 왔으나, 실은 반대로 민중의 레벨에서의 미적 감성의 활동을 나타내고 있는 것이다. 이 미의식은 …… 전체의 정황이나 민중 문화의 변화에 따라 변화할 가능성이 있다 …… 그리하여 민요 가수는 음을 어떻게 다루느냐에 따라 새로운 노래를 옛날부터의 수요에 적합하게 만들거나 옛 노래를 새롭게 나타난 정서의 형에 적합하도록 개변한다 (Pt. Ⅲ, pp. 4-5).

목소리와 악기의 조작에 관한 신체 행동에 저마다 고유한 종류가 있듯이 신체의 움직임이나 자세, 육체의 긴장과 같은 것에도 특징이 있는 것처럼 보인다. 그리고 이와 같은 육체적 특징은 다른 행동 요소들과 서로 관련될 수 있어 음악의 창조에 관한 중요한 사실들을 밝힌다.

연주할 때의 자세에 관해서는 특히 언급하지 않고, 자세 그 자체에 관해 유익한 검토를 가하는 가운데 Gordon W. Hewes는 자료를 조직화하기 위해 다섯 가지 <관련 레벨>을 들고 있다 (1955:232-33). 제1의 레벨은 응용 물리 인류학 (應用物理人類學) 혹은 생물 공학의 레벨로, 이것은 테크놀로지와 관련을 가지는 자세에 관한 습관의 연구를 가리킨다. 제2의 레벨은 <자세와 자세 이외의 문화 현상 (이를테면 지형·식물·의복·신분·역할의 차이 등에 관한 것)과의 기능적 상관 관계>를 다룬다. 제3의 레벨은 자세를 취하는 행동의 정신 병리학적·심리학적 의미와 관련된다. 제4의 레벨은 자세와 문화사의 관련에 관해 다루고 제5의 레벨은 계통 진화론적 (系統進化論的)인 의미에 관해 다룬다. Hewes는 이 레벨들을 논함에 즈음해서 서다·앉다·무릎을 꿇다의 자세만을 다루고 있으나, 적어도 다섯 개의 레벨 중 두세 가지는 음악 연주에 관련한 자세에도 마찬가지로 들어맞는다는 것이 분명해 보인다.

이같은 신체의 움직임에 관한 기술은 용이하게는 발견될 수 없다. Burrows는 폴리네시아의 푸투나 (Futuna)섬 사나이들이 저녁 무렵에 노래부르는 것을 보고하는 가운데 다음과 같이 기록한다. <가수들은 대개

작은 원을 만들어서 앉고, 머리를 서로 마주 댄다. 노래의 정서적 내용이 무엇이든, 그들의 표정은 아무런 감동이 없다. 그들은 이따금 허공을 바라보거나 눈을 감거나 한다> (1936:208). Wachsmann은 우간다의 놀르(Nyole)족의 특수한 연주법에 관해 다음과 같이 보고한다. <합창대는 남성과 여성이 각각 줄을 지어 서로 얼굴을 마주하고 서며, 독창 선도자가 그 사이에 선다. 독창자는 움직이지 않으나, 합창 집단은 움직이면서 춤을 춘다. 나는 그들 사이에서 어떤 종류의 생명의 긴장 관계를 만들어내고 있는 두 가지 힘에 강한 인상을 받았다> (1953:55). 민족 음악학의 한 과제로서 이 문제에 만만치 않은 관심을 기울인 사람은 역시 Lomax인 듯싶다. 그는 다수의 민족에 관해 그 특징적인 연주 자세를 기술하고 있다. 아메리카 백인 민요 가수와 아메리카 흑인 민요 가수를 대비시켜서 아래와 같은 도식을 만들었다.

아 메 리 카　백 인	아 메 리 카　흑 인
가수는 앉거나 직립 부동으로 서서, 신체를 긴장 상태로 유지하고 머리를 종종 뒤로 제낀다.　표정은 보통 가면처럼 밖에 나타나지 않으나, 높은 음에서는 고통스런 것처럼 보인다.	가수는 박자에 맞춰 몸을 움틀움틀 움직이거나 힘을 빼고 즐겁게 한다. 노래에 맞춰 춤을 춘다.　표정은 각절마다 노래의 분위기에 맞춰 변한다. 많은 공연에서 미소나 웃음조차 곧잘 볼 수 있다.

(1959:930)

다른 곳에서 Lomax는 갖가지 집단의 특징적인 표정이나 신체의 움직임을 다음과 같이 기록하고 있다. 옛날의 유럽—<…… 얼굴 표정은 생생하고 동적이다. 혹은 적어도 온화하다>. 남스페인—<…… 긴장된 목

과…… 고뇌의 얼굴 표정>. 북스페인 — <가수의 몸은 긴장이 풀려있고,
목은 긴장으로 팽창되어 있지 않으며, 얼굴 표정은 흔히 부드럽고 생생
하다. 언제나 활기에 가득 차있는 것은 아니지만 생각에 잠긴다거나 가
면과 같지도 않다>. 북이탈리아 — <가수들은 동료들과 어깨동무를 하고
서거나 혹은 술 마시는 탁자에 기대거나 목소리를 조화시키고 서로 부드
럽게 미소를 교환한다 …… >. 남이탈리아 — <노래부를 때는 진짜 고뇌
를 표정에 나타내고 목은 긴장으로 팽창되고 뻘개져 있으며 눈썹은 고통
스럽게 당겨져 있다> (1959:passim).

Thuren과 Holm은 다 같이 음악에 대한 에스키모인의 신체의 반응에
관해 정보를 제공해 준다. 두 사람의 기술은 전체적으로 매우 비슷하다.
Thuren은 다음과 같이 쓴다.

> …… 동부 그린랜드 주민은 노래부르고 있는 동안 결코 몸을 가만히
> 두지 않는다. 가수는 일정한 간격을 두고서 무릎을 구부리고, 때때로
> 스텝을 앞뒤로 밝거나 180도 회전하거나 상반신을 비틀거나 한다. 남
> 자들과는 대조적으로 여자들은 노래부르는 동안 한 장소에 우두커니
> 서서 엉덩이를 좌우로 8자 모양으로 움직인다. 가수들은 언제나 눈을
> 반쯤 감고 얼굴에는 조용한 미소를 띠고 서 있다 (1923:11).

Holm은 이렇게 기록한다.

> 가수는 1층의 중앙에 있는 입구 앞에서 두 다리를 벌리고 무릎을 조
> 금 구부리고 선다. 가수가 남자인 경우, 그 장소에 우두커니 서 있지
> 않고 노래에 맞춰 무릎을 다소 구부리고 때때로 앞뒤로 스텝을 밟거나
> 반회전한다. 이따금 상체를 아주 여러 가지 모양으로 비튼다. …… 가
> 수는 두 눈을 반쯤 감고 서며 얼굴은 일정한 틀에 박힌 찡그린 모양을

하고 있으나, 이따금 돌연히 크게 웃거나 또는 킥킥 웃거나 한다.

　가수가 여자인 경우, 두 다리를 확실하게 하고 서는데, 8자를 그리듯
이 엉덩이를 움직여댄다. …… 머리는 갸우뚱하거나 혹은 곧바로 세운
다. 두 눈은 반쯤 감고 얼굴에는 일정한 틀에 박힌 미소가 잠겨 있다
(1914:125 – 26).

이 정보는 신체의 움직임이 노래부르는 양식에 따라 저마다 다르다는
것, 그리고 기술 용어 (記述用語)의 문제가 역시 정확한 해설을 곤란하게
만든다는 것 등 두 가지 사항을 명시하고 있다. 나아가 Lomax는 신체의
움직임이 의미하는 바에 관한 논의를 Hewes가 말하는 제3의 레벨 곧 심
리학적·정신 병리학적인 것에 한정한다. 그리하여 이같은 연구가 시사하
는 내용을 더욱 넓게 포착하는 것을 다소 곤란하게 하고 있다. 그렇지만
이 틀의 범위 안에서 그는 신체의 움직임·목소리의 긴장·정서적 긴장·
가창법 등의 밀접한 상호 관계를 논하고, 그 가능성을 다음 구절에서 요
약한다.

　사람은, 특히 여성은, 비통한 생각에 시달리고 있을 때, 일련의 높은
음으로 길게 지속하는 울부짖는 소리를 낸다. 성인이 된 사람도 슬픔
에 울부짖을 때에는 어린이와 같은 목소리를 낸다. 그때에는 머리를
뒤로 재끼고, 턱을 내밀고, 연구개를 뒤쪽으로 끌어당기고, 목을 죄어
부쳐서 가느다란 숨을 강한 압력으로 윗쪽으로 불어내고, 경구개와 극
도로 넓혀진 구강을 진동시킨다. 누구라도 조금만 해 보면 이것이 통
곡하는 데 가장 알맞은 방법이구나 하고 납득할 것이다. 이어서 눈을
조금 뜨면 (정말로 통곡을 하면 눈은 자연히 감겨지므로), 눈썹은 찡그
려지고, 얼굴과 목은 빨개지고, 얼굴의 근육은 눈 아래에서 긴장되고,
목은 그 고음역 (高音域)의 울부짖는 목소리를 내기 위한 긴장으로 팽
창되어 있다는 걸 알게 될 것이다 (1959:947).

내가 아프리카에서 경험한 바로는 이 패턴이 어느 경우에나 해당되는 것은 아니어서, 다소의 예외는 있지만 이 기술은 광범위한 일반론으로 통용된다고 할 수 있을 것이다. 아무튼 이것은 음악을 연주할 즈음의 신체의 움직임과 그 밖의 측면과의 관계를 보는 데 있어 대단히 성과가 많은 조사의 한 방법으로 보인다.

신체 행동은 음을 만들어내는 신체 부분의 조작에서, 그리고 음을 만들어낼 때의 전체적인 신체의 움직임에서 명확히 드러나 보이지만, 이 문제에는 제3의 측면 — 음악에 대한 유기체의 반응이 있다. 앞서 우리는 음악은 듣는 사람에게 정감을 불러일으킨다고 생각되느냐 어쩌느냐 하는 물음을 검토했는데, 여기서 문제가 되는 것은 음악에 대한 신체적 반응이다. 이 경우 서양 문화 이외의 것에 관한 정보는 거의 존재하지 않는다. Nettl (1955a)은 서양인 이외의 사람들 사이에서 음악에 의한 치료법의 실태를 극히 일반적인 언사로 논한 바 있다. Densmore의 말에 의하면, 아메리카 인디언의 노래의 한 부류인 치료의 노래들은 <액센트의 빈번한 변화에 의해 생긴> 불규칙 리듬을 특징으로 한다. 이 변화는 <선율 길이의 변화>에 의해 제시된다 (1954a:109). 무문자 사회에서는 치료의 의례에 자주 음악이 수반된다는 사실이 널리 인식되어 있으나, 음악의 영향의 엄밀한 성격에 관해서는 직접 그 문화의 구성원이 말한 것이건 조사원이 관찰한 것이건, 대단히 일반적인 말에 의해서만 보고되어 있다. 우리의 문화에서도 음악의 치료적 측면은 문자 그대로 수천년 동안 지적되어 왔다. 약 4,000년 전의 이집트 사람이 음악을 <영혼의 의사>라 불렀던 일은 유명하다. 고대 헤브라이인은 음악을 심신 양면의 장애를 고치는 데 사용했다. 그리고 아마 여기서 인용하는 가장 익숙한 일절은 사울 (Saul)왕에 관한 것이리라.

> 신으로부터 나온 악령이 사울에 임했을 때, 다윗이 금 (琴)을 가지고
> 그것을 손으로 타자, 사울은 정신이 가라앉고 좋아져서 악령은 그를
> 떠났다 (구약성서 사무엘기 상, 16장 23절).

기원적 600년에 탈레스는 스파르타에서 페스트를 음악으로 고치려 했다고 전한다. 그리고 피타고라스는 음악을 정신의 혼란을 치유하는 데 사용해야 한다고 가르쳤다. 이리하여 우리 문화사의 맨 처음부터 음악이 개개의 생물 유기체에 직접 영향을 주는 것으로 사고되어 왔다는 것을 보여 주는 기록은 많다.

개별적으로 유기체에 대한 음악 및 비음악적 음의 효과에 관해 더욱 상세하게 말한다면, 적어도 서양 문화에 있어서는 많은 실험들에서 일정한 생리학상의 반응이 나타난다는 것을 보여 주고 있다. 그리하여 1830년에는 J. Dogiel이 Diserens에 의해 요약된 다음과 같은 실험 결과를 발표했다.

1. 음악은 동물에서와 마찬가지로 인간에게도 혈액 순환에 영향력을 나타낸다.
2. 혈압은 때에 따라서 오르내린다. 이런 혈압의 변화는 주로 청신경과 관련하고 있는 연수 (延髓)의 청각 작용의 영향에 의한다.
3. 인간과 동물에 대한 악음이나 휘파람 소리의 작용은 대부분 심장의 수렴 촉진으로 나타난다.
4. 음악의 영향의 결과로 일어나는 혈행의 변화는 호흡의 변화와 일치한다. 후자와는 별개로 관찰될 수도 있다.
5. 혈액 순환의 변화는 음의 높이·세기·음색에 의한다.

6. 혈압의 변화에 있어서는 사람이건 동물이건 개체의 특이성은 실로
   명백하며, 사람의 경우에는 국적조차도 혈압의 변화에 어떤 영향을
   끼친다 (Diserens 1926:131).

물론 <국적>이 다른 사람들의 반응에 차이가 보인다는 마지막 설명은
주목할 만하다. 왜냐하면 이것이야말로 정확히 기대될 수 있는 것이며,
문화가 다른 사람들은 그 문화적 내용에 의해 동일한 음악 또는 음에 대
해 생리적으로 다른 반응을 보이기 때문이다. 그렇지만 중요한 것은, 유
기체가 생리적으로 반응한다는 사실의 확인이다.

  음악은 유기체에 다르게 영향을 끼치기도 한다. 미국의 <한 동부 도
시>의 공장에서 행해진 실험에서 종업원의 태도·생산·산업 재해에 대한
음악의 영향력이 Henry Clay Smith에 의해 연구되었다. 총체적으로 보
면 <음악이 없는 날>에 비해 <음악이 있는 날>에는 사고 건수는 거의
변하지 않으나, 생산은 증가한다는 것을 그는 발견했다. 그는 이 연구 결
과를 다음과 같이 요약했다.

  근무 시간 동안의 음악은 일반적으로 반복 작업이 많은 곳에서는 생
  산을 높일 것이다. 이같은 상황에서 적절히 시행된다면, 음악은 생산을
  증가시킬 뿐 아니라, 많은 종업원들에게 만족감도 줄 것이다. 각자가
  그 주의력을 작업에 집중하지 않을 때, 음악은 아마 뛰어난 직접적 영
  향을 낳을 것이다. 이 상황에서 음악은 여분의 주의력이 무엇을 골똘
  히 생각한다거나 지껄인다거나 작업 이외의 활동에 기울어지는 것을
  막는 모양이다. 대체로 음악은 사고 발생율에는 영향을 끼치지 않았으
  니, 음악과 사고의 관계는 현재의 연구 단계에서는 아직 완전히는 밝
  혀지지 않았다 (1947:58).

비록 특정한 문제에는 응용하고 있지 않으나, Diserens는 위에서 기록한 것에 대응될 수 있는 사항을 연구실의 실험에서 발견하고 있다.

1. 음악은 체력의 소모를 경감시키거나 둔화시키거나 해서, 결국 근육의 내구력을 증대시키는 경향이 있다.
2. 음악은 그 리듬이 작업의 리듬에 적합하지 않으면, 작업을 정확·엄정하게 하는 효과를 발휘할 수 없다 …….
3. 음악은 타이핑이나 필기와 같은 자주적인 활동의 속도를 높인다. 그것은 호흡도 빠르게 한다.
4. 음악은 글씨를 쓰거나 그림을 그리는 데 사용되는 근육 반사 작용의 범위를 넓힌다.
5. 색채를 포함한 직접적인 암시의 경우를 빼고서, 음악은 보통의 암시성 (suggestibility)을 감소시킨다. 색채의 경우는 암시성이 증가한다.
6. 음악은 정신 전류 반사 작용 (精神電流反射作用)에 있어 활동이 증대하는 것으로 분명히 확인된 바와 같이, 인체의 전류 전도율 (電流傳導率)에 영향을 준다 (1926:205).

마지막으로, Diserens는 서양 문화에서 실험적으로 규정된 음악의 생리적 효과를 다음과 같이 요약한다.

음악은 –
1. 몸의 신진대사를 증진시킨다 (Tarchanoff, Dutto)
2. 근력을 증대 혹은 감퇴시킨다 (Fere, Tarchanoff, Scripture)
3. 호흡을 빠르게 하고 그 규칙성을 감퇴시킨다 (Binet, Gunib명, Weld)
4. 표나지는 않지만 호흡량·맥박·혈압에 일정치 않은 영향을 준다.
5. 다양한 양식을 가진 감각 중추의 자극에 대해 식역 (識閾)을 저하시킨다.

6. 그리하여 음악은, James-Lange의 이론에 따라서, 정서의 발생에
   생리학적 기반을 부여하고, 그 결과 Cannon등의 연구에 의하면, 내
   분비에 영향을 끼친다.
7. 여러 가지 다른 종류의 음악의 선법과 유형에 의한 세부적인 영향은
   아직 분명히 되어 있지 않으며, 그것은 선택된 음악의 적정한 분류
   를 기다리고 있다. 그리고 그것은 첫째로, 아마 내성적이고도 통제적
   인 방법에 의해 진행되지 않으면 안될 것이다 (1926:154).

인간이라는 유기체에 대한 음악의 영향은 지금까지 전체적으로 거론
되어 왔다. 즉 음악은 기능의 총체로 간주되어 왔다는 말이다. 한편, 서
양 문화에서 음악 작품을 구성하는 여러 가지 요소들의 효과를 검토해
보는 몇몇 시도도 있었다. 그리하여 Heinlein은 음고·세기·음색·지속을
개별적으로 검토했고 (1928), Licht는 리듬·선율·선법·조성에 관해 (1946),
Hanson은 리듬과 음향에 관해 (1942, 1944), Hevner는 템포에 관해
(1937) 검토한 바 있다. 각연구에서 인간이라는 유기체에 대한 음악의 특
정 측면의 효과가 중심적으로 검토되었다.

집단이나 개인의 음악에 대한 반응을 이해하는 데는 많은 문제들이 있
으나, 더욱 연구를 진전시키면 매우 흥미있는 결과를 이끌어 내리라고
확신하게끔 하는 이유가 있다. 아무 것도 알지 못하고 있는 가장 뚜렷한
요인은 통문화적인 중요한 정보의 결여에서 생겨난다. 서양 문화에서 음
악이 개개인에게 생리적 영향을 끼치고 또 집단의 행동에도 영향을 끼친
다는 것은 분명하지만 다른 문화들과 비교할 자료가 없는 것이다. 이를
테면 서양의 행진곡은 서양 사람이 들었을 경우와 아프리카 사람이 들었
을 경우에 다른 생리적 효과를 낳을 것이라는 예상은 할 수 있건만, 과
연 어떠한 효과를 아프리카 사람들에게 가져다주는가에 관해서는 우리

는 여전히 분명하게는 알지 못하고 있다. 혹은 아프리카 음악이 아프리카 사람들에게 주는 생리적 효과에 관한 정보도 가지고 있지 않다. 그 현상이 인간 본래의 것인지 아니면 문화적인 것인지, 그리고 다른 종류의 아프리카 음악은 다른 효과를 아프리카 사람들에게 가져다주는 것인지, 이 점에서도 자료가 없다. 바꾸어 말하면 가장 간단한 질문, 즉 음악의 생리적 효과는 인간 본래의 반응인가 라는 물음에 대해 논리적으로 그렇다고 가정하고 싶겠지만, 증거는 없다. 마찬가지로 음악에 대한 집단의 일반적인 반응에 관한 정보도 우리는 가지고 있지 않은 것 같다. 아메리카 인디언들이나 중국인의 군중과는 달리, 아프리카인의 무리는 어떠한 반응을 나타낼 것인가, 어떤 종류의 음악에 대해 어떤 방식으로 반응할 것인가? 음악가의 신체 행동의 문제에 관해서조차 거의 아무것도 알고 있지 않다는 것은 이미 지적했다. 확실히 이용할 수 있는 정보조차 뜻깊은 연구로 정리되어 있지 않다. 그렇지만 육체로 음을 만들어내는 일이나 음악가의 신체적 움직임이나 듣는 사람의 신체적 반응에 관한 연구는 모두 통문화적 현상으로서, 음악 행동을 이해하는 데 대단히 흥미로운 것임은 명백하다.

음악에 관련한 두 번째 종류의 행동은 그것이 어느 정도 사용될 수 있는지의 여부는 고사간에, 악음에 관한 언어 행동이다. 이것 역시 음악의 기초적 개념을 반영함은 물론이겠지만, 여기서는 음악의 구조와 그것을 에워싼 판단 기준에 관해 사람들이 말하고 있는 바를 특히 거론하고 싶다.

말로 하는 가장 명확한 판단 기준은 아마 음악 연주의 판단에 적용된 것들일 것이다. 즉 연주에 있어 훌륭한 솜씨인가 아닌가 하는 기준이다. 이같은 훌륭함의 기준은 반드시 존재한다. 다른 곳에서도 말한 바와 같이 만약 이것이 없다면 음악의 양식이니 하는 것은 존재할 수 없게 되기 때문이다. 음악의 양식의 정의에 Schapiro의 말을 사용한다면, 이 점이 분명해진다. <양식 (style)의 뜻은 개인 혹은 집단의 예술에서 변치 않는 형식 (form) ─ 때로는 변치 않는 요소·질·표현 ─ 이다(1953:187). 나아가 Haag의 다음 설명에 있는 바와 같이 양식에는 계속성이 있다. <중요한 점은 음악에서의 연속성이다. 각 음악의 양식은 앞 시대의 작풍 (作風)에서 나오는 것이다. …… 음악 교사는 …… 그들의 잘하고 못하는 솜씨의 기준을 그 이전 시대로부터 도출한다> (1960:219, 220). 모든 집단은 어떤 특정한 음악적 가치를 다른 가치보다 위에 놓고서 강조해야 한다. 그리고 이 가치는 변화할 수 있으며 실제로도 변화하고 있지만, 일정 기간은 계속되게 마련이다. 따라서 여기서 문제가 되는 것은 잘하고 못하는 솜씨의 기준의 존재 여하가 아니라, 오히려 이것이 어떻게 언어로 표현되는가, 실제로 표현되고 있는가에 있지 않은가 하는 점이다.

기준을 언어로 나타내는 일은 민족 음악학의 문헌에서 많은 점에 의해 강조되어 있다. Elsdon Best는 마오리 (Maori)족에 관해 다음과 같이 말한다. <유럽 사람들은 토착인의 노래들은 가락이 없다고 불평하지만, 마오리인은 누구도 이에 동의하지 않을 것이다. 그리고 만약 그 *rangi* (선율 또는 가락)에 익숙하지 않으면 마오리인은 그 노래를 부르는 것을 사양하고 물러나는 경향이 있다> (1924: Ⅱ, 137). Densmore가 말하는 바에 의하면, 테톤 수 (Teton Sioux)족 사이에서는 <특정한 남자들이 '훌륭한 가수'로 모든 사람한테 인정받고 특정한 노래가 '좋은 노래'로 일컬어진다. 이것은 그 노래나 노래부르는 사람이 어떤 평가 기준을 충족시키고 있음을 내비치는 것이다> (1918:59).

더욱 자세히 보면 어떤 종류의 기준은 언어로 정확하게 표시되며, 적어도 성악에 관해서는 알고 있는 노래들의 수·가사와 음악에 대한 기억력·템포·목소리의 질·노래부르는 방식의 정확성·집단이나 단독으로 노래부를 필요성 등이 그 기준의 일부인 모양이다. 이를테면 Wissler는 브랙피트 (Blackfeet)족에 관해 다음과 같이 보고한다. 즉 남성은 여성보다도 가수로서 뛰어나다고 여긴다. 그 이유의 하나는 <여성도 기회가 있으면 마찬가지로 훌륭하게 노래부를 수는 있을지 모르나, 남성 쪽이 더욱 많은 노래를 외우고 있다는 것이다. 왜냐하면 여성은 남성처럼 다른 노래들을 모조리 외우려고 하지 않는다고 여겨지기 때문이다> (1912:264). Fletcher와 LaFlesche는 오마하 (Omaha)족에 관해 <좋은 목소리와 좋은 기억력을 가진 남자들은 음악의 선생님들이다. 그들은 …… 흔히 수백 가지 부족의 노래들을 마음대로 불러낸다 …… > (1893:241)라고 기록한다. 사실 뜻대로 부를 수 있는 노래의 수가 북아메리카 인디언의 여러 부족 그리고 아마 세계 그 밖의 장소들에서도 마찬가지로 <좋은 가수>의 매우 널리 퍼진 기준인 것 같다.

칫파와 (Chippewa)족과 수 (Sioux)족에 관해 다음과 같이 말할 때 가사와 곡의 기억력이 Densmore에 의해 강조되어 있다. <…… 좋은 가수는 두서너번 들은 후에 그 노래를 올바로 부를 수 있지 않으면 안되며, 좋은 기억력을 갖고 있지 않으면 안된다고 그들은 말했다 …… > (1930: 653). 그리고 마오리족에 관해 보고하면서 McLean도 이 점을 강조한다. <지도자에게 요구되는 자질 중에서 첫째로 꼽히는 것은 언어의 기억력이다 …… > (1961:59). 같은 글에 따르면, 지도자는 <부동의 템포를 유지하고 리듬상 정확한 양식으로 표현할 수 있지 않으면 안된다> (같은 곳).

언어와 음악에 있어 표현의 정확성이라는 것은 특히 중요한 말로 나타
낸 평가 기준인 듯하다. 플래트헤드 인디언들 사이에서는 노래 도중에 한
대목이라도 틀리면 노래 전체가 손상되었다고 간주되기에 충분하다고 알
려져 있다. 그리고 우리는 앞에서 단 하나의 노래 속의 단 하나의 잘못도
나바호족의 의식 전체를 무효로 하기에 족한 것이라고 한 Herzog의 말에
주목할 기회가 있었다. Fletcher와 LaFleche는 오마하족의 가수는 <자기
노래의 정확성에 큰 긍지를 가지고 있다>(1893:11)라고 말하고 있다.
McLean도 마오리족에 관해 이 점을 자못 상세히 논하고 있다.

영창(詠唱)의 정확한 전달에 관한 비상한 관심이 …… 연상된다. 이
관심은 녹음에 즈음해서 연습없이 녹음되는 것에 대한 반감으로서
…… 그리고 가사나 선율에 어떤 긴가민가한 점이 있을 경우에는 녹음
하는 것을 노골적으로 거절하는 모습으로 나타났다. 때로는 가수의 집
단이 장시간 — 아마 20분 정도 — 연습을 하고 나서 고칠 수 없을 만한
잘못을 발견하면, 이것을 집어치우고서 다른 노래를 부르기도 했다
…….
이런 정확성에 대한 관심이 언제나 마오리족의 영창의 특징이었다
는 것은 …… 기억의 잘못에 대한 전통적인 타부에서도 볼 수 있다. 지
금도 잘못은 가수 혹은 그 사람과 매우 가까이 관련되어 있는 누군가
의 죽음 또는 화의 예조라고 널리 일반적으로 간주되어 있다 …… 이
관심은 …… 또 녹음에 앞서 매양 각노래의 역사적 배경에 관해 장시
간 토의를 하는 점이라든가 녹음 직전에 가수 또는 지도자가 그 노래
에 관해 반드시 자상한 소개를 한다는 점에서도 볼 수 있다. …… 일단
노래가 시작되면 목표는 언제나 되도록 본래의 것에 가까운 사설과 음
악을 부르는 데 있었다. ……
정확성은 엄격하고 광범위한 연주 규칙에 의해 확고한 것이 되어 있
다. 그 지배적인 원리는 whakaeke로 알려져 있다. whakaeke는 원래

연주할 즈음의 엄정한 템포와 정확한 리듬의 유지를 통제하는 실천을
가리키는 말이다. 이런 의미에서는 <리듬상의 유니존 unison>이라고
간결하게 정의하는 것이 아마 가장 좋을 것이다 (1961:59, 60).

또 하나의 평가 기준이 Densmore에 의해 설명된 바 있다.

　　…… 가수가 노래부를 즈음에는 사람을 납득시키는 자질이 있어야
　한다. 다음과 같은 말을 필자는 가끔 들었다. <아무개는 옛 노래들을
　알고 있으나 좋은 가수는 아니다. 그는 선율을 가르칠 수는 있지만 훌
　륭하게 노래부를 수는 없을 것이다>. 이 <사람을 납득시키는 자질>에
　또 하나의 요소 — 가수의 사람됨이 끼어든다. 인디언 사이에서는 훌륭
　한 가수는 …… 스스로 확고한 신념을 가지며 권위를 가지고 일을 할
　것이 요구된다 (1918:62).

목소리의 질에 관해서도 때로는 말로 표현된다. Densmore의 보고에
의하면, 치페와족 사이에서는 <…… 떨리는 혹은 흔들리는 음색이 가수
들에게 특히 좋다고 여겨진다. 이것은 그들에게 있어 습득하기 어려운
것이며, 따라서 음악적 성숙의 징조로 생각되고 있다> (1910:4). Nettl의
기록에 의하면 <북미의 대평원 지대 (大平原地帶)에서는 높은 목소리
를 가진 가수의 으르렁거리는 목소리가 호감을 받는다 ……> (1956:20).
McAllester는 아파치족에 관해 말하는 가운데, 또 하나의 기준 곧 목소
리의 크기를 제시한다. <누구라도 자기 자신의 목을 들려줄 수 있는 사
람이 좋은 목소리의 소유자라고 생각된다. 좋지 않은 가수는 노래를 알
지 못하는 사람이다> (1960:471). 플래트헤드 인디언들 사이에서는 다음
과 같은 평가 기준이 말로 표현되어 있다.

음악인류학
●●●●●●●●●●●●●●
194

　좋은 가수의 속성에 관한 단도직입적인 질문에 대답해서, <좋은 목
소리를 가지고 있으며, 폐와 목이 <좋고 강인한> 사람이라야 한다고
흔히 말했다. 그리고 오랫동안 확실히 기억하고 있는 것도 상당히 중
요시되었다. 즉 좋은 가수란 대단히 많은 노래들을 외우고 있는 사람
을 말한다. 또 한 사람의 인포먼트는 좋은 가수의 자질로 다음의 점을
들었다. <좋은 가수는 숨이 길어야 한다. 다른 가수들과 함께 노래부
를 수 있어야 한다. 커다란 목소리로 부를 수 있지 않으면 안된다. 가
수는 또한 다양한 파트를 노래부르는 좋은 보조자를 두세 명 가지고
있어야 한다> (Merriam 1955:11).

오마하족에 관해서는 집단의 중요성도 Fletcher와 LaFlesche에 의해 강
조된다 (1911:374).

　민족 음악학 문헌에서 취해온 이런 여러 가지 반응들을 바탕으로 잘하
고 못하는 기준을 일반화한다는 것은 곤란하다. 그렇지만 음악의 양식,
아니 도대체 음악의 체계가 존재하는 한 몇몇 기준들이 사람들의 머리
속에 있음에 틀림없다는 것, 그리고 적어도 이런 기준들 중 몇 가지는
언어로 표현되어 있다는 것을 내보이는 실례는 충분히 있다고 말해도 좋
을 것이다. 이같은 표현의 정도에는 문화에 따라 차이가 있다는 것 역시
예상된다. 그러나 동시에 사람이 자기 음악의 양식에 관해 무엇이 됐든
할 말을 아무 것도 가지고 있지 않다는 것은 매우 의심스럽다.

　사실 민족 음악학의 문헌은 음악 구조의 기술적 세부에 관한 무문자
사회 사람들의 말에 의한 정보를 많이 밝히고 있다. 다음에 보이는 것은
Handy의 보고에 의한 마르케사스 (Marquesas) 군도의 예다.

　세 가지 목소리가 구별되고 있다. *a'o* (낮은), *vavena* (가운데),

mauna (높은)가 그것이다. 이것들의 중간 음역은, *mauna o te eo i vavena* (가운데 목소리의 조금 위) 및 *mauna a'e* (대단히 높은)와 같은 식으로 서술적으로 지정된다. 남녀 양쪽에 이 세 가지 목소리가 있었다 …… 어느 영창에도 정해진 음의 높이가 있었다 …… 그리하여 *pu'e* 즉 땅의 창조의 노래는 *i a'o oa* (대단히 낮은 저음)으로 영창되었다. 한편 젊은 여성용의 우아한 *pipine*는 고음역으로 불려졌다 (1923:314).

플래트헤드 인디언들은 다른 부족들로부터 차용해 온 싸움의 춤노래와 <진짜 플래트헤드의 싸움의 춤노래>라 여겨지고 있는 것을 구별한다. 양자의 차이는 차용한 노래에는 짧은 종결부가 있으나 진짜 플래트헤드의 것은 그것이 없다는 데 바탕을 두고 있었다.

Tracey는 동아프리카의 초피 (Chopi)족에서의 *Hombe* 곧 실로폰의 중심음이 음악가들 사이에서 크게 논의되어, 높은 관심과 기술이 엇갈리는 음악상의 쟁점이라는 것을 발견했다. 그렇지만 유난히 흥미로운 것은 음악가들 사이에서 적절한 음고를 에워싸고 토론이 이루어질 때의 여러 가지 주장의 근거가 음악적인 것이 아니라 사회적인 것이었다는 점이다. 그리하여 <Katini의 주장에 의하면 대추장의 악사로서 그가 주장하는 음이 유일하게 올바른 음고이며, 임금님의 음악의 세습적 지도자요 작곡가였던 조상들·조부·아버지로부터 그에게 수여된 ≪임금님의 음≫이었다.…… 다른 악사들도 마찬가지로 규범일 수 있는 훌륭한 권리를 가지고 있었지만, 그것은 약간 세력이 약한 수령들의 비호에 입각한 것이었다> (1948: 124). Tracy의 저서 전체를 통해 전개되어 있는 매우 복잡한 *Migodo*에 관한 논의는 말할 것도 없고, 그가 만든 음악 용어의 일람표 (pp. 149-52)는 초피족에서의 말에 의한 음악 구조의 표현이 상당히 복잡성을 띨 가능성이 있다는 걸 보이고 있다.

리베리아의 쟈보 (Jabo)족에서의 북의 신호를 다룬 논문에서, Herzog 은 본래는 음악가에게 알려져 있던, 신호를 하기 위한 미리 정해진 기교 용어가 존재한다는 걸 해설한다.

> 고음역이나 저음역은 각각 ke^{22} 와 Do^3 lo^2 라는 용어로 부르고 있 다. 이것은 분해될 수 없는 어간이요, <함께 있어서 서로의 부름에 화 답하는> 두 마리 새의 이름이라 되어 있다. 한 마리는 높은 목소리의 작은 새요, 또 한 마리는 낮은 목소리의 큰 새. 음악에서와 마찬가지 로 신호에 있어서도 비유의 방식은 우리가 사용하는 <높은>·<낮은> 이 아니다. 때로는 <큰>이라든가 <작은>이라 불려지는 목소리가 사 용된다. ke^{22} 와 Do^3 lo^{2}는 <큰>, <작은>에 해당하는 정규의 말에 결 부된 표현에 의해 4개의 음역이 명명된다 …….
>
> 이 용어는 …… 각적·악궁·목금·춤의 북 및 목소리를 사용한 신호 의 부르짖음에서의 높고 낮은 언어의 가락을 나타내는 음역에도 적용 된다. 그리고 이를테면 원주민의 하프 (harp)에 관한 음악적 용법에도 적용된다. …… 마지막으로, 이 용어는 각적이나 악궁의 이조 (移調)의 방법에 관해서도 쓰인다. …… 원주민의 이러한 이론들은 부분적인 것 이긴 하나 흥미가 없는 것은 아니다. 이것들은 <프리미티브 (primitive) 한> 아프리카에서도 드물지 않는, 지적이고도 기술적인 세련의 정도를 보이는 것이다. 사물이나 악기가 존재하고, 거기에 따른 추상적인 체계 가 눈에 보이는 모습으로 조작되는 것을 관찰할 수 있는 곳에서는 용 어법이나 기교이론이 얼마나 잘 전개되어 있는지를 이것들은 여실히 보여 준다.…… (1945:230 – 32)

바송귀족 사이에서는 갖가지 용어법이 사용되고 있으며 음악 구조의 여러 측면에 대해 언어로 표현해서 관심을 나타내는 정도도 상당히 크다. 그렇지만 목소리의 질에 대한 관심은 비교적 낮고, 세세한 용어나 검토의 방식이 문제가 될 정도는 아니다. 가수들은 얼마간의 다른 음성들을 분간하고 있으나 그들이 구별하는 것은 우리의 말로 하면 <부드러운> 목소리와 <큰> 목소리의 차이, 그리고 <높은>·<낮은>의 차이다. 음고와 근육의 긴장 사이의 관련을 알아차리고 있는 수도 있으나 이것은 반드시 언제나 말로 표현되고 있는 것은 아니며, 명료하지도 않다. 일반적으로 말해서 좋은 목소리는 다음과 같은 특징들을 가지고 있다. 즉 이해할 수 있고, 멀리에서도 이해할 수 있고, 가수는 빨리 말할 수 있고, 가수는 자기의 노래 속에서 명칭을 정확하게 부를 수 있는 그런 특징들이다. 따라서 이론적인 논의의 점으로 본다면 바송귀족은 목소리의 질이나 발성에는 그다지 큰 관심을 가지고 있지 않다.

음고의 문제도 거의 마찬가지로 다루어지고 있으나 모든 음악가들이 이 문제는 처음에 노래부르기 시작하는 음고에 도달하려는 점에 있는 것이라고 생각한다. 다른 종류의 노래에는 다른 처음 내는 음고가 있는 법이라는 가수들도 있지만, 그러나 음고의 테스트로는 이것을 간단히 확인할 수는 없다. 문제의 중심은 노래의 지도자가 어떻게 자기 목소리와 합창대의 목소리의 적합한 음고로 노래를 시작하느냐 하는 데 있다. 실로폰의 노래의 경우는 문제는 간단하다. *fumu emimba* 곧 실로폰의 중심음에서 음고를 취하기 때문이다. 북이 몇 개 있는 경우는, 그 음고가 참조된다는 것을 보이는 증거가 있긴 하지만, 이것이 사실이라 하더라도, 노래가 언제나 북에 관련된 일정한 음고로 시작한다고 할 만큼 고정되어 있지는 않다. 참고할 수 있는 고정된 음고가 없는 경우에는 노래의 지도자가 스스로 음을 선택하지 않으면 안된다. 이 점에 관해서 바송귀족은 몇 가지 가능성을 언어로 표현해서 말한다. 첫째로, 음악가는 의거처로 삼을 수 있는 과거의 경험을 가지고 있으며, 저마다 이것을 강조하려는 경향이 있다. 그리고 또 음고와 근육의 긴장 사이에 어떤 관계가 만들어 진다. 음악가는 자기가 올바르다고 알고 있는 근육의 긴장에 관습적으로 익숙하도록 되어 있다. 어떤 바송귀족의 음악가는 이에 관해서 <자기가 진땀을 빼지 않을> 음고를 선택하는 것이라는 식의 표현을 썼다. 그리고 같은 음악가는 함께 노래부르는 사람들의 목소리를 알게 되기 때문에 모 든 목소리에 맞는다고 여겨지는 <중간으로> 처음 내는 음고를 선택하는 것이라고, 제법 이론적으로 말했다. 따라서 처음 노래 부르기 시작하는 음고의 문제가 바송귀족에 의해 인식되어 있으며, 이에 대한 해결 방법 의 이론적인 설명이 있는 셈이다.

다양한 종류의 노래들의 전체적 구조에 관해 바송귀족은 어느 정도 정 연한 형식상의 이해를 보인다. 실로폰을 수반한 어떤 종류의 노래의 시 작은 일정한 형식을 가지고 시작하는 것으로 고정되어 있다. 그리하여 도입부의 는 이 노래가 분명히 발라 바송귀 (Bala-Basongye)족의 것이며, 박자의 면에서는 근대의 것임을 보여 준 다. 한편, 는 오로지 바테텔라 (Batetela) 족의 것이며, 따라서 발라족의 북쪽에 사는 가장 가까운 부족들에서 차 용한 노래를 도입한다. 이 도입 형식들은 음악의 어김없는 특징을 나타 내는 것으로 보인다.

바송귀족의 마시나 (*mashina*)는 엄격히 말하면 노래가 아니라 더블벨

(doublebell)·딱딱이·북에 맞추어 부르는 찬사 (讚辭)다. 그렇지만 루푸파 (Lupupa) 부락에서 이런 찬사를 노래부르는 것을 의무로 하고 특권으로도 삼고 있는 가수는 이같은 모든 <노래들>에 대해 하나의 구조를 상정하고 있다. *mashina*는 대략 장3도로 표시되는 하강활음 (下降滑音)으로 시작하고, 이때에 인물의 이름이 노래로 불려진다. 이어서 *lono*라고 하는 노래의 본래의 노래가 불려지고, 도입부터 낮은 음으로 시작하는 하강 단3도에 실려서 찬양되는 이름이 되풀이되고 종결한다.

마지막으로, 실로폰 반주의 노래들은 일반적으로 그 자체의 엄밀한 구조를 지니는 것으로 되어 있다. 바송귀족의 실로폰 연주에서는 두 대의 다른 음고의 악기가 항시 함께 사용된다. 낮은 음정의 악기는 4개의 기본형 중의 하나를 연주하고, 높은 쪽의 악기는 노래의 선율을 연주한다. 바송귀족은 약 8개의 기본적인 실로폰의 노래들을 가지며, 어느 것이나 이 4개의 저음부의 기본형 중 하나를 사용해서 연주할 수 있다. 실로폰의 노래는 *mitashi* (처음 내기)로 시작한다. 이것은 이미 시작하고 있는 저음부의 형식에 대해 고음부의 실로폰이 자유스런 리듬으로 연주하는 하나의 양식화된 도입부다. 6개의 작은 형 중의 하나로 이루어져 있으며, 그 어느 것도 *fumu edimba* (문자 그대로의 의미는 실로폰의 우두머리) 곧 중앙의 음을 강조한다. *mitashi*를 연주한 뒤에, 고음부의 실로폰은 *lono* 곧 노래 본래의 연주로 옮아가고, 이 시점에서 저음부의 실로폰의 형에 의해 이미 확립되어 있는 리듬이 뒤따른다. 이것이 하나의 미리 정해진 주제이며, 일단 명확히 제시된 뒤에 즉흥 연주가 된다. 마지막으로 *kuchiba* (<컷트>)가 온다. 이것은 저음의 *fumu edimba*의 연주 1회와 이어지는 몇 옥타브인가 위의 *fumu edimba*의 연주 3-4회로 이루어진다.

대단히 짧은 패턴이다. 실로폰에 의한 노래를 구성하는 이 3가지 부분들 중 가장 연주가 명확한 것이 *kuchimba*, 곧 마무리 형식이다.

이른바 음정에 관해 말하면 적어도 서양의 용어법에 완전히 유사한 것을 바송귀족이 개념화하고 있는 것은 결코 아니다. 그렇지만 다른 음정을 듣고서 분간하는 능력은 완벽하다. 문제를 복잡하게 하는 것은 음정이 <음과 음 사이의 거리>라고 생각되고 있지 않다는 점이며, 음정의 차이의 근거가 되는 것은 때에 따라 음악적으로 의미가 있다고 간주될 수 있는 경우도 있는가 하면 그렇지 않은 경우도 있다. 따라서 음악가들은 모두 장3도와 단3도가 같은 것이 아니라는 걸 귀로 들어서 분간하며, 실로폰의 조율을 할 즈음에도 3도를 필요로 하는 어떠한 장소에서도 장3도 또는 단3도 중 어느 것인가를 사용할 수 있는 것이다. 장2도와 단2도는 음악 연주상 같은 가치를 가지고 있는 것처럼 여겨지는데, 음악가들은 <이론적으로> 이 둘을 완전히 구별할 수 있다. 이와 같이 중요한 것은 2개의 음정 사이의 절대차보다도 음악적인 의미다. 이것이 소위 음정 개념의 결여와 겹쳐서 정확한 정보의 수집·편집을 대단히 곤란하게 한다.

반면 리듬은 바송귀족의 음악적 사고에 있어 중요한 의미를 지니며 3종류의 중요한 리듬이 구별된다. *mukwasa*는 막대기로 목제 북의 편쪽을 때리거나 실로폰의 가장 높은 음을 쳐서 연주하는 리듬이다. 이와 같은 리듬에는 소위 음고는 의도되어 있지 않고, 단순히 연주상의 리듬의 구실을 할 따름이다. *komba*는 북 위에 놓인 양손으로 구사하는 리듬이다. *musodiya*는 혀를 입천장에다 때림으로 해서 만들어지는 리듬이며, 북과 막대기에 의해 결합된 리듬을 간결하게 한 것이다. 전체를 포괄하는 개념으로서의 리듬을 말할 때에는 바송귀족은 *mukuwasa*라는 용어를 사용한다.

　언어 행동에 관련되어 있지만, 음악상의 그것과 전적으로 동일한 것은 아닌 한 형식에 연주에서의 큐 (신호)를 보내는 문제가 있다. 이것은 이를테면 노래의 지도자나 북의 연주자가 내는 신호를 말하는 것이며, 이것이 다른 연주자들 — 다른 음악가나 아마도 무용수들 — 에게 다음에 일어나는 일이나 종국에 가까운 시점 등을 알리는 것이다. 플래트헤드족은 싸움 춤에서 이런 종류의 신호를 사용한다. 곡의 끝이 임박하면 무용수들에 대한 신호로서 북의 소리는 속도가 반감되고 음량이 현저하게 증가한다. 무용수들은 이 신호에 완전히 호응한다. 가나의 에웨 (Ewe)족의 북 연주에 관해 말하는 가운데 Cudjoe는 춤의 적절한 길이를 지시하는 중요한 신호를 지적한다.

　　　명고수의 진짜 솜씨는 비단 아름다운 컨트라스트 (contrast)를 이루는 주제를 연주할 뿐만 아니라, 무용수들이 체력의 감퇴를 확실히 들어내기 전에 자기의 주제를 드러내는 고수의 능력에 있다. 참으로 명수가 되기 위해서는 심리적으로 알맞은 때 무용수의 육체적·심리적 힘을 보충하는 말을 발하도록 시기를 잘 간파해내지 않으면 안된다 (1953:288).

서아프리카의 북의 명수가 행하는 신호의 복잡한 형태에 관해서는 A. M. Johns (1959)와 King (1961)이 검토한 바 있으며, 그 밖에도 다른 사람들은 많다.

　그렇지만 지금까지 거의 관심이 쏠리지 않고, 그리고 전부라고 말할 수는 없으나 많은 문화에서 확실히 중대한 의미를 가지고 있는 또 하나의 신호가 있다. 이것은 소개하려 하는 연주의 레벨을 드러내 보이기 위

해 사용되는 방법에 관한 것이며, Devereux와 LaBarre가 가장 명확하게
그것을 기록한 바 있다.

> 예술가가 자기 작품은 <예술>임을 신호하기 위해 어떤 종류의 양식
> 화된 수단을 상투적으로 사용한다는 것은 그다지 이해되어 있지 않다.
> ‥‥‥ 매우 간단한 예는, 이야기를 시작할 즈음의 전통적인 방법이다.
> 영국에서는 <once upon a time>, 하이티 (Haiti)에서는 <cric‑crac>
> 이라고 한다. 교향곡은 재즈의 가락으로는 시작하지 않으며, 호색 소설
> 은 서정적인 풍경 묘사로 시작하지 않는다. ‥‥‥ <이것은 진지한 예술
> 이다>라는 것을 신호하는 가장 일반적인 수법은 단순히 지루하게 되
> 는 것이다. 마치 무수한 각주와 참조를 늘어놓아 더욱 지루한 방법이
> 흔히 <이것은 학문이다>라는 것을 신호하는 것처럼 말이다 (1961:376).

여기서 검토한 두 종류의 행동 — 신체 행동과 언어 행동 — 은 가장 넓
은 시야 속에서 파악된 음악 체계의 중요한 부분을 이룬다. 이 두 가지
는 다 같이 모든 음악 행동과 마찬가지로 그 기반이 되는 개념에서 발전
한 것이다. 두 가지 중 신체 행동에 관해서는 우리는 아무 것도 모른다.
언어 행동에 관해서는 전자에 비해 대단히 많은 미정리의 자료를 가지고
있으나 이것은 아직 의미를 이룰 만한 모습으로 간추려져 있지 않다. 신
체 행동은 그 본질상 모든 문화에서 거의 같은 정도로 존재하고 있게 마
련이다. 분명히 언어 행동은 거의 인식되어 있지 않은 논의에서부터 논
리적으로나 기교적으로 정교한 언어 표현에 이르기까지 폭넓게 연속해
서 존재한다. 양자는 다 같이 음악의 일부분이지만, 어느 것이나 그에 상
응하는 주목을 받은 적이 없다.

제 7 장
사회적 행동과 음악가

　음악을 진행시키는 데 있어 행동의 제3의 타입은 어떠한 다른 개인에 못지 않게 역시 사회의 일원이기도 한 음악가의 행동이다. 음악가로서 그는 그 사회에서 특수한 구실을 하며, 특수한 지위를 얻을 것이다. 그 구실과 지위는 무엇이 음악가로서 합당한 행동인가에 관해 사회적으로 일치된 견해에 의해 결정된다. 음악가들은 특수한 계급이나 카스트 (caste)를 형성하는 경우가 있으며, 전문가로 인정되는 경우도, 스스로 찾아 획득되는 수도 있다. 지위는 높은 경우와 낮은 경우 혹은 그 양쪽이 결합된 경우도 있다. 그렇지만 거의 모든 경우 음악가들은 사회적으로 뚜렷이 규정된 행동 양식을 취한다. 왜냐하면 그들은 음악가며, 음악가 자신이 스스로 품고 있는 이미지 그리고 사회 전체가 음악가에 대해 품는 기대와 음악가다운 구실을 인식하는 일정한 스테레오타입 양쪽에 의해 음악가의 행동은 형성되기 때문이다.

　음악가의 사회적 행동을 평가하는 데는 그가 전문가인가 아닌가 하는 것이 첫 번째 문제가 된다. 무문자 사회의 음악가들은 전문가들은 아니라는 견해가 우세한 듯하며, 이것은 Nettl에 의해 분명히 설명된 바 있다. 그는 이렇게 쓴다.

전형적인 프리미티브한 집단에서는 전문적인 혹은 직업적 분화는
때로는 연령에도 의하지만 대부분은 성별에 의한다. 그리고 어떤 테크
닉에 두드러지게 숙련된 사람은 대단히 드물다. 여성들은 매일 전원이
같은 노동을 하며, 거의 같은 솜씨들을 지니며, 가지는 관심들도 같다.
그리고 남자들의 활동은 한결같이 모두 공통되어 있다. 따라서 그 집
단의 멤버 모두가 같은 노래들을 알고 있으며, 창작·연주·악기 제조에
있어 전문화는 거의 없다 (1956:10).

Nettl은 이 일반론에서 <아프리카 니그로의 몇몇 지역들>을 제외하고
있으나, 위에서 말한 그의 입장은 많은 민족 음악 학자들에게 수용되어
있는 듯하다. 그렇지만 이 견해에 대해 두 가지 주된 반론이 있다. 첫째
로 이 문맥에서는 <전문화>의 의미가 명확하지 않다, 둘째로 온 세계
음악가에 관해 우리가 입수할 수 있는 정보로는, 이 논점에 결말을 낼
수 있다고는 전혀 생각되지 않는다는 것이다.

가장 넓은 시야에서 볼 경우 어느 사회에서나 반드시 해야 하는 노동
의 총량은 그 집단의 전원에 의해 구별없이 수행되거나 혹은 분할될 수
있고, 특수한 종류의 일은 개인들의 특수 그룹에 할당되거나 한다. 노동
의 분화가 없는 사회는 없는 듯하다. 가장 일반적인 노동의 구분은 성별
과 연령의 차이에 바탕을 둔다. 여성의 일은 남성의 일과 다르며, 젊은이
의 일은 노인의 일과 다르다. 그리고 카스트나 길드나 그 밖의 종류의 조
합의 성원, 세습적 지위, 특수한 사회 집단과의 관계 등에 따라서도 노동
은 구분될 수 있다. Herskovits는 <노동의 분화>라는 용어를 <통상적인
효율에서 그 사회의 경제를 유지해 가는 데 필요한 노력의 총량을 분할
하는 것을 말하는 ⋯⋯ > (1952:124 - 25) 여러 상황을 가리켜 쓰고 있다.

이런 상황에서 <일의 어떤 특정한 일면을 수행하는 멤버들로 이루어진 하부 집단은 저마다 그 특정한 호칭에서 전문화하고 있다고 보아도 좋을 것이다. 그리고 각 하부 집단이 그 호칭을 얻어 수행하는 노동의 종류는 그 특정한 일면의 '전문화한 것'으로 나타낼 수 있다> (p. 125). 그리하여 도공이나 야자의 열매를 까는 사람·무당·음악가는 사회로부터 할당된 특정한 일을 수행함으로써, 그리고 그 사회 전체의 경제적 요구에 응하는 데 필요한 모든 노동에 유용한 특정한 상품 (유형 무형 가릴 것 없이)을 생산함으로써 경제적 전문가인 것이다. 이런 의미에서 음악가는 하나의 전문가다. 나아가서, 정기적으로 보수를 받든지 물건을 받든지 혹은 단지 음악가로 인정받든지 간에, 그의 노동이 그 사회의 다른 사람의 그것과 다르기 때문에 그는 하나의 전문가인 것이다. 그리고 어떠한 사회에서나 음악적인 자리에 초빙되거나 혹은 거기서 단지 <알맞는> 지위를 얻는다는 것으로써 음악을 만들어내는 기술이 다른 사람보다 뛰어나다고 인정받는 사람들이 존재한다는 것도 명백한 듯하다. 사실이든 단지 그렇게 생각될 따름이든 간에, 모든 멤버들이 무조건 평등하게 음악을 연주하는 그런 어떠한 집단이 존재하는지 의심스럽다.

가령 모든 집단이 그 멤버들 중의 몇 사람의 음악적 능력이 다른 사람들보다 훌륭하다고 생각된다면, 당연히 몇몇 집단에서는 그와 같은 능력을 가진 개인들이 남달리 더욱 두드러진 존재가 되지 않을 수 없다. 여기서 우리는 직업성 (職業性)의 문제에 접근하기 시작한다. 이것은 일반적으로, 음악가가 그 기술에 의해 보수를 받고 경제적으로 지탱될 수 있느냐의 관점에서 정의된다. 그렇지만 만약 우리의 판단 기준을 경제에 둔다면, 직업성의 숱한 단계가 생겨나게 마련이다. 사실상 가끔씩 증여물이라는 모습으로 지불을 받는 형태에서부터 음악에 의해 경제적으로 완전히 지탱되는 형태에 이르기까지, 직업성은 다양한 양상을 드러내고 있는 것 같다. 어느 단계에서 직업성이 시작하고 끝나는지를 알기란 어려우며, 엄밀한 정의를 할 때에 생겨나는 문제점은 우리 사회와 마찬가지로 다른 사회들에서도 명백하다. 음악가 조합 내에서 악보를 운반하는 일원으로 일하면서 대학에서 공부하는 학생을 직업인이라고 할 수 있을까? 서구 사회에서 조합의 회원이라는 것은 직업인으로서의 주요한 조건으로 보통 간주되니까 그런 의미에서는 그는 직업인이다. 그러나 한편, 그것은 그 학생으로서는 항상 근무하는 일은 아니며, 또 반드시 전면적으로 생활을 뒷받침하는 수단도 아니다. 직업성이란 음악이라는 본업에 전력 투구해서 음악으로부터 모든 수입을 얻는 것이라고 가정한다면, 어떠한 사회에서도 진정한 <직업인>이라고 칭하게 될 만한 사람은 거의 없게 마련일 것이다.

따라서 직업성의 정도는 다르지만 모든 음악가들은 전문가요, 그 중에서 직업인 음악가들이 있는 셈이다. 그렇지만 여기서도 대단히 중요한 또 하나의 평가 기준이 있다. 그것은 사람들이 전문가 혹은 직업인으로 그 사람을 수용하는 것과 관련이 있다. 바꾸어 말하면 진정한 전문가란 사회적인 전문가다. 그가 속해 있는 사회의 성원에 의해 음악가로 승인되지 않으면 안된다. 이런 종류의 승인은 최종적 기준이요, 그것 없이는 직업성은 성립되지 않을 것이다. 개인이 자신을 직업인이라고 여기고 있어도 사회의 다른 멤버들이 그의 주장을 인정하고 그가 요구하는 임무와 지위를 주지 않는다면 진정한 직업인이라고는 할 수 없다.

이같은 승인은 여러 가지 방법으로 나타나게 될 것이다. 가장 명백한 것은 물론 보수다. 화폐에 상당하는 것에 의한 추상적인 부의 형태를 취하든지 혹은 경제상의 기본적 물품의 형태를 취하든지 간에 만약 그 보수가 음악가의 생활을 전면적으로 충분히 지탱할 수 있다면, 사람들이 승인함으로써 직업성이 완벽한 것이 된다. <보수>는 또한 연주자에게 주는 증여물의 형태를 취할 수도 있다. 그 경우는, 전면적인 경제상의 지탱은 준비되어 있지 않을 수도 있다. 그리고 아무런 보수의 형태도 수반하지 않고 다만 재능을 인정함으로 해서 음악가의 공헌이 승인되는 그런 사회들도 있다. 그렇지만 완전히 받아들이게 되는 것은, 어떠한 보수를 수반하거나 수반하지 않거나와는 별개로, 대중이 그 음악가를 음악가로 인정하느냐 하지 않느냐, 그리고 사회가 음악가에 어울리는 행동을 하는 특권을 인정하느냐 않느냐에 달려있다.

  이런 종류의 승인의 온갖 사례들을 민족 음악학의 문헌이 분명히 하고 있다. 음악 활동에 의해 그리고 음악 활동 때문에 음악가가 전면적으로 보장을 받는 경우도 있는 듯하다. 아칸 (Akan)족의 고수에 관해 <무보수>라고 Nketia는 말하고 있는데, 그의 설명에 의하면 적어도 그전에는 그 나라의 정치적 지도자들은 그들을 예술가로서 지원하고 있었다는 것이 분명한 듯하다. 그 나라에서는 고수들은 추장을 위해 북을 치고, 그 추장으로부터 받는 선물로 살아가며, 되도록 장기간에 걸쳐서 그 추장의 집에 체재하는 것으로 상상되고 있다 …… 과거에 그들은 긴급 사태에 대비해서 추장의 집에서 거의 살다시피 했다. 고수들은 다음과 같이 설명한다.…… <옛날에는 추장 밑에서 살면 무엇인가를 얻었다. 먹을 것이라든지 …… > (1954:40 - 41). Nketia의 보고에 의하면, 오늘날은 이 상황은 변해 버렸으며 더욱 변하고 있는 중이지만, 그러나 과거에는 고수들

은 국가에 부수되고, 국가에 의해 생활도 지탱하는 일종의 정치적 고관
이었음이 명백한 듯하다.

문헌에서는 정확을 기할 수 없으나, 세네갈의 그리오 (*griots*)들은 음
악으로 완전히 자립해 있다 (Gamble 1957 ; Gorer 1935). Elkin에 의한
호주의 송먼 (Songman)족에 관한 논의 (1953)와 Handy에 의한 마르케사
스군도의 호키 (*Hoki*)에 관한 기술 (1923)에도 마찬가지로 명확함은 결여
되어 있으나, 어느 경우나 적어도 수입 대부분은 음악 활동에서 나오는
것 같다고 기록한다. 음악가로서의 직업적 구실에 관한 가장 명확한 기
술의 하나로서, Nadel이 나이제리아의 비다 (Bida)시의 연주가 집단을 다
룬 것이 있다.

> 각그룹은 경제적으로는 폐쇄적인 단위다. 모든 수입은 멤버들 사이
> 에서 평등하게 분배된다. 수입의 분배는 가족이나 세대의 구성에 관계
> 없이 행해진다. 멤버들 개인적으로는 자기 가족들의 가계를 돕겠지만,
> 그 <모임>은 순수하게 직업적인 단체인 것이다 …….
> 비다 (Bida)에서는 북을 치는 일은 전문 직업이다. (때로는 고수는
> 그 일을 하면서 한편으로 약간의 경작도 하지만, 이것은 대단히 드물
> 다.…… 집안의 전통보다도 오히려 재능과 개성의 자유 경쟁이 직업적
> 인 성공을 결정하고, 그리하여 동업자를 조직하는 직업인 단체가 생겼
> 다. 실제로 비다의 음악가들과 고수의 직업은 순수하게 상업의 기본에
> 서서, 씨족의 틀이며 세속적인 전통의 뒷받침을 받지 않는 자유로운
> 결부에 의한, 이 나라에서는 유일한 경제적 조직을 구성하는 예다
> (1942:303).

따라서 세네갈의 그리오들이나 Nadel의 보고에 의한 비다의 음악가들
의 예가 음악 활동에 의해 생계의 모든 경제적 기반을 얻고 있는 음악가

들이 있다는 것을 보여 주고 있음에 틀림이 없으나, 음악가에게 그것으로 충분히 생활이 되느냐 하는 의문에 대해서는 명료하게 대답하고 있는 문헌은 없다.

상세한 숫자는 그다지 눈에 띄지 않지만, 음악가들에게 주는 보수에 관해 부분적으로는 훨씬 더 실질적인 정보를 얻을 수 있다. 북아메리카 인디언의 집단들 사이에서는 개개의 음악에 대해 직접 지불이 행해진다는 보고에 적이 놀라게 된다. Densmore가 테톤 수(Teton Sioux)족에서의 이같은 예들을 몇 개 들고 있다. 그리하여 <의례의 노래들은 가수 자신이 창작하거나 이미 그것을 생업으로 삼아 가수의 지도를 하고 있는 다른 사람으로부터 사 들이지 않으면 안된다. 다액의 지도료와 보수가 노래에 지불되고 있었다> (1918:101 - 02). 그리고 이 엘크협회 (Elk Society)의 한 회원이 그 협회의 노래는 <지금도 춤을 출 때 불려지고, 그것을 요청한 사람은 그 노래에 대해 대가를 지불하지 않으면 안된다 …… > (p. 293)고 말했다. <노래는 사람에서 사람으로 전수되고, 옛날에는 노래 하나에 말 한두 필의 대가가 지불되는 일도 드물지 않았다> (1926:60)고 기록한다. 북아메리카의 인디언들 일반에 관해 말할 수 있는 것인지 특히 체로키(Cherokee)족에 한한 것인지는 분명치 않으나, Fletcher는 <울림이 좋은 맑은 목소리와 음악적으로 바람직한 발성을 타고난 남녀는 의식에서 가창을 선도하는 합창대를 편성하고, 그 일로 보수를 받는다> (1907:959)고 말한다. 코치티 (Cochiti) 문화에 관해서는 Lange이 <타인이나 타부족에게 노래를 가르칠 때에는 보수 같은 것은 없다 …… 그렇지만 그 선생에게 선물을 하는 것이 습관이다. 이것은 자발적인 것이며 공식 거래라기보다는 성의 문제로 되어 있다> (1959:311)라고 말했다.

폴리네시아에서는 <ufi (덮는 물건)라는 나무 껍질로 만든 직물을 의
례적인 선물로> <노래의 가창이나 …… 춤> (1939:229) 등의 솜씨에 뛰
어난 푸로투 (*purotu*)에게 준다고 Firth가 보고한다. 그러나 이것을 보수
로 보느냐 그렇지 않으면 McLeod의 견해에 따라 선물의 교환으로 보느
냐에 관해서는 약간의 의문이 남는다. *ufi* 는 <보수가 아니라 상품의 교
환이요, 노래로 영예를 얻은 자는 그 노래의 답례로서 창작자와 그 노래
의 명수와 리듬의 주자에게 나무껍질의 직물을 준다. 이러한 <선물>들
은 그렇지만 …… 바로 같은 종류의 물건으로 반려되는 경향이 있다. 그
결과 교환의 균형이 성립해서, 노래를 받은 사람이 내놓는 대접이나 경
의가 대중에게도 승인되게 마련이다> (1957:127). 솔로몬 군도의 라우
(Lau) 촌락에서의 피리 부는 사람들 일당에 관해 <사례가 적주자 (笛奏
者)들에게 지불된다. 지도자라면 신혼 여행의 선물쯤 받음직하다. 혹 청
한다면 마누라까지도 줄 것이다> (연대 미상:215)라고 Ivens는 말한다.
촌락 생활을 하고 있는 아프리카의 누페 (Nupe)족에 관해 Nadel은 다음
과 같이 말한다.

  부락에서 하는 북 연주는, 그리하여 길드와 비슷한 폐쇄적인 조직의
틀 안에서 운영된다. 누페의 큰 부락이라면 어디서나 우리는 고수들과
음악가들의 특별한 집단을 본다.
  오늘날 …… 그 밖의 대단히 많은 누페의 직업인들과 마찬가지로,
고수들은 시세가 좋지 않다고 몹시 투덜댄다. 그들의 말로는, 전에는
하룻밤에 6~8실링의 수입이 있곤 했으나, 요새는 하루 저녁에 3실링,
아니면 한 곡당 콜라 열매 …… 정도밖에는 얻을 수 없다고 한다 ……
고수들은 전에는 한가할 때만 농업에 종사했으나, 요새는 주로 농부가
되어 옛부터 내려오는 직업은 오직 부업으로만 계승하고 있다는 것이

다 (1942:301 - 02).

전업 직업인으로 보이는 음악가들도 있는가 하면, 화폐의 형태나 의례
적인 선물의 형태로 어떤 보수를 받는 사람들도 있다. 음악가라고 이미
승인되어 있음에도 불구하고 일견 아무런 보수를 받지 않고 음악 생활을
하는 사람들도 있다. 이것은 북아메리카 인디언들 사이에서 가장 현저한
것 같다. Herzog이 말한 바에 의하면 <전문화된 직업인으로 보이는 가수
나 음악가를 만나는 일은 좀처럼 없다. 그 기술이나 훌륭한 기억력이 사
제나 의술사 (醫術師)의 의식에는 빠질 수 없는 필요 조건이지만 말이다
> (1942:204). 대단히 비슷한 견지를 Roberts도 취한다.

> 내가 현재 알고 있는 한 Fletcher가 언급한 남인디언들 집단을 제외
> 하고서는 특수한 음악가의 계층을 인정하는 인디언 집단은 없다. 재능
> 을 타고 난 개인은 인정을 받는다. 그리고 창가대를 인술하거나 대개의
> 노래들을 만들 것이다. 그것은 결국 부족의 공유 재산이나 의례 부속물
> 의 일부가 된다 (1936:9).

Richardson이 카이오와 (Kiowa)족에 관해 말한 것은 더욱 명확하다.

> 특수한 기능에 숙달한다는 것은 명성을 높이는 일은 될 수 있을는지
> 모른다. 그러나 앞에서 말한 측면 (재산·출생 기록·혈연 등)이 없으면,
> 어떠한 직업도, 비록 의술사라 할지라도, 정작 훌륭한 지위에 오를 수
> 는 없었다. 어떠한 솜씨를 갖고 있더라도 전문적인 직업으로는 되지
> 못했다. 부족의 남자들은 전원 스스로 사냥을 하고, 아마도 전투에도
> 나섰기 때문이다. 다음은 신분이 높은 순으로 기능의 예를 대충 들어
> 본 것이다. 의료 주술사, 사슴을 부르는 주술사, 노래의 창작가와 가수,

웅변가, 강석사 (講釋師), 외과의 (주술은 포함되지 않는다), 화가, 무용
수, 매를 다루는 사람, 시사 (矢師), 기수, 조마사 (調馬師) (1940:14).

아주 비슷한 상황이 플래트헤드 (Flathead) 인디언들 사이에도 존재한다.
<우수한 가수들>은 그 이름이 사람들에게 널리 알려지고 인정되고 평가
되지만 그 능력 때문에 칭찬받고 있는 것은 아니며, 하물며 그들의 연주
에 대해 외부 사람에 의한 것을 제외하고는 보수가 지불되는 것도 아니
다. 최상의 음악가들조차 단지 노래를 선도하거나 북을 치는 일이 기대될
수 있음에 지나지 않다. 그런데 이같은 음악가들이 그 사회의 다른 멤버
사이에서는 꾸준히 높은 이름을 떨치고 있는 것이다. 음악가들에게는 보
수가 없을 뿐더러 그들의 봉사에 대해 선물을 주는 일도 없다. 인포먼트
들도 모두 이구 동성으로 이것을 주장한다. 따라서 플래트헤드족의 음악
가는 사람들에게 승인될 뿐, 광의의 전문가이기는 해도 직업인은 아니며,
그의 음악에 의해 생계를 세운다는 의미에서의 전문가도 아니다.

　보수가 수반되지 않는 전문화에 관한, 세계의 그 밖의 다른 지역으로부
터의 정보는 드물며, 그나마 대개의 정보는 명확성을 결여하고 있다. 이를
테면 Peter Buck는 만가레바 (Mangareva)섬의 음악과 무용의 전문가들에
관해 상당히 상세하게 말하고 있지만 보수에는 언급이 없다 (1938). Rout도
<기능적 직업>으로서의 <악기의 제작>에 관해 말하고 있으나 그 전문가
에게 보수가 마련되어 있는지 여부에 관해서는 보고해 주지 않는다
(1926:75).

　음악가에게 지불되는 보수는 전면적으로 생계를 지탱하는 것에서 할
수 없는 것에 이르기까지 폭이 있으나, 이 문제에 관한 상세한 정보는

대단히 적다. 그리고 어떤 일정한 사회 안에서 어떤 일정한 때의 관습적
행동의 폭도 존재할 것 같다. 바송귀족 사이에서 음악가는 다섯 계급으
로 구별되어 있다. 최고의 계급은 *ngomba*라고 하여 남성의 직업인이
속한다. 다음에 남성 직업 북 주자로 승인되어 있는 *ntundark*가 있다.
*mwiimbi*는 남성의 딸랑이와 double-gong 주자이고 또 *nyimba*는 노래
의 지도자이며 *abupula*는 가창대의 대원이다. 명사나 외부 인사
(stranger)로부터 증여받은 물건을 분배하는 예외적인 경우를 빼고는
*abapula*는 무보수다. *nyimba*도 마찬가지로 그와 같은 예상외의 증여물
의 분배에 관여한다. *mwiimbi*나 *ntunda*는 그 연주의 보수를 받기는 하
지만 경제적으로 풀 타임(full time)의 전문가는 아니다. 한편 *ngomba*는
음악으로 전생계를 세우고 있다고 여겨지고 있다. 여성 사이에서는 오직
최상급의 여성 직업인인 *kyambe*만이 그 음악 활동으로 상당한 액수의
돈을 번다.

　1959년에서 60년에 걸쳐서 푸부파(Lupupa)의 바송귀족 부락에는 네
사람의 빼어난 음악가가 있었다. 그중 두 사람은 *ntunda*, 한 사람은
mwiimbi, 네 번째는 실로폰 주자였다. 실로폰은 비교적 최근에 재도입된
것으로, 그 주자는 <진짜> 음악가의 부류에 들지 않았기 때문에, 그는
미공인의 지위에 있었다. 이 음악가들에 더하여, 그 부락은 그 지역 일대
를 유랑하는 *ngomba*를 가끔 맞이하고 있었다. 이 음악가들의 연간 수입
액을 일일이 든다는 것은 불가능하지만, 특별한 경우에는 특별 보수가 지
불된다. 그리하여 큰 장례에서는 *ngomba*의 존재가 절대적으로 필요하게
되고, 균일 요금(1959년에는 약 400프랑, 약 8달러)으로 고용되는 데다가,
그 장례의 참석자 전원 곧 촌민 전부로부터 금전을 촌지로 받는다. 1959

년 9월 말에서 10월 초에 걸친 7일 동안의 큰 장례에서, *ngomba*는 약 1,400프랑 (28달러)의 총수입에다가 2마리의 닭 (한 마리는 약 20프랑)과 옷감 한 필 (약 120프랑)을 얻어, 통틀어 1,560프랑 (약 31달러 60센트)의 수입을 올렸던 것이다. 루푸파의 남자들의 연간 평균 수입이 약 100달러 라는 사실에 비추어 본다면, 이 숫자의 크기는 강조해도 좋을 것이다. 그 러니 *ngomba*는 단지 1회의 장례로 이 액수의 3분의 1을 획득한 셈이다. 장례에서 *ngomba*보다 가벼운 역할을 하는 *ntuda*는 120프랑과 옷감 한 필, 암탉 한 마리를 받아, 약 5달러 60센트의 수입을 얻었다. 그리고 *mwiimbi*는 암탉 한 마리와 옷감 한 필을 얻어서, 약 1달러 60센트의 수입 이었다. 그러한 직접적인 수입 이외에, 장례에 관여한 음악가들은 전원이 망자의 가족으로부터 관습적으로 음식과 술을 무료로 접대받았다.

그렇지만 현재의 논의에서 가장 중요한 것은 *ngomba*도 포함한 이 음 악가들은 누구 한 사람도 음악가로서의 일에만 전적으로 의지하지 않는 다고 느끼고 있다는 점이다. *ngomba*이하 다섯 계급의 음악가들은 전원 아내 혹은 그 밖의 가족이 경작하기 위한 땅을 소유하고 있으며, 다시 두 사람은 언제나 처자를 위해 일을 해 주었고, 한 사람은 라피아 야자의 바구니 세공에 종사했고, 제일 아래 계급의 사람은 생계를 잇는 기능을 따로 가지고 있었다. 사실상 *ngomba*와 *ntunda* 한 사람을 제외하고는, 주 요한 수입원은 음악 활동 이외의 것이었다. 그런대로 전원이 직업적 척도 에서의 어떤 칭호에 수반한 경의를 사람들로부터 받고 있었다. 따라서 적 어도 이 특수한 부락에서는, 진짜 직업인 한 사람을 포함해서 자기나 자 기 가족의 생계를 세우기 위해 음악가로서의 일에만 의지하는 사람은 한 사람도 없기 때문에, 여기서의 음악가도 경제적으로 풀 타임의 전문가라고는 부를 수 없는 셈이다. *ngomba*는 직업으로서의 성격에 가장 가까운 존재인데, 다른 네 계급은 훨씬 미치지 못한다. 그러나 전원이 나름대로 직업인으로 간주되고 있었다는 것은 재확인할 필요가 있다.

우선 음악적 행동의 이 중요한 측면에 관한 정보가 부족하기 때문에, 전문화와 직업성의 문제는 곤란한 문제다. 그러나 그 경제적 측면의 영향력은 분명히 대단한 것이다. 생활의 방식을 얻는 수단이라고 하는 매우 실제적인 문제도 그렇지만, 한 개인의 역할과 사회적 신분을 직업성의 정도와 특히 그것에 대한 사회의 수용 방식에 상당한 정도까지 의존하고 있다. 무문자 사회에서는 완전한 직업은 비교적 드문 듯한데, 무엇을 가지고 완전한 직업이라고 하느냐 혹은 하지 않느냐 하는 그 결정은 반드시 용이한 것은 아니다. 즉 전문화의 문제라면 반드시 수입의 유무에는 관계하지 않을 것이기 때문이다. 바송귀족의 예는, 다른 사회에도 음악가의 단계로서, 풀타임의 전문가에 가까운 사람, 완전한 전문가라 해도 좋은 사람, 음악으로 일시 수입을 얻는 사람, 어쩌면 사회적인 특권이 조금 있을 따름인 그런 은전을 입는 사람 등등이 있을 가능성이 있다는 걸 보여 준다.

음악가의 역할을 어느 사회에서나 다른 역할과 함께 어느 정도 선발된 것이라고 가정할 수 있다면, 그 역할에 필요한 인원을 보충할 수 있는 확신을 가질 수 있는 방법이 없어서는 안된다. <재능>의 유전에 대한 민중 평가와 그것이 한 사회에서 예술가를 공급하는 잠재력에 미치는 영향이 나타나는 방식을 논하는 가운데, 우리는 이 문제에 관해 이미 어느 정도 말해 왔다. <재능>의 문제는 지위와 역할에 부여되는 형의 것과, 획득되는 형의 것이 있다고 하는 Ralph Linton이 제시한 개념에 밀접히 관계하고 있다. 다음에 보이는 것이 Linton이 행한 정의다.

> 그 사람의 속성으로 되어 있는 사회적 지위란 태어난 신분이나 재능
> 과는 관계없이 개인에게 부여된 것이다. 그러한 사람은 태어났을 때부
> 터 예보되고 그것을 위한 훈련을 받을 수 있다. 획득된 지위란 그것에
> 만 한정되는 것은 아니라 하더라도 최소한의 특별한 자질이 요구된다.
> 그 지위는 태어날 때부터 개인에게 부여되는 것이 아니라 경쟁과 개인
> 적 노력을 통해 그 자리를 획득하게 되는 것이다 (1936:115).

이러한 개념을 배경으로 문헌을 대해 보면, 음악가의 구실은 획득되는 경
우보다 부여되는 경우가 많은 듯하다. 음악가의 아이들은 그렇지 않은 사
람들의 아이들보다 훨씬 음악가가 되기 쉽다는 바송귀족의 관념이 역할
부여의 수단임을 본질적으로 의미한다. 모든 개인은 태어나면서부터 동
등하게 재능을 타고났다고 하는 아낭 (Anang)족의 관념조차 광의로는 역
할을 그 사람의 속성으로 볼 때의 생각이다. 왜냐하면 그 관념이 모든 어
린이들을 잠재적인 예술가로 보기 때문이다. Dennison Nash가 작곡가에
관한 뛰어난 연구 (1961) 속에서, 상당한 지면을 할애해서 작곡가의 역할
을 어떤 사람의 속성이라고 보는 생각을 논하고 있음에 반해서, 그것의
획득에 관해 한 마디 언급도 하지 않았다는 것은 흥미롭다. 바송귀족 사
이에서는 유전에 의한 개인의 재능을 일반적으로 인정하는 외에 때때로
젊은 남자가 명사의 회의에서 *ntunda*의 역할로 선발되는데, 이에 대해
젊은이 쪽에서 반론할 여지는 거의 없다. 가나의 아칸 (Akan)족에 관해
Nketia가 지적하는 바에 의하면, <······ 북의 제1 주자의 자리는 대개 평
민의 <집안>이나 왕자의 <집안>에서 임명된다. 음악가와 하인을 제공
하는 것이 이 집단의 의무다. 따라서 북을 치거나 각적을 부는 의무는 그
<집안> 안에서 다음 세대로 이어지는 것이다> (1954:39).

반면, 아메리카 인디언들 사이에서는 음악가의 역할은 속성으로서 부여되는 경우보다 획득되는 일이 많은 듯하다. 플래트헤드족 사이에서는 음악가는 어떤 알려진 방식으로 그 역할을 부여받지 않을 뿐더러 그 역할을 획득하는 것도 아주 곤란하다. 노래도 부르고 북도 치고 싶어하는 젊은이들에게 훈련은 시키지 않으며, 다만 그들은 대단히 참을성 강하게 기성의 기창대에 들어가기 위해 노력을 거듭하지 않으면 안된다. 플래트헤드족의 저명한 음악가가 처음에는 가창대의 가수들에게 거절당했다가, 몇 번이고 다시 가서, 마침내 노래를 배우고자 하는 노력을 인정받아 입단이 허용되었다는 등, 노래에 참여하기 위해 젊은이로서 노력해 온 그 긴 역정을 오늘날 상세히 말하고 있다.

Blacking은 부여된 또는 획득된 이라는 용어를 사용하진 않으나, 벤다(Venda)족에서의 이 문제를 다음과 같이 논한다.

> 우리 사회에서는 음악가나 무용가의 구실은 일반적으로 자유 의지에 의하는 것이지만, 벤다족의 사회에서는 거의 누구나 어떤 음악적 역할이나 그에 관련된 여러 역할을 어쩔 수 없이 떠맡는다. 그것에 수반하는 사회적 역할이 개인의 선택에 의해 획득되었을 때, 비로소 음악적 역할이 음악에 대한 취미 때문에 선택되는 것이다. 어떤 벤다인은 개인적인 선택의 결과로 이루어질 수 있는 음악적 역할은 없다고까지 말할 정도다. 왜냐하면 이러한 일에 있어서는 개인적인 선택조차 꿈과 같은 외적 요인에 의해 제약되고 있기 때문이다. 이것은 벤다의 음악가들은 만들어지는 것이 아니라 그렇게 태어난다는 말과 같다. 그러나 이 설명에는 언급해 두지 않으면 안될 보류 조건들이 있다 (1957:45 – 46).

이런 보류 조건들 중에서 <어쩌다 귀족으로 태어나는 것>이 음악가가 되는 기회를 증대시키는 것을 보여주는 증거가 있다고 Blacking은 지적한다. 게다가 또 <자신감 및 금제의 결여가 벤다 사회의 무용가나 가수의 발전에 중요한 요인이며>, 이러한 특성과 <특권 계급>의 성원이라는 것 사이에는 관련이 있다고 Blacking은 본다. 한편 이러한 요인들은 남성보다도 여성에게 더 많이 해당되며, 남성은 <사회적 부적격자가 된 결과 음악가로서 성공하고 있는 듯하다>. 우수한 남성 음악가는 <흔히 어느 쪽이냐 하면, 쓸쓸하고 고독한 내향적 인물이며> <벤다 사회에서는 최고의 여성 음악가는 공격적일 만큼 남성적이고, 최고의 남성 음악가는 어느 쪽이냐 하면 연약하리 만큼 여성적이며, 뛰어난 음악가들은 가지고 태어난 성을 종종 이탈한다고 말할 정도다>. 결론으로서 <아무튼 음악가는 만들어지는 것이 아니라, 태어나는 것이다>라는 기발한 격언을, 벤다 사회에 알맞게 이렇게 수정할 수 있을 것이다. ― <음악가는 그 태어남에 따라 만들어지는 것이다> (p. 46)라고 Blacking은 결론을 내린다.

마지막으로, 맹인에게 음악가로서의 역할을 부여하는 일에 관해 여기서 조금 언급해 두어야겠다. 많은 맹인들이 직업 음악가로서 생계를 세우고 있는 아프리카에서는 보통의 일처럼 보이지만, 이 지역의 이런 현상에 관한 정밀한 연구는 하나도 존재하지 않는 것으로 알려지고 있다. Harich -Schneider (1959)와 Malm (1959)은 다 같이 일본에서 음악가로서의 맹인의 역할에 관해 간단히 언급하고 있으며, 또 Elbert (1941)는 마르케사스 군도의 음악가에 관한 연구 속에서 맹인 음악가 Moa Tetua에 대해 조금 주의를 기울이고 있다. 이 문제는 매우 흥미진진하고 시사에 넘치는 것이다. 그러나 맹인과 음악가의 역할을 부여하는 것과의 사이에 어떤 종류의 상관 관계를 가정하기에는 너무나도 알려진 바가 적다.

부여된 지위와 역할이냐 그렇지 않으면 획득된 지위와 역할이냐 하는 문제는 다음 장에서 논의될 학습 과정과 밀접히 관련되어 있다. 그 문제를 다루는 데서 생기는 어려움은 역시 문헌에 기록된 정보의 결여 탓이라고 볼 수 있다. 이 결여도, 사회가 음악가의 공급에 대비하는 방법들을 이해하게 된다면 개선되게 마련이다.

음악가가 되기 위한 자격, 음악가의 의무, 다른 사람들이 갖는 음악가에 대한 기대 등에 관한 우리의 정보도 마찬가지로 한정되어 있다. 수집할 수 있는 지식의 단편들은 실질적으로 흥미로운 것들임에도 불구하고 말이다.

Cudjoe의 보고에 의하면, 에웨 (Ewe)족 사이에서는 <고수가 되고자 하는 사람은 누구나 상당한 관찰력은 물론이요, 뛰어나게 감도가 좋은 귀며 좋은 기억력·리듬감을 가지고 있지 않으면 안된다> (1953:284). Nketia의 기록에 의하면 아칸족 사이에서는 <북의 타주는 …… 다양한 공동 사회에서 몇몇 소수자가 할 일이다. 그들은 거기서 그 일에 종사하고 있거나 그렇지 않으면 그들이 보인 솜씨와 지식과 신뢰성 때문에, 전원을 대신해서 타주하는 것이 단체나 단원의 일치된 견해로 되어 있는 것이다> (1954:34)라고 Nketia가 기록한다. 고수에 대한 사회의 기대가 Nketia에 의해 역시 기록되어 있다.

아칸족의 사회에서는 고수들, 그리고 사실상 북을 치는 그 밖의 모든 사람들은 연주하고 싶다고 생각할 때에 연주하는 것이 아니라, 관습이나 전통 혹은 공통의 이익·단체·촌락·도회지의 공동체 혹은 연주를 바치는 상대인 나라나 추장의 이익을 위해 연주하는 것이다. 타주자 (打奏者)의 조직체가 다르면, 고수의 솜씨와 치는 방식에 있어 다른 요구들을 하게된다.

　　악단의 고수가 되었건 국가의 고수가 되었건 고수들은 모두 그들에
게 요구된 기교와 의무를 알고, 연주상의 적정한 수준을 유지하며, 언
제 부름을 받더라도 바로 연주할 수 있는 태세를 갖추고 있도록 기대
되어 있다 (1954:35).

이런 기대들은 아칸족의 사회에서는 서서히 음악가의 특수한 의무로 변
하고 있다. 폴리네시아에 관해서 유사한 정보가 Firth (1939:229)와
McLeod (1957:120)에 의해 제시되어 있다. 그러나 일반적으로 이런 성질
의 의문에 대한 대답들은 문헌 속에서는 별로 눈에 띄지 않는다.

　　음악가의 행동에 관한 가장 복잡하고도 매력적인 측면들 중에 음악가
의 사회적 지위에 ─ 스스로 보는 것과 사회의 나머지 사람들의 판단으
로서 ─ 관한 문제가 있다. 역시, 민족 음악학의 문헌에는 이 문제에 관한
주의 깊은 연구가 비교적 적은 듯하지만, 그 재료 모두가 음악가의 지위
는 최고위의 것으로부터 최하위의 것까지 두루 위치해 있음을 보여 준
다. 그렇지만 이 문제는 겉보기보다는 복잡하다. 왜냐하면 적어도 몇몇
사회에서는 ─ 아마도 문헌이 명기하고 있는 것보다 더 많은 사회에서 ─
음악가의 지위는 높다든가 낮다든가 하는 단순하고도 명쾌한 위치에는
있지 않기 때문이다. 우리는 이미 Richardson·Roberts·Thurow의 언명
에 주의를 환기한 바가 있다. 그들은 모두, 그들이 관심을 갖는 특수 사
회의 음악가는 규정할 수 있는 지위를 거의 가지고 있지 않으며, 노래나
연주를 바치는 상대측으로부터 제시된, 말하자면 한정된, 유형의 성질을
지닌 경의를 받는 데 그친다고 보고한다.

　　그렇지만 음악가에게 높은 지위를 준다고 하는 매우 명백한 보고도 몇
개가 있다. 나이제리아의 이보 (Ibo)족 사이에서는 하고 Basden은 말한다.

어떤 명성을 얻은 독주자, 특히 awja와 ekwe의 주자는 대단한 경의
를 받는다. 그들의 연주는 사람들의 요구를 받고서 하며 보수는 일반
적으로 아낌없이 준다. 재능이 인정되고, 많은 예술가들이 아주 인기를
얻게 된다. ······ 옛날 영국에서 음유 시인이 받던 것과 같은 정도의 영
예를 이보족 합창단의 지도자가 받는다 (1921:190).

Gbeho는 가나 일반에 관해서 말하는 가운데 <음악가들은 존경심을 가
지고 대우되며, 그들은 사람들에게 엄청난 영향을 준다> (1952:31)고 말
한다. Rattray (1923, 1954)와 Nketia (1954)는 다 같이 아샨티 (Ashanti)
족의 고수의 지위와 특권에 관해 해설하고, 고수는 신에 가까운 존재로
여겨지고 있으며 따라서 권위와 존경심을 가지고 대우를 받게 마련이라
고 기록한다. 브라질의 바히아 (Bahia)의 의례에서는 고수들은 <존경받
고 있다> (1944:477)고 Herskovits는 말하고, 또 Albert B. Lewis는 멜라
네시아 문화를 개괄 <콧노래 (humming)를 수반한 낭창 (朗唱)과 합창
은, 최근의 일을 즉흥적으로 설명한 경우가 종종 있는데, 이런 종류의
명창에게는 경의를 표한다> (1951:169)고 보고한다. Roberts &
Swadesh는 누트카 (Nootka)족의 명창의 구실이 <대단히 명예로운 것>
(1955:03)으로 생각되고 있으며, 그 밖에도 유사한 예들을 들 수 있을 것
이라고 기록한다. 그렇지만 이같은 기술에서 <존경>이니 <숭배>니 하
는 말이 무엇을 뜻하는지 정확히 알기는 종종 곤란하며 사태는 겉보기보
다 훨씬 복잡하다는 것이 예상된다.

사회에서 낮은 지위에 있는 음악가들의 예는 문헌에서는 훨씬 적다.
그리고 이같은 경우에 음악가에 대한 태도는 이율배반적이 아닌지, 그리
고 다른 사람들 사이에서는 허용되지 않는 행동이 그들에게는 용인되거

나 적어도 묵인되는 그런 특수한 입장에 음악가들은 사실상 서 있는 것이 아닌지, 그 여부에 관한 명료한 의문이 있다. 즉 음악가에게는 사회 전반에 끼치는 그 중요성 때문에 다른 사람들에게는 주지 않은 혹종의 특권을 허락하는 특별한 사회적 지위가 부여되어 있는지도 모른다는 말이다. 이 가설에는 트로브리안드(Trobriand) 군도의 한 가수의 행동과 그 결과를 다룬 Malinowski의 보고서를 통해 접근할 수 있다.

오코푸코푸(Okopukopu)의 Mokadayu는 유명한 가수였다. 그 직업에 못지 않게 여성 관계에 있어서도 성공했다. 원주민이 말하는 바에 의하면, <그의 목은 wilu(음문)에 비슷한 긴 통로가 있고, 두 개의 음문이 서로 당기고 있기 때문이다>. <아름다운 목소리를 가진 남자는 여자를 대단히 좋아할 것이며, 여자들도 그 사람을 좋아할 것이다>. 어떻게 해서 그가 Olivilevi의 수령의 아내들 전부와 잠을 잤는가, 어떻게 해서 여기저기서 기혼 여성들을 건드렸는가, 이 문제에 대한 많은 이야기가 전해져 온다. 잠시 동안 Mokadayu는 영매(靈媒)로서 화려하게 그리고 대단히 결실이 좋은 인생을 보냈는데, 터무니없는 현상이 그의 오두막집에서 일어났다. 온갖 고가의 물건들이 물질성을 잃고서 영계로 들어가고 있었다. 그러나 폭로되고 말았다. 물질성을 잃은 물품들은 단지 그의 소유물이 되어 있었다는 것이 증명되었던 것이다.

다음에 그가 누이동생과 근친 상간을 하는 극적인 사건이 일어났다. 그녀는 대단히 아름다운 아가씨로, 트로브리안드 군도민으로서 당연히 수많은 애인을 가지고 있었다. 그러나 돌연 그녀는 사귀던 모든 사나이들에게 몸을 허락하는 것을 그만두고 정숙해졌다. 부락의 젊은이들은 그녀로부터 딱지를 맞았다는 것을 서로 고백, 사태를 밝히려고 결심했다. 특권적인 상대가 누구이든지 간에, 그 장소는 그녀의 양친의 집에서 펼쳐지고 있음에 틀림없다는 것이 이내 분명해졌다. 양친이 부재중인 어느날 밤, 버림을 받은 연인들이 짚으로 둘러싸인 담 구멍을

뚫고서, 거기서 바라다본 광경은 그들에게 대단한 충격을 주었다. 오라
비와 누이는 현행범으로 붙들렸다. 추잡한 소문이 부락에 퍼졌다. 예전
이라면 죄를 범한 두 사람은 자살로 끝났을 것임에 틀림없었다. 오늘
날은 그 두 사람은 용감하게도 그것을 극복할 수 있었으며, 그녀가 결
혼해서 그 부락을 떠날 때까지 다시 수개월간을 함께 살고 있었다
(1925:203).

이 문장에는 두드러진 점들이 숱하게 보인다. 첫째로 이 음악가는 분
명히 트로브리안드 군도민이 보통으로는 용인할 수 없는 행동에 빠져 있
었다. 그는 도둑·사기꾼·간부·그리고 최악의 것으로는 사람의 눈을 숨기
고서 근친 상간을 했고 발각된 후에도 공공연히 그걸 계속했다. 그러나
동시에 그 사회는, 그의 행동에 대해 변명의 준비가 되어 있었던 것 같
다. <그의 목은 wilu(음문)와 비슷한 긴 통로가 있고, 두 개의 음문이 서
로 당기고 있다>고 말하고 있는 데서 적어도 그 음악가는 다른 사람들
에게 공인되어 있는 방법과는 다른 어떤 방식으로 행동한다는 것이 기대
되고 있었던 것처럼 보인다. 대단히 중요한 것은 Mokadayu가 죄악에 대
한 형벌을 모면하는 것이 표면상 허용되어 있었다는 사실이다. 적어도
Malinowski는 아무런 처벌도 언급하고 있지 않다. 단 하나의 간단한 예
를 가지고 일반화를 한다는 것은 불가능한 노릇이지만, 이 예의 경우, 가
수의 구실은 사회에서 보통으로는 허용되지 않은 방식으로 행동하더라
도 벌을 받지 않는다는 혹종의 특권을 수반하고 있는 모양이다. 그러므
로 음악가에게 허용되고 있는 특권이라는 점에서 본다면, 그는 상당한
사회적 희생을 치루더라도 사회에서 보유하고 있지 않으면 안될 만큼 각
별히 중요한 인물이라는 가정이 성립할 것이다.

음악가의 구실·지위·행동에 관한 이러한 일반적 상황은 바송귀족의

습관에도 강하게 투영되어 있다. 바송귀의 인포먼트들은 — 음악가나 비음악가나 다 같이 — 낯선 사람에 대해서, 음악가 및 낮은 지위를 나타내는 그의 행동에 관한 하나의 고정 관념을 보여 준다. 음악가들은 사회에서 웃음거리의 표적이다. 게으름뱅이·술주정꾼·채무자·불능자 (이것은 대단히 불명예스럽고 굴욕적인 상태이다)·마약 흡연자·연약자·간통자·그리고 불쌍한 결혼 실패자로 간주된다. 음악가들은 오로지 음악을 위해서만 존재하고, 인생의 다른 측면들은 그들에게는 중요하지 않다고 바송귀 사람들은 느낀다. 남자와 여자, 직업적인 음악가와 비직업적인 음악가, 음악가와 비음악가 — 모든 사람에게 질문했더니, 자기 아이가 음악가가 되는걸 바란다고 말한 사람은 단 한 사람밖에 없었다 — 로 구별하고 음악가를 부정적으로 바라본다. 이런 부정적인 태도가 나오는 이유는, 음악가들이란 이리저리 부려먹을 수 있는 인간이라고 여겨지고 있기 때문이다. 자기를 위해서가 아니라 다른 사람들을 위해 일을 한다. 그러므로 그들은 명사 중에서도 최하위의 지위에 있는 *lukunga* (부락의 심부름꾼)와 흔히 동등하게 취급한다.

고정 관념이라는 것이 정확한 것이 아님은 주지의 사실이지만, 부락의 네 음악가들의 경우, 그 성격은 놀라울 만큼 그 관념에 일치해 있었다. 네 사람은 모두 분명히 게으름뱅이·술주정꾼·불쌍한 결혼 실패자로 여겨진다. 그 중 한 사람은 그 부락에서는 유례를 볼 수 없을 만큼 다액의 빚쟁이이자 동시에 불능자로 알려져 있는 홀아비며, 또 한 사람은 허약한 체력 탓으로 항시 웃음거리가 되고, 아내에게 힘든 노동을 시키는 게 좋으냐고 종종 사람들이 빈정대곤 했다. 적어도 한 사람 (어쩌면 두 사람)의 음악가는 마약 흡연자며, 적어도 두 사람은 간부로 알려져 있었다.

이리하여 사실들은 상당한 정도까지 고정 관념에 들어맞는다.

정상적인 바송귀인으로서의 규율을 깨뜨리는 이런 음악가의 행동에 접해서 떠오르는 의문은, 어째서 부락 사람들은 그들의 존재를 허용해야 하느냐 하는 점이다. 실제로 그런 돼먹지 못한 엉터리는 추방되어야 한다고 우스개로 제안했더니, 그 반응은 대단히 심각했고, 정말 공포조차 느끼는 것이었다. 음악가가 없는 부락에서는 떠나간다고 말했다. 이 반응을 가볍게 보아서는 안된다. 개인을 부락에 결부시키고 있는 혈연과 경제의 기반을 절단하기란 대단히 곤란한 일이기 때문이다. 사실상 음악가가 없는 부락은 불완전한 것이다. 사람들은 노래를 부르고 춤을 추고 싶어한다. 많은 중요한 부락의 활동이 음악가 없이는 도무지 해나갈 수 없다. 부락 사람들은 이구 동성으로 음악가들은 지극히 중요한 사람들이라고 설명한다. 그들이 없으면 인생은 견디기 어려운 것이 될 것이다. 그리하여 바송 귀족 사이에서 음악가들에 대한 태도는 이율 배반적이다. 한편으로는 그들은 혹사당하고, 그들의 가치와 행동은 사회 안에서 타당하다고 여겨지는 바와는 일치하지 않는 사람들이다. 다른 한편으로는 부락에서 하는 그들의 구실과 기능은 너무나도 중요해서, 그들이 없는 생활은 생각할 수 없다.

이 상황이 지니고 있는 의미를 바송귀의 음악가들도 알아차리고 있다는 것을 나타내는 증거는 상당히 있다. 어째서 부락 사람들이 한 사람의 특정 음악가에게 계속 돈을 빌려주는지 이해하기 어려운 점이 현지 상황에서 종종 있었다. 왜냐하면 되돌려 받는다는 것은 대단히 드물고, 누구나 그걸 알고 있기 때문이다. 그럼에도 불구하고, 꾸는 쪽은 조용하게 그리고 자신 있게 사람들에게 돈을 꾸어줄 것을 요구, 그걸 받아내는 것이었다. 사실, 그는 끊임없이 호되게 잔소리를 들었으며, 번 돈을 몽땅 주머니에서 탈취 당하는 수도 가끔 있었지만, 다시 더 돈을 꾸는 데 특별히 곤란을 느끼지는 않았다. 그렇지만 그는 Baisongye와 Otetele라는 비의적인 말의 결합을 요구대로 사용해서 부락 남자들의 이름을 찬미하는 노래를 부를 수 있는 부락의 유일한 인물이었다. 의식적이건 무의식적이건, 그는 이 사실을 알고 있었으며, 부락 사람들도 마찬가지였다. 그는 음악가였으며 위의 기능에 있어서는 전문적인 사람이었고, 그래서 그의 행동은 허용되는 것이었다.

사실, 적어도 이 바송귀족의 부락에서는 음악가의 구실은 이상한 것으로 여겨지고 있었다. 그리고 정상적인 것이 크게 강조되는 사회에서 그것과는 비교적인 또 하나 다른 구실이 있었다. 이것은 평원 인디언 사회의 *berdache*에 얼마간 유사한 *kitesha*였다. 바송귀족 사이에서 *kitesha*는 여자의 구실을 함으로써 남자의 책임을 면하고 있었다. 동성애는 그 행동에 결부되어 있지 않다. 음악가도 다 같이 보통 사람에게는 허용되지 않는 방식으로 행동하는 것을 허용하는 구실을 사회에서 하고 있는 것이다. 음악가 지위는 낮지만 따져놓고 보면 아주 두드러진 중요 인물이다. 정상적인 행동의 범위 밖에 그를 세워 놓는 구실을 하는 것이 허용되며, 그것에 편승하는 것도 허용된다. 그가 너무 지나치게 나가는 경우라도, 처벌은 하지 않을 것이다. 이를테면 직업 음악인이 부락을 방문해서 그 부락의 대단한 유력자의 아내와 간통했다고 치더라도 화난 남편한테도 용서를 받고 그의 방랑의 길은 계속할 수 있을 것이다.

사회에서 허용되고, 음악가도 그것에 편승하는 일탈된 행동을 수반한 낮은 지위이면서도 중요도는 높다는 그런 패턴은, 아마 상당히 광범위하게 퍼져 있으며, 세계의 광역에 걸쳐 음악가의 행동을 특징짓는 몇 가지 중의 하나일 것이라는 사실을 암시해 주는 증거가 있다. 바송귀족에서 유명한 이 패턴에는, 미국의 재즈 음악가들의 모습이 단순한 우연 이상으로 투영되어 있다. 그들은 게으름뱅이·주정꾼·빚쟁이·마약 상용자·허약 체질자·간통자·불쌍한 결혼 실패자로 종종 여겨지고 있다. 이 고정 관념은 대개의 경우 언제나 그렇듯이 현실을 넘고 있으며, 재즈 음악가에 관한 상황이 현재 유동적임에도 불구하고 그전의 연구들은 이러한 행동을 하나의 사는 방식으로서 움직일 수 없는 성격이라고 보는 경향을 취했다. 재즈 음악가도 마찬가지로 그의 이 사회적 지위를 의식하고 있으며, 그 자신도 그것에 편승해서 혹종의 일탈된 행동에 빠지고 있다고 믿을 이유가 있다. 재즈 음악가와 그 숭배자들로 이루어진 재즈 커뮤니티 (Merriam & Mack 1960)라 일컬어져 온 것 가운데서는 이같은 상태를 일탈한 행동은 용서받을 뿐더러 찬양도 받으며, 그 음악의 중요성도 높아진다. 그렇지만 이 경우 사회 일반은 바송귀족의 사회처럼 감명을 받고 있지는 않으며, 음악가라도 이를테면 마약 탐닉자 따위는 엄한 징벌을 받았다. 이것은 작은 미분화의 사회와 큰 분화된 사회의 차이에서 연유하는 것이라고 해도 좋을 것이다. 가령 재즈 커뮤니티를 비교의 대상으로 한다면 그것은 전반적으로 보아 미국의 사회보다는 훨씬 바송귀 사회에 비슷한 집단을 형성하고 있기 때문에, 음악가에 대한 태도나 음악가로서의 일반적 패턴에서도 매우 고도의 유사성을 보이고 있다.

민족 음악학의 문헌에 보이는 유사한 성질의 또 다른 예로서, 아프리카 세네감비아 (Senegambia)의 그리오 (griot)나 게웰 (gewel)의 카스트를 들 수 있다. 비록 엄밀한 명칭은 다르다 하더라도 그리오에 관해 쓰는 사람들은 모두 일치해서 그들의 사회적 지위를 낮다고 한다. 이를테면 월로프 (Wolof)족에서의 <사회 계급의 계층 제도>에 관해 말하는 Gamble은 사회를 세 가지 커다란 집단으로 나눈다. 하나는 자유로운 신분으로 태어난 사람으로 다시 왕족·귀족·지주로 나눈다. 또 하나인 <저 계층 집단>은 대장장이·피혁 세공인·<제 자랑을 일 삼는 사람>·음악가 등을 포함한다. 세 번째의 노예는 마찬가지로 두 개의 2차적 집단으로 나누어지는 계층이다 (1957:44). Bodiel은 월로프족의 자유로운 신분으로 태어난 사람·장신구상과 대장장이·구두 직공·직물 직공·마지막으로 그리오가 포함된 계급 다섯 개의 계급을 든다. 그는 노예를 계급 조직 외의 사람들로 본다 (1949:12). Gamble도 Bodiel도 중요도가 높은 자로부터 차례로 계급을 들고 있으나, 아무리 분류가 세밀하다 하더라도, 이 두 사람을 포함해서 그 밖의 권위자들 모두가 그리오는 노예를 제외한 최하층에 위치한다는 데 의견을 같이 한다. 이 지위는 사회 일반이 그리오에 부과하고 있는 매장의 습관에 의해 강조된다. Gamble에 따르면, 만약 그리오의 시체가 대지에 매장된다면 <수확이 되지 않고, 물고기는 죽는다>(p. 45)고 다른 계급 사람들이 믿고 있으며, 그러므로 그리오의 유체는 바오밥나무의 텅빈 줄기에 <매장>된다는 것이다. 바오밥나무에서 발견된 그리오의 것으로 추정되는 상당량의 두개골 모양의 것들은 근래 세네갈에서 조사의 대상이 된 바 있었다 (Mauny 1955).

   월로프 사회에서 그리오의 높은 중요성에 관해서는 역시 상당한 증거가 있다. Gorer는 다음과 같이 쓴다.

   그리오들은 전통적으로 가족들에 부속해 있다. 그들은 도화사나 풍

각쟁이 가족이며 …… 그 임무는 함께 있는 자들을 계속 즐겁게 하는
일이다. 그들은 음영 시인 가족이기도 하며 그 집안과 국가의 역사를
배우고 암송한다 …… 그들은 그 집안의 주술사이며 모든 의식에 출석
할 의무가 있고, 그 조언은 채택되지 않으면 안된다. 그들은 신생아를
받는 최초의 사람이요, 사체에 손을 대는 최후의 사람이다. 그들은 보
호자에게 증여된 거의 모든 선물의 사실상의 수취인이다. 그들은 젊은
사람들의 정신적인 선생이요 지도자이기도 하다 …… 그들은 죽음을
애도하는 자나 의기 소침해 있는 자를 음악이나 노래로 위로한다. 그
들은 공석에서 그 집안 사람들의 장점이며 성공이며 재산을 노래하는
그 집안의 정식 자랑꾼이다. 그들은 가장 비천한 하인보다도 신분은
더욱 낮으나, 종종 주인보다도 돈을 더 많이 가지고 있으며 권력도 더
가지고 있다 (1935:55 – 56)

   그리오들에게는 사회의 다른 사람들에는 허용되지 않는 방법으로 행동
하는 것이 허용된다. Gamble이 기록한 바에 의하면, <옛날, 게웰 (gewel)
은 적대하는 행동만 보이지 않는다면, 누구나 깔보고 모욕적인 언사도 사
용할 수 있는 권리를 가지고 있었다. 그들이 행한 찬양에 대한 보수가 마
련되어 있지 않거나 불충분하다고 여겨지는 날에는, 곧잘 안면을 싹 바꿔
거리낌없는 악담을 퍼부어 대는 바람에, 그들은 대단히 두려운 존재가 되
었고, 보통 상당한 재산을 축재하고 있었다. 옛날의 그들은 술주정·음탕
으로 유명하며, 오랫동안 이슬람교에 저항하고 있었다> (1957:45). 다른
곳에서 Gamble은 다음과 같이 덧붙인다. 게웰은 <원하는 대로 행동하고
지껄이는 최대한의 자유를 가지고 있다. 낮은 계층 집단 여자들은 터무니
없이 난잡하게 행동하고 음담 패설을 하며, 춤을 출 때는 음난한 행동과
태도를 보이므로, 그것으로 월로프족의 춤은 유명하다> (p. 75). 다음에
보이는 것은 1882년에 쓴 Bĕrenger – Fĕraud의 기록이다.

　그리오는 그를 맞아 주는 사람이라면 누구라도 이용하고, 달라붙어 여러 이익을 챙기고 수익을 늘린다. 그는 어디라도 갈 수 있는 특권을 가지고 있다. 전시에도 한 진지에서 다른 진지로 거리낌없이 갈 수 있다. 적대하는 두 부족 사이에 있을 때는 후의를 손에 넣기 위해, 양쪽에 서서 그 부족에게 은혜를 베푼다 …… 그는 저쪽 진영, 이쪽 진영에, 그리고 무엇보다도 그에게 가장 많은 포상을 주는 진영에 갖가지 정보를 제공한다. 그 정보에 의해 종종 그 진영이, 전쟁 때와 마찬가지로 평화시에도, 그리오의 가장 힘센 벗이 된다 (1882:276).

Bĕrenger‑Fĕraud는 또한 그리오들이 조소를 통해 주민 전체에 끼치는 위력을 재강조함과 동시에, 높은 정치적 중요성도 지적하고 있다.

　그리오의 패턴은, 바송귀족의 음악가나 미국의 재즈 음악가를 특징짓고 있는 행동을 기본으로 한 하나의 변형임은 분명하다. 그리오에 있어서는 거의 모든 양상이 더욱 크게 강화되어 보이지만 말이다. 그리하여 그리오들은 일정한 카스트를 형성하고 있는데, 비록 바송귀족의 음악가나 미국의 재즈 음악가의 지위가 일반적으로 하급이라 하더라도, 그들에게는 해당되지 않는다. 그리오들의 중요성도 더욱 높은 것 같고, 일탈된 행동도 한층 눈에 띠며, 일상 생활에서 그들의 위력을 더욱 강력한 듯하다. 그렇지만 이것들은 종류의 문제라기보다 정도의 문제며, 대체로 양자의 패턴은 매우 유사하다.

　마지막 예는 위의 것보다도 약간 명확성이 모자라기는 하나 폴리네시아의 아리오이 (Arioi) 집단에 관한 것이다. William Ellis (1883)와 같은 초기 연구자들은 아리오이에 관해 <일종의 유랑 연예인들로, 매일 무언극을 연행하면서, 이 섬에서 저 섬으로 이 지방에서 저 지방으로 건너다니며, 도덕상의 악영향을 사회 전체에 퍼뜨리고 있는 천하의 방랑자들>

(Ⅰ:182)이라고 기술했다. Williamson과 같은 후기의 연구자들은 아리오이 사회의 <부정적인> 측면에는 중점을 두지 않고, 그 집단이 입각해 있는 종교적인 기반을 강조하는 경향이 있었다. 아리오이 집단이 낮게 평가되고 있는지 어쩌는지를 확인한다는 것은 곤란하나, 그 성원의 행동이 상궤를 벗어나고 있다는 것을 보여 주는 많은 증거가 있다. 그들은 타인의 재산에 대해 일견 아무 고려도 하지 않으며, 저항도 받지 않고서 원하는 걸 손에 넣었다 (Williansom 1939:127). 그리고 그들의 이상한 성 행동은 연대기 편찬자들에 의해 끊임없이 기록되었다 (pp. 130‒32). 동시에 그들은 사회 전반에 대해 상당한 중요성을 지니고 있는 것 같으며, <생일·결혼식·임금의 대관식·전쟁에 관련된 혹종의 의식 등 큰 축제와 의례에 즈음해서 역할을 하고 있었다> (pp. 126‒27)고 Williamson은 쓴다. 따라서 이와 관련된 증거는 다른 경우만큼 그렇게 강력하지는 않으나 아리오이도 지위는 낮고 중요도는 높다는 일반적인 패턴에 해당되는 듯하다.

이와 같이 지위는 낮고 중요도는 높으나, 이상한 행동을 해서 그걸 악용하는 그런 패턴은 반드시 모든 사회의 음악가들을 특징짓는다고는 말할 수 없지만, 세계 속에 놀라울 만큼 분포되어 있는 수많은 집단의 기본 구조로 보인다. 그 밖의 패턴들이 나타나는 것도 생각할 수 있겠으나, 이 패턴은 분명히 중요하다. 더욱 더 조사를 거듭함으로써 그 사회적 의의는 물론 지리상의 범위도 분명하게 되었으면 싶다. 음악가의 행동에 관해서는, 동료 음악가들과 함께 형성하는 하나의 명확한 사회 집단을 포함하는 사회에서 그가 어떤 지위를 차지하는가를 이해함으로써 더욱 많은 확증을 얻는다. 이같은 사회 집단이 모든 사회에 있다고는 말할 수 없다고 이미 지적한 바 있다. 그러하여 북아메리카 인디언들 사이에서는 음악가의 특별한 사회 집단은 어떠한 종류의 것이든 거의 눈에 띄지 않는 듯하다. 그렇지만 세계의 다른 지역에서는 특별한 집단이 형성되고 갖가지 방책을 통해 사회 전반으로부터 구별되고 있다.

바송귀족 사이에서는 사회 집단 그 자체의 존재를 나타내는 증거는 거의 눈에 띄지 않는다. 단지 그 공동체 내의 음악가의 수가 너무 적기 때문이다. 그래도 음악가는 그의 행동에 의해 그리고 음악가 자신과 사회 전체가 음악가에 대해 품고 있는 고정 관념을 통해서, 주민으로부터 구별되어 있다는 것은 분명하다. 그리하여 바송귀족 음악가들은 하나의 뚜렷한 사회 집단을 만들고 있는 셈이지만 그 규모 때문에 그다지 중요성을 띠고 있지 않을 뿐이다. 그렇지만 커다란 사회 안에서 조직된 소집단의 특성은 사회의 구성원 안에서 만들어진 구별에 의한 계층 구조라는 것을 지적해야 한다. 이것이 바송귀족의 음악가들에도 해당된다는 것은 <직업> 음악가의 계층 상호간의 승인된 등급에 의해 증명된다.

두드러진 사회 집단의 예로서 더욱 명료한 것은 그리오다. 이미 본 바와 마찬가지로, 그들은 큰 사회 안에서 언제나 하나의 카스트라고 여겨지고 있다. 이 집단 형성은 그리오 이외의 사람들로부터 부과된 일견 동족 결혼 (同族結婚)과 같은 상태에 의해 강화된다. 이를테면 Gorer같은 사람은, <그리오는 특수한 카스트를 형성하고, 어떠한 경우에도 그리오 이외의 사람과는 결코 결혼하지 않는다. 그들은 모든 종교로부터 배척당하고, 성별 (聖別)된 대지에 결코 매장될 수 없다. 그 신분은 세습적이며 그리오의 자식들은 이민하지 않는 한 다른 직업에 종사할 수 없다. 그들은 다른 주민으로부터 약간 불가촉 천민적 (不可觸賤民的)으로 경시되고 있는 것이다> (1935:55)라고 말한. 그리고 Gamble은 <게웰 이외에

는 누구도 전통적인 악기를 연주하지 않을 것이다〉(1957:45)라고 덧붙이고, Nikiprowetzky는 그리오가 〈언제나 공포와 멸시의 감정을 불러일으켰다〉(1962:n. p.)라고 기록하고서, 그들의 고립된 상태를 강조한다. Bĕrenger–Fĕraud도 그리오의 카스트가 가수와 〈기타〉 또는 〈바이올린〉의 주자와 고수를 포함한 세 개 그룹으로 2차 분류되어 있다는 것에 주목, 이것들의 내부 집단 자체가 특권이나 중요도가 높은 쪽으로부터 차례로 계층을 형성하고 있다는 것을 시사했다(1882:268–69).

상세한 정보가 입수 가능한 음악가 집단 가운데서는 미국의 재즈 음악가가, 문헌에 알려져 있는 것처럼, 아마 견고하고 폐쇄적인 집단을 일찍이 형성한 적이 있었다. 이 재즈 커뮤니티를 두드러지게 하고 있는 것은, 직업인만이 그 집단을 구성하고 있는 것이 아니라, 애호가들도 여러 가지 비율로 포함되어 있다는 사실이다. 그 집단을 특징짓고 있는 두드러진 행동 양식은 분명히 하나의 중심적 지향을 에워싸고 있는 것이며, 즉 사회 전체로부터의 고립 — 심리적·사회적·육체적으로 한결같이 고립되어 있다는 것과 관계가 있는 듯하다. 재즈 음악가와 그 애호가들은 서로 의지해서 모여서 반사회적인 태도를 취하고 물리적으로 스스로를 사회로부터 떼어내 버리는 경향이 있었다. 이런 일반적인 행동은 중요한 세 가지 원인에서 파생한다. 〈(1) 세상 일반으로부터 재즈나 재즈 음악가가 거절되고 있다는 점, (2) 좋아하거나 좋아하지 않거나에 상관없이 재즈 음악가는 그 직업의 성질상 세상으로부터 고립되고, 그 애호가 집단도 그와 교제하고 있는 까닭에 마찬가지로 세상으로부터 고립된다는 사실, (3) 직업적 성질상 음악가는(관련에 의해 그의 청중도) 그의 예술의 본질에 관한 딜레마에 직면해 있다. 즉 그가 생각하고 있는 방식에 따르면,

음악가는 창조적인 예술가인 동시에 상업적인 오락 제공자 (entertainer) 인 것이 기대되어 있다. 사회적 신분에 관해 말하자면, 이것은 혼란을 초 래하는 상반된 역할이다> (Merriam & Mack 1960:213). 재즈 커뮤니티 는 수많은 주목할 만한 특징에 의해 더 한층 눈에 띄게 되어 있으며, 그 특징 대부분은 집단의 고립을 일층 조장하는 것이 되어 있다. 특징 중에 는 특수한 말이나 인사·칭호·복장 등을 사용하는 일도 포함되며, 또 동 료끼리 교환되는 이야기의 줄거리도 있다. 요즘 수년 사이에 변화는 하 고 있으나 적어도 그전에는 인종에 대한 편견은 존재하지 않았다. 역시 변모하는 경향이 있지만, 강렬한 즉흥 재즈 연주회가 있으며, 그밖에도 몇 가지 특징이 있다. 집단의 성원이 품고 있는 가치관의 형성에 관한 것의 하나로는 특수한 사회 집단 그 자체의 성질이 있다.

> …… 국외자의 입장에서 본다면, 재즈 커뮤니티의 구성원은 우리 문 화에서 <좋다>고 일반적으로 생각되고 있는 것들 중 많은 것을 집요 하게 거부하는 이상한 인생을 보내고 있으며, 세상에서 고립해서 무시 무시한 모습을 보이나 재즈 연주자와 그 헌신적인 추종자들로서는 이 야말로 많은 보상에 가득 찬 그럴 듯하고 만족이 가는 인생인 것이다. 이러한 보수가 자기 집단 자체로부터 온다는 사실은 아마 무엇보다도 만족감을 불러일으키는 일일 것이다. 왜냐하면 그가 정당하다고 여기 는 것은 그들의 판단이며, 그들의 인생을 형성하는 것이 그들의 말이 기 때문이다. 그 자신이나 그의 동료에게 재즈 음악가는 창조적인 예 술가며, 그들의 창조의 만족과 스릴에 완전히 참여하고 있는 것이다. 따라서 그 자신의 말에 의하면 그의 인생은 풍부하고 결실이 있다. 그 들만의 특수한 창조성의 인생 중에서도 가장 중요한 것이라고 스스로 판단하고 있기 때문이다 (Merriam & Mack 1960:220).

Kolaja & Wilson이 역시 미국 사회에서의 화가와 시인의 고립을 역설한 것을 재즈 커뮤니티와 관련해서 거론해 보는 것도 좋을 것이다. <그 차이가 무엇이었든지 간에, 그림도 시도 다 같이 미국의 화가나 시인이 오늘날 처해 있는 그들 자신의 전문화된 지위를 증명하는 것이다. 이 전문화는 또 현대 미국의 그림과 시에 의미깊게 투영되어 있는 고립의 감각을 가져다준다는 것이 우리의 의견이다> (1954:45).

Williamson에 따르면 아리오이 집단은 사회 전체로부터 분리됨으로 해서 한층 두드러져 있다. 그 집단의 강력한 내부 구조는 물론이요 그들이 하는 특수한 구실이나 구성원의 행동이 그 증거를 마련해 준다. 일곱 가지 다른 등급들이 저마다 고립되어 있으며, 지원자는 특수한 적성 기준에 바탕을 둔 일련의 대단히 엄밀한 입회 의례를 거치는 것이 요구된다 (1939:114-21).

이만큼 상세하지는 않으나, 세계의 다른 지역에서 얻는 증거도 마찬가지로, 음악가가 배타적인, 혹은 적어도 사회적으로 승인된 집단을 형성하고 있다는 걸 지적하고 있다. 그리하여 바히아의 니그로 (Afro-Bahian)의 고수에 관해 Herskovits는 <고수들은 자기네들 자신의 집단을 형성하고, 서로의 능력을 인정해 주는 직업적인 경의와 친애를 가지고 상대편을 본다> (1944:489-90)라고 쓴다. 그는 또 그들은 음악가의 경기회는 물론 자기네들만의 개인적인 이름을 가지며, 음악의 미세한 점에 관한 특별한 지식을 서로 나누어 가짐으로써 상호간에 결속되어 있다는 사실도 덧붙인다. 그리고 아칸족의 사회에서는 고수를 나타내는 특별한 행동과 신분이 있는데다가, 그들은 특수한 지역에 살고 있는 듯하다는 것을 Nketia가 기술한다.

고수의 전통적인 주거지, 즉 그의 가족이 사는 도시의 한 구역은, akyerɛmade라고 칭하고, 이 지역에서 사는 사람들은 …… akyere-madefɔ, 곧 고수 집단이라고 간주되고 있다. 근대에 설정된 것이기는 하지만, 그 지구에는 고수가 아닌 사람들도 살고는 있다. 그렇지만 모든 고수가 거기서 살고 있는 것도 아니다. 많은 주에서는 고수 집단은 수도의 위성촌에 살며 이러한 부락들은 특정한 집단들과 결합되도록 마련되어 있다 (1954:39).

음악가가 하나의 집단으로서 분리될 수 있듯이, 음악이나 음악적 행동도 사회에서 어떤 특정 집단의 신원 확인을 위해 사용될 수 있다. 이를테면 Crowley는 <트리니다드 섬은, 십대 젊은이의 동료 안에서의 지위가 그의 음악 기술에 의해 결정된다는 점에서 서구 사회에서는 아마 유일한 장소일 것이다. 그 결과, 도시의 반수 이상의 트리니다드 청년들은 다른 동료들에게 비판당하는 일이 없을 만큼 솜씨 좋게 스틸 드럼 (steel drum)을 연주할 수 있다> (1959b:34)고 지적한다. Coleman은 미국에서 청년기 사회의 일부를 이루고 있는 것으로서의 음악에 관해서 자주 말한다.

오늘의 고등학교와 같은 제도가 사회의 다른 부분에서 완전히 유리되어 존재하는 것만으로는 충분하지 않다는 듯이 그 밖에도 이런 분리를 촉진하는 것들이 있다. 이를테면 청년층은 하나의 중요한 시장이 되고 그들만을 위해 특별한 오락이 제공되어 있다. 그 중에서 대중 음악이 가장 중요한 것이다 …… 로큰롤 (rock and roll)은 소년에게도 소녀에게도 대단히 인기가 있다 …….
이를테면 청년층에 엿보이는 대중 음악에의 쾌락주의적 지향만큼 두드러진 것은 따로 눈에 띄지 않는다 …….
음악과 춤은, 청년이 더욱 간단하게 이성의 패거리와 만나서 즐길 수 있는 상황을 마련해 주는 것이다 ……. (1961:4, 22, 126, 236).

음악을 하나의 수단으로 해서 서브 컬춰의 신원을 확인하는 것은 물론이요, 음악에 기반을 둔 서브 컬춰를 형성하는 것이 무문자 사회에서나 서양 사회에서나 다 같이 상당히 널리 퍼져 있는 듯하며, 음악가의 특수한 행동과 구실도 마찬가지로 널리 분포되어 있다. 만약 음악가의 행동을 하나의 인간 현상이라고 이해한다면 이같은 문제들은 대단히 중요한 것이 된다. 세계의 어느 지역에서, 어느 정도, 음악가가 되기 위한 필요 조건은 무엇인가? 그 사회에서는 무엇이 직업을 성립시키고 있는가? 음악가의 구실은 부여되는 것인가, 아니면 획득되는 것인가? 그리고 음악가가 되기 위한 필요 조건은 무엇인가? 그의 사회 신분은 무엇인가? 지금까지 논의되어 온 구실과 신분의 패턴은 우리가 현재 생각하고 있는 것보다 더욱 광범위하게 적용될 수 있을 것인가? 음악가란 누구를 말하는가, 어떻게 그는 행동하며, 사회는 그를 어떻게 생각하고 있는가, 어째서 이런 양식들이 출현했는가? 이것들은 음악을 인간의 행동으로서 철저하게 이해하기 위한 대단히 중요한 의문들이다.

음악가가 어떤 특수한 사회적 행동 탓으로 두드러지게 되듯이, 그 청중도 같은 상태에 있다는 것에는 주목할 일이다. 청중의 육체적 반응에 대해서는 이미 논했거니와, 청중의 행동 역시 음악이 행해지고 있는 사회적 상황의 성격에 의해 형성된다. 그리하여 예컨대 Blacking이 아프리카의 벤다 (Venda)족에서의 청중의 행동에 관해 다음과 같은 발언을 한다.

　　따라서 이니시에이션 (성인 의례)에서의 음악에 대한 반응은, 청중의
　　연령·성별·사회적 지위에 따라 상당히 변하게 마련이다. 이를테면
　　tshikanda의 마지막에는 많은 노래와 춤과 연극이 있는데, 어머니와 함
　　께 자리하고 있는 여자아이 중에는 즐거워서 춤의 스텝을 흉내낸다거

나 진행하다가 쉴 때에는 북을 두드리기조차 하는 어린이도 있다. 나이가 지긋한 여자들, 유난히 그 후견을 맡은 사람은 춤을 추거나 큰 소리로 노래부르거나 해서 모두를 즐겁게 한다. 이러한 열광과 현저한 대조를 이루는 것이 의식 당사자들 (initiates)의 반응이다. 행사가 그들의 교육과 계발 때문에 행해지고 있기 때문이다. 그들은 무표정하게 노래 부르고 춤을 추는데, 그렇지 않을 때에는 땅바닥에 앉아서 나무 조각으로 목적도 없는 낙서를 한다. 그들의 음악에 대한 무관심은 물론 그들이 하는 역할에 의해 일부 좌우되고 있다. 즉 나이가 지긋한 여자들이 신성인 (新成人)들로 하여금 눈물을 흘리게 하려고 노래를 부르는 순간을 빼고서는, 그들은 개성 혹은 감정을 나타내지 않는 것이 기대되어 있는 것이다 …….

그리고 연령이나 성이나 사회적 지위가 다른 사람들이 같은 곡에 같은 반응을 나타내는 경우도 있다 (1957:44 - 5).

이리하여 상황과 그 상황에서의 역할 쌍방에 따라서 청중은 음악에 대해 사회적으로 다른 방법으로 반응을 보이는 것이다. 여기서 첫째로 문제가 되는 것은 청중의 행동을 형성하는 것은 그 음악이냐 그렇지 않으면 전체의 상황이냐 하는 것이다. 상징성과 심미성에 관해 말할 때 이런 문제들로 되돌아가서 생각할 기회가 있을 것이다.

제 8 장
학 습

악음을 다이내믹한 창조 과정의 최종적 결과로 봄으로써 그 기층에 있는 여러 개념이 구체적인 행동으로 이어지고 그 행동이 이번에는 구조와 표상을 형성한다는 것을 지금까지 지적해 왔다. 그렇지만 개념이나 행동은 학습되지 않으면 안된다는 것은 명백하다. 전체로서의 문화는 학습된 행동이요, 각문화가 그 자신의 이상과 가치관에 알맞은 학습 과정을 형성하고 있기 때문이다. 나아가서, 학습은 이 책의 제2장에서 제시된 모델의 최종 단계를 표상한다. 악음은 사회 전체의 허용도에 의해 판단되기 때문이다. 이리하여 악음은 다시 음악에 관해 사람들이 품는 개념들을 뒷받침하게 되고, 그 개념들이 이번에는 행동을 바꾸거나 강화하거나 마침내는 실제 음악을 변모시키거나 강력하게 만든다. 따라서 하나의 간추려진 것으로서의 음악 행동은 학습되지 않으면 안된다는 의미에서 뿐 아니라, 음악을 만드는 과정을 역동적이고도 항상 변모를 가능케 하는 고뇌로서의 구실을 하고 있다는 이유에서도 학습은 필수적인 것이다.

음악의 지식이 누적되어 가는 전과정에 관해 말한다는 것은 명백히 불가능하다. 그것은 모든 사회에서의 모든 학습 메카니즘의 이해를 포함하게 마련이기 때문이다. 그렇지만 음악가의 행동으로서는 물론 울림으로서의 음악이 세대에서 세대로 혹은 같은 세대의 개인에서 개인으로 전해

지는 그 과정에 관해 우리가 어떠한 정보를 얻을 수 있는가를 논의한다
는 것은 유익한 일이다.

　문화의 학습 과정을 기술하고 그걸 더욱 개별화한 사회적인 학습과 구
별하기 위해서, Herskovits는 <문화화 (enculturation)>라는 용어를 제시
한 바 있다. <culturation>이나 <cultralization>과 같은 다른 용어들도
이미 제기되었으며, 사회학 용어인 <사회화 socialization>라는 용어를
단순히 사용하고 있는 인류학자들도 있다. 그러나 당면한 목적을 위해서
는 <enculturation>이 가장 유용성이 높다. 그것은 <사람이 그 문화 안
에서 최초로 그리고 나중에도 생활 능력을 획득하기 위한 수단이 되는
…… 학습 경험의 양상> (Herskovits 1948:39)이라고 정의된다. 바꾸어
말하면 enculturation은 개인이 그의 문화를 배울 즈음의 과정을 가리킨
다. 그리고 이것이 개인의 생애를 통해 결코 끝나는 일이 없는 부단한
과정이라는 것은 강조되어 마땅하다.

　만약 문화화 (enculturation)가 문화 학습의 광범하고도 부단한 과정이
라고 간주된다면 더욱 특징적인 측면들 몇 가지를 떼어내 보는 것도 헛
된 일은 아닐 것이다. 사회화 (socialization)도 적어도 일반적으로 사회학
자들이 사용하는 의미에서는 문화화의 한 측면이다. 왜냐하면 그것은 인
생의 초기에 계속되는 사회적 학습의 과정을 특히 가리키고 있기 때문이
다. 문화화를 세분했을 때 다음에 오는 것은 교육이다. 교육은 유년 시대
·청년 시대 대부분을 통해 공식·비공식으로 수행되는 방향 부여의 학습
과정으로 정의될 수 있다. 곧 개인에게 사회의 성숙한 구성원으로서의 위
치를 차지하도록 준비를 시키는 것이다. 궁극적으로는 문화 학습의 가장
한정된 측면은 학교 교육 (schooling)이다. 이것은 곧 <특정한 시기에, 가

정 이외의 특정한 장소에서 일정 기간 그 일을 위해 특히 준비된 혹은 훈 련받은 사람들에 의해 행해지는 교습과 학습의 과정이다> (Herskovits 1948:310).

무문자 사회 안에 공식 교육 기관이 없는 곳이 있다 하더라도 이것은 결코 그들이 교육 제도를 가지고 있지 않다는 것을 의미하지는 않는다는 것을 아마 주목해야 할 것이다. 분명히 문화는 존속하고 있으며 문화는 학습된 행동이기 때문에 학습은 반드시 있어야 한다. 거의 모든 서구인 은 교육과 학교 교육의 구별을 혼동하고 있다. 공식 교육 기관의 결여가 넓은 의미에서 교육의 부재를 나타내는 것은 아니다.

음악 행동에 관련한 학습 과정을 생각할 때 위에서 논한 모든 용어들 이 적용될 수 있음은 분명하다. 음악의 학습은 사회화 과정의 일부분이 다. 이를테면 아버지가 아들에게 어떤 악기의 연주 방식을 가르칠 때처 럼 교육을 통해 일어날 수 있다. 그리고 학교 교육이 도제 제도 (徒弟制 度) 속에서 행해질 수도 있다. 이 모든 것들이 이번에는 문화화 과정의 일부가 되는 것이다.

아마 가장 단순하고 가장 자연스런 음악 학습의 형태는 모방을 통해 이 루어질 것이다. 언제나 그런 것은 아니지만 모방은 초기의 학습에 한정되 는 경향이 있다. 그러나 적어도 음악가에 적용되는 것으로서는 음악은 하 나의 특수한 학습 분야다. 오직 큰 집단의 구성원으로서만 노래부르는 일 에 참가하는 일반 사회인은 모방을 통해 학습한다고 생각할 수 있지만, 특수한 기능이라고 간주되는 음악가의 기술은 보통 더욱 관리된 학습을 필요로 한다. 어떠한 사회에 있어서도 개인의 자유스런 시행착오에 의해 서는 문화적 관습의 오직 작은 일부분밖에는 배울 수 없다는 것을 덧붙여

두는 것이 좋다. 이런 방식에서는 그 사람에 대한 보답이 가장 크거나 그 사람에게만 보답이 있는 그런 관습만을 배울 따름이기 때문이다. 이같은 분별 없고 제 맘대로의 학습은 사회에서는 허용될 수 없다. 개인은 그 문화 속에서 올바르거나 최고의 것이라고 지적된 행동을 배우지 않으면 안 된다. 물론 이같은 행동은 앞 세대로부터 전해 내려온 학습 과정의 결과다. 결과가 성공적인 행동들은 관습이라는 모습으로 살아남아 있게 되지만 성공적이 아닌 행동들은 이미 전멸되어 버리거나 혹은 그걸 시도한 사람의 때 이른 죽음에 의해 존재하지 않게 된다. 적응성이 있는 관습의 이전 축적은 어린이에게로 전해진다. 그는 어떻게 세상을 살아가는가를 모방을 통해 단순히 학습할 뿐더러 오히려 문화화되는 것이다.

그렇지만 모방이 음악 학습의 주요한 부분을 형성하며 또 그 과정에서 보편적인 제1 단계가 될 수 있음을 보여 주는 증거는 상당히 있다. 이를테면 Densmore는 아메리카 인디언들 일반에 관해 다음과 같이 말한다.

> ······ 노래를 배우는 일에 관해 단 한 가지 말할 수 있는 것은 이렇다. 춤에 맞추어 부를 경우, 젊은이들은 <가수들과 함께 북 앞에 앉아서 그 사이에 노래들을 배운다.> 다른 사람들과 함께 북을 치는 것을 허락받고서 선율을 배울 때까지 가만가만 노래를 부르는 것이다. 한 사람이 다른 부족의 노래를 배웠다면, 같은 방법으로 다른 가수들에게 일러준다. 북 사이 사이에 딸랑이를 사용하는 부족의 경우에는 차츰 노래를 배워감에 따라 딸랑이를 흔들면서 가락을 배울 때까지 자기와 함께 노래부르게 한다 (1930:654).

이 설명은 이미 인용한 플래트헤드족의 경우를 생각나게 한다. McAllester의 아파치족에 관한 언급은 이만큼 특징적인 건 아니지만 거기서는 <어린이에 대한 의식적인 음악 훈련은 거의 없다. 그들에게 노래부르는 일을 가르치려고 하는 특별한 유인도 없는 것 같다> (1960:471)라고 기록하고 있다. 그리하여 이와 같은 경우에는 모방에 의한 학습이 짐작될 수 있을 따름이다.

음악의 모방에 관해서는 뉴기니아의 마누스(Manus)섬을 논한 Mead에 의해 더욱 상세하게 설명되어 있다.

춤이 있을 때에는 언제나 그 마을에서 가장 잘 하는 고수들에 의한 온갖 크기의 북 합주가 있다. 4~5세의 아주 작은 어린이들도 텅빈 작은 통나무나 대나무 옆에 자리를 잡고, 그 합주에 맞춰 싫증도 나지 않는 듯 계속 쳐대는 것이다. 개방된 그리고 스스럼없는 모방의 시기가 지나면, 다음은 당혹의 시기가 온다. 11~12세의 소년들은 아무리 설득해도 사람들 앞에서 북에 손을 대려고 하지 않게 된다 …… (1930:34).

McPhee는 발리섬의 어린이들에 관해 <그들의 초기 생활 기반은 연장자의 모방에 바탕을 둔다. 그들의 놀이는 일부 어른들의 여러 가지 활동의 구석구석까지 잘 관찰한 결과의 축도적인 재현이다. 그들은 예술의 열광적인 수호자며, 음악이나 극의 공연은 결코 빠뜨리지 않는 듯 하다> (1938:2)라고 말한다. Herskovits의 언명에 의하면 브라질의 바이아 (Bahia)족의 제의에서는 다음과 같은 일이 행해진다.

소년들은 전통에 자극되어서 북의 리듬을 배운다. 상자나 바가지 같은 것을 치는 모습이 가끔 눈에 띈다. 제의에서는 숙련된 고수들이 연주하기에 앞서 그 집의 나이 많은 소년들과 청년들이 리듬을 치기 시작한다 …….

북이 연주되는 곳에서는 의례 소년들의 일단이 바로 옆에 서서 귀를
쫑긋하고, 뚫어지게 바라보며 배우려 드는 것이 언제나 눈에 띈다
(1948:489).

북트랜스발 (Transvaal)의 벤다 (Venda)족에 관해 Blacking은 다음과
같이 말한다.

아주 어렸을 때부터 벤다 어린이들은 어른의 노래나 춤을 흉내내기
위해 모든 기회를 잡는다. 거의 모든 음악이 사람 앞에서 연주되고, 어
린이들은 나이를 더 먹은 어린이가 하는 것을 본뜨려고 한다. 그들의
노력을 성가시게 여기기는커녕 오히려 칭찬하고 장려한다. 꼬마가 음
악에 맞춰서 손뼉을 친다거나 깡충거린다거나 하면, 보고 있는 사람들
이 의견을 말해 주는 일도 흔히 있다 ……. 선율을 본뜨려고 하는 일도
있지만, 꼬마들은 거의 노래를 불러 보려고는 하지 않고, 처음에는 원
동력이 되는 움직임만을 흉내내는 것으로 만족한다 (1957:2).

Nadel에 의하면 누페 (Nupe)족의 <꼬마들이 아버지 감독 아래 장난감
같은 악기로 북을 치는 연습을 하고 있는 것을 볼 수 있다. 그들은 연주
에 불려가는 아버지를 따라 어디든지 가고, 아버지가 하는 것을 보고 배
우고, 충분히 능숙하게 되면 제 자신의 북을 가지고 아버지와 동반하게
된다 (1942:301). 에웨 (Ewe)족에서 볼 수 있는 모방적 행동이나 북의 연
주에 관해 A. M. Jones가 상당한 분량을 할애해서 다루고 있다. 그는 어
린이가 만드는 <장난감> 악기에 관해 말한 뒤에 다음과 같이 덧붙인다.

교습해 주는 학교나 직접 지도는 없다. 모두 자발적으로 일어난다.

만약 소년 시절에 음악적이라고 인정되면 부친 아니면 음악을 할 수
있는 친척이 부모 대신 격려해 준다. 사실상 그 기술은 우선 놀이를 통
해 터득되고 그런 사이에 두 개의 북 연주를 마스터한다 …….
　소년들은 무리를 지어서 연습하고, 하나 하나의 타주가 따로 따로
고유한 기회나 제례와 결부되어 있는 어른들의 습관과는 아주 대조적
으로, 그들은 생각나는 대로 치는 방식을 갖가지로 시도해 본다 ……
이와 같이 해서 원칙과 실천을 마스터하면 마침내 실제로 연주에 참가
하는 기회를 얻는다. 그는 아직 초심자에 지나지 않다 (1959: 70-71).

Nketia는 아칸 (Akan)족 사이에서는 이런 일이 있다고 덧붙인다. <이류
또는 중요하지 않은 지위에 있는 고수들은 오래 훈련을 받을 필요는 없
었다. 흔히 그들은 타인의 연주를 보고서 그 자리에서 기술을 몸에 익혔
다. 이미 충분히 할 수 있다고 느꼈을 때, 제1 고수들과 함께 연주하려고
시도했다> (1954:40).
　초기의 모방 학습에 관한 더욱 상세한 기술의 하나는 Blacking이 벤다
족을 다룬 부분에 보인다.

　이러한 노래들을 배움으로써 어린이들은 7음 음계의 선율이나 전통
적인 벤다족 음악에서 매우 일반적인 더욱 복잡한 리듬을 노래부르는
데 차츰 익숙해 간다. 그럼에도 불구하고 벤다의 어린이들이 5음 선율
이나 6음 선율의 노래 이전에 4음 선율의 노래를 배운다고 말하는 것
은 잘못일 것이다. 다른 요인들도 고려하지 않으면 안된다. 첫째로, 리
듬의 복잡성이라는 요인이 있다. 5음 선율의 노래 몇 가지는 초기의
연령에 있어 4음 선율의 노래보다 어린이들에게는 잘 알려져 있으나
이것은 필시 리듬이 비교적 단순하기 때문일 것이다. 다음에 사회학적
요인이 있다. ngano가 nyimbo보다 더 잘 알려져 있다. 필시 전자가 저
녁 무렵 남녀 노소가 함께 있을 때 불려졌기 때문일 것이다. 반면

*nyimbo*는 낮에 한층 자발적인 교제 때 불려진다. 마지막으로 취미의 문제가 있다. 늘 그렇듯이 설명하기 어려운 것이 이것이다. 6음 선율의 <*Ndo bva na tshidongo*>는 어디서나 대단히 인기가 있다. 그래서 음악적으로나 언어적으로나 복잡함에도 불구하고 어린이들이 맨 처음에 배우는 노래의 하나인 모양인데, 그 이유는 단지 더욱 자주 그것을 듣기 때문이라는 것뿐이다. 어떠한 엄중한 법칙을 만들기에는 너무나도 예외가 많다. 그러나 일반적으로 다음과 같은 말은 할 수 있을 것이다. 벤다 어린이들은 가장 단순한 노래를 우선 배우고 차츰 복잡한 것을 배워 나간다. 몇 가지 사회적 요인들이 이 학습 과정을 방향지어 주는 경향이 있으나, 대체로 벤다 어린이들은 음악적으로 스스로 붙잡을 수 있는 노래들을 배우려고 한다. 가사의 의미가 이해되지 않더라도 노래를 배우는 데 장애는 되지 않는다. 어린이뿐 아니라 어른조차도 자기가 부르고 있는 노래의 의미를 설명할 수 있는 사람을 만나기는 드물다. 이러한 노래들을 배운다는 것은 개인적 선택의 문제라는 것을 기억해 두는 것이 특히 중요하다. 어린이들은 결코 조직적으로 배우는 것이 아니다. 그리하여 그들의 음악적 의식의 발전을 생각할 때 벤다 어린이들이 처음 들었을 때 너무나 복잡하다고 생각한 노래들은 받아들이지 않는 경향이 있다는 것은 중요하다 …… 벤다 어린이들은 …… 아주 어릴 때부터 거의 모든 종류의 전통적인 음악을 듣는다. 그런데도 단순한 리듬이나 멜로디만을 흡수한다 (1957:4).

이런 상세한 기술들에 더하여, Basden이 이보 (Ibo)족에 관해서 (1921: 190), Cudjoe가 에웨족에 관해서 (1952:284), John이 시에라 레오네 (Sierra Leone)족에 관해서 (1953:1045), Lange이 코치티 (Cochiti)족에 관해서 (1959:311), Thalbitzer가 에스키모에 관해서 (1923b:607) 기술하고 있는데, 모두들 <좋은 귀>를 가지는 일의 중요성을 강조하고, 음악가를 포함한 어린이나 어른이나 모두 오직 귀로 듣고 모방함으로써 노래를 익히는 능력을 갖춘다는 것을 역설한다.

　따라서 어린이들이 모방을 통해 음악의 훈련을 시작하고, 그리고 몇몇 문화에서는 어른들도 모방을 통해 음악의 지식을 계속 넓혀간다는 것을 보여주는 증거는 상당히 많다. 그렇지만 설령 아이들이 이런 종류의 학습 과정을 거쳐서 음악적인 문화화를 하기 시작한다 하더라도 젊은이가 그 사회에서 진정한 음악가가 되고자 한다면, 다시 정식 훈련이 요구된다는 것을 보여주는 증거도 마찬가지로 있다. 다시 전문가가 아닌 그룹의 일원으로 노래부르는 것에만 흥미가 한정되어 있는 아마추어 연주자의 어떤 형태의 음악에 있어 전문가가 되기 위한 훈련을 받는 개인은 명확히 구별되어야 한다. 거의 모든 사회에서 아마추어 연주자가 방향성이 있는 훈련을 받은 일은 비교적 드물고 그 대신 대개는 모방해서 배운다. 이에 반해서 장래 전문가가 될 사람은, 특수한 기능이 특수한 훈련을 필요로 하기 때문에, 거의 반드시라고 해도 좋을 만큼 혹종의 교육을 받지 않으면 안된다고 생각하는 것은 당연하다.

　여기서 문화화의 과정에 널리 해당되는 일상적인 종류의 학습에서 학습의 특수한 측면으로, 그리고 이 경우 특히 교육이라는 것으로 우리는 눈을 돌리게 된다. 교육은 방법과 행위자와 내용이라는 3요소의 상호 작용을 내포한다. 이 중에서 세 번째인 내용은 어떠한 음악 훈련에서도 그 사회에 고유한 것이기 때문에, 다시 말해서 사회의 성원에게 받아들이는 음을 내기 위해서는 음악적으로 어떻게 해야 하느냐 하는 것이 교육되기 때문에 제외할 수 있다. 그렇지만 방법과 행위자의 문제는 학습 과정을 이해하는 데 특히 중요하다. 그리하여 학습을 위한 기본 사항들이 개인과 환경의 상호 작용에 의해 사전에 마련되어 있지 않은 곳에서는 교사가 그걸 해 줄 필요가 있다. 개인의 습관 구조를 바람직하게 바꾸기 위해 교사는 몇 가지 기술을 사용하지 않으면 안된다. 그리고 그것들은 동기 부여·실지 교습·포상이라는 세 가지 주요 항목으로 나뉘어져 왔다. 음악 학습에 관한 이 모든 기술의 실례들을 민족 음악학의 문헌 속에서 찾아 볼 수 있다.

동기 부여의 분야는 보통 숱한 특수 방법으로 세분된다. 그리하여 몇몇 문화에서는 교사가 학생의 성적에 불만일 때는 벌을 준다. 아칸족에 관한 Nketia의 기록에 의하면, <북 선생이 학생들에 대해 언제나 참을성 좋은 건 아니었다. 명고수들은 그 옛날 우물쭈물하다가 얻어맞았다든가 그 밖의 쓰라린 일들을 지금도 기억하고 있었다> (1954:40). Herskovits 는 다음과 같은 것을 덧붙여 말한다. 브라질의 바이아족에서 제의용 북 연주에 참가하고자 하는 젊은이들은 신들 앞에서 하기 전에 사람들 앞에서 공개 테스트를 받는다. 그뿐 아니라, 엄밀한 리듬에서 조금만 벗어나도 그 벌로 손가락 마디를 되게 얻어맞는다. 이것은 큰북 주자의 지시에 의해 이루어졌으며, 그는 이 벌을 위해 부채를 사용한다> (1944:489).

미숙자는 또 하나의 동기 부여의 방법으로 협박을 받는 일이 있다. 마오리족 사이에서는 올바른 리듬에서 벗어나는 것을 중대한 범죄라고 생각하며, 기억의 잘못에는 장치가 되어 있었고, 배우는 사람들에게 그런 실수들은 그 자신 혹은 그와 친한 사람의 죽음이나 재난을 초래한다고 일러준다 (McLean 1961:59). Handy가 마르케사스 군도에서 볼 수 있는 비슷한 종류의 협박들에 관해 보고한다.

아버지가 아들이나 딸에게 성가 (聖歌)를 가르치려고 할 때에는 선

생을 고용했다 …… 영창 (詠唱) 교사 (*tuhuna a' ono*)가 고용되어 지
도를 개시했다. 그 일은 일반 주택 안에서 시작되었다. 교육 중 소년이
나 소녀는 엄한 *tapu*하에 놓였다 (1923:318).

Elbert는 마르케사스 군도의 도민에 관해 더욱 많은 정보를 덧붙인다.

　축제를 좋아하는 사람들 사이에서는 끊임없이 음악이 요구되고 있
었다 …… 음악을 배우는 자는 엄격한 *tapu*하에 공부했다. 사프란
(saffron)을 사용해서 신체에 그리는 일·흡연·침을 뱉는 일·잡담·성적
유희 등 음악과 관계없는 모든 활동은 엄하게 금지되었다. 음식물은
*tapu*의 집을 나갈 필요가 없도록 밖에서 날라왔다 (1941:59).

　다시 더 동기 부여를 촉발하는 테크닉은 노력하도록 학생을 고무하
는 일이다. 이것은 음악 학습을 촉구하는 사회의 전통을 통해 간접적으
로 이루어질 수 있으며 (Herskovits 1944:489), 직접적으로는 서아프리카
의 그베호 (Gbeho)가 말하듯이 <아프리카 어머니들은 초기의 훈련에 있
어 큰 역할을 할 수 있으며 또 사실 때때로 그렇게 하고 있다. 아이들에
게 전적으로 노래를 부른다거나 손뼉을 치게 해서 춤출 때의 리듬을 마
련해 주고 있다> (1951:1263). 민족 음악학의 문헌 속의 적어도 한 예에
서는 동기 부여의 일부로서 박탈과 모방이 결부되어 있다. McAllester가
아파치족에 관해 말하고 있는 것이 그것이다.

　치료용의 영창은 일상적인 기억에 의해 배우는 것이 아니라, 시련과
초자연적인 도움을 빌어서 배운다. 의례 집행인의 후견하에 몸을 두고
있는 학생은 나흘 밤을 잠을 자지 않고 노래들을 듣는다. 그러면 아마

도 수년 후에 자고 있을 때 그 노래들이 머리에 떠오르게 될 것이다. 이것으로 그 자신도 의례 집행인이 될 준비가 된 것이다 (1960:470).

그 밖에도 질책·경고·조롱·비꼼 등속을 사용한 동기 부여의 방법들이 있다. 이러한 방법들은 민족 음악학의 문헌 속에서는 예를 볼 수 없으나 세계의 여러 사회에서 음악과의 관련하에 사용되고 있다고 보아도 좋을 것이다.

교사에 의해 사용되고 있는 두 번째 테크닉은 지도라는 일반적 표제하에 포함되는 것들이다. 이것들도 세분화하면, 인도·교습·시범 지도 등을 포함하고 있다. 인도는 학생의 닥치는 대로의 반응을 신체적으로 제한하고, 올바른 반응을 더욱 신속하게 끌어낼 수 있도록 그리고 그릇된 반응을 하지 않도록 시키는 과정이다. 그러나 음악의 학습 과정에서 인도와 시범 지도를 구별하는 것은 때로는 곤란하다. 다음에 보이는 발리섬의 음악 교사에 관한 기술은 두 가지 요소를 아울러 지니고 있다.

　교사가 하는 방법은 이상하다. 그는 아무 것도 말하지 않고, 어린이들을 보는 것조차 하지 않는다. 꿈을 꾸듯이 제1 악장을 통해 연주한다. 재차 연주한다. 다음에 제1 악절만을 더욱 강조해서 연주한다. 이번에는 어린이들에게 시작의 지시를 한다. 2~3인이 그를 따라서 모든 움직임을 관찰하면서 시험적으로 해 본다. 악절이 되풀이되고 어린이들이 다시 해본다. 다른 어린이가 가세한다. 처음 동안은 선율 악기 이외는 무시된다. 우선 선율을 배우지 않으면 안되기 때문이다 …… 조금씩 조금씩 선율을 배워 가는 어린이들은 잊고, 기억하고, 확신을 얻고 하면서 하나의 악절에서 다음 악절로 나아간다. 선생은 같은 잘못이 되풀이되었을 때 지적하는 이외에는 아무 말도 하지 않는다. 대개는 허공을 바라다보고 있다. 그렇지만 한 시간 끝에는 몇 사람이 전선율을 연주할 수 있게 된다 (McPhee 1938:7-8).

이 교습 과정을 기술하는 가운데서 McPhee는 어린이들의 개성의 다양
성이며, 그 개성이 어떻게 선생이 하는 방법에 반응을 빠르게 혹은 늦게
하는가에 관해 일부 더욱 파 들어간 정보를 제공한다. 하루 저녁에 3시
간씩 공부하는 그 어린이들은 첫 곡을 끝내는 데 다섯 밤이 걸리고 거의
같은 시간표에 따라 공부하여 5주간 아홉 곡을 배웠다. McPhee는 선생
이 하는 방법에 관해 다시 다음과 같이 해설한다.

> ······ 확실히 우리의 견지로 한다면, 선생은 가르치고 있는 것처럼은
> 보이지 않는다. 그는 단순히 전달자에 지나지 않다. 단지 전달해야 할
> 음악 개념을 구체화하고, 예를 학생 앞에 보이고, 나머지는 맡겨 둘 따
> 름이다. 그것은 마치 그림 그리기를 가르칠 때 복잡한 디자인을 벽에
> 걸어 두고서 학생들에게 <모사하라>고 말하는 것과 같다. 음악가가 젊
> 다고 해서 가감은 되지 않는다. 선생이 성인 그룹을 가르칠 때에 항상
> 사용하는 방법이 아닌 어떠한 방법을 어린이들에 대해 취하는 일은 결
> 코 없다. 그로서는 설명해야 할 것이 아무 것도 없으므로 어린이들을
> 앞에 놓고서는 아무것도 설명하지 않는다. 잘못이 있으면 고쳐 준다.
> 그의 인내력은 대단하다. 그러나 그는 처음부터 어떠한 곳이나 무척 빠
> 르게 연주한다. 처음부터 어린이들로서는 그저 성심 성의껏 그를 따라
> 가는 것이 상책이다 (1938:11).

학습 과정은 그룹 활동이기 때문에 고된 일이라기보다는 오히려 즐거
움이나 리크레이션이라 할 것이 아닌가 하고 McPhee는 추론한다. 동시
에 발리의 음악은 매우 구성적이기 때문에, 중요한 것은 개인보다 집단
이라는 생각을 그는 강조한다.

근대 발리의 gamelan음악의 특수한 방법이 하나의 중요한 요인이
되어서 퍽 짧은 시간 내에 그렇게도 만족할 만한 결과를 낳고 있다. 개
인에 대해 무거운 요구는 하나도 하지 않는다. 악기 하나 하나는 앙상
블에 있어 하나의 음에 지나지 않다 …… 어느 경우라도 문제는 하나
며, 연주가는 그것에 주의를 집중할 수 있는 것이다. 각파트가 단독으
로 연주될 때에는 …… 아주 단순하지만, 전파트가 함께 연주되면 풍
부한 눈부신 효과를 낸다. 이 다성 조직을 구성하고 있는 방식은 긴 전
통을 거쳐 발전해 온 것이다 …… 그것은 너무나도 견실하고 현실적이
며 아주 그렇게도 단순하고도 자연스런 법칙 위에 이루어져 있기 때문
에, 그 전체적인 효과는 개인적인 솜씨의 뛰어남보다도 오히려 그룹의
통일에 의존하는 바가 크다 (1938:11 - 12).

그리하여 McPhee는 연습장에서의 그룹의 성격이 음악의 학습에 특히
이바지하고, 동시에 음악 구조의 성격은 개인의 활동이나 우수성보다도
그룹을 강조하는 그런 것이라는 점을 시사한다. 이것은 매우 흥미로운
생각이며 그것에 비교할 수 있는 재료가 있다면 이만큼 사람을 흥분시키
는 생각은 없을 것이다.

　음악 학습에 있어 시범 지도의 방법은 이따금 문헌을 통해 보고된다.
가나의 에웨족에 관한 Cudjoe의 보고는 다음과 같다.

　　재능이 떨어지는 사람들은 얼굴을 아래로 향하고, 등을 내놓고, 지
　면에 눕는다. 선생이 그들 위에 걸터타고서, 그들의 신체와 혼에다 리
　듬을 때려 넣는다. 이만큼 철저한 것은 아니지만, 입으로 리듬을 모방
　시키는 방법도 있다. 제3의 방법은 선생이 연주한 것을 학생에게 자기
　북으로 되풀이하도록 한다 (1953:284).

Gadzekpo (1952:821)나 Nketia (1954:40)의 기술에도 이런 방법들과 비슷

한 것이 보인다. 바송귀족의 음악가들은 그들의 선생이 손을 잡고서 실로폰이랄지 북을 가르쳐 주었다고 말하며, 그 밖에도 유사한 예들을 들수 있다.

시범 지도는 물론 어떤 일정한 교습 양식을 가지며, 그러한 교습에 관해서는 많은 실례를 입수할 수 있다. 호주의 송먼 (Songman)족에 관해 Elkin은 이렇게 보고한다.

노래들을 전하는 일 혹은 부르는 허가를 해 주는 일은 그 노래들을 가르쳐 주는 일을 포함한다. 그 과정은 간단하다. 노래의 새로운 소유자나 사용자가 송먼과 함께 노래부를 따름이다. 사실, 송먼은 흔히 상대와 마주하고서 거의 그 사람의 입 속에 불어넣을 지경으로 노래를 부른다. 그러면 마침내는 배우는 사람의 신체에 리듬이 옮겨지고, 의미를 포착하기에 앞서 혼자서 노래를 부르게 된다는 것이다 (1953:93).

누트가 (Nootka)족의 명창의 훈련에 관해 Roberts와 Swadesh에 의해 그 밖의 방법들이 기록되어 있다.

훈련기간은 엄하고 기도·단식·암기 등이 포함된다. 가족 중의 누군가 이미 명창이 된 사람이 젊은 신인들을 훈련한다.
어린이에게는 목소리가 쉬지 않도록 약을 준다. 그들은 좋은 목소리를 만들기 위해 그리고 잘 외우기 위해 그 약을 받아먹는다.…… Alex도 알고 있는 *pile*이라 일컬어지는 것을 제외하고는 계통이 선 성대 훈련은 없다. *pile*은 실제로는 호흡 훈련이다. 한 무더기의 막대기들이 끈으로 꿰어져 있으며, 모든 학생들은 …… 숨이 막힐 때까지, 되도록 많은 막대기 하나 하나에 대해 *pile*이라 말하도록 한다. 이것은 아침 목욕과 냉수 마찰 후에 행해진다.

    …… 보통 노래를 부르거나 훈련을 받는 일은 가정의 일이며, 가족
과 가족끼리 명창들의 솜씨를 둘러싸고 경합한다. 이 점에 있어 가족
은 자주 독립해 있다 (1955:203).

    선생이 사용하는 제3의 테크닉은 일반적으로 포상을 준다는 것이다.
그러나 출발에 있어 두 종류의 포상을 구별해 두지 않으면 안된다. 음악
의 훈련을 거치는 것에 대한 궁극적인 포상은 경제적 혹은 사회적 의미
가 됐든 단순히 습득한 지식의 면에 됐든 전문직이라는 보상을 얻는 데
필요한 기능을 획득하는 것이라는 가정이 언제나 한 편에는 있다. 그렇
지만 여기서 우리가 문제로 삼는 것은 학습 과정을 특히 자극하는 포상
을 말하는 것이다. 그야 앞에서 말한 궁극적인 포상도 이 과정에 기여한
다는 것은 인정하고서 말이다. 포상의 내용은 다시 원조·수여·칭찬·허가
로 세분된다. 원조에 있어 선생은 다른 사람의 도움을 받지 않더라도 오
로지 선생의 두세 번의 격려만으로 만족할 수 있다는 사실을 이용한다.
따라서 원조되는 것 자체가 곧 포상이 되는 셈이다. 수여하는 데 있어
중요한 점은, 선생이 학생을 위한 선물을 염출하거나 아니면 입수하는
일을 마치고 있는 것이며, 따라서 학생은 스스로 그것을 할 필요성을 감
하게 되는 셈이다. 칭찬은 물론 더 이상 설명의 필요가 없다. 허가는 수
여에 대립하는 어떠한 행위의 허용을 의미한다. 따라서 이 경우의 포상
은 특수한 것이 된다. 교습 과정에 있어 이러한 포상 방식의 예들을 민
족 음악학의 문헌에서 찾아낸다는 것은 곤란하다. 그 반면, 지위를 확립
한 음악가에 대한 포상에 관한 설명은 산견된다. 그렇지만 이 사실에서
곧바로 무문자 사회나 다른 사회에서는 이런 포상이 결여되어 있다고 생
각해서는 안된다. 물론 교습 기술에 대해서는 지금까지 면밀한 주의를

기울여 오지 않았다고 보는 편이 좋을 것이다.

따라서 이상은 온 세계의 다양한 사회들에서의 음악 훈련의 기술 중 몇 가지인 셈이다. 그런데 교육의 기술이 있는 이상, 당연히 교육의 행위자도 있지 않으면 안된다. 이것이 곧 선생이다. 이미 우리는 기술 몇 가지를 논할 즈음에 특수한 지도자들에 관해 말할 기회가 있었다. 그들은 가족 (누트카족), 지위가 확립된 음악가 (호주·에웨족·바송귀족·발리족·마오리족·마르케사스군도·바히아), 제의 집행인 (아파치), 어머니 (서아프리카), 다른 어린이들 (에웨족·벤다족), 아버지 (누페족) 등이었다. 그리고 문헌에는 보고되어 있지 않으나, 이것들과 다른 교육의 행위자들도 존재한다고 기대된다. 어머니의 형제가 그 자매의 가족에 대해 지도의 역할을 하는 경향이 있는 그런 사회에서는, 그 인가 받은 역할 가운데서 음악상의 특수한 의무도 맡아하는 수가 있다. 다시 아무 관계도 없는 방관자나 공동체 전체가 음악 이외의 학습에 관해 교육의 행위자가 되는 일도 흔히 있을 수 있기 때문에, 이들이 음악 학습에서도 마찬가지 기능을 하지 않는다고 상상할 이유는 없다. 따라서 음악 교육의 행위자의 다양성에 관한 문제는 좀처럼 대답하기 어렵다.

이와 같이 문화에 따라 가끔 나타나기도 하고 그렇지 않기도 하는 개인적인 교육 기관과는 별도로, 중요한 두 종류의 훈련이 무문자 사회에서의 음악의 학교 교육이 존재한다는 것을 보여준다. 그 하나는 부시 스쿨 (bush school)이라 알려져 있는 것으로, 보통 사춘기의 의례나 성인 의례와의 관련에서 조직된다. 이를테면 시에라 레오네 (Sierra Leone)의 멘데 (Mende)족 사이에서는 포로 (Poro)에의 성인 입회 의례 (成人入會儀禮)는 엄한 부시 스쿨의 기간과 더불어 시작되고, 이 사이에 신성인

(新成人) (initiate)은 수 주간 고립된 캠프에 남아있게 된다 (정식으로는 상당히 장기간이다). 포로의 부시 스쿨에서 하는 훈련의 종류를 Little은 다음과 같이 요약한다.

　　일반적으로 훈련은 소년들이 부시 속에서 머물러 있을 수 있는 기간에 따라 변화하게 마련이다. 훈련에는 원주민의 규칙이며 관습이 어느 정도 포함되어 있는 수가 있다. 그것들은 의사 법정 (疑似法廷)이나 재판을 열고, 거기서 소년들이 연장자의 역을 맡아 함으로써 예시된다. 일정 기간 머물러 있을 수 있는 소년들은, 어른으로서의 의무에 덧붙여서 〈벌채 brushing〉·그 밖의 농경 기술·길닦기와 같은 원주민으로서의 특유한 기능을 상당히 몸에 익힌다. 라피아 (raffia)천이며 바구니·그물 등을 만드는 전문가들은 이따금 부시 스쿨에 나가서 소년들이 선택한 기능에 숙달하도록 도와 준다. 다리를 놓는다거나 동물의 덫을 만든다거나 그걸 차려놓는 방법도 배운다. 사회적인 면에서는 소년들은 북 치는 일이며 포로 특유의 노래들을 배운다. 그리고 물구나무서기나 땅재주도 배운다. 그리고 이런 경험들이 어울려 강력한 동료 의식을 생겨나게 한다 (1951:121).

음악의 훈련 자체의 세부는 전혀 제시되어 있지 않으나, 교습이라는 것이 중요한 위치를 차지하고 조직화되고 방향성을 가지는 것이라고 생각하는 것은 이치에 맞는 것 같다.

　좀 더 특수한 정보를 Blacking이 제공하고 있는데 그는 동아프리카의 벤다족에서의 소년 소녀의 성인 의례 훈련소와 그 속에서의 음악의 구실에 관해 말한다. 이를테면 *muulu*라 일컬어지는 특수한 가창에 주목하고, 사춘기 소녀의 훈련소에서는 이것을 최초로 가르치고 있다는 걸 지적했다 (1957:10). *domba* 성인 의례 훈련소는 보통은 1년간 계속하지만 2년간

계속하는 경우도 있고 3달 만에 끝나는 경우도 있는데, 거기서 특별한 지
위에 있는 교습자가 음악을 담당한다. Blacking은 다음과 같이 쓴다.

> *Nyamungozwa*는 돔바에서의 온갖 음악·연극·의례의 책임을 진다.
> 그는 *dzingoma*의 상징적인 표상을 위한 모델과 의상을 궁리하고 준비
> 해야 한다. 이것들은 성인이 되는 자들에게 몇 가지 교훈을 도식적으
> 로 가르치고자 고안된 것이다. 그리고 *nyimbo dza domba*라고 하는 특
> 별한 돔바의 노래들이 있으며, 이것은 *dzingoma*나 돔바의 몇몇 무대
> 에서 행해지는 여러 가지 의례 항목에 맞추어 노래 불려진다. 이 노래
> 가운데서 어떤 것은, 저녁때에 *nyamungozwa*에 의해 가르쳐지고, 위대
> 한 돔바 노래들의 공연 사이에 변화를 주기 위해 불려진다. 다른 노래
> 들은 의례상의 동작에 수반되는 언어 이상의 것은 아니므로 신성인
> (新成人)도 바로 합창에 가담할 수 있다. 이 중 몇 가지의 노래들은 대
> 중 앞에서 연주되므로 신성인은 어린이 시절 조금은 본 일이 있는
> *madomba*를 기억하고 있는 것이다 …….
>
> 따라서 의례용의 돔바의 노래에 더하여 대단히 많은 음악이 돔바에
> 즈음해서 연주되고 그 연주와 조직은 모두 *nyamungozwa*의 손으로 이
> 루어진다. 그는 벤다족의 음악과 연주의 활동에 있어 두드러진 인물로
> 여겨져야 마땅하다 (1957:15).

Blacking은 다른 면에서 음악에 관해 소년 소녀의 성인 의례의 몇 가
지 차이를 지적한다. 후자의 학교들에서는,

> 신성인은 *midabe*에서 특별한 노래를 배운다. 그 많은 것은 외설적
> 이며 그것들은 오늘날도 신성인에게는 뜻을 알 수 없는 많은 Sotho어
> 를 포함한다. 〈*Hogo*〉라 일컬어지는 노래가 있는데, 신성인용의 훈련
> 소가 불태워지고 집으로 다시 맞아들일 때 부른다. 이것은 남녀 노소
> 가 모두 잘 알고 부르고 한다. 이것은 학교 이외의 곳에서도 들을 수

있는 유일한 *murundo*의 노래다. 신성인들은 훈련소 안에서의 노래나 비밀은 결코 밖에 누설해서는 안된다고 엄중히 경고되어 있기 때문이다 (1957:18).

유사한 예들은 그 밖에도 인용될 수 있었다 (Richards 1956). 그러나 부시 스쿨이 일정한 학교 교육적인 상황으로서의 구실을 하되, 특히 사하라사막 이남에서는 음악이 의식적인 지향성을 가지고 신성인 (新成人)들에게 교육되는 하나의 장을 마련하고 있음은 분명하다.

학교 교육적인 음악 교육이 행해지고 있는 두 번째 상황으로서, 도제제도 (徒弟制度)를 들 수 있다. 이 제도는 많은 사회, 특히 아프리카에서 음악을 가르치는 데 사용되고 있다. Nadel은 누페 (Nupe)족에 관해 다음과 같이 기록한다.

다른 집안의 소년들이 때때로 고수가 되고 싶다고 희망하는 수가 있다. 그러면 아버지는 고수의 우두머리와 접촉을 하고, 아들을 도제로 삼게 한다. 그 어린 도제는 레슨을 받기 위해 매일 고수 집을 찾아간다. 처음에는 그 집 북을 사용하도록 하지만, 나중에는 전용 북을 사게 된다. 이 교습에 대해 지불은 이루어지지 않는다. 그러나 후에 이 견습생이 의식이나 제례에서 연주하는 날에는 전의 선생에게 돈이나 음식 등 조그마한 선물을 보낸다 (1942:301-02).

아칸족에 관해서도 Nketia가 약간 유사한 상황을 기록한다.

그 나라의 명고수의 자리는 과거에는 결코 공석으로 있는 일은 없었다. 소년들은 부친들이 죽을 경우의 마음가짐을 하도록 훈련되어 있었다. 그렇지만 부친들은 언제나 기꺼이 아들들에게 일러주는 것은 아니

었다. 후계자를 훈련하면 스스로의 죽음의 시기를 재촉하는 것이 아닌
가 두려웠기 때문이다. 따라서 개중에는 개인적인 전수를 노경에 이르
기까지 하지 않는 고수들도 있으며, 혹은 남에게 자기 아들을 가르치
도록 하는 사람도 있었다 …….

　　그렇지만 과거에는 나라의 고수 훈련은 진지하게 시행되었다. 아침
일찍부터 북이 있는 곳으로 데리고 가서, 미래를 약속받은 고수들과
함께 기술을 배우는 것이다. 선생이 연주할 때에는 언제나 참석해서,
부친이 병에 걸리거나 죽거나 해서 그 뒤를 계승할 필요가 있을 때를
위한 경험을 차츰 쌓아 갔다 (1954:30‑40).

　Nikiprowetzky가 말하기를, 세네갈의 그리오들의 훈련은 <전적으로
구전에 의하되, <연장자 (많은 경우 부친이나 숙부)와의 장기간의 도제
관계가 거기에는 포함되어 있다는 것이다. 그리오의 직업상 없어서는
안될 노래들을 모두 배우거나 연주 기술을 터득하는 데 수년이 걸린다>
(1962:n.p.). 바송귀족 사이에서는 공인된 연주자 밑에서 일정한 도제 제
도가 시행된다. 이를테면 젊은이가 어떤 악기를 배우고 싶으면 그는 이
미 지위를 확립한 음악가한테로 간다. 그러면 그 음악가는 그 학생을 받
아들일 것인지 여부를 결정한다. 제자로 받아들이게 되면, 입문자의 신속
성과 이해도에 따라 수개월간 교습이 행해진다. 선생은 학생과 함께 일
정하게 정해진 횟수를 연주하고, 만약 가능하다면 자기 역할을 설명해
주고, 가사와 함께 기본적인 리듬과 선율 패턴을 가르친다. 더욱 명료하
게 악기에 손을 놓고서 일러주는 때도 있다. 선생에 대한 사례는 닭으로
지불한다. 이 문화에서는 닭은 의례상 중요한 것이다. 선생 생각에 다 되
었다고 여겨지면 대중 앞에서 연주할 허가를 내준다. 처음 3~4회의 수
입은 온통 선생에게로 건너간다. 선생이 살고 있는 동안 계속해서 수입

의 얼마씩은 선생에게로 갈 것이다. 제자들 중에서도 배우는 속도에 차가 있다는 것은 뻔한 노릇이다. 그리고 악기 종류의 다름에 따라 각종 교습이 이루어지고 있는 모양 같다. 실로폰과 같은 몇몇 악기들은 이 도제 제도에는 포함되어 있지 않다.

따라서 그다지 제도화되어 있지 않는 교육 방법이나 모방이라는 보편적인 학습 방법과 아울러 학교 교육이 적어도 신성인용의 훈련소와 도제 제도를 통해 몇몇 사회에서는 음악 학습에 사용되고 있는 것이다. 그렇지만 어떠한 제도가 사용되든지 간에, 학습은 일단 우선 특수한 악기나 노래나 양식이 마스터되면 중단되는 일없이 계속된다. 우리는 앞서 다음 사실에 주목할 일이 있었다. 즉 청중의 악음에 대한 반응이 최종적으로는 그 음이 취해야 할 형태를 결정하는 것이기 때문에, 학습은 연속하는 과정이 아니면 안된다. 만약 작품이 거절당하면, 음악가는 청중을 만족시키기 위해 그 음악을 <고쳐 배우지> 않으면 안된다. 그리하여 연속하는 학습 과정을 통해서, 비로소 작품과 음악가의 개념이나 행동을 이끌어내는 연계가 형성되는 것이다. 물론 작품이 수용되느냐 거절되는냐에 관해서는 문화적 관점에서 말할 수 있다. 그러나 어떠한 사회에서도, 정확성과 취미의 기준이라는 것은 내적으로도 외적으로도 변할 수 있고 사실 변한다. 만약 음악가가 계속 존경받고 싶으면, 사회의 다른 사람들에 대해 끊임없이 마음을 쓰지 않으면 안된다. 음악의 연주에 관해서도 마찬가지다. 기술상 최고의 유연성과 솜씨를 유지하고자 하면 부단한 연습이 필요하다. 우리는 우리 자신들의 사회에 대해서는 이 사실을 인정하고 있으면서, 그것이 모든 사회 음악가의 필요 조건이라는 사실은 알지 못하고 있는 듯하다.

연습에 관한 설명들은 민족 음악학의 문헌에서 상당히 자주 만난다. 그러나 그 사실이 주로 말해졌을 뿐, 어떻게 이루어지고 있는지 혹은 음악가는 어떠한 비율의 시간을 소비했는지에 관해서는 별로 설명이 마련되어 있지 않은 경향이 있다. 아메리카 인디언인 샤이안 (Cheyenne)족에서의 연습에 관해서는 Dorsey가 다음과 같이 말한다. <Dew-Cow가 끝나고 얼마 안되어 전사들이 tipi에 들어갔다. 거기서 그들은 그날 밤 대부분을 비공식으로 노래 연습들을 하면서 보냈다> (1905a:95). Mooney는 수 (Sioux)족에서의 고스트 댄스 (Ghost Dance)의 연습에 관해 좀더 자세히 보고한다.

> 지도자들은 남자나 여자나 개인적으로 자주 tipi에 모여서 다음 춤을 위한 새 노래며 옛 노래를 연습했다 …… 블랙 코이오트 (Black Coyote)의 tipi에서는, 연습은 매일 밤 이루어지다시피 하고 …… 1회에 보통 약 3시간은 계속되었다.
> 이런 경우, 8-12명이 출석하고 있었다 …… 기도가 끝나면, 무얼 우선 노래부를 것인가에 관해 상의했다 …… 노래의 의미가 확실하지 않은 곳에서는 때때로 설명이 이루어진다 …… 마지막으로 10시 무렵이 되면 전원 일어서서 마무리 노래를 부르고 …… 이것으로 연습이 끝나는 것이었다 (1896:918).

코치티 (Cochiti)족에 관해 Lange은 연습을 통해 더욱 광범한 준비가 이루어진다는 것을 기록했다.

> 7월 14일의 축제날을 위해 준비하는 한편, 일찌감치 5월에 kiva mayorli는 코러스의 멤버들에게 노래에 관해 생각하기 시작하도록 귀뜸한다. 그는 최종적인 선별을 하고, 코러스는 6월 15일 무렵에 연습을

개시한다. 약 2주간, 그들은 각각 공동의 집에 저녁마다 모여서 사설과 멜로디를 익힌다 …… .

7월 11일부터 축제 4일 전까지 연습은 하루 건너 저녁 무렵에 행해진다. 마지막 네 번의 연습은 kivas에서 무용수와 맞춰서 행해진다 (1959:351).

Roberts와 Swadesh는 누트카족의 연습에 관해 약간 상세히 기술한다.

potlatch (겨울 축제)가 행해지는 전야 …… 가수들은 연습을 위해 호출된다. 그 연습을 위해 사람들은 행사를 주최하려는 사람의 집으로 간다. 연습의 즐거움의 일부로서 음식을 준비해 두었다. 공식적인 연습도 있는가 하면 어떤 것은 매우 비공식적이다 …… 공식적인 연습에서는 지도자에게 복종한다. 혼도 내고, 잘 되지 않으면 무척 엄격해지기도 한다. 문제를 일으키는 자나 교정이 곤란한 자는 연습에서 빼버린다.

연습 중에는 명창이 상자 같은 것 위에 올라가서, 잡은 지휘봉이 보이도록 한다. 남자 가수들과 여자 가수들이 양쪽에 따로 따로 선다. 그는 처음에 목소리를 나긋나긋하게 하고 모두의 주의를 끌기 위해 <whoo>하고 4번 소리친다. 그러면 나머지 사람들이 <whoo>하고 화창하고 손뼉을 치기 시작한다.

명창은 팔을 들어서 그가 노래부르기 전에 박자를 제시한다. 즉 그것이 금후의 박자가 된다는 말이다 …… .

잠시 박자를 맞춘 뒤에 명창이 노래를 시작하고 1절 또는 1번을 죽 부른다. 이어서 그가 지휘봉을 가진 손을 움직이면 고수들과 가수들이 일제히 그와 함께 시작한다. 손뼉치기로 지휘봉에 맞춰서 박자를 맞추고 노래를 시작한다 (1955:204).

Roberts와 Swadesh도, 어려운 특질을 지니고 있기 때문에 연습을 필요로 하는 특수한 종류의 노래들에 관해 보고한다.

오세아니아에 관해서는 McLeod가 티코피아 (Tikopia)섬에서의 연습의 중요성을 기록하고 (1957:138), Burrows는 우베아 (Uvea)와 푸투나 (Futuna) 섬에 관해 다음과 같은 말을 한다. <내가 연습을 들은 것은 실지 연주에 앞서 기억을 새롭게 하기 위해 한 그룹이 voce의 노래를 복습하고 있을 때뿐이었다> (1945:91). 다음은 피지 (Fiji) 군도의 남라우 (Lau)에서의 Laura Thomson의 말이다.

> meke의 연습은 부락 전체의 즐거움을 마련한다. 중요한 행사 전 2~3개월 동안 …… 거의 매일 오후, 달 밝은 때는 매일 밤, 의례에 입각해서 meke를 연습한다. 춤은 각자가 세부를 모두 마스터할 때까지 수없이 되풀이 연습한다. 연습은 부락의 여자들과 어린이들이 전원 참가하는 사회적 행사다 (1940:76).

Mead는 11~12세의 뉴기니아 소년들에 관해 말하는 가운데 <소녀들은 소년만큼 연습하지는 않는다. 그녀들의 손에 돌아가는 것은 장차 사람이 죽었을 때 치는 북을 단 한번 칠 따름이기 때문이다> (1930:34)라고 말한다.

Mead는 또한 발리섬에서는 연습 과정이 실연보다 더욱 중요하게 여겨지는 경향이 있다는 점을 지적하고, 그리하여 음악에 대한 우리와는 다른 태도를 강조한다.

> 발리섬 부락의 젊은 남자들 혹은 젊은 남녀들이나 어린이들이 무엇인가 특별한 음악을 연주하기 위해 클럽을 만들고자 할 때 …… 부락의 다른 사람들의 관심은 미국에서처럼 최종적인 공연에 쏠리는 것이 아니라 …… 연습에 쏠린다. ……
> 연주하는 일보다도 오히려 행위를 하는 방법에서 오는 기쁨 그리고

음악 그것보다도 연주되는 방식에서 기쁨이 발리섬에서의 본질이며, 당연하게도 그것은 발리인의 성격에 연유하는 것이다. 그 기쁨 때문에 연습 활동에 전념하고, 클라이맥스나 자기 주장의 회피를 학습하는 것이다 ······ .

연습중인 그룹의 주위에는 타인도 앉아서 역시 악기들은 연주한다. 그들은 귀를 기울이고 뉘앙스나 변화를 즐기며, 연주자가 지치거나 휴식을 위해 **빠져나가고**, 청중 누군가가 교체할 수 있을 때를 대기한다. 왜냐하면 발리섬의 남자라면 누구나 인생의 한 시기, 비록 월 1회라도 그 사원의 악단이나 그 사원 (寺院) 고유의 축제를 위해 연주할 때에는 전문 음악가이기 때문이다 (1941 – 42:80, 81, 86).

아프리카에서의 연습의 모양을 기술한 기록을 발견하기란 매우 어렵다. 그러나 다양한 교습 기술에 관련해서 연습에 언급할 몇몇 기회는 이미 있었다. 이와 같이 민족 음악학의 문헌에 기술이 분명히 결여되어 있다는 것은 확실히 아프리카 음악가들이 연습을 하지 않기 때문이 아니라, 오히려 연습의 문제가 그다지 널리 주의를 받지 않았기 때문이다. 바송귀족 사이에서는 음악가의 생활에서 연습은 당연한 사실로 알려져 있다. 매일은 하지 않을지라도 적어도 1주에 1회는 연습한다고 모든 음악가들은 말한다. 이같은 연습 시간의 길이를 정하는 것은 어려운 일이지만, 음악가들의 말에 따르면 적어도 이론상으로는 최저 주 3~4시간이라는 상당한 시간이 연습에 할애되고 있다.

음악 학습을 둘러싼 문제들은 대단히 중요하다. 왜냐하면 그것에 의해 우리는 그 사회의 음악 교육의 방법·행위자·내용은 물론이요 어떻게 해서 음악이 산출되는가 등에 관한 지식을 알 수 있게 되기 때문이다. 그 청중에 의한 연주 비판에 대한 음악가의 반응을 통해 작품과 개념 사이의 관계가 확립되는 것은 학습 과정에서이다. 음악가로서의 성격은 연습을 통해 유지되고, 이것이 또 연속하는 학습의 한 형태가 되고, 시대의 변천에 따라 음악 연주상의 개념을 바꾸어 가는 동시에 기술의 완벽성을 유지해 가는 것을 가능케 하는 것이다.

그러나 학습이라고 하는 개념은 일반적으로 문화와 더욱 밀접한 관계를 가지고 있다. 특히 변화와 안정이라는 문제에 관련하고 있다. Gillin은 이런 사실에서 학습 과정 일반뿐 아니라 음악 학습에 관한 이해도 돕는 다음 네 가지 점을 강조한 바 있다 (1948:248 – 49). 첫째는, <문화는 학습을 위한 여러 조건을 제공한다>. 태어났을 때, 어린이는 그와 자연 그대로의 생활 환경 사이에 완충물로서 작용하는 인공의 환경 속에 들어간다. 그는 그 문화에 특유한 수없이 많은 인공물들에 에워싸인다. 물론 어떤 상황하에서는 어떤 정해진 방법으로 행동하는 것을 배운 어른들에게도 에워싸인다. 따라서 인공물이나 사람들의 행동은 일련의 자극적 상황을 만들어내고, 그것이 지속적으로 성장해 가는 어린이에게 달라붙는다. 그리고 어린이들은 그것에 대해 작정된 반응을 배우지 않으면 안된다.

둘째로는, <문화는 조직적으로 적절한 반응을 이끌어낸다>. 어린이의 행동 중 상당한 양의 것이 시행착오에 의해 학습되는 한편, 어떠한 사회도 어떤 상황하에서 적절하다고 여겨지는 반응을 일으키기 위해 특별한 노력을 기울인다. 어린이는 젖을 떼게 되고, 배변을 배우며, 이런 때에는 이런 노래를 부르는 법이라는 등을 배운다. 요구되는 반응은 각문화에 따라 다양하며, 그 강도나 방향도 가지각색이지만, 개개인이 온갖 것을 시행착오만으로 발견해 가면서 성장해 가는 그런 사회는 하나도 없다.

셋째는, <문화는 그 작품이나 행위자를 통해 증강을 도모한다>. 모든 문화에 있어 적절한 자극이 나타나고, 적절한 반응이 유도된다. 그리고 또한 학습 과정을 촉진시켜서 바람직하지 못한 습관을 없애기 위해 포상이나 징벌과 같은 끊임없는 압력이 가해진다. <그리하여 문화는 비단 학습된 행동일 뿐 아니라, 복잡 다기한 유형의 **학습** 행동을 위한 기구이기도 하다고 우리는 말할 수 있다>.

마지막으로 <그러므로 한 사회의 문화는, 그 문화를 짊어지고 있는 주민이 사멸하지 않는 한, 자율적으로 영속하는 일정한 방향성을 가진다>. 바꾸어 말하면, 문화가 안정을 획득하는 것은 학습이나 문화화를 통해서다. 한 세대의 사람들은 다른 세대의 사람들에게 문화란 무엇이며, 무엇을 하는지를 가르쳐 주기 때문이다.

동시에 문화는 학습되기 때문에 자극과 반응의 상황이 변하면 문화도 역시 변한다. 좀 더 옛 세대의 사람들은 자기네들이 자란 시대의 문화가 제일 좋았다고 느끼고, 그것을 전수한다. 만약 상황이 변해 버리면 어린이들은 다른 환경 속에서 자라게 되고 자기네들의 기호에 맞춰서 문화의 수정을 시도하고, 이번에는 다음 세대로 그 결과를 전한다. 이런 유형의 변화는 보통 미세하며 점진적으로 일어나는 것이지만, 돌연한 혁명적 변화도 일어날 수 있고 실제로 일어나고 있다. 그러나 혁명적 변화는 인류 역사상 많이 일어나지는 않는다. 반면 문화화에서 생기는 작은 점진적 변화는 항시 존재한다. 문화는 안정되어 있되 정지하지는 않는다. 그러기는커녕 다이내믹하며 언제나 변화한다. 이 사실에 의해 나이 많은 세대는 언제나 나이가 어린 세대가 가져다주는 변화에 되도록 순응하지 않으면 안되기 때문에, 일생을 통해 문화화가 존속한다는 사실이 설명된다. 이 사실은 또 <옛날의 좋은 시대는 끝났어>라든가 <무엇이고 옛날 같

지 않아>라고 하는 온 세계에 보편적으로 보이는 노인 세대의 반응도 설명한다.

이리하여 문화가 그 안정성을 획득하고 영속하는 것은 교육·문화화·문화적 학습을 통해서다. 그러나 문화가 변화하거나 다이내믹한 특질을 이끌어내는 것도 이와 같은 문화 학습의 과정을 통해서인 것이다. 문화 전체에 진실인 것은 음악에 관해서도 진실이다. 음악에서의 학습 과정은, 사람들이 만들어내는 음을 이해하는 데 있어 핵심을 이룬다.

제 9 장
창작 과정

　창작은 앞의 장에서 다룬 학습 과정의 일부며, 민중의 수용이나 거절에 의해 형성되고, 그것을 실제로 행하는 개인에 의해 학습되며, 음악의 변용과 안정에 공헌하는 것이다. 여기서는 개인으로서의 창작가에 초점을 맞출 의향은 없다. 그것에 관해서는 이미 Dennison Nash (1956 - 57, 1961)에 의해 더 앞선 연구가 이루어져 있기 때문이다. 차라리 가장 문제로 삼고 싶은 것은 과정으로서의 창작 — 어떻게 새로운 노래들이 산출되는가 하는 점이다.

　Bruno Nettl은 무문자 사회 사람들의 창작에 관해 세 가지 점을 논한바 있는데 (1945b:81), 그것을 여기서 다시 말하는 것이 유익할 것이다. 첫째, 어떠한 음악의 창작도 궁극적으로는 개인 내지는 개인 집단의 정신의 소산이라는 점이다. 이것은 19세기의 Grimm 형제에 의해 제창되었고, 지금도 이따금 민속 (folklore)의 종목에 관련해서 인용되는 견해에 대한 반론이다. Grimm형제의 논의에 의하면 민속이란 사람들 전체의 의사 표명이며, 실재의 것으로서 언급되어 있는 집단이 민속의 하나 하나의 창조자라는 것이다. 이 결론은 개인의 작품과 가장 넓은 의미에서의 양식 (style)의 차이를 인식한 뒤라면 받아들여지지만, 구체적으로 작용할 단계가 되면 실제로는 별로 긍정할 수 있는 것은 아니다. 왜냐하면

그 이론에 의하면 개인의 창작이라는 것은 없으며, 민속의 어떠한 종목
도 모든 사람들이 그 작은 부분 부분의 창작에 기여한 결과 실체를 가진
간추려진 것으로서 통합되어서 이루어졌다고 하기 때문이다. 이렇게 보
았을 경우, 이 이론은 문화를 문화의 창조자로 간주하는 개념을 얼마간
암시한다. 나중에 좀더 자세히 언급하게 되겠지만, 양식의 성립에 대해서
는 집단의 공헌들이 있으며, 또 개인의 모임이 함께 작용하는 창작 과정
도 알려져 있다. 그러나 모든 경우에 창작적인 작용을 하는 개인이 존재
한다. 개개의 문화는 단순히 어디선지 모르게 출현하는 것은 아니다. 창
작이 현실적으로 행해진 뒤에 그것이 누구의 손에 의한 것인가가 명확히
되느냐 마느냐는 고사간에, 특정한 개인의 공헌이 거기엔 반드시 있는
법이다.

둘째 점은 Nettl이 다음과 같이 지적했다. <…… 고문화 (高文化)에서
의 음악과는 대조적으로, 프리미티브 (primmitive)한 음악이 기록되지 않
고 (혹은 기록을 보존하지 않고) 창작된다는 것을 제외하고는, 프리미티
브한 음악과 고문화의 그것을 특히 대립시키는 창작 기술로서 보편적으
로 말할 수 있는 것은 아무것도 없다> (앞의 책, 같은 곳). 일반적으로
말해서 이것은 올바른 것처럼 보인다. 무문자 사회에서는 기술이나 창작
과정에 관한 논의가 서양에서처럼 의식되지 않는다는 설명도 아마 덧붙
이지 않으면 안될 것이다.

이것이 Nettl이 논한 세 번째이자 마지막 논점을 이끌어내게 된다. 즉
<의식적 창작>이라고 불렀던 것과 관련된다 (1954b:86, 1956: 16). 그것은
음악 작품을 창작하기 위해 희망하는 목적을 향해 방향이 잡힌 특정 행
위를 의식하고 있는 개인이 심혈을 기울여 계획적으로 수행하는 과정을

가리킨다. 이 <의식적 창작>이라는 말은 이를테면 영감이 초자연적인 것으로부터 직접 찾아오는 그런 창작 기법과 대립시켜 생각할 때는 이해하기 쉬우나, 한편 그것은 반드시 바람직한 것이라고는 말하기 어려운 두 가지 내용을 안고 있는 것처럼 보인다. 하나는 영어의 표현상 이분법적 태도를 의미한다는 점이다. 즉 한편에 의식적 창작이 있다면, 그 반대편에 무의식적 창작이 있어야 한다. 그리고 개인에 대해 말하자면, 초자연적인 것이 단숨에 새로운 노래를 준다는 생각을 하지 않는 경우에는 어떠한 창작도 모두 의식적인 것이 되어 버린다. 제2의 점은 제1의 점에서 파생하게 된다. 즉 여기서는 이를테면 황홀 상태에서 이루어지는 창작 과정에 관해서는 우리는 비교적 아무 것도 알지 못하고 있는데, 그럼에도 불구하고 비단 창작된 음악의 구조뿐 아니라, 그 창작이 이루어진 과정의 구조까지도 표시하는 증거가 있다. 그러므로 <의식적 창작>이라는 말을 사용하는 것을 이해 못하는 것은 아니나, 여기서는 Nettl의 말로서 언급할 때 이외에는 <의식적 창작>이라는 표현은 사용하지 않을 것이다.

<프리미티브한 사람들은 음악 창조를 자의식적인 노력의 대상으로는 생각하지 않는다>라는 Leonard Meyer의 주장 (1956:239)에도 불구하고, 무문자 사회 사람들이 음악 창작을 알고 있으며, 그것을 특수한 과정으로 인식하고, 많은 경우 그것을 논의의 대상으로 할 수 있다는 것을 보이는 수많은 증거가 있다. 창작은 많은 문화에 있어 확인되어 있으며, 개중에는 이를테면 이보 (Ibo)족 (Basden 1921:190), 그로스 벤트르 (Gros Ventre)족 (Flannery 1953:91,98,99), 오하마 (Omaha)족 (Fletcher & LaFlesche 1911:36), 솔로몬 군도 (Douglas L. Oliver 1955:319), 바울레 (Baoule)족 (Thurow 1956:10), 영국령 뉴기니아의 마풀루 (Mafulu)족 (Williamson

1912:216), 티코피아섬 사람들 (Tikopians) (Firth 1940:passim) 등의 문화가 있다. 이 모든 경우 그리고 그 밖의 많은 경우에 창작은 새로운 음악을 만드는 특정한 기술로 인식되어 있다. 실제로 몇몇 사회에서는, 창작이 직접 강제되는 일이 기록되어 있다. 이를테면 Basden은 이보족에 관해 <음악가는 모든 곡을 귀로 듣고서 배우지 않으면 안되며, 또 자기 자신의 곡들도 만들지 않으면 안된다> (1933 :155)고 말한다. Anderson이 인용한 Gill의 말에 의하면, 폴리네시아의 만가이아 섬에서 <소위 죽음의 이야기 (death talk)에서 성인 남자의 친척들은 한 사람 한 사람이 노래를 낭창 (朗唱)하지 않으면 안된다. 만약 스스로 창작할 수 없으면, 누군가에 돈을 지불하고서 자신을 위해 적당한 노래를 만들어야 한다> Densmore는 테톤 수 (Teton Sioux)족에 관해서는 <의식의 노래들은 부르는 사람에 의해 창작되거나 혹은 전에 그 임무를 맡고 있어서 의무상 그에게 교습한 일이 있는 사람으로부터 사들이지 않으면 안된다> (1917:101 - 02)고 말한다. 이러한 경우 창작은 사회에 의해 공인될 뿐만 아니라, 개인이 창작할 수 있으며, 그 결과 그 문화의 음악 전체에 대해 공헌할 수 있는 것으로 기대되어 있는 모양이다.

우리는 이미 이 책의 제4장에서 여러 가지 문화에 있어 음악이 나오는 바 원천에 관한 개념들을 논할 기회가 있었다. 그 중에는 개인에 의한 창작, 초자연적인 것으로부터 나온 음악, 그리고 타인으로부터 차용한 음악이 포함되어 있었다. 이 두 번째 원천 곧 초자연적인 것에 돌아가서 생각해 볼 때, 그 설명으로서는 평원 인디언 사이에서는 환영 체험의 현상이 그 문화에 있어 <강력>하고도 <참된> 음악이라고 간주된 노래의 궁극적인 원천이라고 오랫동안 인식되어 왔다는 사실을 말하는 것만으

로 충분할 것이다. 그렇지만 환영 체험과 결부된 창작 과정을 생각할 때,
두 가지 길밖에는 생각할 수가 없다. 하나는 초자연적인 것 혹은 다른
영감의 번뜩임과 더불어 노래가 기원자(祈願者)에게 찾아오는 경우다.
따라서 그 과정은 실제로는 순간적인 것이라고 우리는 가정할 수 있다.
두 번째 것 그리고 더욱 가능성이 큰 것으로 여겨지는 것은, 보통 며칠
동안 거의 물도 마시지 않고 단식한 기원자의 쇠약한 상태가 환영 활동
을 돕고, 또 이런 의미에서는 기원자의 눈에 비친 환상은 <진실>하다는
점이다. 아무튼 강조되어야 할 점은 환영 체험, 유난히 그 속에 포함된 노
래의 어떤 종류의 측면에 관한 체험은 그 문화 속에서 표준화되는 경향
이 있다는 점이다. 플래트헤드(Flathead) 인디언의 경우, 이 표준화는 그
몇 가지 부분에 있어 실제의 창작 과정을 상징적으로 반영한다는 것도
있을 수 있다. 이 과정이 어떠한 것인지를 나타내기 위해 플래트헤드족에
서의 두서너 가지 환상 체험과 그 밖의 초자연적 체험을 인용해 보자.

> 내가 여섯 살 무렵에 아버지는 스틱 게임(stick game)에 져서 나의
> 말을 잃고 말았다. 이긴 사람은 그 말을 가지고 가 버렸다. 나는 울면
> 서 뒤를 따라갔다. 그러자 사슴가죽 옷을 입은 부인이 이 노래를 부르
> 면서 내 쪽으로 오는 것이 보였다. 그녀는 더 좋은 말이 손에 들어올
> 것이니 집으로 돌아가라고 말했다. 그리고 <말 한 마리 가지고 울지
> 말라>고 했다.
> 한 사나이가 사냥에 나섰다. 그는 사냥감의 흔적이 난 지점에 앉아
> 서 숨어 기다리고 있었다. 그때 그는 누군가가 노래를 부르고 있는 걸
> 들었다. <이 근방에 사람이 틀림없이 있구나>하고 그는 생각했다. 그
> 래서 그 자리에서 일어서서 누가 오기를 기다렸다. 마침내 일각대우록
> (一角大牛鹿)이 덤불 속에서 나오더니 그에게 말했다. <이것은 그대의
> 노래다, 정말로 이 노래가 필요하다면 불러라>. 그것은 사랑의 노래였

다. 그래서 그는 그 일각수를 죽이지 않았다. 큰 사슴도 두 번 다시 죽이지 않았다.

일찍이 권력을 구하던 사람이 있었다. 한 사나이가 멀리서 노래를 부르며 오는 것이 들렸다. 그는 마침내 그 사나이와 만났다. 그 사나이는 스틱 게임의 노래를 부르고 있었다. 그 사나이는 젊은 친구에게 말했다. <그대가 일정한 연령에 달했을 때 이 노래를 스틱 게임용으로 사용할 수 있다>. 젊은 사나이는 그것을 사용할 때까지 그 노래를 기억하고 있었다.

옛날 EBS와 그녀의 남편은 지금 PP의 오두막집이 있는 근방에서 워 댄스 (war dance)에 참가했다. 그들은 집에 돌아오는 도중 현재의 BS의 집 아래를 흐르는 시내를 건넜다. 그들은 그 날밤 거기서 야숙하기로 했다. 마침 새벽 무렵, 그들이 자려고 드러누웠을 때, 먼데서 피리 소리가 들려 왔다. 그 소리는 점점 가까이 왔으나, 누가 불고 있는 것인지 보려고 일어나자 그것은 다시 저쪽으로 멀리 가 버렸다. 그들은 그 것이 누구인지를 알지 못했고 발견할 수도 없었다.

이런 종류의 초자연적인 경험은 몇몇 플래트헤드족에 의해 객관화될 수 있으며, 적어도 그들은 그 경험에서 일련의 두드러진 패턴들을 보고 있다. 그리하여 한 인포먼트 (informant)는 이같은 경험에 관해 다음과 같이 말했다.

기가 꺾였거나 무엇을 하면 좋을지 알지 못할 때, 자기 텐트 주위에 주저앉아 있으면, 신령이 찾아와서 무엇을 하면 좋은지를 일러줄 것이다. 때때로 저 멀리서 노래 소리가 들리고, 그것이 가까이 오는 걸 들을 수도 있다. 해 뜨기 전에 그 신령이 언제나 동쪽에서 오는 소리가 들린다. 텐트는 언제나 동향이며 귀는 세워져 있다 (귀란 텐트에 붙은 연기 배출구멍을 가리킨다). 신령은 멀리서 찾아와서 그 귀를 치는 것이다. 그러고 나서 귀를 따라 내려와서 그 사람 앞에 선다. 무엇을 하

면 좋은지를 일러주고 노래를 부른다. 텐트를 향해 찾아올 때도 몇 번
이고 되풀이 같은 노래를 부르고 있었다.

　이러한 가지각색 경험들에서는 위에서 인용한 경험의 객관화에서 보
는 바와 마찬가지로 그 과정의 한 측면이 거듭 거듭 되풀이되고 있는 것
처럼 보인다. 체험의 기원자 (祈願者)가 나중에 배우게 될 노래는 처음에
는 멀리서 들려온다는 사실이다. 그 노래를 부르고 있는 존재는 끊임없
이 노래를 부르면서 점점 가까이 다가와서, 마침내는 실제로 나타난다.
문제점을 너무 확대해서 생각하지 않더라도, 이 정형화한 초자연적 패턴
은 창작의 과정을 상징적으로 보여 주고 있는 것처럼 보인다. 즉 노래는
처음엔 희미하게 들리고 (막연한 모습이 주어져서), 그 뒤에 초자연적인
것이 가까이 옴에 따라서 (기원자가 실제로는 스스로 창작하고 있는 노
래의 구성에 관해 더욱 강한 인식을 얻음에 따라서) 점점 명료해진다. 이
패턴이 나타나지 않는 플래트헤드족 사이에서는 이런 경험은 거의 존재
하지 않는다. 그리고 사람들은 여기에 제시한 바와 같은 해석을 열심히
부정하려고 하지만, 이미 말한 바와 같은 방법으로 환영과 착각은 긴밀
히 결부되어 있는 것처럼 보인다. 이것은 음악과 환영 체험에 관한 그
밖의 사실들에 의해 더욱 실증된다. 다음의 환영 체험에 관한 보고에서
는 서서히 접근해 오고 있다는 패턴은 보이지 않으나, 그 대신 노래가
몇 번이고 되풀이되는 현상에 영향을 받아서 그 노래를 배우게 된다고
하는 또 하나의 패턴이 제시되어 있다는 것에 주목하는 것이 중요하다.
인포먼트의 기억으로는 그때 <8살이나 9살>이었다고 한다. 그의 양친이
광상 (鑛床)의 어떤 모양을 조사하고 있는 동안 그와 그의 누이동생은
광야에 홀로 남겨져 있었다. 그의 누이동생이 돌연 위를 쳐다보니 <굉장

히 큰 회색 곰>이 그들 쪽으로 오고 있는 것이 보였다. 그녀는 오빠의 주의를 촉구했으며 그 뒤의 일을 그는 다음과 같이 말한다.

> 나는 정신을 잃었다. 나는 저 멀리 산꼭대기에 와 있었다. 사람들은 춤을 추고 노래를 부르고 스틱 게임을 하거나 트럼프 놀이를 하고 있었다. 주위를 둘러보니 노래를 하고 있는 것은 나였다. 그리고 나서 나는 다시 정신을 잃었다. 이어서 나는 다른 산정에서 먼저와 마찬가지 사람들과 같은 짓을 하고 있었다. 저 회색 곰이 언제나 나를 되돌려 주었다. 이러한 일이 4개의 산정에서 일어났던 것이다. 사람들은 모두 머리에 수달피 가죽을 두르고 있었다. 거기에는 온갖 동물들이 노래를 부르고 춤을 추고 있었다. 노래부르고 있는 것은 언제나 나였다.

4라는 숫자도 물론 이 패턴의 일부다. 그러나 소년은 후에 이것과 그 밖의 환영을 바탕으로 해서 중요한 샤만이 되었는데, 인용문에서 의미가 있는 것은 소년이 적어도 네 차례 그 노래를 <들었다>는 점이다. 초자연적인 상황에서 노래의 획득에 성공할 수 있다고 기대되는 경우, 창작자의 머릿속에 네 번 되풀이되면, 하나의 새로운 노래를 확립하는 데 충분하다는 것은 이치에 맞는 것 같다.

환영 체험과 창작의 관계를 더욱 파들어가 보면, 어떻게 노래가 학습되는지에 관한 의견이 인포먼트들 사이에서 다르다는 사실을 발견하게 될 것이다. 초자연적인 것은 단 1회만 노래를 부르지 않으면 안된다고 말하는 사람이 있는가 하면, 노래를 배우는 것은 여러 번 되풀이해서만 비로소 달성될 수 있는 어려운 과정이었다고 말하는 사람도 있다. 바꾸어 말하면, 한 번 듣는 것만으로 배운 사람은 노래를 창작하는 솜씨가 비교적 빠르고, 반면 노래의 <학습>에 곤란을 느낀 사람은 새로운 노래를 창작하는 솜씨가 뒤져 있다고 여겨진다. 애석하게도, 플래트헤드족 사이에서 노래를 배우는 것이 느린 사람에 관한 정보를 그 사람의 그 뒤의 음악 <경력>과 대응시켜 보는 것은 불가능하다. 그러나 배우는 것이 느린 사람은 빼어난 음악가는 되지 못하는 것 같다.

환영 체험이나 그 밖의 초자연적인 체험과 창작 과정의 관계에 대한 이런 해석은 적어도 플래트헤드족의 경우에는 이치에 맞는 것처럼 보인다. 그것이 그 밖의 부족의 집단들까지 적용 범위가 넓혀지는지의 여부는 알지 못하나, 문헌에는 유사한 과정을 암시하는 지적이 몇 가지 보인다. 이를테면 포니 (Pawnee)족에 관해 Densmore는 멀리 떨어진 곳에서 들려온다는 동일한 과정이 작용하고 있음을 보여 주는 노래 학습의 경험에 관해 자세히 말한다.

> 한 젊은이가 세상을 뜬 양친을 슬퍼하고 있을 때에 꿈 속에서 이 노래를 들었다. 그는 한 여인이 제게로 오는 것을 보고 <어머니가 오신다>고 말했다. 그 여인은 <그대는 나를 보았으니, 이제 이 노래를 배우지 않으면 안된다>고 말했다. 그 젊은이는 그 노래를 배웠고, 그 후 오래 살았고 곰춤 (Bear Dance)의 일원이 되었다 (1929:37).

더욱 중요한 설명이 Wissler에 의해 이루어져 있는데, 브랙피트 (Black-feet)족의 어떤 사람이 환영 체험을 통해 한 노래를 획득한 모양을 다루고 있다.

> 오늘날도 새로운 노래들의 정교한 창작이 진행되고 있다는 것을 우리는 확신한다. 어떤 사람이 먼 데 있는 부족의 노래들을 듣고 싶다고 필자에게 부탁했다. 축음기 같은 것을 가지고 있었으므로 그의 요구에 응할 수 있었다. 몇 번 되풀이하자 그는 정확히 따라올 수 있었으며,

몇 번이고 되풀이 콧노래를 하면서 떠나갔다. 얼마 후에 그는 이젠 노래의 가사를 바꿔 버리고서 <무엇인가를 꿈꿀 것을 기대했다>라고 마지못해 인정했던 것이다 (1912:104).

위네바고 (Winnebago) 인디언의 한 사람인 Crashing Thunder는 그의 자서전에서 환영 체험 동안에 초자연적인 것의 내방을 받았다는 것은 거짓이었다고 말한다 (Radin 1926:26). 그는 그렇게 상세히 말하고 있는 것은 아니니까, 그 역시 거짓 환영에 입각해서 노래를 만들었는지 여부에 관해서는 우리는 추측할 수밖에 없다. 그러나 이런 예들로 비추어 보아 적어도 어떤 창작은 환영 체험 이전에 마련되어 있거나 혹은 실패에 그친 기원 (祈願)을 계기로 이루어졌는지도 모른다는 것은 매우 가능성이 있어 보인다.

어떻든 간에 환영 체험 혹은 초자연적 체험을 통한 노래의 학습은 분명히 창작의 한 과정이며, <의식적> 창작과 <무의식적> 창작으로 나누는 이분법은 창작 과정에 불필요한 구별을 밀어붙이는 것으로 보인다. 물론 말려들어간 개인의 입장에서는 차이가 당연히 일어날 수 있다. 여기서도 역시 민중 평가 쪽이 객관적 분석보다 강조되게 마련이다. 그러나 실질적인 많은 경우에 창작 과정은 그 개인이 속해 있는 문화의 지시를 받고 있어서 스스로 인식하고 있는 이상으로 의식적인 것은 아니라고 여겨진다.

유사한 과정은 개인이 황홀 상태나 무엇에 사로잡혀 있는 상태에서 창작하는 경우에도 작용하고 있는지도 모르지만, 그에 관한 기술이 퍽 드물기 때문에 결론에까지 이를 수는 없다. Gbeho는 일찍이 황금해안의 음악에 관해 다음과 같이 기록한다.

여러 해 전에는, 음악에 <사로잡힌> 사람을 보는 것은 진기한 일은
아니었다. 그는 숲 속에서 혼자 노래를 부르거나 새로운 가락을 창조
하거나 해서, 제 손수 만족하면 노래부르면서 마을로 돌아오는 것이었
다. 마을 사람들은 모두 그를 만나러 가서, 그와 함께 노래부르고 두서
너명 음악적인 사람이 그의 새로운 곡을 배우기 위해 선발되며, 또 그
들이 다른 사람들에게 가르쳐 주는 것이었다 (1952:31).

아메리카 인디언들에 관해서는 Mooney가 다음과 같이 쓴 바 있다.

망령춤의 노래 (Ghost - dance song)는 메시아 종교 연구와의 관련
에서 다시 없이 중요하다. 우리는 그 가운데서 옛날의 관습·의례·훨씬
전에 스러져 버린 생활 양식 등에 대한 수 없는 언급과 아울러서 ……
그 교의 자체도 많이 찾아낼 수 있기 때문이다. …… 이런 노래들의 수
는 끝이 없다. 황홀 상태에 빠진 사람은 의식을 되돌리면 영적 세계에
서의 경험을 노래라는 모습으로 구현하니까, 춤출 때마다 황홀 상태가
일어나 새로운 노래가 창출되기 때문이다 (1896:953).

이상과 같은 짧은 인용에서는 황홀 상태 혹은 사로잡힌 상태가 창작으로
향한 틀을 형성한다는 것 이외에 일러주는 것이 없다. 이같은 상황하에
서 창작 과정이란 어떤 것인가 하는 것은 더욱 조사를 진행시키지 않으
면 확인할 수 없다.

좀 더 깊이 창작에 관해 이해하려면, 그 사회에서는 누가 창작자인지
를 알 필요가 있다. 문헌으로부터는 적어도 세 종류의 창작가를 동정 (同
定)할 수 있다. 첫째, 전문 창작가가 있다. 그 사람은 활동으로 보수를 받
는 경우도 있고 그렇지 않은 경우도 있으나, 사회적으로 이 전문적인 기
능을 수행하는 것이 인정되어 있는 사람이다. Bell은 뉴 아일랜드 (New

Ireland)의 탄가 (Tanga)인에 관해 다음과 같이 쓴다.

　　춤 선생은 자기가 창작한 것들과 어디 다른 곳에서 보고서 손수 섬
으로 소개한 그 밖의 다른 노래들이며 춤의 수순에 대해서는 양도할
수 없는 권리를 가지고 있다. 춤은 공적인 사항이지만 …… 감히 원작
을 표절하려고 하는 다른 부락은 없다 …… 창작자가 알려져 있지 않
은 춤은 탄가에는 하나도 없었다 (1935:108).

　마오리 (Maori)족에 관해 Best가 다음과 같이 쓴다. <토착인들이 노래
들을 창작하는 그 용이함이야말로 괄목할 만하다 …… 전에는 몇 사람의
전문가들이 노래를 만드는 데 많은 시간을 허비했던 모양이다. Tuhoe
지구의 한 여성인 Mihi-ki-te-kapua라든가 남성인 Piki 등은 명예롭
게도 대단히 많은 노래를 가지고 있다> (1925:111). Peter Buck의 말에
의하면 남폴리네시아의 만가레바 (Mangareva)섬에서 <몇 사람인가는
노래부르는 일은 물론이요 창작하는 일을 가르칠 수 있어서 전문가로 인
정받기에 이르렀다> (1938:305). 그리고 Thurnwald는 솔로몬 군도의 부
인 (Buin)에는 보수를 받는 창작가들이 있다고 기록한다 (1936:6).
Douglas Oliver도 솔로몬 군도에 관해 다음 같이 쓴다. <추장들은 가끔
창작가에게 제례용 노래의 곡이나 사설을 만들도록 위임하고, 돼지고기
나 패화 (貝貨)로 지불한다. 그러나 동시에 이런 창작가들도 친척이나 친
구의 제례를 위해 자진해서 창작품을 제공한다> (1955:355). 그리고
Elbert는 마르케사스 (Marquesas) 군도의 한 전문 창작가에 관해 이렇게
말한다.

　　Moa Tetua는 1900년 경에 죽은 소경 나환자였다. 읽고 쓸 줄도 몰

랐다. 그는 창작가로서 그리고 음악가로서 대단히 유명했기 때문에 토
착인들은 법을 어기면서까지 그의 연주를 듣기 위해 매일 밤 나병원
밖으로 모여들었다 …… 그의 음악은 개성적인 스타일과 풍부한 이미
져리를 지니며 다른 모든 *rari*로부터 격리되어 있었다. Moa Tetua는
자기 작품을 *fau*의 막대기를 때리는 음악에 맞추어 불렀다 (1941:76).

분명히 산발적으로밖에는 노래를 만들지 않고 심지어는 특별한 경우
에 한 곡밖에는 만든 일이 없는 그런 창작가도 존재한다. 이같은 사람들
은 창작가로서 칭찬을 받지 않으며, 그들의 작업은 독특한 것인 듯하다.
몬타나(Montana)의 그로스 벤트르(Gros Ventres)족에 관해 말하는 가
운데 Flannery는 이같은 창작가들을 꽤 많이 든다.

> 그 노래는 사로잡힌 그로스 벤트르의 여자들의 한 남편에 의해 만들
> 어졌다. 승리의 노래로 분류되는 또 하나의 노래는 한 젊은 사나이에
> 대한 신뢰가 정당화된 한 노인에 의해 창작되었다 …… 또 하나의 노
> 래는 머리 가죽이 일부 벗겨진 채 살아남은 한 사람의 Piegan인이 그
> 로스 벤트르족에 살해당할 때 만들었다 (1953:99).

Demetracopoulou는 어떤 윈투(Wintu)인의 노래에 관해 다음과 같이 말
한다. <내가 아는 바에 의하면 이것은 가장 인기 있는 윈투인의 노래다.
가난하기 때문에 결혼을 거절당한 사나이가 옛날 애인이 크로버를 먹으
며 연명하지 않으면 안될 만큼 영락하고 있다는 걸 알았을 때 만들어진
노래라고 한다> (1935:493). 마찬가지로 산발적인 창작의 예는 그 밖의
많은 자료로부터 들 수 있다. 이 패턴은 두 가지 관점에서 특히 중요하
다. 첫째, 그 문화에서 음악 전체의 형성에 공헌하는 것은 결코 전문적인

창작가만은 아니라는 사실이 여기에 명료하게 제시되어 있다. 그러기는 커녕 우발적인 <단발짜리> 창작은 상당히 다양한 비전문적인 개인에 의 해 이루어지고 있는 것처럼 보인다. 그리하여 실연이나 적의 살해가 음 악의 레퍼토리를 확대하는 원인이 될 수도 있는 것이다. 역시 일반론으 로 말한다는 것은 불가능하지만, 창작을 이끌 만한 그런 기회의 종류를 일람표를 만듦으로써, 특별한 종류의 창작에 요구되는 자극의 유형을 아 주 분명히 할 수 있을지도 모른다.

전문적이거나 아니거나 간에 개인에 의한 창작과는 별도로 문헌 속에 서는 노래란 참가하는 사람 전원에 의한 작품이라는 창작 집단에 관한 기 술도 없지 않다. Densmore는 수 (Sioux)족에 관해 다음과 같이 보고한다.

> 이와 관련해서 필자는 수족 사이에서 창작을 관찰한 결과를 기록하 고 싶다. 하나의 노래가 어떤 모임에서 불려졌다. 거기서 나는 말했다. <지금까지 내가 들은 일이 있는 어느 수족의 노래와도 달라서 특이한 점을 대단히 많이 가지고 있다>. 그러자 통역은 대답했다. <그 노래는 몇 사람의 남자가 최근 함께 만든 겁니다. 저마다 무엇인가를 제안했 고, 모든 걸 그 노래에 집약했습죠>. 이것은 지금까지 관찰해 온 인디 언 노래의 창작에 있어 유일한 공동 작업의 예다 (1922:26).

Densmore는 테톤 수족에 관한 글 속에서 필시 같은 경우라고 여겨지는 것에 언급한다 (1918 : 59). 상당히 빠른 시기에 Richard Dodge가 유사한 현상에 관해 말했는데, 관찰한 사람들의 이름은 듣지 않았다.

> 약탈에 성공해서 돌아온 일단의 전사들은 자기네 공훈을 노래로 기 억에 남겨 두지 않으면 안된다. 곡은 이미 결정돼 있지만, 앞으로 사설 을 거기에 맞추는 일이 있다 …… 한 사람이 한 행을 제안하면, 전원이

합창으로 그걸 불러 효과를 시험해 본다 …… 그 밖의 노래들의 경우
도 마찬가지다. 한 사람이 일련의 언어를 채용하고, 그것이 어떤 상황
이나 개인의 특성에 적합하면 잠시 동안 혹은 다른 언어로 바뀌어질
때까지 유행할 것이다 (1882:351).

필자가 알고 있는 집단 창작의 단 하나의 예는 트리니다드 (Trinidad) 섬
의 것이다. 여기서 Melville and Frances Herskovits는 <하나의 노래는
여러 사람들의 협력에 의하는 것일 수 있으나, 물론 어떠한 때에도 노래
를 만드는 사람으로서 빼어난 남녀들이 몇 사람씩은 있다> (1947:276)라
고 보고한다.

　따라서 민족 음악학의 문헌에는 세 <종류>의 창작자가 기록되어 있는
셈이다. 즉 전문적 창작가·우발적 창작가·집단 창작가다. 각유형이 세계
안에 얼마만큼씩 분포하고 있는가, 혹은 각유형은 노래 전체에서 얼마만
큼의 비율을 차지하고 있는가, 그리고 어느 사회에도 각유형을 대표하는
노래가 있는가, 집단이 이것을 토대로 해서 구별될 수 있는가의 여부에
관해서는 알려져 있지 않다. 그렇지만 창작자의 저변은 어떠한 사회에 있
어서도 보통 믿고 있는 이상으로 훨씬 넓을 것이라는 짐작은 간다.

　창작자가 누구이든 간에, 그 창작이 공식이건 비공식이건 그것을 부르
는 사람들에 의해 승인되지 않으면 안된다는 것은 명백하다. 비공식적인
승인은 단순히 그 노래를 부름으로 해서 성립한다. 이 과정에서 정확한
메커니즘이 무엇인지는 알려져 있지 않다. 마찬가지로 창작을 정식으로
승인하는 일에 관해서도 본래 문헌 속에 그다지 자주는 기록되어 있지
않은 모양 같다. 그러나 예외는 두 가지 있다. 그 하나는 Lane에 의한 나
이제리아의 티브 (Tiv)족에 관한 보고다. 이것은 승인 또는 거부에 관한

매우 공식적인 패턴에 언급하고, 겸사해서 창작가로서 비전문적인 사람
에 대해 다시금 주의를 촉구한다.

　　가장 중요한 타입의 노래는 Icham이라 일컬어진다. 이것은 코러스
　　(chorus)를 수반한 독창자에 의해 불려지고 종종 이 독창자가 창작자
　　가 된다. 새로운 노래는 작자에 의해 부족에 제출, 승인이 요구된다. 옛
　　곡에 새로운 사설을 붙일 따름인 경우조차도 <왕립 예술원의 개회>를
　　촉구할 수 있는 것이다. 당시의 카시나 알라(Katsina Ala)에서 가장
　　인기 있는 노래는 농업 노동자에 의해 만들어진 것이었다 ……
　　(1954:13).

이보다는 약간 공식성이 적은 상황에 관해서는 오마하 (Omaha)족을 다
룬 Fletcher와 LaFlesche에 의해 기술되어 있다. 이 경우 노래들은 사회
에 의해 받아들여지지 않으면 안될 뿐더러 창작의 일정한 기준도 요구된
다는 것이 강조된다.

　　이 노래들은 모두 그 사회 내지는 의례에 고유한 리듬의 기준에 합
　　치하고 있었다 …… 이 관습은 음악의 창작에서 자유를 제한했으며 그
　　결과 놀라운 음악적인 부족에서 창작의 발전을 늦추게 했다. 그것은
　　또 이 부족의 노래들을 단조롭게 하는 경향이 있었으며, 이 경향이 원
　　주민들이 즐기고 있는 음악의 기능과 영향력에 관한 혹종의 신념에 의
　　해 고양되었던 것이다. Ho"'hewachi족 사람들은 모두 Ho"'hewachi의
　　최초의 노래 기준에 합치한 노래를 창작했다. 그 노래는 개인적 체험
　　의 표현들이어야 했으며, 언제나 그렇다는 것은 아니나 종종 그의 기
　　원에 응해서 찾아온 꿈이나 환영 (viscon)에 대해 언급하고 있었다
　　(1911:502 - 03).

Radcliff - Brown은 안다만 도민 (Andamanese)의 창작가가 대중 앞에

서 연주하기 위해 노래를 준비함에 있어 주의를 기울이는 모양을 다음과
같이 기록한다.

> 모든 남자가 노래들을 만든다. 소년은 아직 어린 시절부터 스스로
> 창작의 기법을 연습하기 시작한다. 카누나 활을 깎으면서 혹은 카누를
> 저으면서 노래를 만든다. 그리고 만족할 때까지 그걸 되풀이해서 가볍
> 게 부른다. 이어서 대중 앞에서 부를 기회를 기다리는데 이러기 위해
> 서는 춤이 행해질 때까지 기다리지 않으면 안된다. 그 춤 전에 자기 친
> 척의 여자 한두 명에게 여성 코러스를 리드할 수 있도록 가르친다. 그
> 는 자기 노래를 부르고 잘 되면 몇 번이고 되풀이해서 부른다. 그후 그
> 노래는 그의 레파토리의 하나가 된다. 남자는 모두 어떠한 때에라도
> 되풀이할 수 있는 노래의 레파토리를 갖고 있다. 만약 그 노래가 성공
> 하지 못한다면 …… 창작자는 그걸 버리고 되풀이하지 않는다. 다른
> 사람보다도 노래를 만드는 솜씨가 더 좋다고 인정받는 사람들도 있다
> (1948:132).

우리는 이런 성질의 패턴들이 다른 행동에서와 마찬가지로 창작에 관해
서도 일어난다고 생각해야 한다. 참고 자료가 매우 적다는 사실이 음악
을 사회적으로 공인하는 패턴들이 존재하지 않는다는 것을 의미하지는
않는다.

누가 창작가인가 하는 것이나 노래를 받아들이는 것을 결정하는 사회
적 압력에 관해서는 물론이요, 다양한 종류의 창작에 관해서는 지금까지
논해왔거니와, 여기서 우리는 새로운 노래를 만들 때 쓰이는 실제의 기
법 몇 가지로 돌아가서 생각해 보고 싶다. 창작을 시작하기 위해 창작가
는 자기는 지금 무엇을 하고 있는가에 관한 어떠한 사고 과정을 거치지
않으면 안된다는 것은 명백하다. 이 문제에 관해서는 매우 조금밖에는

정보를 얻을 수 없을 것 같으나, 에스키모를 다룬 여러 저자들에 의해 상당한 증거가 제시되어 있다. 오르핑갈리크 (Orpinggalik)라는 이름의 사냥꾼이자 샤만이자 시인이기도 한 네칠리크 (Netsilik)인과 그 사람들이 가지고 있는 <인간의 마음 속에 어떻게 노래가 생겨나는가 하는 생각>에 관해 Rasmussen은 그의 인포먼트의 말을 다음과 같이 인용한다.

노래는 사람들이 큰 힘에 의해 마음을 움직여 보통 말로는 이미 표현할 수 없게 되었을 때, 그 호흡과 더불어 불려지는 사고다.

사람은 마치 흐름 속을 이리저리 떠다니는 표빙 (漂氷)처럼 움직이게 된다. 그의 사고는 기쁨을 느꼈을 때 흐르는 힘에 밀려간다. 사고는 홍수처럼 엄습해 오고, 숨을 헐떡거리게 하고, 심장을 뛰게 한다. 날씨가 조용해질 때처럼, 무엇인가가 그의 긴장을 풀어헤친다. 그러면 우리가 필요로 하는 말이 절로 튀어나온다. 우리가 사용하고 싶은 말이 자연히 튀어나올 때 우리는 새로운 노래를 얻는 것이다 (1931:321).

창작 과정이 의식적인 것이라 함은 또 한 사람의 네칠리크인 Piuvkaq가 만든 3개의 노래에 의해 입증된다.

노래를 만드는 것은
근사한 일!
그러나 대개는
실패.

소망이 이루어지면
근사한 운명!
그러나 대개는
빗나가고 만다.

순록을 사냥하는 것은
근사한 일!
그러나 좀처럼
붙잡을 수 없구나.
평원을 밝히는
밝은 횃불처럼
서 있고 싶다고 생각하건만.

한 편의 노래를
만드는 것은 근사하다.
그러나 자주 실패한다, avaya!
(사냥은) 근사하다.
그러나 좀처럼 빛나지 않는다.
(행복하게) 타는 등잔의 심지처럼.
얼음 위에서, avaya!
희망은 (이루어지면) 근사하다.
그러나 모두 빛나가 버리고 만다!
이것이고 저것이고 참 어렵다, avayaya.

ayaiyaja
왜 그럴까요.
내 노래가 될 것을 사용하고 싶지만,
내 노래가 될 것을 만들고 싶지만,
그것이 떠오르지 않으니, 어째서 그럴까요?
………….
(Rasmussen 1931:511, 517).

창작 과정에 관한 에스키모인의 생각은, Boulton 여사도 마찬가지로 사설의 예들을 사용해서 논한다. 그녀는 이렇게 기록한다.

노래를 만드는 일에 관한 노래들이 많이 있다. 개중에는 주술사의 노래도 있으나 사냥꾼의 노래가 많다. 옛날 것도 있으나 최근 만든 것도 있다. 그것들은 흔히 다음과 같은 것으로 시작한다.

<그것에 관한 노래가 없어
말이 멀어 (찾기 힘들어).>

또는 <나는 지금 노래를 얻으려 한다.
그들이 내가 노래하는 걸 원하고 있으니까.>

또는 <나는 어제 저녁
이 노래를 갈고리질 했다.>

또는 <그는 춤 동료에게 노래를 불러 줄 때
말을 만들기를 좋아한다.
노래를 만드는 것이
즐거운 사나이기에.>

이 노래는 다음과 같이 계속된다.

<모든 노래가 다 바닥나 버렸다.
그는 그 중에서 몇 개를 추켜들어,
자기 노래를 덧붙여 가지고
새로운 노래를 만들었다.> (1954:4-5).

창작가의 사고를 분명히 보여 주는 이같은 재료는 에스키모를 제외하고는 거의 수집되어 있지 않으나, 한편 새로운 노래들이 등장하는 객관적인 방법에서 창작 과정에 관한 정보를 더 수집할 수는 있다.

가장 많이 지적된 창작 기법의 하나에 옛 노래들의 부분 부분을 모아서 노래를 만들어내는 방법이 있다. 이 기법은 마오리족에 관해 <근년에 창작된 노래들은 흔히 대개 옛 노래에서 선택해서 만든 것들이다> (1924: Ⅱ, 142)라고 말한 Best에 의해 언급되어 있다. 약간 특수하기는 하지만 Herskovits 부처도 트리니다드 섬에 관해 다음과 같이 말한다. <가지각색 방식이 지방적인 정황에서 생겨나는 노래들을 형성한다. 의례용으로 새롭게 즉흥적으로 창작된 것들도 있다 …… 집단마다 한 세대에서 다음 세대로 이어져 온 선율들이 있다. 새로 노래를 만들기 위해 옛 선율에 새 가사를 붙이는 일이 있을 수 있다. 혹은 두 개의 선율을 결합시키거나 한 선율을 재생하는 일도 있다> (1947:276‑77). 와쇼 (Washo) 족의 페요테 (Peyote) (의례의 일종)의 노래들에 관해서는 Merriam과 d'Azevedo가 이렇게 기록한다.

> 거의 모든 노래들은 아름답게 장식되고, 의식적·무의식적으로 시대와 더불어 변화하고, 결합되고, 즉흥적으로 만들어지고, 망각되고, 그리고 다시 어떤 사람 자신의 것으로 새로운 모습으로 <붙잡힌다>. 최후에 들은 노래는 <새로운> 노래 혹은 <나의> 노래로 여겨지고 있으나, 가수는 그가 다른 노래의 영향을 받았다는 사실을 감추려고는 하지 않으며 <조금 바꾸었을 따름>이라고 말한다. 그럼에도 불구하고 그것은 하나의 <새로운> 노래가 되는 것이다 (1957:623).

Nettl은 아라파호 (Arapaho)족의 페요테의 노래에 즈음해서 말하고 있던 인포먼트의 적어도 한 사람에게는 유사한 경향이 있다고 보고한다.

발견된 제2의 방법에서는 사람은 노래 하나를 선택해 짧게 하거나 길게 해서 변화시키고, 노래가 될 때까지 그렇게 한다. 본래의 노래가 되지 않기 위해서는 그다지 많은 변화가 요구되지 않음이 명백하다. 제4의 예에는 페요테의 많은 노래들과 마찬가지로 일련의 이소리듬 (isorhythm)의 단위들로 이루어지는 노래가 하나 포함되어 있다. 이 뒤에 다른 노래의 서두가 뒤따르는 것인데, 그것은 분명히 최초의 노래를 바탕으로 해서 만들어진 것이다. 새롭게 행한 것이라고는, 이소리듬의 각단위 끝에 두 개의 음부를 덧붙였을 뿐이다. 그 변화는 가사의 변화에 연유한 것이 아니다. 노래들의 한 마디 한 마디는 모두 의미가 없는 것이기 때문이다. 인포먼트는 이 노래들을 별개의 것으로 간주했는데 양자가 유사한 것이라는 점은 인정했다 (1954b:87).

내용은 같지만 약간 다른 측면을 트리니다드섬에 관해서 Herskovits 부처가 보고한다.

그러나 모든 선율들이 옛 것을 다시 고친 것은 아니다. 귀에 들어왔던 곡, 예컨대 서구의 곡같은 것이 2~3소절 바뀌어서 혹은 아주 그대로 희망하는 리듬 속에 스윙 (swing)되는 수가 가끔 있을 수 있다. 이 경우 전통적인 노래의 사설이 새로운 선율에 결부된다거나 격언이 사용된다거나 그것에 옛 노래의 사설이 붙는다거나 한다. 이것은 반의식적으로 혹은 알지 못하는 가운데 여러 번 행해지는 것이다 (1947:277).

새 노래를 만들기 위해 옛 소재를 차용하는 이런 종류의 방법의 예로서 아마 가장 두드러진 것이라고 여겨지는 것은 발리섬에서 창작 과정을 다룬 McPhee의 기술이다.

음악에 있어서도 역시 마찬가지다. 전통적인 선율이나 프레이즈

(phrase)의 정식 (定式)을 유지하면서, 그것은 작곡의 구실을 맡은 gurus (선생들)에 의해 세대에서 세대로 새로운 취급을 받는다. 현재의 경향은, …… 옛 작품을 깨트려 거기서 단편이나 삽입 부분을 꺼내어 이어붙여 새로운 작품으로 한다. 그것들은 옛 곡의 통일을 잃고 있는지 모르지만, 새로운 생명과 힘을 얻어 빛나고 있다. 가장 신선한 의례적인 음악만은 변하지 않고 언제까지나 예스럽다. …… 그리하여 발리섬에서는 음악은 작곡되는 것이 아니라 편곡되는 데 지나지 않다고 말할 수 있을 것이다 …… (1935:165).

Margaret Mead는 McPhee와 동일한 자료를 다루면서도 문제의 다른 측면을 강조하는 경향이 있다.

Colin McPhee는 발리섬 주민의 음악에 대한 태도에 관해 개인적 지도자나 지방의 클럽이 새로운 곡을 만드는 일보다 연주 방식에 있어 어떻게 공헌하고 있는지를 말했다. 각악단이 전통적인 곡을 즉흥 연주하거나 장식하거나 프레이즈를 바꾸거나 하는 것은 매우 자유롭게 행해지기 때문에, 어느 작품도 기본적으로는 엄격한 전통에 따르고 있어 아름다운 것이지만, 어딘가의 악단이 몇 개월 동안 연습한 뒤에는 어느 의미에서는 새로운 곡이 되어 있는 것이다 …… 하루 종일 일을 한 뒤에 농부나 상인이나 도예공이 연습하러 오는데, 이미 몇 번이고 되풀이한 것을 학습하거나 지금까지보다도 더 잘하기 위해 연습하는 것이 아니라 …… 바꾸거나 덧붙이거나 혹은 한 곡조 재창조하기 위해 오는 것이다 (1941 – 42:86).

여기서 다시 두 가지 창작 수단이 첨가된다. 즉흥 연주와 공동의 재창조다. 즉흥 연주가 신곡 소재의 풍부한 원천이 된다는 것은 의심할 나위 없으나, 그 과정에 관해서는 그다지 알려져 있지 않기 때문에 학술적으로 논한다는 것은 거의 불가능하다. Nettl은 앉은자리에서 하는 에스키모들의 즉흥 연주, 아메리카 인디언 집단들 사이에서 일반적으로 볼 수 있는 그 제한, 여러 아프리카 부족들 사이에서 볼 수 있는 그 장려에 관해 말하고 있으나, 무엇이 어떻게 즉흥 연주 되는지에 관해 명확히 되어 있는 곳은 하나도 없다 (1956:12 - 14). 즉흥 연주에도 매양 한계가 정해져야 한다는 것은 분명한데, 한편 그것이 무엇인가, 또 즉흥 연주처럼 보이는 것 가운데 실제로 얼마 만큼이 그러한가에 관해서도 알려져 있지 않다. 바송귀족 사이에서는 실로폰의 즉흥 연주는 반드시 명확한 패턴에 따르고, 연주가는 자기의 삽입 장식음을 정형화하고, 가끔 되풀이되는 프레이즈들을 외부 사람을 위해 독립시켜 연주하기까지 한다. 그러나 즉흥 연주는 어려운 문제며, 그것이 행해지면 언제나 창작 그 자체도 행해진다는 것은 분명한 것처럼 보인다. 그러나 어느 정도 창작 과정에 공헌하고 있는지를 말한다는 것은 불가능한 노릇이다.

유사한 정도의 곤란이 공동 재창조의 개념에도 수반된다. Phillips Barry에 의하면, 이 개념은 가수 한 사람 한 사람이 하나의 노래에 일정한 변화들을 가하고, 그러므로 구두 전승에 의해 세워진 레퍼토리 속에서 현존하는 노래는 어느 것이나 본래의 작품이 만들어진 이래 무난히 변화해 온 결과의 산물이라는 생각을 수반하게 된다 (Barry 1939:passim). 나아가서는 이 과정을 통해 노래는 개인의 것이라기보다 집단의 재산이 된다. 거기에는 아무런 의심의 여지도 없어 보이며, 노래는 이리하여 변화해 가는 것 같다. 우리는 그 마지막 결과를 시사하는 것들을 가지고는 있지만, 그 과정을 관찰하는 데는 곤란이 따른다 (Roberts 1925).

또 하나의 창작 과정은 정서에서 우러나오는 창작의 과정이다. 이 경우 새로운 음악 소재를 낳을 즈음의 특수한 상황의 중요성이 재차 강조되지만, 그 창작에 의해 증명되는 정서에 대한 한 사람 한 사람의 개인 적인 반응에도 역점이 놓인다. Gladys Reichard는 나바호 (Navaho)족 사이에서 노래를 이끌어내는 정서적 정황에 관해 말하고 있는데, 고독·자연미에 관한 명상·슬픔·혹은 전조 (前兆)나 표시로 해석되는 정황이 가져다주는 정서적 긴장의 때를 그는 들고 있다 (1950:284 - 86). 와쇼 (Washo)족의 페요테 (Peyote)의 의례 집행자들에서는 몇 가지 특유한 예들을 들 수 있다. 그리하여 <개인에 의해 만들어진 노래들은 역시 극적인 학습 배경을 포함하고 있는 것처럼 보인다. 가수들은 ≪노래를 붙잡을≫ 때는 대단히 정서적으로 긴장한 속에서 돌연 학습한다고 말하고 있기 때문이다> (Merriam and d'Azevedo 1957:623). 와쇼족의 한 인포먼트는 그 자신의 경험에서의 이같은 순간에 관해 이렇게 표현했다.

　카슨 밸리 (Carson Valley)에 살고 있던 어린 시절, 나는 천둥이 울리는 폭풍우의 밤, 그걸 들으러 평원으로 곧잘 나가곤 했다. 번개와 천둥은 나에겐 유난히 매력적인 것이었다. 그리고 나는 지금도 그것을 꿈에 본다. 천둥소리가 어떻게 요브 (job)의 산봉우리를 때리고 <노인과 노부인> (와쇼족의 창세담에 등장하는 신화상의 인물)의 뒤를 쫓아 그들을 삼켜 버린 음향처럼, 순식간에 그것을 스쳐 북쪽으로 울려가던 모양을 나는 기억한다. 천둥이 울리면서 사라져가는 동안에 나는 그것이 노래를 부르고 있는 것을 들을 수 있었다. 그 소리는 천둥이 이 산 저 산에 반향할 때도 나는 소리였다. 나는 그 노래를 생각해낼 수 있으며, 부를 수도 있다. 어린 시절부터 그 노래를 계속 불러 왔다. 그것이 나의 노래다. 가사는 *li wa* …… *li wa na*로 나갔다. 그 *li*의 음은 백인 언어의 음의 일종으로, 딱딱하고 으르렁대는 종류의 음이다 …… *li wan* (p. 624).

이 창작 역시 초자연적인 힘과 결부되어 있는 한편, 인포먼트는 그 노래가 신의 창작에 의한 것임을 분명히 느끼고 있다. 그리고 번개나 천둥에 대한 그의 반응이 강한 정서적인 것이었다는 사실도 마찬가지로 분명하다.

다른 두 가지 창작 기법을 여기서 간단히 언급해 두자. 그 하나는 환치(換置)다. 물론, 이것은 노래의 내부 구조에 대해 언급한다. 즉 <서유럽에서 북아시아를 거쳐 북아메리카에 이르는 ≪환치 문화≫ 지대>에 퍼져 있다고 Nettl이 보는 한 기법이다. <토레스 (Torres) 해협 군도민과 같은 이 지대 이외에 사는 몇몇 민족들도 이 예에 해당되지만 대체로 이 문화 지대는 환치에 의해 가장 특징지어지는 문화를 포함한다> (1958b: 61). 두 번째 테크닉은, 개인적인 특수성만을 표명하는 테크닉이 될는지 모르지만, 그것이 무엇인가 다른 것을 구하는 개인의 욕망을 바탕으로 한 새로운 창작의 한 직접적인 예가 된다. 윈투(Wintu)족에 보이는 것이 그 경우인데, 거기서는 <······ 노래의 가락은 의식적으로 변경되었다. 조금 유명한 가수가 자기 취미에 맞도록 가락을 바꿨다. 현재 알려져 있고 불려지고 있는 것은 그의 변형이다> (Demetracopoulou 1935:485).

창작 과정에 관련해서 발생하는 마지막 문제는, 새로운 창작의 결과 생기는 것은 사설의 변화인가 그렇지 않으면 곡의 변화인가 하는 점이다. 이 점에 관해 우리는 맨 처음에 선율이나 리듬에서의 변화를 다루었다. 그러나 노래의 사설은 음구조보다도 종종 더욱 중요하며, 새로운 창작은 옛 음악에 붙어 있는 가사를 바꿈으로 해서 행해진다는 것을 암시하는 유력한 증거가 있다. 어떤 방식에서는 이것은 우리 자신의 창작 태도에 위배되는 것이다. 비록 우리는 새로운 사설은 확실히 무엇인가 새로운 것이라고 동의를 한다하더라도, 동시에 그것이 옛날에 인정되었던 가락으로 불려지고 있다는 것을 다급히 지적하지 않으면 안된다. 따라서 그 노래는 우리로서는 절반만 새로운 것이다. 그런데 다른 많은 민족에 서는 이같은 노래는 완전히 새로운 노래로 생각되는 모양이다.

우리는 이미 티브 (Tiv)족에 관한 Lane의 지적 (1954:13)이며, 분명 기 성의 선율이라고 여겨지는 곡에 새로운 사설을 붙이는 집단 창작에 관한 Dodge (1882:351)의 언급을 인용했다. 그 밖의 실례들도 있다. 1919년의 6월 6일과 7일, 제1차 대전에 종군했던 포니 (Pawnee)족을 위해 찬양의 춤이 개최되었는데, Densmore는 다음과 같이 보고한다.

옛 전쟁의 노래가 그 경우에 알맞은 사설을 붙여서 불려졌다. 이를 테면 어느 사나이는 비행기나 잠수함을 나타내는 가사를 만들고, 그걸 옛 가락에 맞춰 불렀다. 어떤 여자는 두 개의 아주 비슷한 노래를 만들 어 가지고, 둘러선 원을 가로질러 추장 앞에 서서 …… 그것을 북 반주 없이 혼자 불렀다 (1929:65).

그리고 Flannery는 다음과 같이 보고한다. <승리의 축하 중에 불려지는 노래들은 대개 그로스 벤트르 (Gros Ventres)족의 성공을 거둔 사건들에 언급한 사설이 붙어 있었다. 새로운 사설은 특별한 사건을 기념하기 위 해 흔히 만들어졌다> (1953:98). 더욱 상세한 것이 솔로몬 군도의 부인 (Buin)에서의 작사 과정을 다룬 Thurnwald의 기록 속에 보인다.

나는 노래들을 창작했다는 젊은이나 노인들을 숱하게 만났다 …… 그들이 하는 방식은 언제나 같은 것이었다. 시인은 매양 자기 자신의 목적을 위해 만들 뿐더러 타인 대신 일을 하기도 했다 …… 때로는 창작자는 시에서 자신에 관한 것을 언급한다거나 심지어는 사례금에 관한 불만까지도 토로했다 ……

창작자는 동료들과 함께 저녁때 불 앞에 앉거나 숲 속에 들어가서 방해를 받지 않도록 몸을 숨긴다. 그는 덮어놓고 몇 소절을 만들어, 자기가 선택한 선율에 맞춰 불러 본다. 그 선율에 맞춰서 선택한 사설의 적합성은 리듬도 포함하고 있었다 ……

창작자는 사설이 선율에 맞는지를 몇 번이고 거듭 테스트해 본다. 공상이나 상상을 가지고 연주하면서 계속 일을 하되 3~4주 후 혹은 좀더 지났을 때 새로운 노래는 완성되었다고 여겨진다 (1936:6).

여기서 중요한 점은 작가는 분명히 새로운 선율을 만드는 일에 관해서는 흥미가 없고, 사설에 관심이 집중되어 있다는 사실이다. 그런대로 Thurnwald는 일관해서 이것을 <새로운 노래>라 부르고 있다. 여기서 그 해석에는 다소 의문이 있으나, 새로운 사설이 새로운 노래를 형성하고 음구조는 중요한 고려 대상이 아니라 함은 무리없이 명백한 사실인 듯하다.

매우 유사한 상황이 만가레바 (Mangareva)섬에 관해 Buck에 의해 기술되어 있다.

창작가로서 pou-kapa는 새로운 창작에 적절한 테마를 선택하기 위해 옛날부터 내려오는 전승에 정통하고 있지 않으면 안되었다 …… 시대와 더불어 이같은 풍부한 kapa가 창작되고 학습되어서, 노래의 지도자·교습자로서의 pou-kapa는 이미 만들어진 노래들을 단지 선택할 따름이었다. 노래의 명수는 훌륭한 기억력과 아울러 적절한 사설의 리듬 감각과 거개의 노래들이 춤과 결부된 형태를 취하기 때문에 그 사설에 알맞은 움직임과 몸짓을 선택하는 능력을 가지고 있지 않으면 안되었다 …….

사설이 용이하게 동작에 맞지 않으면 그것을 *maro* (곤란)라고 칭했다. 만약 지도자가 이같은 사설을 새로 도입하면, 그는 동료로부터 비난이나 반대를 받았다 …… 새로운 사설은 다른 전문가로부터도 그것이 기성의 문화적 기준에 따르고 있는지의 여부로 역시 비판을 받았다. 전승에서의 인용은 정확할 필요가 있었다. 사설은 목소리와 조화될 뿐만 아니라 수족이며 신체의 움직임에 녹아 들어가는 듯한 매끄러운 스윙 (swing)을 가지고 있지 않으면 안된다 (1938:305-06).

다른 곳에서 Buck는 사설의 작자에 의해 사용되고 있는 몇 가지 기법을 기록한다.

평행체 (parallelism)는 작사가가 좋아하는 형태다. 제1행은 이야기에 등장하는 이름들을 바꾸는 것만으로 되풀이되었다 …… 사람들은 행마다 후렴 (refrain)을 노래하는 것에 기쁨을 느꼈다. 작사가들은 상세한 것을 열거함으로써 고의로 몇몇 노래들을 늘려 놓았다.

평행체를 좋아하는 것은 문답 형식에 있었다. 역사적 인물들이나 그 아내들을 테마로 다루는 경우 처음과 그 한 줄 건너의 사설이 등장인물의 아내 이름을 묻고, 다음 행이 그것을 대답한다. 그리하여 노래는 길어지고, 가수들은 후렴의 되풀이를 즐긴다.

은유와 직유 …… 도 자주 사용된다 ……

사용되는 언어는 때로 수수께끼 같다 ……

노래에서의 문법 구조는 산문 문법의 규칙에 따라서 번역해 보고자 하는 연구자에게는 고약한 것이 되기 쉽다. 그 사설은 노래부르기 위한 것이라는 점을 기억해 둘 필요가 있다. 관사·전치사 등은 리듬을 깨뜨린다면 간단히 빼 버린다. 마찬가지로 어미의 음절도 제거되는 수가 있으며, 부르는 리듬 속에서는 다음 단어의 최초 음절과 결합하고 있는 것처럼 들릴 수도 있다 …… 때로는 모음도 제거된다 ……

산문에서는 좀처럼 혹은 전혀 사용되지 않는 노래 특유의 언어는 보통 기쁨이나 고통의 감탄적 표현이다(1938:384-85).

Thurnwald도 작사의 과정에 관해 훌륭한 통찰을 일부 보여준다.

새로운 가사의 창작에는 앞에서 지적한 바와 같은 주의깊은 언어의 선택이 포함되어 있다. 따라서 이러한 노래들의 언어는 일상적인 회화에서 사용되는 언어에는 엄밀히 대응하지 않는 <고양된 언어>가 된다. 이것은 많은 개개의 사례에 의해 제시되어 있다. urugito (돼지)에 대한 korokua, a'buta (貝貨)에 대한 tańćina, opo〔거름더미 위의 침옥 (寢屋)〕에 대한 bana'uku, ro'ikene (인간, 사람들)에 대한 ro'bana 등 서재파적(書齋派的) 표현이 사용되고 있다. 작가의 넓은 경험을 뽐내기 위해 외국의 표현을 유난히 좋아한다. 일찍이 알루 (Alu)어가 사용되고 있었다. 알루족에 대해서는 사람들은 (모노 (Mono)족과 더불어) 귀족 계층의 수령의 조상으로서 경의를 가지고 대하고 있었기 때문이다. 이를테면 kaikai (이야기)에 대해 la'gara, ko'ci (뜰)에 대해 ta'iga가 사용되고 있음을 알 수 있다. 근년에 백인과의 접촉이 동기가 되어서 숱한 영어가 사용되기에 이르렀다. 그러나 이런 말들은 <부인어화 Buinization>하고 있기 때문에 언제나 쉽사리 분간된다고는 볼 수 없다. Bainim은 <find him> 또는 <find it>을 말하는 것이며 a'sikim은 <ask him>으로 ask him과 ask her를 겸하며, ba'lata는 <brother>, bi'bo는 <before>, abumu'item은 <afternoon time>, ro'kuta는 <doctor> …… 를 의미한다. 이런 말들에 다시 부인어의 접사가 붙는 일이 흔히 있다. 이를테면 bere'ćige라는 말에서는 ge는 이 지방의 접사 be'rećí는 <장소>를 나타내고, 전체로서 <on the place>를 의미한다. 도로 청소를 위한 집합 구호인 uàká'bèle는 <work>를 나타내는 ua ka에, <go>를 나타내는 be와 이 지방의 접사인 le 또는 re가 결부된 말이 본래의 모습이다. le'site'ngre는 문제가 어렵다. l은 the가 오역된 것이며 ng는 m과 교환이 가능하고 re는 이 지방의 접사다. 따라서 그것은 <at this time>을 나타낸다. 말의 조합을 분석하는 일은 종종 곤란하다. 이를테면 niumo'nio가 <when new moon[is]>, tu'maniboi가 <two man boy> 즉 two boys를, tuda kau가 <when too dark> 즉 full dark 또는 at night를 의미하는 것이 그 예들이다. 영어의 변형은 물론 부인어의 발음의 특성에 의한 것이지만 여기서는 그것을 언급할 수는 없다 ……

가사에 있어 회화체로부터의 가장 본질적인 유리 현상은 신중히 선택된 수사에 엿보인다. 수사란 어법 그 자체라기보다는 오히려 거기에 부여된 관념이다. 시인은 주의 깊게 선택된 표현에 의할 뿐더러 특별한 발견을 제시한다거나 정황에 접촉한다거나 이미져리를 지어 붓는다거나 해서, 청중의 정감에 호소하려고 한다. 작가는 자기 청중의 정서를 바람직한 목적으로 향하게 하기 위해 그가 찾아낼 수 있는 모든 것을 구하려고 기억과 창조력을 탐구한다. 따라서 그는 <먼 곳으로부터 온 것>, 백인이 하는 불가해한 것에서 유래하는 무엇인가 다른 것을 제시할 뿐 아니라 전설이나 신화도 인유로서 사용한다 …… 이러한 언급을 축적해 가는 가운데 그 노래의 기교적인 성격이 구체화되고 일상 회화에서 떨어져나간 것이 될 것이다 (1936:7 - 8).

따라서 가사 또는 음구조만으로 혹은 그 양자를 근거로 해서 어떤 노래를 새롭다고 판정하는 여부에 관해서는 문제가 일부 있지만 사설을 음악에 맞추는 것이 창작의 한 형태가 된다는 것에는 의심의 여지가 없다.

창작은 분명히 개인 혹은 개인의 집단에 의해 산출된 것이며 기록하거나 하지 않는 문제를 제외하면 유문자 사회에서나 무문자 사회에서나 근본적으로 다른 것은 없다고 생각된다. 온갖 창작은 분석적인 입장에서 볼 경우 넓은 의미에서 의식적인 것이다. 창작자는 보통 사람인 경우도 있으며 전문가인 경우도 있고 또 집단인 경우도 있다. 그들의 작품은 사회 전체에서 받아들여져야만 한다. 창작 기법으로는 적어도 다음의 것들을 포함한다. 소재의 재이용·옛 소재 혹은 차용한 것의 합성·즉석의 창작·공동의 재창조·특별히 강렬한 정서 경험으로부터 일어난 창작·작사는 작곡과 마찬가지로 매우 중요한 것이다. 창작은 학습을 포함하고 대중의 수용과 거부에 종속하는 것이며 따라서 안정과 변화에도 거꾸로 기여하는 광범한 학습 과정의 일부분이 되는 것이다.

음악인류학(I)

A.P. 메리엄 지음
이기우 옮김

인 쇄 • 2001년 7월 31일
발 행 • 2001년 8월 10일

발 행 인 • 김 진 수
발 행 처 • **한국문화사**
주   소 • 서울특별시 성동구 성수1가2동 13-156
전   화 • 02)464-7708, 3409-4488
팩   스 • 02)499-0846
e-mail • munhwasa@hanmail.net
Homepage • hankookmunhwasa.co.kr
등록번호 • 제2-1276호

◆ 잘못된 책은 교환해 드립니다.

가격   12,000 원

ISBN 89-7735-839-6   93800
ISBN 89-7735-838-8   (전2권)